恋恋神木林

Forever Forest

歌 蓝 —— 著

文汇出版社

目 录

第 一 章　我的起初 …………………………………………… 1

第 二 章　雪域　守林人 ……………………………………… 24

第 三 章　英雄救美的传说 …………………………………… 31

第 四 章　雪域　罗得 ………………………………………… 71

第 五 章　混血女友 …………………………………………… 79

第 六 章　雪域　城堡 ………………………………………… 111

第 七 章　只有猫知道 ………………………………………… 121

第 八 章　雪域　精灵 ………………………………………… 150

第 九 章　花房姑娘 …………………………………………… 160

第 十 章　雪域　乐园 ………………………………………… 179

第十一章　玫瑰人生 …………………………………………… 192

第十二章　雪域　病人 ………………………………………… 210

第十三章　正月和小满 ………………………………………… 219

第十四章　雪域　决战 ………………………………………… 255

第十五章　选择 ………………………………………………… 260

尾　声 …………………………………………………………… 288

附　录 …………………………………………………………… 291

第一章 我的起初

1

打从记事起,我就发现我和我的父母完完全全的不一样,除了长相。说实在话我也没有特别地看出来我到底哪里和他们中的一个有十足的相像,不像我邻居家的三个小孩儿,他们每一个都像用"copy"和"paste"键从父母的脸上选了不同的五官再用软件编辑在一起的,我想等到以后基因技术足够发达的时候人们大可以像那样编辑出小孩儿的样貌。这话还真不是说说好玩的,没准儿在相当近的未来它就实现了,你难道没有发现电视上、网络上到处都在说,未来十年、二十年人类将在基因和生命工程方面取得比人类历史上几千年(如果你把原始人也算上那就是上万年)累加起来都多得多的成就嘛。"现在的人可真的都成了神了!"我爸会对着报纸科技版的新闻头条大发感慨。像我爸这样还在看报纸的人如今也没有多少了。再说回我邻居家的三个小孩儿,他们的父母把和人谈论每个孩子的长相当成了一大乐趣,"看看老大哪里和我长得一样,哪里和他妈长得一样?""哎呀,真是的,你的眼光可真准! 来,再来看看老二!""仗着他们家是少数民族能多生两个,整天价儿地到处显摆个什么劲儿啊,三个秃小子,一个比一个丑!"我妈总是见面就夸进门就损,我倒是觉得他们家那几个孩子挺倒霉的,就因为和父母长得像,就整天被呼来喝去地排成一队,让人像看照片似的翻来覆去地看,要是我的话就直接给自己戴一面具算了。不过我也发现那是我们小时候特有的、带着那么点儿时代特征的情形,一个单位的人住在一起,家家户户都认识,见面都要打招呼。听起来这是一个很温馨的画面,但是不知怎么我总觉得这一团和气的繁荣之下隐藏着目所不及的暗流,就像我妈这样见人面就笑一关门就损,始终令我困惑不已,更让我总是想与他们疏离。"还是去到一个谁都不认识谁也不需要理谁的地方好！"没承想我的这么一个不经意的想法在十几二十年以后却顺理成章地成为社会现实和生活常态了。

有鉴于我的长相以及我对接人待物的看法，我自然发现我和我的父母不一样，但其实我发现的不一样还远远不仅是这些，我发现人和人最大的不同并不在于外面能看到的长相和态度，那说到底不过是一副皮囊外加一张面具罢了。就好像一瓶酒，严格说来没人能够仅仅根据酒瓶就认定这是一瓶好酒那是一瓶劣酒，非要鉴定了酒瓶里所盛的没有形状的液体才行。我们有形的身体里也装着一种没有形状的东西，它应该不是液体，我倾向于认为它是气体，一种我称其为精神内核的东西。精神内核是一种向外扩散的东西，像是朝阳跳出海面那个红艳艳的圆心光芒四溢最终照耀全地，更多的人把它叫作灵魂。柏拉图关于厄洛斯的神话里说灵魂带有自己的智慧，它在我们进入这个世界的时候选择进入我们的身体，所以我认为灵魂是那个钻进我们身体躯壳的没有形状的内核儿，是那个决定了我之所以为我，你之所以为你的存在。在这样内外有别的存在当中，身体躯壳是父母生的，但灵魂不是。

抛开灵魂不说，我由于出生的时候发生了一个不大不小的事故，所以和其他的孩子多少有那么一丁点儿不一样。比如我第一眼看到一个人的时候总会盯着他/她看一会儿，我爸妈一直没有以没有礼貌来批评我，"人家脸上又没长花，有什么好看的！"其实他们从来都不知道我第一眼看到的和他们以及所有人看到的都不一样。我眼中会看到一些奇怪的景象——有的人是黑白的，像黑白照片，有的人是灰蒙蒙的，像阴沉的天空，有的人却是彩色的，带着淡淡的色彩，或者纯净的颜色，为数极少的人身上竟然会发出光来，那种光是隐隐约约的，参差不齐的，不像电影里面天使发出的光那样明亮和刺眼，是依稀而柔和的。这样的景象停留的时间其实很短——大概是我学会数数之后从一数到十这样的时间，之后就会恢复成每个人都能看到的样子。我说话比较晚，大概四岁才开口讲话，我爸妈为此非常着急和忧虑，他们担心我是个哑巴。晚开口讲话其实有个好处就是你的思维发育已经快过语言，你能够通过观察明白很多东西而不必用语言去表达，这形成了我日后的习惯，看得多想得多而说得不多。这种习惯让我在很多时候甚至能够发现大人们的愚蠢，就比如说他们料定了我盯着人看就是没有礼貌，从来都不会想着要发现其中的原因。

那时我们家楼下住着一个疯子，说她是疯子我其实大不赞同，但是我知道我这话是没有大人会当真听的，所以我就选择不说。我在第一眼看到她的时候就发现了她是彩色的，石榴红色的，像是透明的热情又带着点纯真的忧郁。听我妈说疯子和她年纪相仿，她们还是小学同学，"上学那会儿她不但正常而且还是个脸蛋儿长得很漂亮的姑娘！"我一直很费解为什么我妈说这话的时候脸上会露出一丝幸灾乐祸的神气，而在我的印象中疯子一直都很漂亮。她叫张彤，我叫她彤姐姐，为什么叫姐姐呢，一来呢我喜欢，二来孩子们都这么叫她，其实孩子们是没有人害怕或者嫌弃她的。每天早上我妈喊我起床的时候我都会掀开窗帘往楼下张望两眼，因为彤姐姐已经在那里跳舞了。从时间判断她每天六点钟起床，花半个钟头把自己梳洗打扮得漂漂亮亮的，她梳两条粗细均匀编得顺滑的辫子，脸上搽过茉莉花味儿的雪花膏，她给自己扑淡淡的粉，画一条细细弯弯的眉毛，其实她本来长得就白，脖子上、手上露出的皮肤都细细白白的，从我记得她开始一直到我离开那里，她每天都是这么漂漂亮亮的。"疯了倒好，没有发愁的事儿反倒不老了！"这是我妈对彤姐姐另外一句酸溜溜的评价。彤姐姐总是穿一件有两条细背带在背后打一个十字交叉的高腰裙子，裙子的图案有红白格子的也有纯色的还有小碎花的，她穿一双白袜子和脚面上拉一根带子的低帮皮鞋，每天晚上彤姐姐都会把一身的衣服洗得干干净净地挂在院子里，人们说她爱干净有洁癖，六十来岁的彤妈妈说："彤彤是个让人省心的孩子，她总是把自己收拾得整整齐齐，她的生活很规律很简单，她这样也挺好，不像别人要操心好多的事儿！"有一天傍晚我坐在路边看天上的云，它们被染成了粉红色，那颜色好看得令我着迷，房子、街道也都染上了淡淡的粉红色，我把几张彩色玻璃糖纸蒙到眼睛上，街道一会儿变成了红色的，一会儿变成了绿色的，我透过糖纸看见彤妈妈和彤姐姐，她俩在一楼的院子里，坐在两只小板凳上，彤妈妈在给女儿的发辫上扎彩色的发带，把它们打成两只张开翅膀的纱蝴蝶，"我们彤彤啊就是好看！"她打量着女儿，脸上带着母亲特有的满意的微笑。彤姐姐喜欢跳《解放区的天》和《南泥湾》，她不是什么舞蹈演员来着，所以其实跳得说不上专业，但是如果一个人每天都在不停地练习同一件事情，怎么说也算得上半个行家吧，所以呢我们喜欢看她跳舞也就是情理之中的了。孩子们喜欢围着她还有一个原因是她有一只斜挎军包（我在我家柜子里也看到过一个和那差不多样子的，不过没见我爸妈用过它，我想它应该比我的年纪还大），里面有糖，放学的时候我们围着看她跳舞，她那时就跳得最来劲儿，一曲跳完我们就使劲儿鼓掌，她一高兴，就从旁边拎起挎包摸出糖来，有的时候是西瓜泡泡糖，有的时候是话梅糖和"酸三色"[①]，还有的时候可能会有大白兔和橘子软糖，总之我们都是领了糖果才心满意足地回家看动画片去。

有一次我坐在彤姐姐身边吃糖的时候正赶上我妈提前下班回家，我妈不止一次地对我说不要整天围着彤疯子。"每个人都拿一片，大伟，小胖，给你！

[①] 酸三色，一种透明玻璃纸包的红、黄、绿三色糖果，口味酸甜。

给你!"彤姐姐那时正高高兴兴地给孩子们分奶片吃,"忆水!忆水!"我妈先是喊了两声我没听到,"忆水,你妈来了!"小胖用胳膊肘捅了我一下,我一抬头,看见我妈正居高临下地俯视着我们,原本就长的脸拉得像一张马脸,"萧忆水,我和你说过多少次了,放了学回家做作业!回家!现在!听到了没有!"可能是因为这里只有孩子和疯子,她因此没了收敛的耐心,又或者那一天她不知怎地憋了一肚子的怒气,她的语气尖厉并带了训斥。空气仿佛突然凝滞了,孩子们大气儿都不敢出一声,我"噌"地一下站了起来。彤姐姐这时也抬起头来,她定定地看着我妈,眼神逐渐就空洞起来,仿佛看到的不再是眼前的人了。她的面部开始痉挛,全身颤抖不已,一边颤抖着一边蹲在地上,两只胳膊长长地伸着抱住自己的头,"不要……不要……不要!不要!"她侧翻在地上,一边喊叫一边颤抖着,两只手僵硬地勾着在面前挥舞,嘴巴里面冒出白沫,孩子们都吓坏了,小胖撒开腿跑去喊彤妈妈,这就是大家口里彤姐姐犯病发疯的时候,我还是头一次见到,一时间吓得变了脸色。我妈急忙支好自行车跑过来,"张彤!张彤!"她用手扳住彤姐姐的肩膀,彤妈妈这时急急地赶了来,抱住彤姐姐不停地叫着、喊着,掐人中、掐手腕,又有几个大人赶来帮忙了,几个男人七手八脚地抬起彤姐姐往彤妈妈家里去了。"忆水!"我妈从人群中退出来轻唤了我一声,我"哦"了一声,跟在她自行车的后面,她在楼下锁好车子拎起下班路上买的菜,上楼,进屋,带上门。"妈,彤姐姐到底怎么了?""她,犯病了!"我妈的脸色有些苍白,她只轻声回了一句,然后又说:"作业做了吗?回屋写作业去!"这句话竟比平日里还温和些。我走进房间掏出书和作业本,坐在椅子上咬着铅笔,听着我妈在厨房里手脚麻利的洗菜做饭声,"彤姐姐到底是受了什么刺激呢?"我心里合计着,"我妈肯定知道,她为什么不告诉我呢?"我只知道彤姐姐总是和小孩子玩,她从来不和大人们接触,她好像是有意地在躲避他们,尤其是当人们聚在一起的时候,她总会躲起来,这事儿想想真挺奇怪的。

还有一次我恰巧听到彤妈妈在和一群女人拉家常说怎么把用不上的布料给孩子改成裙子,彤妈妈心灵手巧会做衣服会做饭在这一带都是出了名的,邻里邻居的总爱找她讨个巧方妙招的,我妈就是从她那学会打毛衣的,回来就一边织一边念叨多少针平针多少针反针的。彤妈妈也爱和人说道,大抵是好歹说说话心里畅快些吧。那天她说着说着就伤心起来,"我这双手就是欠!"她啪嗒啪嗒地打自己的手,一旁的人连忙拉着,"要不是我别出心裁地给彤彤做了那几条裙子,也不至于……""哎哟,彤彤妈,那么久的事儿你干吗还……都过去了!过去了!"人们说着些面子上的安慰话快快地散去了,仿佛那样的氛围有毒气散出来要赶快躲避似的。要再过五六年我才会学到鲁迅先生的《祝福》,读到带着几分彤妈妈影子的祥林嫂。只剩下彤妈妈一个人坐在那里的时候,她叹了一阵气自言自语地说:"彤彤啊,妈活着一天就照看好你一天,妈妈的错妈妈自己活该得受,只是苦了你了!唉——"她长叹了一声,仿佛又立定了天大的决心,"你放心,就算妈哪天走了我也绝不让他们把你送去精神病院,我们彤彤和他们不一样,不一样!"

"彤姐姐是怎么疯的呀?"有一次我趁我妈不在的时候问我爸,我爸看了看我,又想了想,说:"那个时候的事儿呢说了你也不能理解,那时候你妈和张彤她们其实都还小,哦,比你现在大点儿不多。那个时候啊,大街小巷的人都穿军装,背军挎,佩带毛主席像章,张彤呢总是穿裙子,张彤妈妈不是手巧嘛。可后来,赶上一场运动,那真是,什么都能斗,也不知谁就说张彤长得好看穿得漂亮喜欢唱唱跳跳是资产阶级大小姐!这张彤吧,年纪小身体弱胆子也小,哪经得住那个阵势,一来二去的精神就受了刺激,真是可惜了,那么好的一个孩子!""裙子不是比军装好看吗?"我问。"唉,所以我说太久之前的事儿了,和你说了也不懂,写作业去!"我爸果断地叫停了我的追问。他们讨厌各种追问,无论是我关于地核温度到底是怎么测量的,还有仅凭考古挖掘的骨骼是如何复原了恐龙的外观比如皮肤是什么颜色纹理是什么样子,他们说——"书上怎么说你就怎么记好了!"同样的,他们不愿意回答我关于彤姐姐的追问。不过我脑子里就留下了那样一幅画面,来来往往的人流都是同一个颜色的,他们慢慢褪了色,褪成了灰色,只有彤姐姐是彩色的,她就穿着那条红白格的裙子,站在街头孤独地舞蹈,任凭裙摆在风中飞扬。彤姐姐应该是受到了某种严重的惊吓。从爸爸的只言片语中我还不能搞懂那时到底发生了什么,但我总觉得她其实没有真的疯掉,她只是不再想或者是不再敢和大人们为伍了,她和其他的大人们是完全不一样的物种,大人们关心的事情她全都不关心,当然她关心的事情大人们也不会关心,从本质上她可能更接近于孩子。可是其他的大人到底又是怎样的人呢,他们难道不是从孩子们变的吗,还是说人一旦长大原来那个住在身体里的孩子就飞走了?

"你得多长点心眼儿,免得吃亏!"我妈总是这么说。她是一个人心不可知论者,我一直搞不明白我妈到底担心我吃啥亏,我也没有发觉我成长的环境之中充满了陷阱,不过我妈这话放在今天倒是有几分道理的,难道我妈有预知未来的能力,她在那个商品经济尚未那么发达的时候就预见到了我成年后将要面临的种种,伴随着经济高速发展而来埋藏在生活日常中的各种陷阱?她还说:"要学会判断形势,相机而动,见人说人话,见鬼说鬼话,最重要的是不能轻易相信任何人!"我观察我妈的日常言行,觉得这还真是她身体力行的原则。也不知道到底什么人教会了她这些,作为纺织厂的一名普通工人,我妈能够总结出这么多清晰的原则并结合实际,我想怎么说也算得上有点水平了。好在我原本说话不多,也就省得费力琢磨哪个是人哪个是鬼了。我爸不像我妈那样总是把座右铭挂在嘴边,他是一个行动主义者,但他的行动又不同于我妈的行动,他说我妈成天不过关心些鸡毛蒜皮的家长里短。"嘿,我说,你胸有大志,你喝西北风肚子就饱了是吧?给我做出点有大志的事儿来看看!""菊花同志,来日方长,你以后就明白了!"我爸说他是一个该高调的时候就高调该低调的时候就低调的人,这一点也是大致不错的。

从他们身上这些显著的特点来看,我确实没有得到丝毫的传承,我好像是个生来就拥有一种轻松心态的人,我不喜欢与别人竞争,不喜欢琢磨人琢磨事儿,我就是我妈说的那种不长心眼儿的人,她总是叹口气然后说:"你呀,也就是赶上好时候了!"我不大明白她究竟指的是啥,反正就是一如既往地"傻乎乎的",教也教不出心眼儿来。我很容易感到快乐,吃了一口好吃的会开心,听了一首好听的歌会开心,看到春天树叶绿了都会心花怒放。

所以当我妈说我是捡来的时候我没有一丝一毫的怀疑,我不觉得我有哪里像他们,我也不觉得我的身上有他们教养的痕迹,至少在十六岁以前是这样的,我曾经写过一首这样的小诗:

我是太阳的孩子
我继承了他明亮的脸庞,顽皮和活力
每天一睁眼就推开夜的窗子
从大山的脊背一直爬到他的头顶

我是月亮的孩子
学着她谜一样的银色微笑
天琴座每晚用醉人的歌声
将我浸入梦中又托着我飞翔

我是云的孩子
天天幻想着和他一起去流浪
只随着心愿追着心情变换形状
在全世界全人类的头顶上漫游

我是风的孩子

她教会我唱悠扬的曲调
把一切快乐的悲伤的全都吹上玉树枝头
绽放出热烈的忧郁的花朵

我是雨的孩子
她滋润着我像小树一样伸展手臂　向着天空生长
心底的土地孕育着不死的根
向着地心探寻远古的力量

我是小河的孩子
他陪我嬉笑把我的梦想　哗哗哗地载向远方
我问他远方的终点在哪里
他用闪耀的目光指向辽阔的地平线

我是田野的孩子
她为我描绘丰收的喜悦
我说我要我的画卷铺开漫山遍野的色彩斑斓
挂满金灿灿红艳艳的果实

我是大地的孩子
他把我抱在怀里　让我陷入无边无际的沉思
生命是大地怀里的梦
而我是梦里背弓搭箭奋勇追逐的　一辈子的少年

我写这首诗的时候是个孩子，一个怡然自得的陶醉在自己世界里的孩子。

2

"颜色代表着情绪，我用色彩思考。"这话是阿年说的。

"萧忆水！萧忆水！"一下课"兔子"就抱着书包跑到我的座位来。
"兔子！"我惊奇地叫了一声。
"嘘！"他冲我使了个眼色，"走！"

我连忙点头,两个人一溜小跑儿,跑到教学楼后一棵没人的大树底下。

"哪儿来的?"

"我爸买的,买了两只,这只是给你的!"

他把兔子从书包里抱出来,一只漂亮的小灰兔,耳朵上有一圈星星状的黑色斑点,"你抱着它,别让它到处跑!"

我却故意把小灰兔放到地上,看着它勾起两只前腿蹬直后腿的往前跳,等它蹦了两步再追上去抱住它。

"这个给它吃!""兔子"递给我一根胡萝卜。

我把小灰兔放在地上,把胡萝卜凑到它的面前,小灰兔先是耸耸鼻子嗅了嗅,"兔子真警觉,你说我们每次吃东西之前干吗不像它们那样先闻一闻?"

"或者它们只是挑食而已!"

这时候小灰兔已经张开三瓣嘴儿啃食胡萝卜并发出咔咔的响声,嘴巴上下的肌肉随着咀嚼的频率快速地抖动,像是一部被摁了开始键的机器。吃好了,小灰兔就支着两只前腿坐在后腿上,抬着头。

我盯着它的眼睛,"快看,它的眼睛不是红色的!老师说得不对,至少不全是红色的!"

我们趴在地上盯着小灰兔的眼睛,那是一对圆圆的眼睛,乌溜溜的,清澈透明。

"快看它的眼神!你说它到底在看哪里呢?它能看到我们吗?"

我觉得兔子的眼神很有趣,好像包含着特别的意味,似乎有一种执着的,不为所动的态度,我很想知道在那种守望远方似的目光中它究竟看向何处。从那之后我总是盯着小灰兔的眼睛看,那种奇妙的眼神不知不觉间滑进了我记忆的池塘,像一片树叶掉进水潭一样悄悄落进了无人触及的角落。

"兔子"是我初中时候的死党,大名叫吴勉行,是他颇有学问的外公起的,大概是勉励孙子勤学谨行的意思,但"勉"字对于一个爱动些许花式脑筋的小孩子来讲实在是个亟需改造的字眼,所以当这个孩子看到"兔"字之后就心头一喜,把那个"力"字直接简化成了一个颇为省力的"、",他每次都特意把那一"、"写得很大,意思是说这里代表的不仅仅是一个"、",与"兔"字是有所区别的。我们小学的时候有个姓曹的老师,自称对孩子从来是"刀子嘴豆腐心"的,每次都拿着作业本有意提高了嗓门:"吴兔行!"整个教室一片哄笑,这样几次之后,"兔子"的名字就传开了。"兔子"倒全不在意,反倒悠然自得地得了个好名号似的。"兔子"的爸爸和我妈在同一个纺织厂工作,他爸爸下班回家后常穿一身带着亮闪闪铆钉的衣服,听崔健的《新长征路上的摇滚》,他从年轻时开始就被当作是厂里的一个刺头儿，但是"兔子"的妈妈说喜欢他就是因为他有性格，他身上好像有那么点儿模模糊糊的颜色，我没能看得清楚。我那时没事儿就去"兔子"家里混，听那些被"兔子"爸爸称为"发自内心的"有时近似呐喊的旋律。我喜欢那首《花房姑娘》，每次听到的时候就想象有一天自己长大了要一个人去远方，有一种半是豪迈半是向往的感动。

夏天的时候我有时会睡在"兔子"家，为的是第二天凌晨跟着他爸爸去钓鱼。半夜三点钟我们在车上装好渔具，"兔子"爸爸还是穿一身带着铆钉的衣服，我们"轰隆隆"地发动他那辆改装过的北京吉普，拧亮大灯，那是专为行夜路而装备的超级武器，个头大，亮度高，两道刺眼的亮光硬生生地撕开昏昏沉沉的夜的外衣，我们在车上播放铿锵作响的《红旗下的蛋》，开着车窗，带着一路的喧嚣，野蛮地摇晃着睡意正酣的城市。

到了野外我们就要收敛行径变得屏息静气。车子熄了火沉默着陷入了大地，我们坐在一座小木桥上挂好鱼饵扔下钓钩，我和"兔子"并排坐着，把腿垂在桥下，这个时候世界突然变得分外的安静，安静得好像能听到这个星球的呼吸。河水在脚下静悄悄地流淌，时而有回旋的声音，有风从耳边掠过，凉丝丝的，像是在细细的琴弦上游走，有的时候能够听到几声虫鸣，最妙的就是抬头仰望夜空，能看到许许多多亮亮的星星，这时的自然界就是发光的，发着柔和的幽静的光。有薄薄的云在暗蓝色的天幕间飘来荡去，天空的颜色渐渐变了，一点点由暗蓝变成蓝再变成浅蓝，就像随着灯光变换色彩的舞台背景。对于我而言，这些是钓鱼最吸引我的地方，是否钓到鱼倒是其次的，"兔子"爸爸把我带到了一个不同的世界，远离我们那个灰色野兽般的小城。待到太阳升起来，四下里开始泛起金黄的色彩，世界这只发出荧光的水晶球就变得熠熠生辉了。我们一般会一直钓到天空中堆满绵羊一样的云朵，收竿之后，我和"兔子"会比赛一样褪掉连身衣裤（那是为了避免蚊虫叮咬的装备），伸展四肢仰面朝天地躺在草地上，先是闭着眼睛，任阳光在我们的脸上身上温柔地抚摸一阵子，浑身上下都暖融融的了，就张开眼睛看天上的云朵，虽然有些刺目但适应一会儿就能睁开眼睛了。那时的天空就像被一只隐形的大手和隐形的线拉近到我面前，我一伸手就够得到它，天空蓝得澄澈水润，像是用水彩调出来的，云朵有时候会成群结队地飘浮而过，我觉得它们像是在天空中游动着的鱼，天空是湖水，云朵是湖中游动的鱼。

我和"兔子"是名副其实的好朋友，我俩经常在放学后骑上越野自行车（我的那辆是我12岁生日的时候我爸送给我的）带上两只兔子，跑到小树林里或者草地上，把兔子放在地上让它们跑跑、蹦蹦，当然绝对不会让它们轻易逃走。其实这两只兔子似乎失去了快速奔逃的能力，应该是打生下来起就没真正跑过，也没见过其他同类的奔跑,所以每天离开笼子的那段时间最多不过是外出放个风,略微伸展伸展身体,和我们做课间操类似。"信不信如果真放了它们,它们可能也找不到吃的,活不下来!"我歪着头征求"兔子"的意见,"兔子"耸耸肩,不置可否。

我忘了说我爸为了能够顺利升迁主动申请去西南省份负责建筑施工项目,他这一去就是七年。我爸外派我妈当然是最不开心的,她逢人就说我爸这是为了支持厂里的建设和发展,私底下就抱怨说自己这回可吃了多大的亏受了多大的累,幸好那时没有手机和微信,不然我爸就会被淹没在牢骚和苦怨的大海之中。当然,当我爸七年后带着副院长的任命回来的时候,他们俩都没有再互相埋怨,而是颇为这一卧薪尝胆的壮举而感到自豪,"这一切都是值得的!"记得他们讲这一句话的时候几乎是热泪盈眶的。我又想起来我爸之前说过的那句"菊花同志,来日方长,你以后就明白了"!

我爸由于长期驻外总对我妈和我抱了极大的愧疚,所以一有机会回来就给我妈带衣服,给我带吃的和玩具。在他买给我的所有东西里面,我最喜欢的就属这辆蓝白相间神气活现的自行车了,那可是个很有名的台湾地区品牌,价格一定也是不菲的,可想而知我爸当时是下了多大的决心才买给我的。但我之所以喜欢它,并不在于它有多贵多名牌或者长相有多醒目,而在于它大大地扩展了我的领地,我和"兔子"能野着玩的地方就不仅仅限于我们一亩三分的天地,不再局限于水泥管和沙堆。一放学我俩就骑着自行车,奔跑在我们能够达到的每一条大街小巷,树林山冈,我们甚至绘制了一幅"实用"版的骑行地图,标记着每一个我俩"探秘"的地方、路线以及一路上的关键标志。

记得有一次我们探到一个流动马戏团的驻扎地,我俩一连跑了好几天。马戏团有两个帐篷,一个是又高又大的帐篷,里面有舞台,能坐下百十个的观众,那是表演用的,要收门票才能进得去,我俩进去看过一次。不过我们更有兴趣的是另外一个小得多的帐篷,那里有好多的笼子,还有驯兽员。我们趁着管理员没看见溜进帐篷。管理员很凶,如果被他发现了无论我们说什么都会被吆喝着赶走,我们和他之间无法交流,他的耳朵好像有一个开关,看到我们的时候就关起来,或许我们的声音不在同一个频率上,我以前听过一个故事,说有一只海豚,它发出的频率和其他同类不在一个波段上,所以它无法找到同伴更无法交流,幸好我和"兔子"是在一个频率上的。不过我们总有办法,比如躲在帐篷边窥伺时机,老板有时候会叫管理员去帮忙,那就是我们溜进去的好机会,或者干脆搞些小把戏调虎离山。驯兽员们都很和气,他们习惯了和动物打交道,孩子和动物在他们眼里可能有一些共通的地方,他们让我们摸大象、逗小狗、玩鹦鹉。我们找到关白虎的笼子,那只白虎无精打采地趴在笼子里,看到我们走过来的时候只是抬起头用温和的眼光打量了我们一下就把头伏在爪子上打盹儿去了。"它很温顺的,"旁边的驯兽员说,"它刚出生的时候和只小猫一样大!""它是在马戏团长大的吗?"我问。"是啊!琥珀,快和朋友打个招呼!"白虎站起来冲着我们吼了一声,然后在笼子里转了几圈。"它两岁了,如果换算成人的年龄,就和你们类似,是一只青少年的白虎!"驯兽员补充道。"你好,琥珀!"我和"兔子"兴奋地冲着笼子打招呼,急欲结交这位年龄相仿的伙伴。可是接下来的一天当我俩又兴冲冲地赶过去的时候却只看到满地的狼藉,马戏团已经不知所终了。

  我和"兔子"无精打采地骑着车子在街道上横晃,一时想不出什么能引起兴趣的事儿。阿年就是在这时出现的,就像被人按了一个开关从天上"嘭"地一下子掉下来的。"快看那个人!""兔子"用手肘碰了碰我。"兔子"注意他是因为他扎了条辫子,那在当时算是稀奇的,我也盯着他看,我的兴致上来了,此人绝对属于稀有品种,多种色彩斑斓交错,还发出柔和的参差的光,实在难得一见。我和"兔子"慢慢蹬着自行车划着弧线从后面接近他,我俩默契地交换了个眼神,转眼间,"哐!哐!当!当!"我们俩以及自行车都摔倒在他面前,他毫无防备,来不及收脚,一下子也扑倒在了我们身上。只是,我们未曾料到,就在同一个瞬间,他怀里抱着的纸盒飞了出去,沿着抛物线的轨迹落下去的是泼洒而出的大片色彩,顷刻间盛开了一树的紫罗兰,跳满了一池塘的小黄鸭,涂抹了一个花园的蓝色天空。那个画面像慢镜头的特写一样被记录在了我的脑海里,偶尔会出现在我长大以后凌乱的梦境中,但当时那一刻,我心里的想法却是——完蛋了!我说不清我俩那时的动机究竟是什么,可能就是旺盛的多巴胺不安分地跃动,我们其实都没有摔疼,包括阿年。但是大人们是不能理解以及原谅我们的恶作剧的,他们都是发育完全的人类能够控制好多巴胺的分泌,因此他们严肃且不轻易犯错,大人们更是懂得珍惜财物哪怕是粘补上的皮鞋,更别说各种名贵之物。我妈因为我打烂了一瓶西凤酒而数落了我半个月,我于是做梦梦到我妈抱着一堆会叫"妈妈"的酒瓶子高兴得合不拢嘴。

  阿年一边手脚并用地支撑起身体,一边用相当不标准的普通话对我们说着"对不起啊真是对不起啊!"香港人?我和"兔子"用微青的脸对视了一下,港台明星那时在电视里面见得挺多的,不过像我们这么偏僻的地方真正的台湾、香港人好像还没怎么见过。我们这时也爬了起来,对着泼了一地的颜料发呆。一个环卫工人跑了过来,"你们谁洒的这么多颜料?""是我!是我!"阿年连连鞠躬致歉,他的口音以及良好的认错态度让环卫工人的语气缓和下来,"这是什么颜料?能清洗吗?"他问。"丙烯!"阿年经常需要把一个词重复好几遍别人才能听得懂,"画画用的,不好清洗的!""那可怎么办呀?"环卫工人的嗓门一下子又提了起来,

"清除不干净我是要被扣工资的！""你看这样好不好，"阿年想了想说，"我是一个画家，我就用地上洒出来的颜料在这里作一幅画，这样就不大会影响环境还能美化，我在其他的地方也试过！""你在其他的地方也洒过颜料？"环卫工人半信半疑地问。"不是洒的，是特意画上去的，就是美化环境的！"他看出环卫工人脸上现出为难的神色就说，"这样好不好，我先用这些颜料在这里画画，画好了你请你的领导来视察，如果你们不喜欢，我再想办法去找一些溶液把这里清理干净！"

我们就这样认识了阿年，他说他只是外表看起来是个大人或者说得准确一点儿像个老头，里面实际上住着一个和我们年龄相仿的孩子。每天一放学我和"兔子"就蹬上自行车一路狂奔，看到铺展了一地绚丽羽毛的大鸟的时候，我们就知道阿年的家就在前面了。环卫工人的领导对阿年的画作很满意，阿年就说："要不我把附近的几棵树都画了吧，这样就更像精心设计的景观了！"领导大为赞赏，于是周围的几棵大树的树干上或飞或落着栩栩如生的鸟儿，我和"兔子"把这里称作"阿年的鸟林"。

阿年是个画家，这我们一开始就知道了，在那之前我没接触过画家，在那之后也没有了。我只知道学校的美术老师，她有一个画室，里面摆满了石膏像和黑白素描，还有她的自画像。老师的自画像从来都没有笑容，大家都说老师长得很美，她的自画像也很美，但我觉得它们和石膏像一样，有点儿冰冷，缺少了温度。阿年说他只是偶尔到我们的小城来，所以他在这里的画室很简单，不知道他在香港的画室里面有没有石膏像和黑白素描画，这里是没有的。他的画室应该用简单古朴来形容，没什么装饰，只在白墙上挂些风格迥异的画。也没几件家具，屋子中央摆一张长条书桌，上面堆着各种颜料、纸张、书籍和绘画工具，并排着是一张茶桌，木纹清晰可见，表面涂了光亮的漆，茶桌中间不规则地凹陷下去，有一块大石头和微缩的假山石、小桥、一个盘腿打坐的小和尚（估计是泥做的），一块被托起来的小石板上放着茶具，桌子底下蹲着一只矮胖胖的石缸。那茶壶和茶杯应该也是泥制的，十分小巧，估计就够喝上一口的分量，全不似我们北方人即使喝茶也用大大的瓷杯或者玻璃杯。靠墙有一只书架，上面是些书籍和CD碟片，还有一套音响，再就是那几套画架了，画架上的内容每天都有些变化，我们最初看到的时候那上面还只是些线条草稿。

"试试我带来的大红袍吧？"他看出我们首先对茶桌起了兴趣，就说，"我中意饮功夫茶，就是每次喝的时候要花上好些工夫的意思啦！""我是一个画画的，喜欢到处找找灵感，回归之前他们就说到时我可以到这里来，这房子是我儿子一个生意伙伴的，他们全家都搬去了深圳，"阿年一边准备冲茶一边和我们聊天，"去年夏天我来住过两个多月，这里的夏天好凉快好舒服的，环境啊风土人情啊又和香港大不相同,我今年也才刚刚来几日。对了我姓黄,你们就叫我阿年好啦!"他和其他的大人不一样,这点我们从一见面就知道了,我和"兔子"对喝茶没有多大兴趣,但对阿年冲茶的过程颇为好奇。我爸是抓一把茶叶放进带把儿的白色大瓷杯,从暖水瓶往里面倒开水,盖上杯盖儿闷一小会儿,要是打开盖子时还有茶叶不肯潜到水底下,他就会迎着杯口的热气用嘴巴吹两下,好让那些顽皮的家伙靠边站。阿年冲茶分外地讲究,他先用铜壶烧水洗茶具,接着拿一把小木铲取了茶叶放进小壶,待铜壶的水再开后稍置片刻,提起铜壶让水从小壶口边冲入,"茶叶是带着香氛的小孩子,一跑起来香气就溢出来了!"阿年总是这样,用活泼有趣的语言和我们讲话。接着他提起小壶倒在一只肚圆嘴尖的开口容器里,容器上架了一只网碟,他把网碟拿走,我凑过去看,里面是金黄色的液体,清澈透明。"我知道孩子们大都不中意饮茶,不过你们可以试一下,这是长在武夷山岩壁上的岩茶,以前都很难喝到的,很香的!"阿年倒了两杯递给我和"兔子",我俩接过来,一仰脖儿,"这么少!""兔子"说。"有点儿香!"我舔了舔嘴唇,好歹不苦,有一点儿淡淡的香。

我俩倒是对桌子中间凹陷下去的部分来了兴趣,"这里可以放水的,是一个小小的鱼塘,你们看到桌子下面那个水缸了吗,里面有一个水泵,"阿年也来了兴致,"我明天把这里放上水,让水泵循环起来,你们可以抓一点小蝌蚪和小鱼!""真的?太好了,就去咱俩上次捞蝌蚪的地方!"我们三个把脑袋凑在一起,对着水槽研究了半天,这也成了我们来阿年这里的一大乐事。没过几天,水槽里就有了小鱼、小蝌蚪,还有一只很小很小的乌龟,我们捡来五颜六色的石子铺在水槽底下,阿年弄了些水草,水泵让水循环流淌起来,小和尚现在就面对着小桥流水和妙趣横生的小鱼塘了,我们于是每天都在这个茶桌旁边流连上半天。

阿年的画架也日渐好看起来,我发现并排的三幅画非常相似,但又明显的不同。画面上都是同一个扎着马尾的少女,她在凝神思索,在她的身后,是大面积的背景——天空、水和大地。

"三幅画的风格不同,版画,粉彩,这幅是油画。"阿年说。

"版画有点儿灰暗,粉彩很绚丽像是涌动的希望,油画嘛——"

"很好,油画是什么感觉?"

"柔和!"

"我还感觉到所有的背景都有线条在旋转,像会动一样!"

"可以感受到情绪吗?就是画面让你看了有什么样的心情?"

"忧郁的,兴奋的,最后这个嘛……平和的!"我竭尽所能地和阿年交流着我对他画作的理解。

13

"依我看你对语言很敏感,对诗歌、音乐和绘画都有细腻和敏锐的观察,这很好,真的很好!"

"可是人们都说那是没什么用的!"我正被阿年的话说得沾沾自喜,一向不喜欢发表感想的"兔子"这时候却开腔了,"我爷爷就总说我爸不务正业,整天尽听些不着调的音乐!"

阿年用琢磨的眼神看着"兔子",手指尖在大腿上弹奏键盘似的敲着。

"这是个有趣而深奥的问题。"

他停止了敲击,看着我俩,一字一句地说。

"生活是被泥泞包裹着的贝壳……"

"音乐、绘画、诗歌这些看似毫无实际用处的东西却好比是贝壳里的珍珠……"

"生命究竟在追求和表达什么,要我说的话,就是这些熠熠生辉的美,美是生命最终极的意义!"

"这么说听得懂吗?"他问。

我点了点头又连忙摇了摇头,"兔子"也摇了摇头。

"也许以后你们能懂吧。"他温和地笑了笑,没有再继续说下去。

我说不上阿年之于我到底意味着什么,但他身上有什么吸引着我。他用书柜上的"沉头货"(他这样称呼那只音箱)听音乐,身体陷在摇椅里闭上眼睛,"打开耳朵就够了!"他说,"耳朵是音乐的河道,神经是支流,内心才是目的地。"他放音乐的时候我就跑去书柜,用耳朵或者用手感受音箱的震动,拿起空了的CD盒对照封面上的人名和曲目,以至于后来我不用看也能区分出一些不同的作品,虽然有一些名字容易混淆。那天阿年听音乐的时候睡着了,这样的情形也是时有发生的,"音乐的河流到梦里去了!"我会和"兔子"小声地取笑。那天正放着的是西贝柳斯的《图翁内拉的天鹅》,我轻轻地拿起他扣在腿上的书,是一本《叶芝诗集》,翻开的那一页上是一首《安格斯的漫游之歌》——

它变成一个亮闪闪的姑娘/长发间还插着苹果花/她叫了我的名字便跑开/然后消失于一片辉光……我定会找到她的踪迹/亲吻她的嘴唇,握住她的手/然后走过斑驳的长草丛/一路采摘直到时间终结/月亮的银苹果/太阳的金苹果。

我写下了我人生中的第一首抒情诗——

见到你的时候

百合花开满了山谷
阳光撒着欢儿的笑
她拉一张金色的网
把我罩在这甘美的山谷

想你的时候
只有走进夜色
遥望
月华如水是你
群星闪烁是你
他们在空中挂一条亮亮的河
笼着柠檬色的思念

想和你在一起的时候
风车茉莉①和藤就是你和我
成双成对的鸟儿就是你和我
就连时针和分针
都是我拉着你的手旋转　舞蹈

我于是因着你
得了可爱的
幻视
幻觉
所有美的,好的,在我眼里全都是你的模样
所有甜的,酸的,在我心里全都是你的味道

　　这首诗当然是有感而发,触动我的是嵌在我记忆深处的女孩儿,二十多年以来,她一直被我在心底里细细包裹着,成了蚌壳里的珍珠,被想象和记忆擦拭得完美无瑕,我当时给这首诗起的名字叫作《你的模样》。
　　那是个下雪的日子,窗外白晃晃的一片,阳光撒着欢儿地一忽儿在雪地上打滚,一忽儿又跳上窗台,趴在玻璃上,心有灵犀的我身手敏捷地掏出文具盒打开

---

① 风车茉莉是一种形状类似风车的白色小花,爬藤类植物,常用来作为花墙及拱门的装饰。

盖子和它打起左突右闪的配合战,身体趴在桌子上眼睛得意地追随着跃动的光芒四处闪躲。那一节是语文课,老师迟迟未到,同学们都在静静地翻书,直到被四窜的光亮惊扰。老师推开门的那一瞬间,我手中操纵着的光芒直直地冲了过去,但照亮的不是语文老师,而是跟在她身后穿着一条亮黄色呢子裙的女孩儿。我的目光傻傻地停在了她的脸上、身上,动弹不得。女孩儿扎着长长的马尾辫,面色白得发亮,五官精致,尤其是一对红唇光洁动人,一翕一合间仿佛一只粉嫩的蝴蝶轻轻震颤翅膀。"这是我们班的新同学——林夕!"老师微笑着向大家介绍,林夕莞尔一笑,黑亮亮的眸子在茸茸的睫毛下闪动,"坐那里!"老师用手指着我斜前方的一个空位,林夕走到座位上坐下,她回头看了我一眼。就是那一眼,我心底倏地一颤,闪念间忆起那句——"满堂兮美人,汝独与余兮目成"。我后来问过她那天为什么会看我那一眼,她说:"你的目光像追光灯一样一直跟在我脸上,有人盯着你的时候你总是会发现的,不是吗?""那是因为目光是有能量的!"我回答。"Maybe!"她淡淡的一笑就像山谷里绽放的百合花迎风摇摆。

  我的诗写起来就一发而不可收了,阿年建议我去图书馆多读些各个流派诗人的书。我们这个新中国成立十来年才建立起来的工业城市为了服务和活跃职工生活配套了医院、学校、体育馆和电影院,图书馆也是有的,但一来数量不多,二来使用率不高,学校里的阅览室除了为数不多的儿童读物和期刊,更多地兼了教师休息室的功能。我骑着车子跑了好远的路去到市里的图书馆,发现那里虽然一样的门可罗雀但毕竟还有着较为规范的藏书,分类说不上丰富但分门别类的倒都有涉及。我每次都去文学馆,那里的阿姨对我倒很温和,"这么小的年纪就来图书馆啊,作业都做完了吧?""嗯!"我点头。"不过来个人也好,这个馆啊特冷清,十天半月的也见不着一个半个的人!""呦,借的都是诗人的书。阿姨问你,那个叫汪什么……汪……汪国真,对,汪国真的诗好不好?好像前几年挺火的总有人借,现在借的人倒是不多了!""阿姨,这个我也不清楚。"我拿着借好的书逃之夭夭。汪国真的诗好不好自己看看不就知道了吗,我在回家的路上琢磨着为什么管理文学馆的不能是一个喜欢文学或者说多少有点儿文学气息的人呢,那样的话她在这么清净的地方正好可以读每一个作家的作品,和每一位诗人对话,文学馆对于她来说就不会是个冷清的地方了,像什么呢,像是住满了文学灵魂的地方,这个比喻可能也不恰当,听起来像是住满了鬼魂的地方,那样可能就有点瘆人了吧?我骑在自行车上竟然被自己的这个比喻逗笑了。但那文学馆之于我的确是受益良多的,我懂得了象征,明白了隐喻,我觉得自己已经手插裤子口袋,吹着口哨,轻松惬意地徜徉在文学的道路上了。到了初三上半年的时候,我写的诗足有一本修订版《新华字典》那么厚了,我对自己这点小小的才华既没有感到骄傲也没有什么大的期望，只是快乐地驾驭着那些闪念而至的灵感，任它们在笔尖下如小河水般明亮地流淌。可能就像阿年说的，我觉得自己找到了那些闪光的珍珠，我享受着这样一种特殊的感动。如果我对阿年的话理解不错的话，我想我正在向内找寻着自己的生命之美。

我时不时地投稿给几个杂志社，看着自己的文字变成铅字拿在手里让我觉得喜悦而奇妙，这样的感觉令我极为着迷，胜过了以往所有的快乐，那是一种小树得到了阳光和甘霖的喜悦。拿到的稿费我请"兔子"去下馆子，"两瓶啤酒！"每次"兔子"都说，老板总是看看我俩，然后什么也不说转身就走开了。第一次这么着的时候"兔子"还有点儿心里没底，不过没一会儿工夫老板就把两瓶啤酒和两只杯子往桌上一放，"吱、吱"两声起开了瓶盖儿转身走了，看都没再看我俩一眼。"咱们这个小地方什么时候能开个麦当劳或者肯德基就好了，我就能请你吃汉堡和薯条了！""汉堡！""兔子"两眼放光，他应该在心里合计着，啤酒和汉堡，到底哪一个的滋味更好些呢？

阿年说："你写的这些真的很棒，你有着敏锐的感知和表达美的天赋，这是一种你内在的生命和这个世界连在一起的脐带，一定要坚持下去！""那首《光》，我可以把它印在我画集的扉页上吗？"我欣然同意，我想那对我来说是一种荣耀，那首诗我也还记得。实际上，我能够记得的也不过只有这几首而已——

　　生命的光落下来
　　像漾开的涟漪
　　我抬起头
　　看见七彩的光圈
　　　　忽大忽小　忽左忽右
　　荡着梦的色彩

　　生命的光落下来
　　像洁白的羽毛
　　小女孩用藕胖的小手
　　小心翼翼地拾起它
　　一根
　　　　一根
　　　　　　又一根

生命的光落下来
游动如皎皎白驹
它时而奔跑
　　　　时而伫立
　　　　　　时而又在
　　　　　　　　青青的草地上　徘徊

生命的光落在
时光的流水上
变作一个洁白的姑娘
她拨动闪闪的琴弦
面对着蓝莹莹的流水　歌唱

即使有时候
白驹　滑入泥潭
羽毛　跌落尘埃
梦的光晕　消散不见

姑娘却不肯停止她的歌唱
　　　　　亮闪闪的歌唱
　　　　　金灿灿的歌唱
　　　　　红艳艳的歌唱

哪怕
雷电，轰鸣
焰火，夺目
百兽，奔踏
猿猴，啼跃

终于等到
明亮的晨曦浮动
静朗的夜幕低巡
姑娘将歌声洒落

露珠彩色的眼睛
星辉斑斓的大河

歌声的脚趾尖踩上洁白而荒芜的旷野
冻土下的好奇悄悄地钻出裂缝
点点新生的鹅黄
明亮张望的海棠
一小片孩子般欢笑的鲜妍

鹅黄呼唤着鹅黄
海棠摇曳着海棠
鲜妍喧闹着鲜妍

时光里的姑娘
   没有太阳的金苹果
     她只有歌唱
     亮闪闪地歌唱
       直到终有一天
         消失不见

3

  任何一件事情或者一段时光,对于同样经历过它的人来说都会留下不尽相同的记忆。就像我爸外派这七年,在我妈看来,那是度日如年的七个年头,可是在我看来,那就是我贴近这个世界的灵魂自由得几乎飞起来的日子,阿年说那是我内在的生命和这个世界连在一起的脐带。只是我没有想到有一天这条脐带会被"咔嚓"一声剪断,就像医生会毫不犹豫地剪断新生儿的脐带,好让他结结实实地坠落到这个现实的世界。

  那其实是一个阳光明媚的日子,我正悠然自得地骑着自行车从图书馆回来,书包里装着两本海子的诗集。

  "萧忆水,你快点回去吧!你爸在和你妈吵架,大吼大叫的,可凶了!好像是在说关于你的事儿!""兔子"急匆匆地迎面赶来,冲着我大喊。我去图书馆的这些日子他不大和我在一起,他觉得那里太过冷清没什么意思。我急忙猛蹬车子,飞也似的奔回家去。

"每天一放学就到处闲逛,我派到外面这么些年你到底有没有管过孩子?现在是什么年月了,我们设计院的同事有一家算一家都在拼命地给孩子补课,多少孩子天天学习到深更半夜。我们儿子又不是什么神童,天天这么野着,你看看这个成绩,虽然比你们厂里那些孩子强,但没有一科能排到前面的,全都在中等位置上晃悠!他已经初三上学期了,眼瞅着就要考高中,他们学校只有前20%能考上重点高中……"我在门外就听出我爸的火气有如山洪暴发,从小到大,我还真没见过这样的架势,那是我记忆中他们吵得最凶的一次。"你想他以后也像你们厂的这些人一样吗?下岗!待业!"

"萧和平,你以为我想下岗吗……"他们越吵越凶,我坐在门外倚着门框,没有勇气推开门走进去,仿佛那是一道岌岌可危的河堤,只要一触碰它洪水就会倾闸而出将门外的世界淹没于一片沼泽。我爸驻外这些年我总是盼着他回来,他带我出去玩,给我做好吃的,送给我各样新奇的玩意儿,现在他回来不走了,还不到一个月。"杨老师和我说他在写诗,写诗能当饭吃吗……"我这时已经有一种大大的预感,有一样宝贵的东西要从我身上被夺去了,我已经开始舍不得了。我在脑子里想着这些快乐的日子里我和"兔子"到处撒欢儿,想着阿年的桌上池塘,想着令我着迷的叶芝的漫游。我妈在这一点上还挺不错的,她不大紧张我的学习,这可能和厂里人的关注点有关系,我曾不经意间听杨老师说起过知识分子家庭和工人家庭孩子的差别,当时以为不过是老师的偏见,现在想想倒是理解了,家长的关注点和要求大相径庭,我爸一定也是回来后不停地被设计院的同事们洗脑,才开始意识到别人家的孩子都在干些什么。在我这样的胡思乱想之中,他们的争吵终于缓和了下来,我爸坚定地说了一句:"好了,我来好好收敛收敛这小子!"然后又说,"他以后会明白的!"这是我爸具有前瞻性的标志性语言。

那天晚上,我就像一个被押解着的囚犯,在楼下的大树底下烧掉了两年间写下的全部的诗。"海子的诗集我明天去替你还。你知道海子最后是自杀的吗?诗人这条路已经没人可以走了!更不要说写来写去还不见得能够成为诗人!"

我爸虽然就在我的耳边说着这些话,可是那声音在我听起来好像一个气若游丝的僵死之人发出的声音,它兀自向着远方飘散而去,以至于遥不可及。只有面前的火焰在这一刻是无比真实的,它像邪恶的魔鬼,张牙舞爪地扭动着丑陋的身躯疯狂地释放着胜利的狂喜,我目睹着它从恣意的舞蹈及至化为片片灰烬,始终没有说一句话。

我是一个性格温和的人不喜欢竞争,可这同时也是我的缺点。我几乎从不发脾气,因为大多数在旁人眼里看起来无法忍受的事情(比如我妈看不顺眼的那些人和事儿)在我看起来都觉得无足轻重。但这并不是说我对所有的事情都满不在乎,我在意那些在我眼里像露珠一样闪闪发亮的东西,那些我爱着珍惜着的东西,可是我却缺乏为了自己在意的东西去抗争的勇气。我曾经在《道德经》里读到说"上士不争",当时很觉得是对自己这一缺点的褒奖,但内心里我始终清楚这种勇气的缺乏是我最大的软弱。在我爸坚定决绝的面色之下,我没有说一句抗争辩解的话,虽然我脑子里一遍又一遍地想起克洛诺斯的儿子们①。面对满天纷飞的灰烬,我凄凉而默默地做着一种告别,那是我能够感觉得到的我生命的一部分,它们从我的躯壳中挣脱出去,向着新的自由和新的希望飞去,而被留下来的我,无望地失去了它们,并从此与它们一刀两断,再无瓜葛。我爸拍拍我的肩膀示意让我回去,就在那一瞬间我突然觉得自己好像一个孤儿,刚刚失去了年幼时被抱在父母怀里的宠爱,那宠爱就在刚才也化为了满天纷飞的灰烬,再也找不回来了。

　　那天之后我变成了一个正常的学生,放学后再不会四处闲逛,再也没写过没有人读的诗,我爸从附近的大学找了一个家教给我补课。那是一个斯文的大学生,穿着干净整齐的衬衫和牛仔裤,戴着大大的眼镜,"他为什么黑白得这么彻底?"我在心里想,不过从那之后我对这也不感兴趣了,我已经不是那个带着好奇眼光打量这个世界打量每一个人的孩子了,既然身边的人都是黑白的或者灰蒙蒙的,那还有什么再去打量的必要呢,教科书才是我需要花时间和精力的,它们也都是黑白灰的,和这个世界的颜色一样。"这孩子很不错,脑子清楚,我把知识点都给他快速地过了一遍,发现没有什么问题,他需要的是强化训练和加强难度,我之前带过一个这样的孩子,半个学期不到就进到了前20%,去年考上了重点!"我爸听到老师的评价终于舒展开紧张而郁结的眉头。

　　没过多久,我们就搬了家,住上了院长楼,"近朱者赤近墨者黑,你是应该和优秀的孩子在一起多受受好的熏陶了!"我在家教老师半年多的穷追猛打之下终于和原来班里的优等生一起考上了重点高中,"兔子"自然是没有考上了,因为我爸说"他们家的遗传基因不好,两个工人哪里生得出学习好的孩子呢"!"你这话不是变相地挖苦我智商低吗?"我妈不满意地抢白我爸,"再者人家'兔子'的爷爷可是有学问的人,只不过他爸爸压根儿不爱学习!"我妈对"兔子"爸爸一直抱持着积极的评价,可能是她也觉得"兔子"爸爸和其他的人有那么点儿不一样,我能够长期和"兔子"厮混在一起也拜托了我妈对他的良好印象。"那就是没有好的

---

① 克洛诺斯的儿子们指希腊神话中的神王宙斯、海王波塞冬和冥王哈得斯,他们因战胜父亲推翻了父权从而成了新一代的神王。

家庭教养！"我爸纠正。"就你教育得好行了吧？""哎,实践是检验真理的唯一标准！"他们那一代人的标准口头禅从我爸嘴里理直气壮地冒了出来,"你看咱儿子成绩这不是上来了吗！一来呢儿子毕竟继承了他老爸的智商,二来我这回来的时机还真掌握得好,啥也没耽误,我给儿子来的这个紧急改道属于弯道超车,机会刚刚好,要是和那些孩子混在普通高中里后面可就不好整了！"

我妈现在不和我爸吵架了,她自打搬进院长楼天天都心情舒畅的,就好像忍气吞声的小媳妇儿摇身一变成了颐指气使的婆婆,"咱这房子的格局、朝向、采光样样儿都好,周边配套也方便,对面还有公园晚上可以去散步,你妈我呀也算是知足了！"我妈心情好还有一个重要的原因,就是我爸在她下岗之后通过人社局的劳务派遣服务公司给她派到了一个事业单位,不但待遇样样不落,工作还清闲自在,比原先在厂里不知如意多少,现在我又考上了重点高中,你说我妈能不美得直哼小曲儿吗？"你爸这个人呢有大主意,听你爸的不吃亏！"我妈现在气儿顺了,心态也好了很多,很少再关上门来损这个贬那个的了,看来境遇也是能够或多或少地改变人们的心态。

林夕也转学了,她的情况和我不同,她的爸爸妈妈因为工作的调动换了好几个城市,以至于林夕不得不跟着他们辗转于不同的城市和不同的学校。"幸亏你性格好,到哪里都能交到朋友！"我说。"其实我最缺的就是朋友了,到现在为止,我一直都没有一个真正的朋友,什么分别之后还飞燕传书啊都是假,大家都各忙各的,眼前的朋友才是真朋友！"她说这话的时候好像既没有伤心也没有愤慨。"干吗那么悲观,我们可以保持联络的！""不用了！"她冲我轻盈地一笑,就像我第一天见到她时她脸上的笑容,然后转过身去,扬起手摆了几下便头也不回地朝着那条树荫交织的小路走去,我望着她的背影看了一会儿……蝴蝶飞走了,我也要离开了,山谷里的百合花凋谢了,风车茉莉也在藤上枯萎了。

就像一个童话故事结束的时候,故事里的人物一个接着一个地对我挥手告别,故事落幕了,生活恢复了它本来的面目,世界褪去了迷人的色彩。

之后的日子,我也变成了一个几乎只有黑白两种颜色的人,一名优秀的学生,一个令我爸颇感满意和骄傲的儿子,一直到我考上大学,毕业工作,直到现在,我爸每每说起来,总对自己在关键时刻力挽狂澜将我牵引回正确的轨道大感欣慰。不过我觉得我和我爸妈在认知上总是有一些差异,我知道他们喜欢现在的我,但我自己却好像总有些意兴阑珊的。我感觉自己成了一个无趣的人,我不会再沉浸于夜晚发亮的天空,不会因发现了一场春天而激动,也不会把心中涌动的情绪流转在笔头,我性格温和的特点没有变,只是又加上了一个不喜形于色,大概是因为实在没有什么事情让我觉得特别欣喜吧。有的时候我觉得自己像是被困在一个四面墙壁长满爬藤植物的空间里,那墙壁是向上无限延伸一直伸向天空的,我仰着头,望着墙壁不断地不断地向上蔓延。

想起这些林林总总的往事的时候,我正以一身背包客的打扮,穿行于斯德哥尔摩某个皇家学院的一片小树林中,多年前的记忆就像魔术师怀里的黄手帕一样被轻轻巧巧地扯了出来。那是一个宁静的早晨,阳光张开金色的手指从树枝间伸向大地,空气中弥漫着淡淡的清香,那是树木在清晨特有的气息和着远处花朵的香气,仲夏节之际,鲜花盛开得分外悦目。一只大尾巴的松鼠在我们身旁的草地上轻盈地跳跃,爬上树干,攀上树枝,又在枝丫间蹦上蹦下,我手中恰巧还有半片没有吃完的面包,于是轻手轻脚地凑上去,举着面包想要引起它的注意。那松鼠竟真的不怕人,顺着树干溜下来,我把面包放在地上,饶有趣味地看它弓着身子用小小的爪子抓起面包往嘴巴里塞,长长的尾巴立在身后卷成一束喷泉,圆溜溜的眼睛一动不动地注视着前方,那眼神中似乎包含着悠长的意味,执着的,遥远的,毫无躲闪的。这眼神触动了我,像是一根细线牵扯着我在记忆的池塘里寻找,我看到了多年前我曾经有过的兔子的眼神。

这样一想起来,这些记忆好像已经离开我去外太空周游了一大圈,以至于我在这十几年间从未想起过他们,却偏偏在这么一个遥远的异国他乡浮上心头。这里和我当初养兔子的地方大概有着7700千米的距离,我的那个"兔子"朋友,如今到底去了哪里呢?我在搬家之后竟然再也没有见到过"兔子",连巧遇都没有,就好像我们进入了不同的时空。还有阿年,他有没有在喝着功夫茶看着桌上池塘的时候偶然间想起点什么来?人和人的相遇有的时候也真是难以预料,佛说十年修得同船渡,我和"兔子",我和阿年,修了那么久的相遇却也不过是多年之后倏忽间的心头掠影,他们之于我,还有那些有趣的回忆,都是在16岁那年像被剪断了脐带一样戛然而止的。

第二章 雪域 守林人

1

神木林发出"嘶嘶"警报声的时候,我正坐在院子里雕刻我的第1069件木雕"作品"。少有的冬日暖阳正徘徊在小院中,抚摸着那些形态各异的"生灵",它们在小院和小屋的各处神态自若地栖息,或者在栅栏上、屋檐下、墙壁上叮叮当当,摇摇晃晃。我总是反复琢磨,就着树枝的粗细、纹理在脑子里先确定雏形,再用大小不一的刻刀雕琢,用锉具打磨,大型的就雕成像憨萌的海狸一家、祷告的猫咪七姊妹、水牛背上的音符鸟等,小件的雕琢后涂上油彩变成俏皮的挂件,有梅花鹿、蜂鸟、海豚、美人鱼不一而足,还有小天使,戴光环的、长翅膀的、吹喇叭的、背弓箭的。总之,我的雕刻材料多得是,就看我有没有好的灵感让它们"活"起来。那种感觉有些奇妙,我用灵感和双手赋予了它们形态,甚至生命。所以雕刻的时候我会一天比一天地更爱它,雕刻完成后反反复复地欣赏它,与其说它们是我的作品,不如说它们更是我的同伴。

我把尚未完成的雕刻放在桌子上,站起身,侧耳倾听,我辨别出那警报来自神木林的西南边界。尽管天气晴好,我还是将皮衣裹好,绑紧腰带,走到屋子里在床脚处拿起那杆长长的猎枪,关上房门走出了小院。

天气真是好到没得说,天空湛蓝,阳光斜斜地照着神木林,把神木高高长长的影子清晰地映在厚厚的积雪上,那种明亮的光影好看极了,就像钢琴上的黑白键盘。平日里,我的靴子会在积雪上踩下深深的脚窝,我从一棵神木走到另一棵神木,捡拾落在雪地里的树枝。我喜欢这一片年轻的神木,它们的树干还没有长得非常粗壮,但却笔直而光滑,昂扬地向着天空挺拔,我时常想象它们发出嫩芽沐浴春风的样子。

我总是翻看那些画,那是我前几任中的一位守林人留下来的,他几乎画下了每一棵神木在春天时的样子。就像我每天都会用神木掉落的树枝雕刻一样,每一位守林人都以独特的方式延续着神木的生命。

"俄刻阿诺斯①是一棵彩色的树!"罗得说。群树合围的俄刻阿诺斯由上百棵粗大的树干环绕扭曲着抱在一起,交织出庞大的树冠。春天的俄刻阿诺斯长着千姿百态的叶子,汇聚了缤纷的色彩和奇特的果子,夜晚的时候那片树林流光溢彩,散发出奇异的光芒。俄刻阿诺斯同时也是一种飞天蝙蝠的栖息地,它们白天在神木林各处翱翔,红霞满天的时候就成群结队布满天空地飞回来,倒挂在树枝上栖息,它们以树上的果子为食,因此长出了彩色的翅膀。

"谟涅摩叙涅②是神木林的记忆!"谟涅摩叙涅是那片最古老的树林,它们高不可测,我的目光沿着斑驳的树干向着天空攀爬,却从没有望到过尽头。和高度一样难以衡量的是它庞大的根系,它们匍匐在皑皑白雪之下,每一棵都足以占地为王。置身于这一片古木林中,尽管知道如今它们都在休眠,但每当晨雾弥漫,那些生自远古的树之精灵却都仿佛隐约可见。

"看哪,神木之心!你的库•丘林③!"罗得每一次都这样兴奋得直嚷嚷。

"可是你怎么也吵不醒她,不是吗?"

"那倒是,不过……"他想一想也就不再说下去了。

库•丘林身姿雄伟,独木成林,它的树干抵得上巍峨的楼宇,伸展的树冠笼罩着神木林中央一个湖泊那么广大的土地。枝繁叶茂时的库•丘林是百鸟欢聚的地方,整个神木林都听得到鸟儿悦耳的鸣唱,各种动物都前来庇荫,一条清亮的小河环绕着库•丘林汩汩流淌。库•丘林的眉宇间有着主宰神木林的"神木之眼",当"神木之眼"张开的时候,整个神木林里的每一棵神木都会发出光芒,并在瞬间交互联结,将神木林笼罩在璀璨的穹顶光罩之中,那光芒直射寰宇。

"那就是传说中的'神木极光'!"罗得兴奋地说。

"这片神木林不知道生长了多少年了?"

"总有几千年了吧!"罗得回答。

神木林静静地挺拔着,从大地直到天空,带着神秘和庄严,在这样白雪茫茫的冬天,它们都睡着了。

---

① 俄刻阿诺斯(Oceanus):神木名,源自希腊神话里的大洋河流之神,生育了地球上所有的河流及三千海洋女神。

② 谟涅摩叙涅(Mnemosyne):神木名,源自希腊神话里的记忆之神,也是最古老的时间之神,十二泰坦之一。

③ 库•丘林(CuChulainn):神木名,源自欧洲凯尔特神话中爱尔兰太阳神鲁格•麦克•埃索伦的儿子,他是伟大的英雄,在战场上身体会变得极为畸形怪异,所向披靡。

"神木都在等待着,等待着被呼唤,等待着被叫醒!"罗得说。

那时冬天就消融了,那时神木林就是春天了,那时就该和画中的景象一样,神木林到处生机勃勃,夜晚流光溢彩,神木极光穹顶璀璨。

罗得一定见过神木林美好茂盛的季节,"那时的守林人可忙碌了!"罗得说完这句话神情显出几分惆怅。

警报声开始变得急促,夹杂着些嘶厉,不再只是和缓的提醒。我双脚点地,飞身跃上隐秘于丛林之中的空中密道,疾速飘移让原本静止的风在我的耳边飞驰而过,我在临介于雪野的神木林上空站定身体,向下观望。

与神木林相连的雪野是一片苍茫的广袤之地,看不到边际,罗得说那里原本是大片大片的田野,蜿蜒流淌着明亮的河流,但是现在它们都看不见了,只有雪野,白茫茫地辽阔着,风和雪交织肆虐在雪野上,即使与神木林相连,那里全然不似神木林这般的安宁与沉静。

风雪交织的雪野上,我看到了它们。它们肩并着肩静静地伫立着,围成一圈,它们的身体在风雪中翻涌着,一大朵一大朵巨大而洁白的浪花。据说它们会随着季节变化身上的毛色,春天的时候它们是一大片一大片绿色的草地,秋天的时候它们是一大团一大团金色的麦浪,我没见过它们在其他季节的样子,只见过这翻涌着的洁白浪花几乎与雪野融为一体,除了发出莹莹蓝光的细小的眼睛。

它们虽然静静地伫立着,却散发出肃杀的气息,就像准备战斗的武士。我看见它们将巨大的浪花向上高高地托举起来,那是它们覆满白色毛发的尾巴,不是我们通常所见野兽身后那一条粗壮的尾巴,而是九条,九条健壮的覆满白色毛发的尾巴,正高高地竖立着,每一条都像粗壮的树干一样,充满了扩张和控制的力量。它们停在半空中,所有的白色尾巴合围起来。变化着的不仅仅是形态,它们开始变成黑色,那黑色如此之诡异,一点一点加深,一点一点变暗,连同与九条巨尾极不协调的细小身躯,直至暗得像吞噬一切的噩梦,原本发着蓝光的细小的眼睛也开始变成血红色,透出邪恶而恐怖的凶光。

女孩儿瘦小的身影几乎看不见了,在兽们高举起巨尾之前,我看到她站在那个包围圈的正中间,镇定而谨慎,用目光环视着那些高大的兽。当她张开手臂一跃而起企图飞出兽的合围时,那暗黑阻挡了她。她落回地面又一次飞起来,加剧变暗的暗黑却像织起一张无法撕裂的网,那网就要压向地面,就要将女孩儿整个吞噬了。

我举起猎枪向着兽包围圈的上空射了出去,"嗖"的一声,半空中绽放出一团耀眼的蓝光,蓝光瞬间炸开,像光柱一样向着四围急速坠落,雪野开始晃动、断裂。兽们惊恐地抬起头,发出婴儿般"嘤嘤"的叫声,整齐的队形开始涣散。女孩儿机警地从兽散乱了的队伍空隙中闪身钻出来,跟着雪野上的断痕奔跑。雪野这时变成了一部巨大的移动罗盘,以某种神秘的方式旋转运动着,雪在断痕间抖落。跟随着罗盘的移动旋转跳跃,女孩儿就在我纵身一跃就能够得到的地方了。"抓住我!"我俯身一跃同时伸出手臂,女孩儿一个纵步抓住了我的手,我带着她飞身落回空中密道。雪野里,那一队兽还站在原地,它们面对我们的方向发出婴儿般"嘤嘤"的叫声,雪野渐渐停止了移动。

2

"谢谢你!"女孩儿面对着我,胸脯还由于刚才的紧张而微微起伏。

"这原本就是我应该做的!"我让她平静了一会儿,然后带着她走进神木林,在空中密道穿行。

"我们,我们是在森林的半空中行走吗?"她好奇地向下望着又向上望,"这就像鸟儿在林中飞行一样啊!"她兴奋地说,"我可以摸摸它们吗?"她问。

我点点头。

她走近一棵神木,伸出手抚摸它粗糙高大的树干,拉下皮衣的帽子,把耳朵贴在树干上。她保持这样的姿势很久,然后走向另外一棵神木。她的姿态郑重,神情肃穆,就仿佛在进行着一场仪式……她的长发高高地束成马尾又乌黑地垂下来,脸蛋圆润新鲜,让我想起绽放的苹果花。

我靠在一棵神木树干上,掏出哨笛。那支小巧的哨笛,周身暗红,微微发亮。

"它来自一棵神木!"罗得断言。

我的小木屋里有不同的乐器,一支木纹漂亮的尤克里里,一把玫瑰色的小提琴,几支长短不一的木笛,可我一眼就看中了这支哨笛。

我一拿起它就能吹出好听的曲子,"哦,这真是太妙了!"罗得不由得挑了挑眉毛。

一个人的时候我会吹些自己熟悉的调子,而当我打算为别人吹奏的时候,就像现在,我发现那是笛子自选的曲子,我只是恰好成了吹奏者。我现在吹出的曲子有点类似节奏布鲁斯,摇曳的旋律轻快迷人,让人有一种想要摇摆的感觉。

女孩儿微笑着走过来的时候,我的面前出现了一条分叉的小径。我带着女孩儿沿着小径走去,在小径的尽头拉着她落到地面。我们的脚下竟然没有积雪,浅浅的绿意从泥土里钻出来。

"这就是你的神木!"我伸手摸了摸微微潮润的树干和树干上细滑的地衣,

"阿俄伊得①,它的名字叫阿俄伊得!"我转过身对女孩儿说。

这棵神木同样由众多树干合围而成,此刻,它正在轻轻地呼吸,空气中弥漫着泥土和草叶的气息。女孩儿走上前来,先是将双手放在潮润的树干上,然后把耳朵压在上面,细细地倾听。正在这时,盘结的树干当中微微发出光来,紧接着,好像推开的两扇门,一个巨大的树洞露了出来,我扶着女孩儿的手托了她一把,女孩儿就爬了上去,从那个树洞的入口钻了进去,树干紧接着又闭合起来。

我选了一处树干,背靠着它坐在露出地面的树根上,又从怀里掏出哨笛吹了起来,笛声清婉悠长,环绕着轻轻呼吸的阿俄伊得。除了融化的雪,除了轻轻的呼吸,除了草叶的气息,我竟然看见了树叶,蓝色的树叶,闪动着神秘的光泽,在微微起伏的枝头悄悄地探出头来,摇曳。不知从哪里飞来一群蓝色的蝴蝶,它们辉映着蓝树叶,抖动着闪光的蓝翅膀,恍若蓝色的树叶在空中盈盈舞动。我看得出了神,竟忘记了继续吹我的哨笛,但那笛声却依旧环绕着阿俄伊得在我的耳边飘荡。闪动着蓝色光泽的阿俄伊得,散发着神秘动人的魅力,呼吸着的神木,原来竟是如此的令人神往。

女孩儿从树洞的闪光处现身的时候,整个人看起来也发生了变化。她的脸颊光彩熠熠,眼神明亮如星,背后的一对翅膀泛着蓝色的光,竟比刚刚强健了许多。她抖动翅膀一下子就飞上了空中,我想下一次她大概可以直接从雪野飞上神木林的空中密道,这样就可以摆脱兽的合围攻击。当然,我一定会去接应她,直到确认她能够来去安全为止。

3

回到小木屋的时候,天已经黑透了,雪域的太阳一到傍晚就像急不可耐的小男孩儿坐在雪橇上一溜烟地不见了踪影。我把小屋里的炉火弄旺,坐上一壶水,炉火把小屋映得通红,水壶在炉子上吹起了口哨。女孩儿坐在炉子边烤火,我冲了咖啡,装在有只小猫趴在杯壁上的杯子里递给她,"好可爱!"她接过杯子和托盘。我们小口小口地呷着咖啡,感受身体一点点地暖和起来。屋子里面暖意融融的,她放下杯子,开始围着小屋欣赏神态各异的雕刻"作品",伸出手摆弄着墙上的挂件,眼睛里有炉火的亮光跳跃。

"这些都是你做的?"

"嗯,我有的是时间,闲着的时候就雕些小玩意儿!"

---

① 阿俄伊得(Aoede):神木名,希腊神话中的歌唱(声乐)女神,诗歌三女神之一。

"你在这里有多久了?"

"这个嘛,好像很多年了,具体多久记不清了。"

"这些都是用神木雕刻的吗?"

"是。刮风的时候,神木会掉下来些树枝,每次风住了我就把它们捡回来,一开始也不知道能做什么,后来有一次突发灵感就刻了起来,刻着刻着就停不下来了。"

"罗得经常来这里吗?"女孩儿问。

"现在来得少了,他说他那里太忙了!"

"是啊,乐园里可真是热闹,不过他和我讲了很多神木林的事,还有其他的人,他们把来这里的路以及路上可能会遇到什么都详细地告诉了我。"

"那些兽,"我说,"你之前应该没见过它们如此凶恶的样子。"

"我在雪野上见到过那里的兽,它们是独来独往的,也很温和,它们会和我一起在雪野上慢慢地走,还会让我靠在它的怀里,用大大的尾巴抱着我给我取暖,"女孩儿思索着说,"我一直以为它们就是我看到的迷人的样子。"她微微打了个寒战,"可没想到……怪不得罗得说……"她半像是在回忆,又半像是在琢磨,"我问罗得乐园是不是由他掌管的,他回答说掌管乐园的是兽。"

"罗得和我,我们都只不过是看守者罢了。不过罗得比我更熟悉这里,他好像从一开始就在这里,而在我之前,神木林已经历过很多任的守林人了。"

"我在乐园听见有人说你将是最后一个守林人,这是什么意思?"

"可能是因为我的……"我想了一下没有继续说下去,"对了,那些挂件,"我转头望着墙壁上的雕刻品,"喜欢的话可以选一只,送给你!"

"可以吗?"女孩儿好像也忘记了刚才的话茬,她开始认真地挑起来。"这个可以吗?"她圆润新鲜的脸蛋上挂着快活的神情。

那是一只俏皮的猫头鹰,有一只圆圆大大的脑袋和一个小身子,两只神气活现的眼睛是我用油彩画上去的,黑黑的瞳孔,金棕色的眼圈,围着亮晶晶的一圈小水钻,身体上画着不规则的几何图形。

"当然!"

她刚准备摘下俏皮的猫头鹰,突然看到了旁边的凤鸟。那只凤鸟纤细流畅,浑身火红,长长的尾翼火焰一样向着天空翩飞,我很高兴她注意到凤鸟,那可是我的心爱之作。

"哇!"她伸出修长的手指抚摸着凤鸟,"它简直像一束火焰!"

"凤鸟是唯一能吹出《库·丘林》的挂件。"

"挂件还能唱歌?"

"嗯，"我取下凤鸟和猫头鹰，指着它们背上一个圆圆的小孔给她看，"每一个挂件都能吹出一支不同的曲子，我猜这可能就是它们所来自的神木的声音。"

　　我把凤鸟和猫头鹰分别放在我的两只手掌上，女孩儿偏头看了看，拿起那只凤鸟，解开红绳，挂在脖子上，那朵彤红的火焰就垂在她白色的皮衣外面，摇摇晃晃，分外地醒目好看。

　　"你今晚就住在这里吧，明天一早我送你回雪野！"小屋四周还有很多备用的木屋，木屋里都设好了床铺，只是很久没人用过了。

　　我把屋里和院子的灯都点亮，又拨旺炉火，小屋透着点点红光像圣诞节的装饰。我把几只土豆扔在炉子里，等下烤好了拨开捣成土豆泥做主食，松茸和野菜煲汤，用肉桂和茴香炒木耳和蕨菜，小屋里很快弥漫着松茸的香味儿和土豆烤熟了散发出的阵阵焦香，混合着阵阵辛香。

　　我把做好的饭菜用几只粗瓷的碗盘盛了摆在桌子上，又拿出一只粗瓷罐子，那是我用采来的野果自制的果酱，口感酸甜。那些野果藏在雪的下面，平日里不容易发现，风住了的时候它们就露出头来，红盈盈的好看。"好香啊！"我和女孩儿相对而坐，我已经记不起来上一次有人和我一起享用晚餐大概是什么时候了。

第三章 英雄救美的传说

1

之前说了那么多还没有完整地介绍一下自己,我叫萧忆水,今年33岁,在一家大型股份制银行总行上班,我爸逢人就说我是社会精英。而我却觉得自己其实就像一只气球,飘浮在一个布满钢筋水泥、充斥着各色人等的超级大都市,那个城市的高楼大厦就像困住我的四面墙壁,它们也在不停地向着天空伸展,我飘浮在城市的半空,低头时可以看到生活在城市底层挣扎着的人们,抬起头来却望不到尽头。

我说过我爸妈喜欢现在的我,而我的领导和同事们也喜欢现在的我。不过也许我到底是什么样子对于他们来说并不重要,毕竟他们关注的核心是我的工作能力以及工作中的配合做得够好就行了,说到底,我们之间就是工作关系。所以,我是个什么样子其实只与我自己有关。也有好多人说喜欢我的性格,说我温文尔雅很有绅士风度,whatever,他们喜欢怎样想都行,那其实也没什么所谓。凌蓝蓝就是说喜欢我的人中的一个,不过她和只是说说"我觉得你这个人不错"的那些人不同,她的喜欢带有一定的目的性。

如果说我出现在一个地方的时候只是走路带风和脸上带笑,或者说是一部无声黑白默片的话,凌蓝蓝出现的时候就是带着交响乐前奏的彩色电影。对,我第一眼看到她的时候发现她是翠绿的,橙黄的,热闹而热烈,但,还好像有点儿不一样的感觉,孤独——热闹的彩色包裹着孤独和冷清,这种感觉让我心生怀疑。说句题外话,我们银行这种地方女孩子很多,漂亮女孩儿更是不少,她们个个衣着光鲜妆容精致,但我在她们当中看到有色彩的其实并不多见,男生也是,大部分男人都是黑白或者灰色的,这么多年来这种第一眼的色彩对于我来说一直是个谜,那些色彩和朦胧的光到底意味着什么呢。说回凌蓝蓝,她是一个气场十足的女生,在我们这样一个"敛声屏气,恭肃严整"的职场当中,她可不单单似凤姐那般"丹唇未启笑先闻",而是嬉笑怒骂之声遥遥可闻,红唇艳装摇曳而来全若入无人之地。凌蓝蓝身材高挑窈窕有致,长相美艳出众,照她自己的话说,比《来自星星的你》的女主角更多几分性感,而大家在心里更加认同的一定是张扬跋扈的性格更有几分相似。按说在我们这样的地方,这样的风格是很难被接受的,可偏偏她是Jessica的助理,而Jessica又是一个大不寻常的女人。

　　Jessica,我们的市场总监,香港人,之前长期任职于外资银行,相较于雷厉风行的工作风格,真正给我带来强烈震撼的是她的个人形象,如果用一个词来描述那就是——时尚。Jessica个子不高,留精干的短发,头发一定是打过发蜡的,油亮利落,衣着嘛就一个《VOGUE》画报,她有的时候穿一字领露锁骨的短款针织衫,面料和版型极为考究,露出一小圈紧致的腰腹,一条阔腿长裤一直盖到高跟鞋的鞋面,那双嵌着细碎水晶的高跟鞋估计足有12厘米高,我总担心她尖细的鞋跟如果一不小心扎到下水道的盖子上根本就没有办法拔得出来。Jessica穿风衣的时候更是一道风景,一件宽肩的黑风衣,领子、袖口和底边镶着亮白色的边,闪电一样,她这时会在脖子上系一条花色热烈对比强烈的丝巾,不大的脸上遮一副大大的墨镜,胳膊上挎着大个的湖蓝暗纹皮包,风衣里面是一件满身几何图案撞色设计的连衣裙,不用看LOGO就知道是某个大牌的当季新品。她宣扬工作生活都要兴致勃勃,她说我们绝大多数的员工都活得很苦,她的目标就是要把我们从痛苦的工作状态中解救出来。我其实一直没有搞懂她到底要如何解救我们,我想她不断给予我们的视觉冲击和时尚风向可能是计划的一部分,以至于办公室里的姑娘们宁可攒上好几个月的工资去买某个大牌的新品包包,幸好我不是女孩子,对于这些时尚也不甚敏感。

　　这样的领导选出的助理一定也是有异于常人的,所以凌蓝蓝对Jessica的胃口。职场上从来都是绝对的爱屋及乌,凌蓝蓝竟然成了大家争相结交炙手可热的人物。

　　其实她人很聪明,Jessica的各项工作、文件报告、活动日程安排得井井有条,还总是有很多灵光乍现的好点子,Jessica不止一次地说让她去做产品经理。有几次据我不经意间的观察,这丫头并不是不分场合的张狂,有大领导在的场合她绝对举止斯文含而不露,而和其他人在一起的时候,只要职级低于Jessica她都毫不例外地颐指气使、原形毕露,所以应该说她是没把其他人放到眼里。我内心里觉得她的这种心态很危险,没准儿哪一天会翻船,相信有这样想法的人绝不止我一个,而我并不是盼着她翻船的人。

被这样的一个女孩儿喜欢上对我来说并不是一件惬意的事儿,她像一颗传播复制能力极强的病毒,将她的这个心意散布于我们一整栋42层楼高容纳了不少于3000人的银行总部大厦,让那些根本和我没打过交道的人都知道了我,她得意地对我说她的病毒传播策略取得了卓著的成效。

按理说像凌蓝蓝这样张狂高傲的女子是不会看上我这样一个没有多少野心又斯文和气的男生,或许你会说她喜欢我与她截然不同的性格。这样的成分不能说完全不存在,但最多不超过百分之五,真正的原因却要从那次偶遇说起。

对了,我得先说说我和这座城市的相处之道,这是我在城市蜗居了两年之后才找到的——在万物宁静之处抚摸她的柔软,这虽然不是我的发明但着实令我发展出一项有益身心的运动——城市徒步。对于徒步来说,这座城市能够给予我的真的很多,她用多变的地形和地貌,把我塑造成一个沉静而执着的徒步者。在路途中,有一些荒芜了的消失不见的东西仿佛又开始慢慢地生长,我说不清那是些什么,但却能分明地感觉到它们。

我先从环绕城市的群山开始,一走就走了一整年,当然不是每天都走,是每个周末,周六早上太阳升起之前出发,周日晚饭前赶回家,洗澡、洗衣服,做一顿营养丰富的晚餐,结束漂泊游走的一个周末。我觉得自己身上有着某种流浪者的漂泊精神,很多人说那玩意儿是游牧民族才有的,可依我看我们这些世世代代生活在平原沃土的人们不是没有,我们只是选择了理性的压抑。接下来我开始沿着海岸线走,走海岸线时你会产生走在大地尽头的感觉,有的时候走着走着看到海岛的影子,我会登上一艘大船或者一条小渔船,去到岛上住一个晚上,能露营的地方我会扎帐篷钻睡袋,不能露营的地方就住在岛上的小旅馆里。

我的路途看起来随意其实恰恰相反,每一次出行之前,我都要做详细的研究。在没有GPS之前,我要把一个地方的路线摸清楚,打印地图,标注每段路的距离以及节点路标,备选扎营地点和节点用醒目的彩笔提示自己。之所以能找到目的地的地图以及详细路线,证明在我以前已经有人走过那里并留下了信息。现在有了GPS,地图、路线、定位就变得容易多了。但毋庸置疑的是,正确的方向、路线和精准的定位是野外徒步的一切前提,我甚至给自己买了一份全年的保险,是覆盖户外运动那种的,所以无论怎么说我并不是一个莽撞的人,相反,我在方方面面都会尽可能地考虑周全。这座城市的徒步线路有一定挑战但尚达不到驴友自虐的难度,这对我来说倒刚好合适。一座山分几个周末历时一两个月走完,每次走不同的路线或者登不同的山峰,这种感觉就好像你从不同的侧面了解和熟悉了一个人,所以等完成一整座山的徒步,我就认识了这座山,我和它之间就有了属于我们的记忆。

装备行囊同样重要。我在路上只带保障体能和水分的必要食物,每个准备出发的周五晚上我都会更新好食品,面包、饼干、牛肉干、巧克力、方便面和水,但装备却是要充分的,我的驼包很大,帐篷、睡袋、防潮垫、折叠手杖、冲锋衣、雨衣、抓绒衣、快干衣裤、袜子、手套、太阳镜、防沙镜、帽子、头巾、手持GPS、手电筒、头灯、小药箱、打火机、瑞士军刀、口哨、炊具、垃圾袋……可以说应有尽有。带这么多东西的原因不是为了显得专业,只是因为需要。就比如说炊具,只要气温尚可我就不考虑生火,但如果哪一天夜里温度较低,第二天一早爬出帐篷,喝上点热水,煮一杯热面能让身体的能量迅速攀升。有几样东西是所有装备里的重中之重,让我甘愿花了些血本。第一个是鞋子,一双好的徒步鞋能够任由你跋山涉水穿越荆棘瓦砾。一上来我就买了双专业的户外鞋,可鞋底太硬鞋面也不够软,一个周末下来脚就有点儿疼,好在可以缓上五天的时间。后来我还是决定给鞋子做个升级,毕竟脚板是徒步当中的执行部队。现在穿在我脚上的鞋子产自意大利,这个品牌的厂家同时是著名的军靴生产商。鞋面是透气防水牛皮,足够柔软不磨脚,鞋帮和鞋底的设计既厚实耐磨又贴合脚型,能有效缓冲长时间行走对脚底和脚跟的冲击,内衬超强防水透气,涉溪及雨中行走都不会进水。再有就是我的手持GPS了。如果说鞋子是执行部队那么GPS就是指挥了,它担负了我的地图和定位两大关键职能,所以我需要它地图清晰详尽、定位实时精准,防水、防尘、防震外加耗电低。自从使用这个小家伙的那一天起,它就忠心耿耿地为我提供着准确的指引,从无半点差池。有那么几次,多亏了它我才得以穿越迷雾,安然返程,我因此对它格外地器重和信赖,并给它起了个亲切的称呼——军师。哦,对了,从专业角度讲手持GPS有基于卫星原因的略微定位偏差,不过对于徒步而非测绘来说属于可以接受的范围之内。前三名中还有驼包,好的驼包在材质、设计、防水、散热等方面都有着魔鬼般的细节,这又是只有身在其中才能体会到的妙处,我有65 L、40 L、24 L几个不同型号的驼包,都选自同一个我信赖的品牌。

然而,遇到凌蓝蓝那天却发生了一点意外。那也是一个大雾天气,蜈蚣山冬季暖湿气流交汇,山谷多雾,我因为有了"军师"相伴,倒颇有几分不以为然。可我却真的走上了歧路,这倒怪不得"军师"。那是一个三岔路口,其中的两条路都是上山的,下山的路也要先上行一小段再掉头向下。当时雾气很大,几乎难以辨别路线,但"军师"还是清晰地指引出了三条岔路的方向,只是,我竟然看到了第四条路。那是一条铺了柏油路面的公路,我面朝公路,试图透过弥漫的雾气看到些什么。一开始什么也看不清,可慢慢地,我竟然在绰约中发现了几个背影,他们好似是和我一样的背包客,正沿着这条公路向前走着,按照身影的大小判断,最近的一个人离我大概不到一千米的距离。我在脑子里快速地评估了"撞山"的可能性(驴友把在山里兜兜绕绕地走不出去俗称为"撞山"),蜈蚣山地形虽说有点复杂,溪涧比较多,但在大雾中能分辨水声因而远离沟壑就不会有危险,倒是有人说山里有蛇,不过现在不是夏季,蛇大多在夏季活动。山里迷路大多是因为走了小路,走公路不大可能迷路,公路上还应该有车子来往,实在走错路还可能搭上车,更何况有人同行。我于是开始沿着公路往前走。

雾气慢慢消散开去,还没散尽,但足以令我发现这竟然是一条很长的路,向前看不到尽头,我转回头,蜈蚣山不见了,我完全找不出刚才的路口。脚下的公路铺着平整的沥青,双向两车道,路的中间和两边都画着标准的白色路基线,道路两旁是枯黄的野草,间或有一丛一丛骆驼刺样的灌木,离开公路稍远一点是些焦黑色的小山包,我突然感到困惑,这里的地形地貌都和蜈蚣山完全不一样。我停住脚,站在路中间,周围的一切都是静悄悄的,连风的声音都听不到,我又发现这条公路上并没有车,至少我走到现在没有看到一辆车。我发现了一块路牌,于是心中窃喜,忙走过去看上面的文字,竟然不认识,不是中文,也不是我们经常能看到的英语、德语、日语、韩语、阿拉伯语和藏语,但是有一个图标,画了一座房子,房子下面我猜标注的是距离,但有多远我读不懂。我只能依此判断这条路通往一个村庄,并且不会太远。那几个和我一样的背包客,他们很可能就要到达村庄了。我于是选择走去村庄而不是回头,其实我压根儿无处回头,蜈蚣山消失不见了,找不到一丝踪迹,我还搞不懂这是怎么一回事儿。

雾散尽的时候,村庄终于出现在我的前方。那是个可爱的村子,房屋都是砖砌的,五颜六色,山字形的屋顶也是彩色的,刚走进村庄时看到的房子有圆木的栏杆围起院子,只是,我没有看到人。他们也许在房子里,还是不要走进去打扰主人了!我于是沿着石板路走,并猜测就快走到村庄或者说小镇的中心了,因为房子连在了一起,高高低低错落有致,大多是两层或三层小楼,白色的、绿色的窗棂,有的撑着彩色条纹的雨搭,只是这里一样的,没有一个人。我走在石板路上,能够听得到自己笨重的徒步鞋发出的踢踏声,这些房子不像是废弃很久没人居住的,没有堆积的灰尘,没有蜘蛛网,窗子都是明亮的,那么小镇上的住户们他们去了哪里呢?莫不是公共假期,我听说在意大利的圣母升天日就会有整个村镇的人一起外出巡游。

我继续沿着石板路往前走,来到了一个圆形广场,广场正中立着一尊雕像,形似狮子的怪兽背上骑着个头发蜷曲的男孩儿,男孩儿手擎一面铜镜,我想应该有一个故事,比如这个男孩儿是谁,他骑着的怪兽是什么来历,他又如何获得了手中的法器,最终制服了怪兽成为人们膜拜的英雄。雕像是青铜做的,除了怪兽尾巴可能由于孩子们长年玩耍攀爬泛着铜色,其余的部分都被绿锈覆满了,但那样子并不难看,就好像自由女神像周身的绿锈,是岁月为它量身定制的一件绿色薄衫。广场上有几个店铺,像是吃饭喝咖啡的场所。我环视一圈,终于发现了一个开着门的店铺,我于是走过去,在一张桌子旁边卸下驼包放在地上,拉了把椅子坐下来。一个身穿黑色衬衫的男子走了出来,他友好地和我说话,我也情不自禁地冲着他微笑,谢天谢地,终于碰到了一个人。我正暗暗窃喜的时候突然发现了新的问题,我听不懂他说的是什么,我冲他摊摊手表示听不懂,他走开又回来,手里拿了一张菜单,"哦,你真是太好了!"我说,不过,那个菜单我也看不懂,但好在有几张图片,这帮了大忙,我指着应该是一只鸡的图片和我猜是啤酒的图片,男子友好地冲我点头,转身走开了。真可惜我们没法沟通,要不然可以问问他这里到底是哪儿,这里的人都去了哪里?对了,刚才在我前面的那几个背包客,他们是不是也来过这里呢,难道他们不要停下脚休整一下吗?

　　店员端着托盘走了过来,在我的面前放下一只装在盘子里的烧鸡,色泽诱人,一个易拉罐,我拉开拉环喝了一口,是啤酒没错。美味当前,我还是先大快朵颐的好,只当是把我的晚餐提前享用了。这烤鸡的味道带着一股特别的清香,可能是当地的什么特色食材,啤酒的味道也不错,淡淡的麦香,我把易拉罐拿在手里转着看,想找到一星半点熟悉的文字,可惜没找到,甚至也没找到一个数字,罐体是绿色的,上面倒是有一个圆形图案,就是那个雕像——手擎宝器骑在怪兽身上的男孩儿,只不过是截取过的,没有怪兽的尾巴和后半个身子。

　　酒足饭饱之后,我从驼包里掏出 GPS,想看看这里究竟是个什么地方,下一步该往哪里去。等等,"军师"它?平日里有求必应的"军师",此刻竟然,它竟然板起了脸!地图——白屏!路线——白屏!导航——白屏!只有经纬度的信息显示了出来,N221.15.20①　E118.38.12,"Come on,老兄,竟然甩我脸子,要么不显示,显示的还是个错误信息,你老兄今天怎么也不靠谱了?"我于是关机重启,但情况没有丝毫变化,看来这次是指望不上他了。

　　接下来要往哪里去呢?我陷入了迷茫。我从包里掏出手机,这里也没有移动网络信号,该不是真的一个北纬 221 度的地方吧?我心想,要不然怎么一切都这么邪门儿呢。我思量着要怎么结账,没有移动网络自然也没有移动支付,我摸出钱包,掏出两张一百元的人民币,估摸着应该差不多够了,只是,店员认识这种货币吗?正狐疑间,店员走过来给我倒了杯水,"Hi,"我不知道该怎么说,就微

---

① 正确的纬度数值为 0 至 90 度之间,在本书中因寓指一个不存在的地方而特意设置。

笑着把两百元钱递给他,他微笑着点头接过钱,礼貌地说了句什么,我猜应该是"谢谢",原来人民币在这里可以通用?我有点儿惊讶,看来一定是自己孤陋寡闻了,"Hi,我,"我指了指地上的驼包,一个字一个字地说,"我——该——往——哪儿——走?"之所以这么尝试是因为我想没准儿他能听得懂一点中文也说不定。店员看着我,脸上现出困惑的表情,"Ah——"他好像突然明白了什么,冲着我叽里呱啦地说了一气儿,然后用手指着三点钟的方向,我频频点头,我猜他是让我朝着那个方向走,至于那边有什么,走过去看看才知道。

  这个休整还不错,至少喂饱了肚子还喝了点啤酒,怎么说也算得上惬意了,我背起驼包沿着店员指示的方向,没走多远,就看到了一个小小的火车站。车站有多小呢,准确地说也就是一个房间的大小,最多不过20平方米,没有大门,可以直接走进去,正对着就是一个售票窗口,只可惜,窗口拉着铁皮卷帘,右手边有一台自动售票机,上面是我看不懂的文字。我径直从自动售票机旁边走了过去,发现自己站在站台上。我的面前是一列火车,明亮的黄色车厢,我左右望望既没看到其他的乘客也没看到列车员。我沿着列车走了几步,看到一个开着的车厢门贴在旁边的列车壁上,那上面有一个奇特的装饰引起了我的注意,看起来好似一面铜镜,上面有一些什么东西在动,仔细辨认发现竟然是好多缠绕着的细蛇。我又探头往车厢里看了看,里面没人,我迈步走了进去。车厢很宽敞,过道两边各有两排座椅,包着蓝色花纹的椅套。透过火车的车窗,我看到一座拱形的石桥,桥下没有水,只有很多大大小小的石头。我正困惑间,听到火车发出了长长的"嗤——"的一声,我听得出来这是火车启动前放开刹车的响声。火车要启动了!可是它要开去哪里呢?要不要下车?我一边在心里面问自己一边回身大步走到车门口,现在下车还来得及!正犹豫间,一个刺耳的女声传到了我的耳朵里,"走开!走开!我要飞!我要飞!你们这些吃虫子的,我不要再追着你们,不要!我为什么要追着你们?为什么?走开!啊——"那个声音像是旋转着不断升高分贝,到最后几乎变成了尖叫。我一大步跨出车门,车门在我身后轻轻地关上了。我转回身,注视着火车启动,缓慢地,沿着笔直的铁轨驶向前方。前方,那里又是哪里呢?"啊——"我又听见了那个尖厉的女声,声音来自我的身后。我转回身,穿过站台,发现站台对面也有一座拱形石桥,和我刚才透过火车车窗看到的一样,桥底下没有水,只有大大小小的石头。"啊——"女声又响了起来,我觉得那是什么人在歇斯底里地发泄着胸中的郁积,可是她在哪里呢,好像是穿过这座石桥的那一边。我卸下驼包,把它先扔下去,自己再跳下站台,那站台倒不高,只是背着驼包跳的话还是太吃力了。我拎起驼包重新背好,踩着大大小小的石头往前走,不一会儿就走到了拱桥前。那拱桥是用粗糙的大石头砌成的,石头的接缝处长着小草和野花,从底部大石上的印迹看得出这里原本是有水的,可能是一条河,只不过现在干涸了,但河水应该不高,因为我要俯下身才能从桥拱下穿过来。

我抬起头的时候,嗅到湿润的气息,眼前是绿色的树木,掩映交织,有潺潺的水声,"蜈蚣山?"我吃了一惊,再转回身,拱桥、车站、小镇都已不见踪影,我完完全全地,置身于蜈蚣山的溪涧之间。"莫非是在做梦?"我晃了晃脑袋,深吸一口气,烧鸡和啤酒的香味儿从胃里涌了上来,"真是见鬼!"刚这样一思忖间,那个女声又响了起来,这一次不是尖厉的呐喊,而是唱戏似的带着音调的起伏和转承,"飞呀——飞呀——我的鱼——鱼儿——鱼儿——快——抓住你!"我竖起耳朵听,如果判断没错,声音来自离我几十米的右上方,我于是沿着小路走上去。我记得眼前的路,上山时大约在两百米的地方我来过这里。小路的尽头是大石堆成的山头,有几分陡峭,要攀爬上去,最边上的几块大石像小孩子堆的石头阵,看着不够稳固的样子,这个地方有个名字叫"勇士岩",有驴友在这儿选好角度坐在顶端伸出来的大石上留影,颇有几分"惊险"。"勇士岩"下方是一个山涧,树木茂密,溪流叠瀑,那里的风景是极好的,但如果一不小心失足也是足够危险的,大雾的时候,这种地方就更要格外地当心。

那个女孩儿站在顶端伸出大石的边缘,穿着细细的高跟鞋,一件束身的墨绿色礼服裙,齐腰的长发在风中飘扬,我很好奇她穿成这个样子是怎么一路登到这里的,又是怎么攀上大石。她背对着我,我感觉她整个人好像都在摇晃,让人看着揪心,她却还在带着唱腔地喊着,"飞呀——飞——我的鱼儿——"。我把驼包卸下来,尽量轻地攀上大石,走到她的身后,然后一把抓住她的手腕。

"嗯?"她猛地转过头来。

"你?"我也着实吓了一跳。

这个人我认识,凌蓝蓝,我们办公室里的人气女王。

"咦——"凌蓝蓝提高了嗓门,"你是谁啊?我怎么看着你这么眼熟呢?"

"我——"从她扑到我脸上的气息,我就知道她喝了不少的酒,极有可能是喝了很多,"蓝妹妹,你怎么在这里?就你一个人吗?"

"你管我叫蓝妹妹,所以你也认识我对吗?那可真是太好了!"她突然表现得极其兴奋,跺着脚下细细的高跟鞋,意欲要拍手的样子。

"咱别在这儿吧,风大,下去!"我拉着她走了几步,皱起眉头打量她。

我该怎么把她从大石上弄下去呢?那么紧的裙子,那么细的鞋跟。在我犹豫的当口,凌蓝蓝甩开我的手,弯腰脱下两只高跟鞋握在手里,然后背靠着大石的边缘滑到了下面一块大石上,她的动作非常轻巧灵活,我急忙跟在她身后跳了下来。她如法炮制地侧滑、背滑，转眼间就下到了路面上，这让我着实松了一口气，也颇有几分惊奇。不过我注意到凌蓝蓝的礼服裙已经被大石磨得不成样子了，不过显然她并未在意，或者说还未意识到这一点。

"我们下山吧！对了，你是怎么走上来的，穿着这个吗？"我指着她手上的高跟鞋问。

"就是这样！"她抬起脚做了一个走路的样子，同时扬了扬手上的鞋子。

"你光着脚上来的？"我低头看她的脚才发现她腿上的黑色长丝袜已经泥泞不堪，而且刮出了一条条凌乱的痕迹。

"可是我现在累了，我想要睡一会儿！"凌蓝蓝说着这话，眼神儿就涣散起来，她摇摇晃晃地找到路旁的一块石头，就准备坐下去。

"别，别在这儿睡啊！"我急忙拉住她，可是她的身子开始发沉，如果你扶过烂醉如泥的人，你就会知道他们那时到底有多重，我觉得自己好像在拼命地拉着一只被猎枪射中的野猪。"睡——就睡一会儿——一会儿——"她还是沉在了石头上。

好在那里有一高一低两块石头，她刚好坐在矮的一块身子趴在高的石头上。她转瞬间没有了声音，她睡着了，两只高跟鞋掉在地上，头侧枕在一只手臂上，另一只手臂垂在伸长的腿上，头发散乱地披下来。我挑了挑眉毛，眼前的凌蓝蓝和平日里那个精神抖擞的蓝妹妹实在很难画上等号，不会又是幻觉？我闭上眼睛，深呼吸，再睁开，凌蓝蓝还在我面前，凌乱地酣睡，真不知道她清醒了知道自己眼前的这副尊容会不会尖声大叫，要是被高铭看到了……我不知道为什么会突然想起他来。高铭是我一个部门的同事，他和我一样也负责一个处的业务，从工作能力上说我俩不分上下。我们这样知名的大企业，进来的至少都是名牌大学的本科生和研究生，留学回来的也大有人在，不能说所有的人都很优秀，但只要善于学习和沟通、态度积极，工作大多都能受到肯定，这也是这座城市吸引年轻人的地方。这里汇聚了众多的优秀企业，它们为刚步入社会的年轻人提供了相对公平的竞争平台，至于说更上层楼嘛，我觉得企图心、人际关系以及机会是比较决定性的因素。高铭的企图心就比我的强，所以他也会刻意地去建立有益的人际关系，比如和领导们一起打球、玩牌，我在沿着城市漫游的时候他在忙着混圈子。记得我的一位领导有一次特意提点过我，说我投入得不够，我爸也和我聊过，他说现在和他那个时代既有相同也有不同，相同的是都要想办法得到领导的垂青，不同的是那时候要避免被群众舆论说成是马屁精，现在大可以光明正大而且被推崇为高情商，听起来只是简单地换了个说法，其实是价值观发生了变化。我当时就想如果我爸处在我的环境中，一定不会输给高铭，混社会这种能力说到底也还是需要天分的,我在这方面天分真的不高,估计连我爸的十分之一都不如。但我也有自己的一套观点,我觉得一个人在内心深处认同什么最有价值就会自然而然地在那方面有所用心,我想在工作之外保留一个真实的自己,所以我宁可独处也不想再把精力花在工作圈子的经营上,我觉得那样会令我窒息,让我觉得自己变成了格里高尔那只大甲虫,当然你一定也要同时承担自我选择的结果。高铭就是一个肯付出的人,他也好似乐在其中,混进圈子对他来说带来了蜜蜂找到花蜜一样的欢畅。高铭还是个喜欢混在女人堆里的男人,他喜欢说各种笑话和荤段子,尤其擅长把平日事务缠身的女领导们逗得花枝乱颤。我说不好,总觉得这个特点吧,有可能是优势,毕竟银行里面女领导多,领导们打牌、唱歌的时候都会想着叫上他这样一颗大大的开心果;但也说不好没准儿是个缺点,整体而言,我们看到的大领导尤其是男性领导还是比较威严和谨慎的。说起高铭和凌蓝蓝,高铭见到凌蓝蓝那就好比一只老鼠盯上了一块鲜奶酪,Jessica 听不大懂高铭的笑话,但她记住了高铭是那个对蓝蓝有所企图的男人,Jessica 对这一点并不反感,她说高铭很真实,像凌蓝蓝这样火辣的大美女,哪个男人能够不心中荡漾一下呢。高铭能在大庭广众之下表达仰慕实属心胸坦荡之人,她觉得高铭反倒是最不会做出什么苟且之事的人。记得一次条线的 outing,在去程的大巴车上,带队的涂总对大家说:"等一下的登山比赛,身体不行的不必逞强! 不行的欢迎加入我们的水牛散步队!"全车顿时一片哄笑。"铭铭,我听说你每夜耕耘不辍,估计身体不行了吧,要不就加入水牛队吧,不丢人!"凌蓝蓝这时突然开起了高铭的玩笑,双手拍在前排高铭的肩膀上。车内顿时笑炸了锅,凌蓝蓝更是笑得像个癫痫发作的猴子。"哎我说蓝妹妹,这你就不懂了,"高铭怎能放过和凌蓝蓝交手的好机会,他早已从座位上站起身,反身一条腿跪在椅子上,身子整个趴在椅背上面对着凌蓝蓝,"我和我老婆那是在与时间赛跑争取生下一只金猴!"他的脸上换上一副意欲有所图的暧昧神情,"小蓝啊,你看我夜夜耕耘,但我正逢壮年,身体强壮到像火山爆发,每天看到你都要流鼻血,我哪里会不行,反倒是精——力百倍哟!"他特意把那个"精"字重读并像拉一根有形的绳子一样拉着长音,"小蓝,"他得寸进尺地伸出手拍了一下凌蓝蓝白花花的手背,"要不你给我个机会让你体验一下我活力四射的精——力,绝对不会让你失望!""无耻!"凌蓝蓝大叫一声,"我看你连猴子尾巴都抓不住了,还敢打姑奶奶的主意,信不信我等下在山上找块石头把你给做了,让你金猴生不成直接变石猴!"大家笑得前仰后合,高铭却脸色发亮一副兴致高昂的样子。要说他们这玩笑吧,其实也真不算什么,快节奏高压力之下,人们需要找些自己的方式作为出口把情绪发泄出去,就像高压锅需要通过压力阀放气否则就容易爆炸是一个道理,勇敢的自嘲和低俗的玩笑不过是职场文化孕育出来的排泄物,虽然我觉得当众排泄还是不够文明的。高铭从来都是一个勇于牺牲自己的奇葩一朵,他会抓住大大小小的场合不失时机地表现自己。就比如说他之所以去健身房全部的目的都在于年终晚会上的秀场需要,他是晚会上绝对的主角,扮演美人鱼或者小天鹅,反正不管什么角色最终无一例外地用他的拿手好戏将晚会的气氛推向高潮——除了底线部分,秀出全身的肌肉,陶醉在全场的尖叫和狂呼声中。高铭这么做的时候非常地自我陶醉,就像演员沉醉在扮演的角色中,不知道是自己欢喜还是角色欢喜,风头盖过那些应届毕业生。当然了,玩笑归玩笑,表现归表现,也许到了适当的时候,高铭会摇身一变,变得威严和谨慎也未尝可知,有的人总是知道在恰当的场合做出恰当的表现。然而高铭对于凌蓝蓝,是否真的有几分想入非非呢?我想我在这个时候脑海中突然冒出高铭的形象,可能与我和Jessica的观点并不一致有点儿关系。

  我把驼包拎过来,在附近也找了块石头坐下。凌蓝蓝还在酣睡,嘴巴微微张着,我想她一定不希望被人看到她现在这个样子,有那么一刻我突然想转身离开,就可以当作什么都没发生过,我也什么都没看到过。但我马上意识到我不会那么做,毕竟这里荒郊野外的,一个单身女子又烂醉如泥的,要是碰到了高铭之流,不对,我不该真把高铭想成那个样子,我是说,万一遇到了不三不四的人……我从驼包中翻出件抓绒衣给她披上,这里毕竟风有点大。不能任由她这么睡下去!我这样想着就走过去试图摇醒她,谁知道扳着她的肩膀摇了半天她除了轻轻地哼了几声竟然没有什么反应,我站起身四处望望,没看到其他的人。得把她弄下山,但是现在没有人能够帮忙。我看了看靠在石头边上大大的驼包,再看看酣睡着的凌蓝蓝,看来我是没办法把这两个家伙同时背下山了,那只好这样了……"醒醒!喂,醒醒!"我猛力地摇晃凌蓝蓝的肩膀,"我现在要背你下山!"她还是轻轻地哼了几声,我蹲下来,把她的手臂拉过来搭在我的肩头,抓住她的上臂使劲儿地站起来,她的身体被我拉直了,我再一使劲儿,拱了拱背,她的身体现在终于趴到我的背上了,我弯着腰,把她的身子尽量往上挪动。也只能这样了,要是她能清醒一点配合一下背起来要轻松很多。我现在特别感激那只烧鸡和啤酒,也许我获得补给就是为了要完成现在的任务。凌蓝蓝在我的背上,重的像一头野猪,我只能用她平日里风姿摇曳的形象来安慰自己,我好歹也算背了个大美女吧。人的审美其实很容易受影响,短短的几十年间,好莱坞大电影的审美观就把东方的含蓄美冲击得落花流水,长腿细腰大胸翘臀勾起了中国男人心底的欲望,拥有这样的身材几乎成了所有女孩儿的梦想,真不明白这个天之宠儿凌蓝蓝干吗还这么糟践自己跑到荒郊野外来烂醉如泥地醉卧不醒,平日里丰满有致看起来煞是养眼,可要是身材瘦小一点那现在背在身上一定会轻松许多,看来凡事都是有利有弊。说起性欲这件事情,老外从外表来看的确更占优势,他们块头更大更彪悍。以浪漫著称的意大利,在两千年前的古罗马时代就以崇尚勇猛和武力而著称,女性对男人的青睐取决于这个男人勇敢和神武的程度;在遥远的南美洲更是有无数女人偷偷钻进"奥维尼亚诺上校"的帐篷交欢后离开,她们只希望种下英雄的种儿;在古希腊,性爱也从来都不是一件羞耻的事,希腊神话中的神经常被人间的美色所动,尤其是传说中的宙斯,在人间留情无数,因而诞生了一个希腊神话中的英雄时代;还有我们的近邻日本,成人电影大行其道,AV女优成了我们这一代中国男性的性爱教科书。我用一系列的胡思乱想来分散着自己的注意力,否则如何才能走完这沉重的路程呢。我都是提起一口气走出一阵子,再停下来弯着腰双手叉腰休息,大口喘气,但又不能把她放下来,怕很难再把她拉回到背上。好在这段路并不算陡,也都是修整好的,只是要围着山坡盘旋,路程有点远。怎么就遇不到一个人搭把手呢?快了!就快到山脚下了!我给自己打气,远远地,我的确看到了房屋的影子,这回一定不会有问题了!我又鼓起劲头走了起来,但脑子里却开始回放刚才走上公路、走进小镇的场景,那条没有车的公路,那块写着离奇文字的路牌,那些只望得到背影的人,以及小镇里的彩色房屋、石板路、铜绿色的雕像、彬彬有礼的店员,还有那个没人的车站,不知开往哪里的火车,车门上奇怪的符号,那座古老的拱桥,我的眼前又浮现起俯身钻过桥洞的那一瞬间,绿树掩映,溪流声潺潺入耳。这样一边想着一边走一段停一阵喘气休整,终于在经历了几番的精疲力竭之后来到了山脚下。两个村民打扮的男子正蹲在一处山泉边用大大的塑料桶接泉水。"大哥,快来帮个忙!"我觉得自己的喊声都是虚弱的,两个男子看到我连忙放下桶起身跑了过来,他们操着浓浓的口音,但在我听来却倍感亲切,我听得懂他们,他们也听得懂我。凌蓝蓝终于从我的背上被卸了下来,他们其中的一个人背起了她,另一个人扶着她的背,我跟跟跄跄地跟在后面,一直走到一个小卖店门口。两名男子朝店里喊了一声,一个中年女人抱着个娃娃走出来。他们说了几句,女人回身把小孩儿往婴儿车里一放,在孩子腰间"啪"的一声扣上扣带,那孩子倒也着实乖巧,一声不吭地坐在婴儿车里,靠在椅背上,眼睛骨碌碌地看着屋子里面的人。女人引着男子走进店里,推开靠墙的一扇门,露出一间小屋,屋里有张床铺和一些简陋的生活用品,男子按照女人的引导把凌蓝蓝放在床上,我这一口气才算终于长吁了出来。女人拉了条被单盖在她的身上,又给我搬了把椅子,递给我一瓶水,我先谢过两名男子,看着他俩转身离开了,又和女人聊了几句,把凌蓝蓝交给她照看。

过了一小会儿,觉得体力恢复了些,我又重新上山,驼包还躺在那里,我把凌蓝蓝的两只高跟鞋捡起来塞进驼包,再背着驼包下了山。我在女人的杂货店里买了些东西,主要是考虑不好直接付看管费用给人家。网络平台上好不容易叫了一辆愿意跑到这里的车,司机说要加五十元的远程接客费,付现金,我答应了,我现在没有更好的选择。把凌蓝蓝扶到车里的时候女人说:"女孩子家不好醉成这样子的!"我说是是,在车子里坐好,司机说这是喝醉的吗?等下要吐在车上怎么办?我又加了他一百元他才慢悠悠地发动了车子。

"凌蓝蓝住哪儿呢?"我突然间脑子"嗡"地一下,陷入了彻底的绝望。

2

我又走回到小镇的广场上,这一回,我看到很多的孩子,他们拉扯着怪兽的尾巴,叫着,笑着。其中有一个身着黑色西装的小男孩儿,个头大概能到我胸口的样子,他的头发卷卷的,像一朵朵小小的浪花,他和别的小孩儿不太一样,他一直盯着我看,可能我这样一个外乡人引起了他的好奇和兴趣。我冲着他微笑,我想也许我们可以用某种方式交流也说不准,于是我朝着他走了过去,"Hi!"我刚要开口,一束刺眼的强光从天而降,我急忙抬起手臂挡在眼睛上,再慢慢地放下来。

"萧忆水?"是那个尖厉的女声。我看到凌蓝蓝披头散发的脸凑过来,她正目光灼灼地俯视着我。我从被子里坐起来,揉了揉被灯光刺得发痛的眼睛,"你醒了!"我抬头看着她灯光下略显惨白的脸。

"我怎么会在这儿?这是你家?"

"这是我的公寓,我在山上遇到你,你喝醉了。"

"我……"凌蓝蓝侧着头陷入思考,"哦,我好像记得一点……那,是你把我弄下山的?"她的语气柔和下来。

"是。"

她眼珠骨碌转着像是在自己脑补断了片的场景,"可是,"她有点儿犹豫又有点儿嗔怒地问,"为什么你睡在床上而让我睡在沙发上?"

"哦,"我掀开被子坐在床边,穿上拖鞋,"因为我刚把你扶进门你就一头扎在了沙发上,我就只好让你睡在那儿了!"

"哦!"她将信将疑地点了点头。

她拉开我的衣柜,在里面翻找起来。

"你找什么?"我走过去问。

"找衣服啊!"

"这是我的衣服!"

"可是我得洗个澡把这身又脏又臭的衣服换下来吧!"她白了我一眼说。

我没再说什么,看着她翻出一件条纹衬衫,一条棉质睡裤和一条一次性纸内裤(我因为要露营所以备了一些)。

"看来你这里还真没有女孩子来嘛!"她一边说一边用眼角的余光瞟了我一眼,"我现在要去洗个澡!"她大声地宣布。

"哦!"我正准备睡回床上去,凌蓝蓝突然大叫了一声,"你!"

"我怎么了?"我回头看了她一眼。

"你去睡沙发!"她用命令的口吻说。

我走出卧室,关上客厅的灯,钻进被子,把脸藏进沙发靠背,拉高被子,在哗啦啦的水声中又一次进入了梦中的小镇,男孩儿不见了,孩子们都不见了,一个人都没有,连那个店员也不见了,我茫然地穿行在小镇的街道上,向着车站的方向走去。

"萧忆水!萧忆水!"凌蓝蓝再一次把我叫醒的时候,天已经大亮了,阳光透过客厅的落地窗帘把屋里照得红通通的,我一下子从沙发上弹了起来。

糟糕,肯定是迟到了!我到处摸我的手机,才想起来一定是半夜睡到沙发上来的时候没有拿,落在床头了。我冲进卧室,抓起手机,看到屏幕上"9:26"的时间,急忙推开衣柜抓出衬衫和裤子。

"嘿,嘿!"凌蓝蓝这时淡定地倚在卧室的门边看着我笑,"今天请假吧!"她说,"要不是你的手机有密码,我刚才就请好了,还可以帮你也请好假!"

"干吗请假?你是不是还帮我关了闹钟?"我没有理睬她,一边说着一边冲进洗手间。

"因为我们要先吃个早餐呀!"她贴在洗手间的玻璃门上冲着里面说,我一边摇头一边打开水龙头开始刷牙。

"你还得帮我去我住的地方取一套衣服过来!"

"你的衣服呢?"我拉开门,看到她穿着我的那件条纹衬衫和肥大的睡裤,她把裤腰扎了个褶子好让它不至于掉下来。

"扔了!"她朝着客厅里的垃圾桶扬了扬手,"反正我这个样子呢是出不了门的,"她这时终于换上一副堆笑的面孔,"萧忆水你就好人做到底,帮我去拿一趟吧!"她把双手合十比划着感谢的手势,"而且,"她用两只眼睛盯住我,脸上挂上一副很是受伤的表情,"我想调整一下情绪,我,我的心情糟透了,哦,我是说遇到你之前,所以……你陪我一天好不好?要不然我要万一真的想不开从你这窗子里跳下去……"

我关上洗手间的门,洗了脸,又拉开门出来。凌蓝蓝拿着我的手机凑上来,我用指纹解锁了手机屏幕,她拨通了Jessica的电话,说自己生病了请假一天,之后她把手机还给我。

"你就发微信给她请假吧,免得她发现我们俩用同一个号码打给她!"她嬉皮笑脸地说。

"不用了,我给唐明发条短信,请他晚点帮我跟Jessica说一声。"我编辑好了信息,按下发送键。

"萧忆水,我好饿好饿呀,你这里有什么吃的吗?"

"有!"我走进厨房,用电水壶烧水,打开冰箱拿出牛奶和鸡蛋,把热好的牛奶和煎蛋放到餐桌上后,又翻出昨天从山脚下女人的小店里买来的面包、午餐肉、火腿肠,"咦,这都是什么牌子呀?桃林面包、梅山午餐肉、双龙火腿肠,你怎么买这么些山寨货啊?"凌蓝蓝怪声怪气地说。

"昨天好不容易把你背下山,山脚下开小店的女人心好,让你在她的小屋里睡了好一阵子,我也不知道该怎么感谢她,就只好买下这些东西!"

凌蓝蓝不说话了,我俩默默地把早餐吃完。

我按照凌蓝蓝给的地址叫了一辆车,车子兜兜转转地开到一条长满高大榕树的街道,在一个小区门口停了下来。这是一个颇有些年代感的小区,一排排六层高的楼房整齐地排列着,楼房的外墙呈灰白色,有些地方已经老旧脱落了,家家户户的窗子和阳台都装着略带锈迹的防盗铁栏杆,小区里的道路和绿化也显得颇为拥挤,汽车横七竖八地停在草坪上、道路边。8栋2单元402,我终于找到了8栋2单元,从开着的铁门钻进去,楼道里黑洞洞的,我使劲儿跺了跺脚,很多地方都是感应亮灯的,可是灯没有亮,我站了一下好让眼睛适应这里的光线。二楼的转弯处有一个小窗,我慢慢看清楚眼前的景象了,我于是沿着台阶往上走,边走边抬头去找天棚上的灯泡,那里没有灯泡,只有一个灯座,估计是灯泡坏了又没有换上。要是晚上回来估计要打开手机的手电筒才行了。我一边想着一边往上走,二楼三楼的走廊灯都在脚步声响后亮了起来。我停在四楼,努力找寻两个相对房间的门牌号码,终于在众多小广告的缝隙间在左手边的门上找到了不起眼的"401"字样。我掏出钥匙,插进对面那个房间的锁孔,却觉得好像没等我转动钥匙锁扣就开了,我拉开门走了进去。房间里面很黑,原来是没有打开窗帘,我在墙壁上找到电灯开关,打开灯,看到一副混乱的场景,沙发上、茶几上乱七八糟地堆了很多的东西,旁边的餐厅和厨房里也一片狼藉,让人看了之后实在无法将这里和几个年轻漂亮、衣着光鲜的女孩子联系在一起(我没有见过凌蓝蓝的室友，但猜想大致应该如此）。"往里走最里面的房间！"我按照凌蓝蓝的描述用钥匙打开了最里面的一个房间，推开房门，这里的情况要比外面好一些，虽然也算不上整洁，十来平方米的屋子里首先看到的是一张单人床，白色提花的床单和被子，被子没有叠堆在床上，然后就是满屋子的简易衣柜，每一个都穿着一身不同图案的外套，床的对面是一张桌子和一把椅子。以我们目前的收入，就算凌蓝蓝入行年头不长，也没有得到晋升，按理也不该住在这么简陋的地方才对。算了，这些不该我管，我还是完成我的任务吧。我用微信呼叫了凌蓝蓝，这是她的要求——我进到她的房间打开微信视频，她要看着视频告诉我拿什么衣服。"拉开左边的柜子！"我拉开柜子的拉链，里面的内容着实让我大吃一惊，原来，这么不起眼的柜子里藏着琳琅满目的宝贝。我把摄像头冲着柜子里面，以便凌蓝蓝在远程手机上能够看得清楚，"红色的，红色的那件！"我把一条红裙从柜子里取出来，把衣架挂回柜子，"下面，下面那个盒子拿出来！那只黑色的文胸，黑色的内裤，还有一条黑色的连裤丝袜！看到了吗？"我鼓起腮帮子，快速地拎起她要的文胸、内裤和丝袜，把它们扔到床上刚才取出的那条红裙上面，"旁边那个柜子！"凌蓝蓝继续在手机里发号施令，"拉开！对，把那个黑色的Gucci包包拿出来，不是这个，旁边的那个，对！"我对着这个柜子里名目繁多的大牌包包困惑地点头。"右手边的那个柜子，对，就是这个，拉开！最底下，那双黑色的Prada的鱼嘴鞋，对！"我看着被我扔在床上的这些东西，心想我要把它们装在一个袋子里才好。"现在到对面的桌子那里！"凌蓝蓝还没有结束指挥，"打开左手边第一个抽屉！"她说，"那个黑色扁盒子的兰蔻彩妆盒，对！蓝色的那支睫毛膏！方瓶的粉底液！金色的那支施华蔻口红！还有那个那个面膜也拿一片！对对！还有那个皮面长条的盒子，对，里面是项链！"我在装包包的柜子里找到一个大大的金色厚纸袋，上面印着Burberry那个骑马的武士，把刚才的东西一股脑儿地装了进去，然后把柜子都拉好，走出房间，锁上房门。

"现在去阳台！"凌蓝蓝还在手机里大声说着，我却惊奇地发现房间里的光线变亮了，有明亮的阳光照了进来，这才发现有人在打扫卫生，是一个瘦小的阿姨。"这群姑娘把这里搞得真像个狗窝！"我很高兴她没有被我吓到，她只是抬头看了我一眼，冲着我抱怨了这么一句，就又低头干活儿了。我穿过厨房拧开通往小阳台的门把手，不禁吃了一惊，这里的景象完全出乎我的意料。

"你还养鸟啊？"

"嗯，怎么样，我的鸟儿漂亮吧？"手机里传来得意的声音。

"这是什么鸟？你，竟然把鸟给染色了？"

"不懂了吧，那是七彩文鸟，天生就长成这样的，好看吧？"

"好看！"我放下那个大提袋，靠近鸟笼仔细观看。那是些身材小巧但羽毛鲜亮的鸟，如果她不说是天生的，我绝对以为是人工染了色，把它们染得彩虹一样，紫色的胸、黄色的腹、绿色的背、蓝色的尾，头颈部的色彩更是绚丽，鲜红、紫红、橙红或者漆黑的面孔，颈部的颜色像围着一条亮蓝的抑或蓝黑相间的丝巾，嘴巴的尖端像女人的唇彩一样点染着俏丽多姿的红、黄、橙。我确是没见过这样的鸟，不过我可能压根儿就没见过什么鸟，除了去动物园的时候，却也只记得大只的金刚鹦鹉，一群孩子只顾着逗鹦鹉说话，鹦鹉却摆出一张臭脸，一副厌烦我们爱搭不理的样子。

"还有一种鸟！"我又看到另一个并排的笼子里十来只样貌朴素的小鸟，它们差不多是纯白的，嘴巴和爪子微微泛红。

"那是十姐妹，它们是给七彩文鸟做保姆的！"

"保姆？鸟都学会外包服务了，做什么，给它们打扫卫生吗？"

"hmm——"她轻笑了一声，"文鸟下了蛋不孵蛋，所以要十姐妹帮它孵！"

"你还蛮懂的吗，养这么多鸟做什么？搞养殖吗？"

"养着玩的！哦，现在开始工作吧。看到两个笼子里面的水槽吗，把水槽接满水！鸟食在旁边的小桌子上，对对……"

我按照指令完成了小鸟饲养员的代班工作，甚至还检查了墙上的温度计。"温度太高文鸟会被热死的，不过现在这个天气倒不用担心这个，你看到我特意给它们装了空调吗？"

我抬头看了看，这个封起来的小阳台安装了一台窗式空调。

我打开密码锁走进公寓的时候，凌蓝蓝正坐在沙发上翻看着我那本砖头厚的 1999 年版《企鹅激光唱片指南》，柜子上的 Marantz CD 和功放的指示灯亮着，卡拉扬指挥的德沃夏克第九交响曲《自新大陆》正演奏到谐谑曲中木管组加入明丽的旋律。

"嘿，你这里还真有好东西呢！"她见我走进来就从沙发上跳了起来。

"可是，你最好征求一下我的意见，这样比较礼貌！"

"哦，对不起啊！不过我看得懂这些开关啊、按钮什么的，我看得出这些是你在意的东西，所以格外小心的！"

"那本书和 CD，你从抽屉里找到的吧？"

"哦，是的。我等你等得无聊嘛，看了一下电视，我追的那个韩剧还没有更新，所以……你的 CD 好多啊，有一部分是这本书上推荐的三星带花的对不对？我随便抽了这张出来，听起来确实好不一样！这种古老的玩意儿，"她指了指

Marantz CD 和功放,"音质不错,外形也挺酷!"说着她就伸出手指轻轻划过黑色机器的轮廓和旋钮,又拿起那张 CD 盘的空盒,封面上的卡拉扬正沉醉于指挥之中,她一边琢磨一边点着头说:

"原来你喜欢听音乐?还喜欢用这种古老的方式听?"

"可能是我比较老了吧?"

"不对,我倒是觉得这样听音乐很酷!"

"那倒说不上,只是这样听起来呢比较完整。"

"Interesting……你听古典音乐比较多?"

"也有一些爵士乐。"

"哦,我看到了。"

"好了,都给你拿来了,你收拾一下吧,我先出去转转!"我把大纸袋放在沙发上,"哦,对了,听完了记得把 CD 碟收好放回原处!"

"哦,我会的!"

"还有记得把音响的电源开关都关好!"

"知道了!"她一边回答一边开始从袋子里把鞋子、包包翻出来扔到地上和沙发上,"你去哪儿啊?"她突然抬起头来问。

"哦,街角开了一家网红酸菜鱼店,我去那儿吃点东西,喝瓶啤酒。"

"哦,我一会儿也去那儿找你吧!"

"OK!"

凌蓝蓝来的时候,我已经喝光了一瓶 Corola,一锅酸菜鱼倒是没吃多少。

"帅哥,加菜!"店员小哥自打凌蓝蓝走进来就一直盯着她看,一听到叫马上就跑了过来。

"给我来一个前任凉粉!手撕鸡!超辣担担面!"

凌蓝蓝现在的样子又重现了她一贯的彩色电影风格,红裙子恰如其分地裹着她丰满圆润的胸和臀,又在腿部飘逸开来,她化了一个浓艳的烟熏妆,眼影的颜色很深,口红的色彩很艳,但配上这样一条红裙却似乎并不格外妖冶反倒相得益彰了,裙子低开的领口处吊着一颗镶满黑水晶的心形吊坠。不知道为什么,我觉得她今天的这身打扮,还有她刚才叫的这几个菜,好像都代表了一种惨烈的心情,就像她脖子上的那颗心要滴出血来,不过更有一分舔伤止血的坚强。

"美女,点了前任凉粉,要不要再来一份现任蜜糖酥?"店员小哥摆明了想和美女多搭讪两句。

"前任凉了,现任还没着落呢!"我说不好为什么他俩的目光都不约而同地落在了我的身上。

"给我再来一瓶啤酒!"我笑笑说。

"去海边吧,我想去散散心!"那餐饭的最后凌蓝蓝说。

去朗澳的路上,我们俩都一直盯着窗外看,谁也没有讲话。道路突然来了一个急转弯,大海就在那个瞬间毫无预兆地展现,带给人豁然开朗的惊艳,凌蓝蓝的眼神好像也突然间闪动出一丝亮光。

"萧忆水,谢谢你!"说这句话的时候凌蓝蓝非常的不像凌蓝蓝,或者说在那一个下午直到那天晚上凌蓝蓝都很不像凌蓝蓝,但也可以说更像凌蓝蓝。

"蓝蓝,你的早饭还没吃完呢!又不穿鞋子!"奶奶的声音越来越弱,终于听不见了,我一路奔跑着穿过树林,阳光从树梢上透下来,像游动的薄纱,我脚步不停,头顶上传来大山雀和灰鹁鸪喜悦的叫声。大山雀是树林里的欢歌者,是阴郁生活中的乐观者,只要阳光稍微灿烂一点,它们就会欢歌雀跃,"嘶——蜜——嗒""嘶——蜜——嗒",那是它们不算婉转的歌声,爷爷说那是它们发现了细枝顶端和树叶周边的蚜虫、毛虫,于是开始了兴奋的捕猎游戏,就像现在,它们已经在欢快地做着这种日复一日但却乐在其中的游戏了。夏天和春天是大山雀最快活的日子,它们每每总能喜悦地发现游戏与扑食的对象,秋天和冬天的时候就很难这么喜气洋洋的了。大山雀不是迁徙的鸟类,留恋家园,所以秋天开始它们就会频频地光顾我们的庭院。古峰最初最喜欢抓大山雀,在树底下的绳子一头拴一只小盒子,里面放一把鸟食,绳子的另一头牵着一只网,大山雀想吃鸟食,就摇摇摆摆探头探脑地走过来,它们的样子很神气,像穿着华丽礼服的绅士,白色的脸颊包在黑亮的头颈之中,沿着脖颈的肚皮正中也是一条黑亮,活像是戴着黑色的礼帽又打了一条黑色的领带,淡绿色的脊背和身体,灰黑色的羽毛和尾翼,就像是披了一件灰绿色的斗篷。它颇为自信而警觉地走过来,用力一啄鸟食,绳子动了网就"咔嗒"地扣下来。古峰拿一支彩色银光笔在被活捉的大山雀淡绿色的腹部画上一个星星的记号,就把它放了,接着再把网支起来,过了一会儿,又听到"咔嗒"一声响,跑过去到一只大山雀被扣在了网里,抓出来看看,"哈哈!"竟然就是刚才那只被画了星星的,如此反复,抓了放,放了抓,两相情愿,大大地乐此不疲。"可别把大山雀放进大鸟笼!"爷爷不止一次地叮嘱古峰,这反倒让古峰来了兴致。那天爷爷不在跟前,古峰就打开大鸟笼的窗口,把一只大山雀放了进去。大山雀在鸟笼里面果然引起了一片骚动,它不安地四处乱飞乱撞,鸟笼里一片鸟儿扑棱乱飞的混乱,古峰得意地坏笑不已。过了一会儿,我们发现大山雀锁定了追逐的目标，它把一只十姐妹追得四处乱跳，大山雀用它的尖喙不停地啄那只可怜的小鸟，我看着古峰，古峰笑不出来了，再转回头看的时候，小鸟已经倒在地上，一动不动了，大山雀安静地站在小鸟的身体上，用爪子抓住它的身体，然后用它锐利的尖喙，一下一下地敲开了小鸟的脑袋，吸吮小鸟的脑浆，我和古峰都不约而同地紧皱起眉头张大了嘴巴。爷爷回来了，先看到呆若木鸡的我们，再看到实施完酷刑的大山雀，他急忙打开笼子把手伸进去，抓出了刽子手和受刑者的尸体。他的一只黝黑的大手刚一松开，大山雀就张着翅膀欢快地飞走了，就好像另外一只手里面无论什么都和它没有关系一样。

　　我穿出树林，钻进一片一人多高的芦苇丛，拨开那些像旗帜一样迎风飘扬的芦苇，晨光在我的指尖闪烁摇摆。我已经看到河水在不远处亮晶晶地闪动着，像清澈动人的眼眸，希望它今天来这里，我一边想着一边加快了脚下的步子。

　　我的目光越过闪烁着点点晨光的水面，它果然在那里，我收住了脚步，看到它俏丽的身影孤独地站在一枝横出水面的枝丫上。它果真是美极了，美得炫目，美得孤独，它是孤独的剑客，披一件翠绿明艳的袍，头顶和羽毛缀满亮白色的斑点，在晨光下熠熠生辉，橘黄色的胸腹，橙红色的脚趾，笔直修长的喙和黑亮机警的眼睛透着一丝冷峻。它站在枝丫上转动头颈，进而身体跟随着头颈旋转一周，纤细的脚趾像从容地挪动舞步在枝丫上完成这流畅的旋转，让我联想到体操运动员在奥运会上得到评委一致举牌的满分10分。它好似在四下张望但又像是在侧耳倾听，倾听被晨光唤醒的流水，和流水中追逐着晨光的生命。几条鱼儿跃出水面，欢快地摇摆着身躯，尽情地享受晨光中自由而清甜的气息，也可能是尽情地享受着生命中最后的欢愉。翠鸟锐利的目光盯住鱼儿漾出涟漪的水面，头部和修长的尖喙以精确的角度瞄准了猎物，它张开翅膀，扇动着俯下身躯，白色透明的飞羽舒展开来，紧接着它收紧了飞羽，脚趾奋力一蹬，整个身体以流线型的姿态俯冲下去，像一支射向水面的箭，也像跳水运动员伸直手臂纵身入水的优美瞬间。伴随着翠鸟的飞羽扇动起漫溅的水花，它奋力挥舞翅膀腾出水面，水花漫天飞舞，缓缓落下，翠鸟的尖喙中紧紧钳着一条丰硕的鱼儿，那鱼儿被横钳在翠鸟的嘴巴里，尾巴还在挣扎着上下摆动，直到头和身体无望地弯向水面。翠鸟稳稳地落回到枝丫上，叼住鱼儿的头部向着树枝甩动，再俯下头掉个方向甩出另一个弧度，鱼儿的生命力随着身上抛洒出的水珠的扩散而终归消散，鱼儿彻底不动了。这时，翠鸟将鱼儿的身体在尖喙里掉转着方向，直到将鱼儿的头送进嘴巴，它才鼓动喉咙，颇为不易地将这条远宽过喉咙的鱼儿吞进了腹中。爷爷说翠鸟经常会再将鱼儿吐出来喂食自己待哺的宝宝。翠鸟张开翅膀，扇动飞羽，俊俏孤独的身影向着河的对岸飞去，那里人迹罕至，那里才是翠鸟的家。古峰曾经说:"我帮你抓一只翠鸟回来吧！我们想办法跑去河对岸！""我才不要！"我丢了一句就跑走不再理他了。

"以前啊有一种流传了两千多年的手艺,叫点翠。"爷爷曾经对我说,"电视剧里面皇后、娘娘们的凤冠霞帔你看到过吧,还有舞台上唱戏的名角,她们头上戴的那些翠绿翠蓝的凤冠和行头,价值连城,一顶精美的凤冠需要上百只翠鸟的羽毛。"

"翠鸟被拔掉羽毛还能飞吗？"

"飞？"爷爷低下头看着我,"翠鸟生性不受拘束,精于捕捉活鱼活虫,一旦被人捉住不是在笼子里撞死就是绝食而死。"

"那他们是要把翠鸟杀死才取它们的羽毛吗？"我忍不住嚷嚷起来。

"有一些是的,但死了的翠鸟羽毛的光泽就暗淡了,所以上乘的点翠是要活鸟取翠。我的爷爷就给我讲过,"他眯起眼睛,我想他是想起了他的爷爷的样子,"我们村子里就有一户人家专门做翠鸟活取的生意,他家里准备了一只只蛮大的笼子。"

"有你的大鸟笼大吗？"我插嘴问。

"那倒没有,爷爷的大鸟笼里面养很多的鸟,他们的大鸟笼每一只里面只放一两只翠鸟,他们在笼子里放很大的盆,时不时地放进去活的小鱼和虫子,这样才能骗得了翠鸟一阵子。不过他们这样抓了翠鸟会马上装在笼子里送走,送去专门做点翠的作坊。在那里,"爷爷带着不忍的目光看着我几乎要流下眼泪的脸,"翠鸟被从笼子里抓出来。点翠还分软翠和硬翠,软翠用的是翠鸟比较细小的羽毛,比较大的羽毛叫硬翠,要从翠鸟左右翅膀上各取十根'大条'、尾部羽毛取八根'尾条'。这取翠的手艺也不是一般的师傅都能做的,要技艺十分精湛的工匠才行。点翠首饰的制作工艺特别的复杂,先用金、银片做成花托,再用金丝编织图案,涂上适量的胶水,将翠鸟的羽毛精巧地粘贴在花托和图案之上,讲究顺如丝、泽似光、工无痕,之后再镶嵌各种名贵艳丽的珍珠、宝石和翡翠,最上乘的点翠翠色欲滴,宝石璀璨,那是只有皇室贵族还有京剧的头名才用得起的。"

"可是翠鸟呢,被活着拔了羽毛之后……"我急得快要说不出话来了。

"死了,活不了的。"爷爷用怜悯的眼光看着我说。

"可是,那些翠鸟……它们……它们……"我的眼泪涌了出来。

"嘘——嘘——"爷爷弯下腰拉住我的手,"现在已经没有人再那么做了。没有点翠了,翠鸟也不会再被杀死了。"

"真的吗？"

"嗯！"爷爷肯定地点头。

"哪一家是抓翠鸟的人家?"我突然问。

"嗯?"爷爷一愣。

"我要去把他们家里的窗子全都用石子砸烂!"

爷爷看着我,皱起了眉毛,他看了我一会儿,他的眉毛又舒展开了,

"那一家人呢,听我爷爷说他们家生出来的孩子浑身一点毛儿都不长!"

"那是秃子吗?"我突然间破涕为笑了,"全是大光头,脑袋上不长毛!"

"嗯,眉毛都没有!"

"真的吗,他们头发、眉毛都没有,简直是太奇怪了!"

"嗯,他们头发和眉毛都没有,后来他们觉得太丢人了,成天被村里人笑话,他们就举家搬走了。"

"那,他们搬去哪里了?"我开心地追问。

"不知道!"爷爷摇着头。

"你是'鸟人'老古的孙女吧?"

我没有回答,只是直勾勾地盯着问话的那个老头,他的肩背微微有点儿佝偻,穿一件灰麻色的衬衫,头上戴一顶草帽,鼻梁上架着金丝边的眼镜。

"你不记得我了吗,有一次我去你爷爷家里的时候看到过你。"

我记得他,他姓金,爷爷最宝贝的那只尤加利鹦鹉就是他送的。和那只尤加利鹦鹉相比,其他的什么金刚、虎皮真的都只不过是小丑。它的身形优美,神态优雅,身上羽毛的色彩层次丰富却不显喧闹。在我眼里,它是一位威严的将军,身披带着黑度的绿色战袍,颈部和背尾交接处的明黄就像战袍上的护甲,胸腹部和尾翼是战袍自然和谐的过渡,冠顶朱红,一副自带威仪的架势。"你看,是不是和当年的插画师画得差不多?"我接过老金手上的画,画的底下有两行小字,第一行写着:London; E, Lear, 1832;第二行写着:Platycercus pileatus。"哦,那是它原来的学名。""真好!真好!"爷爷赞不绝口。"那可不,这可不是一般难得的品种!哦,我还给它准备了两棵小桉树,在车上你跟我去抬下来,它可离不开它们。""我说老金,"爷爷说,"这好是好得不行,就是……""就是啥?"老金问,"能不能再搞一只雄的来?""你个'鸟人'!老古我可跟你说,这一只都实属稀罕得不得了,我也想再搞一只,搞不来呀!"爷爷点着头,"说得也是。可我就是担心吧,这鸟儿啊,孤独了也会活不长的!你说这鸟儿,远离故土的……"过了一会儿,他又说,"你说要是我这辈子能去一趟你说的澳大利亚、南美洲,还有新几内亚,在那里见到几维鸟,天堂鸟,还有蜂鸟,那种吃花蜜的小鸟,像电视上看到的,那么鲜亮,翅膀振动得像蜜蜂一样,你说说该有多好!"爷爷的眼神里满是向往。

我光着脚折回树林里,老金在我身后不远的地方慢悠悠地边走边竖起耳朵听,四下里看。"咦!"我跑了起来,我看到古峰正从不远的一棵树上爬下来,手里捧着什么。"古峰古峰!"我大声喊,他落到地面上,抬头看着我走过来。"你拿的什么?""小布谷鸟!我刚从那个窝里面抓出来的,那个窝里就只剩下一只苇莺的蛋了,其他的都被这个坏东西给踢下去了!""那你打算拿它怎么办?""嗯,"他低头想了一下,"就把它放在这儿吧,看看它还怎么欺蒙霸占。这种恶毒的骗子、强盗,理应得到这样的下场!"他说着把小鸟放在树底下的地面上,我们俩就一起跑开了。我边跑边回头看了看那只小鸟,它灰突突的,身上的羽毛还没有完全长好,它发出"呃——呜"的叫声。"它会有什么样的下场?"我有点儿于心不忍地问。"管它呢,被老鹰或者伯劳吃掉,或者被野猫吃了!哎呀,别管它啦!"老金抓住了我们,"我说小子,你是不是掏了臭姑鸪的蛋了,怎么这么臭烘烘的?"古峰目光躲闪着,但还是从口袋里掏出了两枚比鸭蛋浅白一点的蛋,我刚才仿佛也嗅到他身上有什么异味儿,老金这么一说我不禁捂住了鼻子。"你小子要自己孵蛋了吗?""没错,我回去后用电灯泡照着,我就不信孵不出来!"那天老金给我们讲了一些什么,对了,说臭姑鸪也就是戴胜鸟长得那么好看为什么窝里那么邋遢,搞得臭气熏天的,其实这是一种自我保护,他还说我们把那只布谷鸟的幼鸟扔出了鸟窝就觉得自己当了一把锄奸惩恶的英雄,那我们就错了。"怎么错了?路见不平就得拔刀相助!"古峰不服气地说。"你们觉得惩罚了这只小鸟就是伸张了正义?那还有其他的布谷鸟的幼鸟都用同样的方式长大,你能一只一只把它们全都掏出来吗?更别说你把它扔出去了,它们也活不成了呀!""它们活该,作恶就要有恶报!""嗯,那我要是告诉你说,那幼鸟的妈妈会时不时来看看苇莺有没有把它的幼鸟喂养好,它要是发现幼鸟没有长成却不见了,你知道它会做什么吗?""做什么?"古峰瞪大了眼睛。"它会干脆毁了苇莺的窝,而且不止这一个,附近的苇莺都得遭殃,同一个社区的苇莺的巢,巢里的鸟蛋、幼鸟,都会沦为它报复的牺牲品!""恶霸!布谷鸟简直就是恶霸!我,我要把这种鸟都杀光!""杀杀杀,杀什么杀,鸟类社会有它们自己的生存法则。再者说,现在有鸟类保护法,你随意猎杀鸟类的话是犯法的!""所以会不会苇莺其实早就知道了那不是它的孩子,但不得不忍气吞声?哦,这么说臭姑鸪其实是一种挺聪明的鸟,它孵蛋的时候又脏又臭,幼鸟也又脏又臭的,天敌呀恶霸呀,就都避而远之了!""嗯,"老金笑着点头,"不过也不是绝对。你看你这个弟弟不还是不辞恶臭地把它的蛋掏了来吗?""我可不是想伤害它们,我要孵蛋!"古峰叫嚷着。你还别说,古峰的两只蛋确实被他孵了出来,只可惜有一天院子里钻进来一只黑猫,别的鸟全在笼子里爷爷早都防范得周全了,古峰发现的时候那只黑猫刚好准备逃窜,他气急败坏地把一只鞋子丢出去打那只猫，它"喵——"地叫了一声一边逃跑一边回头睥睨了古峰一眼，嘴角边还挂着两根戴胜幼鸟的羽毛。

我为什么能看到这些画面？这样的经历在以前也出现过几次，我还没有找出其中的规律，或许与讲述者对待我的态度以及我对待他们的态度都有关系，还可能与他们和我的身体接触有关系，就像现在这样，我俩坐在沙滩上，面朝着大海，凌蓝蓝靠在我的肩膀上。"可以借你的肩膀一用吗？"我没出声地笑了一下，她就靠过来，接着说，"我不知道自己为什么信任你，可能是因为你把我从山上背下来，而且愿意陪着我。"她好像很享受这样的一种依靠，就像一只在水面上飞倦了受伤了的鸟，终于找到了一块可以歇歇脚的岩石。风吹在脸上，海浪拍打着沙滩，情侣和孩童在海水中嬉戏，我忽然想起了约翰·凯奇的《4分33秒》，但人的头脑里往往难有自然之声占据良久，思绪总是飘飘荡荡，飞到记忆的近滩和远海。

"老古啊，我带人来买鸟了！"爷爷相熟的朋友又带了人来，"鸟人"老古确是这一带远近闻名的养鸟人，他养得最多的就是七彩文鸟和鹦鹉，"好看呗！"爷爷就是这么回答我们的，为什么养文鸟和鹦鹉，但我知道主要是因为好卖能赚钱。就连笼子里那只快成精了的葵花鹦鹉都知道，爷爷带人走近笼子，它听到了就开了腔："买一对虎皮，虎皮好养！"或者是："瞧这只金刚多漂亮！"还有："文鸟好看又乖，还不吵！"有人就问："说话的是什么鹦鹉，怎么卖？"爷爷就连忙说："哦，那只葵花啊，太老了，别人也养不熟！"买鹦鹉一般都会买年轻的，这样比较容易培养感情也好从头训练。老金说七彩文鸟的学名叫"古尔德夫人"，我一听就知道这后面有一个故事，老金是个鸟类学家或者至少是研究鸟的，所以他知道很多关于鸟的事儿，还有很多好看的鸟的图片。约翰·古尔德是一名杰出的英国商人和博物学家，在那个大航海大发现的时代人们对来自新大陆的新物种充满了好奇，而古尔德为当时的人们提供了带有2999幅彩色插图的鸟类书籍，被当时的人们誉为"鸟人"。"他也是'鸟人'，他也姓古！"我兴高采烈地说。老金说古尔德那些漂亮的鸟类插图有很多出自他夫人之手，可这个老古，他不但在他的书里只字未提对妻子的感谢，甚至也未标注插画师的名字，幸运的是他的辅文作者给了伊丽莎白"描绘这些物种"贡献应有的承认，并以她命名了这种有着七色阳光般色彩的小鸟。不过这种外表靓丽、性格温顺的鸟也有一个毛病，就是它们只管下蛋不管孵，它们也不像布谷鸟那样强迫别人为自己孵化和养育后代，倒好似那些蛋和自己没有什么关系似的，这种性格就好似只享受生活不承担责任的花花公子,所以为了帮助它们孵蛋,爷爷不得不买进模样朴实的十姐妹,把文鸟的蛋混在十姐妹的蛋里一起孵化,所以真正干活的是十姐妹,但人前靓丽的是七彩文鸟。还有漂亮的红额金翅雀,总是一副王室主管的模样,它们的特点是一定要占据笼中最高的枝头,鸟儿的社会也真有趣,个中的关系好像并不输于人类社会的明暗错综。

我看了看凌蓝蓝,微笑着问她:"想什么呢?"

"想我爷爷,"她回答说,"我们很小的时候爷爷身体很好,行动敏捷,我觉得他就像一只鱼鹰。我爷爷养了好多的鸟,大家都叫他'鸟人'。"我点点头,我现在很能明白凌蓝蓝平时说话的时候为什么总喜欢用鸟来打比方了,她在办公室里总是嚷嚷谁谁谁就像什么鸟。

"可是我上中学的时候爷爷生病了,就躺在那张小床上一天一天干瘪下去。一开始的时候他只是身体不能动,精神好得很,每天跟我和弟弟说这说那,后来精神就不好了,我觉得他的意识逐渐散掉了,从身体里抽离了,就像飞走了,他也就再没能力想什么说什么了。他的那些鸟,"她略带伤心地说,"也都不得已地送给朋友或者卖掉了。"

凌蓝蓝现在非常的平静,既不像站在"勇士岩"上尖叫的那个凌蓝蓝,也不像平日里张扬惹眼的那个凌蓝蓝,她的伤感是真实而没有掩饰的。

我又看到凌蓝蓝和弟弟从爷爷的小屋里进进出出,屋子里的爷爷一天一天虚弱下去,屋外的鸟笼一天一天地空了,荒废了,最后,一个中年男人和女人来了,女人带着凌蓝蓝和弟弟,拎着大大的包离开了小屋。

"我爷爷养了一辈子的鸟,他最大的愿望就是能去趟南半球,亲眼看看那里羽毛鲜艳的鸟,好似南半球的鸟比北半球的更加鲜艳,你说这是什么原因?"

"不知道。"我耸了耸肩膀,"不过你现在可以去到南半球,替你爷爷看看那里不一样的禽鸟!"

"那是我爷爷的愿望。"

"那你的愿望呢?"

"我的?"她坐直了身体,望着远处的海面,"我想像翠鸟那样,离开人群!"

"离开人群?"

"嗯,可是我现在一直在追逐人群。"

"哦,"我想了想,"你有那么多的晚礼服、鞋子和包包,应该总是在参加热闹的聚会和活动吧?"

"嗯,我有一个姐妹团,全都是些姿色过人的女孩子,我们都是跟着灵姐一起玩的。灵姐认识很多人,经常有聚会,聚会的规格也都很高,不是那种下三烂的场合。"她认真地解释说。

我点点头,"所以你的生活丰富多彩啊!"

她却摇头,"其实不过是一片喧哗,富二代,成功人士,艺术家,都一样,都在追逐人群,其实和刷抖音看网红也没什么差别。"

"追逐人群追逐的到底是什么?"

"嗯——是想知道人们都在想什么,乐什么,玩什么——好像生怕被人群甩下孤独地落在世界的后面,所以就想拼命地跑在人群中间……可是当你真的跑在人群中间的时候你却发现欢歌笑语不过是包围着你的回响,你反倒是孤独的,内心空空荡荡。"

"是因为你'手撕了前男友'才孤独的吧?"

"哼!"她的鼻子里发出轻轻的一声,"其实算不上什么前男友,没有实心实意的,一个都没有!我其实也不想和他们在一起,只是,只是有的时候真的空虚,心里空虚,身体也空虚,连个可以真正依靠的肩膀也没有。"

她偏过头来看了我一眼,又靠在了我的肩膀上,沉默了。

"圣托尼"这家米其林三星的意大利餐厅坐落在安静的花园里,凌蓝蓝走进花园的时候男人正在爬满葡萄藤的架子下等着她。她穿一条黑色的大V领小晚礼服,胸部用巧妙的褶皱勾勒出丰满的轮廓,白皙的乳房边缘沿着开到心口窝的V字领不安分地涌出来。"你真美!这条裙子性感而优雅,正适合你,我最喜欢胸部的设计,诱人……"男人的眼神像被蜜糖黏住了似的黏黏腻腻地扯不下来,凌蓝蓝扭了一下身子,抛了一个余音绕梁的眼神,将手臂插进男子的臂弯,他们从盛开着曼陀罗的小径走进餐厅,若隐若现的音乐、明暗相间的光影、黑白服装的侍者营造出惹人心仪的静谧氛围。

"西餐红酒音乐,花园沙滩泳池,这些玩意儿对于男人来讲其实都只是装饰,说到底不过是为了营造一种如梦似幻的氛围,然后享受带着精神的愉悦占有肉体。但是女人就是喜欢呀,这就叫情调。何文轩这样的男人最善于玩这一套,可是我明知道还是来赴他的约啊!"

"想什么呢?"男子问。

"哦,在想这个地方可真别致!"

头盘宛如一幅写意山水画,脉络清透的叶子和精心雕琢的瓜片蜷曲在一起,如一叶扁舟落在散着桂花纤蕊的透明浆汁中,流水的去处是各色葱茏的果蔬,菜牌上写着——醉漾轻舟,信流引到花深处。"这家餐厅的大厨 Bounaroti 先生相信食物也是有灵魂的,美食之间就像人和人一样遇上了 Ms. Right 就会发生奇妙的反应,他用食物作画把这种反应呈现在餐盘上,所以预约的时候可以附言,大厨会用心地为你定制不同画风的菜品,两个月前我在预约时的附言是——你的魅力打动了我!"这翻献殷勤的说辞却让凌蓝蓝无端地寂寞起来,"花言巧语。Ms. Right,我是你的 Ms. Right 吗? 说得好像真的两心相许似的。我不过是你面前的一份米其林大餐,是不是大餐还说不定呢,也就是一份肥美多汁的牛排,或者味美色靓的海鲜,看在眼里,嚼在嘴里,大快朵颐,心满意足罢了!"她兀自撇了一下嘴垂下了眼睛。"这个送给你!"男子说着递过来一只细长的盒子,凌蓝蓝打开盖子,是一条水晶项链,一颗颗蓝色的水晶在灯光下闪着含蓄的光彩。"谢谢!""喜欢吗? 这就是你在我眼中的样子——诱惑!"男人盯住凌蓝蓝直到她终于情意绵绵地与他四目相对。

"男人也寂寞吗,还是品尝女人不同的风格就如同发现一家新口味的餐厅? 这已经是同何文轩第三次还是第四次的约会了,大概也该到此为止了,再继续下去还有什么意义呢? 可是到底要正儿八百地和谁约会呢? 美貌是一杯酒,醉了的可能是别人也可能是自己。别人对你产生了幻觉,你对他人对自己也都产生了幻觉,更致命的是你始终不知道自己有没有真正地清醒过来。"凌蓝蓝感觉有点泄气。餐桌上方的灯光如舞台上的追光灯一般,不偏不倚地落在每一只端到两人面前的盘子上,男子举起红酒杯,凌蓝蓝笑了笑也举起酒杯来和他碰了一下。法国龙虾就在这时摆到了他们的眼前,龙虾壳是圆之女皇,团成最耀眼的金红色,各色琼汁涂抹成跳跃的彩色圆点,龙虾肉被剜成大大小小的珍珠撒落其间——这款惊艳的菜品名为"爱的跃动","借鉴日本绘画大师草间弥生的风格!"菜牌上这样写着,侍者掀开亮晶晶的不锈钢盖子放在托盘上端走了,"充满艺术气息,引人遐想,我喜欢!"男人兴致勃勃地举起酒杯,凌蓝蓝也优雅地举杯,红酒在送进她猩红的嘴唇时在杯壁上划下优美的弧线。"这里的主厨,Bounaroti 先生,真的是位热爱食物肯在食材身上下足工夫的人吗? 世界上真有这样的人,发自真挚的热爱进而潜心钻研,不是钻营,这种钻研的最终成果和钻营似乎是一致的,但两者专攻的重点大不相同。当然他是幸运的,钻研带给他和钻营一样的成功。"这样想想,凌蓝蓝觉得人生好似也没那么可悲观,那个除了眼前的食物以外和她没有丝毫瓜葛的大厨竟燃起了她对人生的希望,使她重拾了信心。"信心这玩意儿可真飘忽不定。有一些时候它喜气洋洋欢呼雀跃,有一些时候还会气焰高涨得就好像全世界就在脚下。但另一些时候呢,它却苟延残喘仿佛就要熄灭的木炭里的火星。"凌蓝蓝使劲儿地用餐刀一刀一刀地割在龙虾的肉上,"又不是牛排需要用这么大的力气吗?"男子饶有兴味地看着她。凌蓝蓝"咯咯"地笑出来,"干吗泄气,先享受今晚的浪漫再说。更别说何文轩是个风流老手,总是能让我得到一种——一种身体上的释放。"她的体内好像突然被电流"倏"地一扫而过,这让她感到兴奋,于是给了男人一个深情款款的笑。

用完餐后两人开车来到不远的一家五星级酒店,男子一边开车一边拉着凌蓝蓝的手放在嘴唇上亲吻,凌蓝蓝垂下眼睛微笑着,心里却寂寞得要死,"在真实的清醒状态中,要是能拥有这一切该有多好!可这男人的老婆算是拥有这一切吗?也不知道她是处在清醒当中还是幻觉当中,是幸福的还是煎熬的?可见这样的期望也是虚妄。"

我的心跳明显加快了,有什么不该我窥探的景象即将发生,可我的神经又分外地兴奋,丝毫不想就此切断眼前的画面。

"来吧!你这春天的夜莺,你在月色中唱出夜曲。你说那是爱情,是雄鸟对雌鸟的告白,而我不是雌鸟,我是饱胀了浆汁的莓果。我把自己捧在枝头,招摇着在你的歌声中盼望。盼望你落在我的枝头,然后一口一口地,啄破我紧绷的外衣,吸吮,吸吮,将我的生命的汁液、我全部的精神,吸掉、带走,留下一个只有空壳的我,在枝头瑟缩。当生命力再一次涌动在我体内的时候,我和你,我们就变成了两只澎湃的兽。你是一只有形的兽,爬上爬下扭曲颤抖,我却养着一只内在的兽,伏在那条孤独的河水里。你的兽的呼唤是满月的温存,牵引着孤独的河水掀起潮汐,成群的鱼儿从河水里急切地探出头来,张着渴望的眼睛。它们要跳跃要欢腾,却又惊恐而喜悦地悸动。河水深处那只伏着的小兽,撑起了半个身子游在水面上,它等待着巨浪的冲击,它冲动起来,掀起激烈的狂澜。"

我终于能开口说话了,我问:"想怎样离开人群呢?"
"嗯——"她歪着脑袋,"嫁给一个能带我离开人群的人!"
"那要找一个武侠或者剑客了?"
"不是那种,是带我离开鸟笼,离开树林就好!"
"哦。"我好像有点儿明白她的意思。
"不过总也要真心实意才好!"她又补充道。
"翠鸟是捕鱼高手,"我说,"依我看你自己就能捕鱼,干吗还要等着另一个人把你带走?"

"翠鸟在笼子里不会捕鱼,却可能被一只山雀杀死,或者被取了翠羽,反正是难有活路。"她想了想又说,"我其实也是好不容易才钻进笼子里来的,可我却不想困在笼子里,我也不喜欢在树林里,我奢望着去到那片我自己飞不到的湖。"

那天晚一点的时候,我陪凌蓝蓝到公安局户籍科补办了身份证,又去手机营业厅买了新手机,补办了电话卡,她说发了工资还我手机钱,我说都行。我给她一楼的楼道里安上了一只电灯泡,帮她们换了一把大门的锁,晚上回到家的时候,我去丢垃圾,把凌蓝蓝丢在我客厅垃圾筒里面的衣服一起丢掉了。

我以为这件事就这样结束了。一次莫名其妙的偶遇,一段平静而温情的述说,也许以后在职场上我会有意无意地帮帮她,如果她需要的话,因为我多少对她算是有那么一点了解了,我想我能做的也就仅此而已。不过那天夜里我却做了那个梦,梦见我和凌蓝蓝做爱,我变成了那只歌声婉转的夜莺,啄食她鼓胀的莓果,我变成了那只扭曲的兽,牵出了她那些活泼乱跳的小鱼,那只小兽跃出了水面,可是河水也漫卷而来,就要把我淹没了,我越是挣扎越是要陷进漩涡里,我浑身大汗,一下子醒了过来。天已经亮了,我起身去冲凉,我把水放得很大冲了好一阵子,直到从头到脚都清爽了舒服了,才长长地舒了一口气。

3

第二天一到办公室,我就忙着浏览前一天的工作邮件,召集大家开周会,周会原本该在昨天周一开的,直到蓉儿过来敲会议室的门,"萧忆水,Jessica 找你们开会!""蓝妹妹呢?"展鑫问。"她好像病了,今天还是没来。"病了?这个疑问在心里还没来得及打个转,我就交代了几句起身开会去了。

"萧忆水,我病了,你能过来一下吗?"会议中间我的手机震了一下,我看了一眼时间11:28。十分钟之后,我走出会议室,"新开了一家牛肉火锅店,大家说中午去尝尝,一起吧!"高铭在我身后说。"不去了,中午有点事儿。"

我敲了好半天的门凌蓝蓝才把门打开,她佝着背身上披着被子,浑身哆嗦着。

"怎么搞成这样子?"我跟在她身后走进她的房间。

凌蓝蓝虚弱地靠在床上,"可能是昨天下午吹了风,谁知道呢!"

"不对,你在发烧!"我用手试了一下她的额头,滚烫的,"把衣服穿好,我带你去医院!"

中午医院的普通门诊休息,我们只好看急诊,化验了血常规,还好,不是炎症,医生给开了退烧药和治病毒感冒的药,我把凌蓝蓝送回房间给她吃了药盖上被子躺下,就拿了她的钥匙转身下了楼。小区门口有一家小饭馆,正好有小米粥,我让老板盛了一碗小米粥,又给现烧了一碗姜汤,"把这个盆子端了去吧,正好还带个盖子,吃了给拿回来就行!"操着西北口音的老板心眼儿很好。

我回到房间的时候凌蓝蓝已经出了一身的汗,体温也明显降了下来,"来,先把姜汤给喝了,驱驱寒!"

凌蓝蓝把姜汤喝了,又喝了几口小米粥,"这下真舒服多了!"她虚弱地笑了笑。

"再睡上一觉,如果醒来的时候觉得饿了那就好了! 行,你先歇着吧,我得回去上班了!"

"能陪着我吗?"凌蓝蓝突然抬手抓住我的手。

"不行,两点半开会,我得赶紧走了!"我把她的手放在被子上,"要不我下了班再过来吧! 快躺下睡吧!"

下午开完会就和团队一起讨论方案,修改报告,肚子咕噜噜叫的时候一看手机已经快七点了。今天怎么会这么饿? 这样一想才回忆起中午没吃饭,到现在是两顿加起来的饥饿感。

"我得去吃点东西!"

我跑到楼下的茶餐厅叫了一份快餐,边吃边给凌蓝蓝发信息,"怎么样好点了吗?""好多了!"她回。

"你按时吃药,好好休息,饿了的话叫个外卖!"

"嗯。"她回。

"对了,明天别忘了把那个带盖子的瓷盆儿还给小饭馆!"

凌蓝蓝终于出现在办公室了,她的面色略带苍白明显的有点儿元气尚弱,但已经不影响她四处谈笑风生。见到我的时候凌蓝蓝立马神情大变,我想我一定是搞错了,她怎么好像对我含情脉脉呢? 紧接着我发现她对我的称呼从"萧忆水"变成了"忆水",甚至在别人的面前还变成了"忆水哥"。更加出人意料的是,蓝妹妹竟然还给我带了早餐,后来这份爱心早餐竟然一直持续了将近一年。

"真的不用了,我自己会买!"

"如果你自己也买的话你就吃两份,反正我这份必须吃,而且不管你吃不吃,我都会买!"

我只好挑挑眉毛,拿起蓝妹妹的早餐。

"萧忆水,发生了什么?"高铭怪声怪气地问。我一时间没有头绪不知该怎回答,凌蓝蓝转身对高铭说,"我那天喝醉了忆水哥把我背下了山!"

"这么巧?在哪里啊?蓝蓝,我要是遇见了一定也会背你下山!"

"你就知道油嘴滑舌的,我才不信你呢!"凌蓝蓝说着就扭着腰肢走开了。

"行啊,看不出来,挺有手段嘛!佩服佩服!"高铭打趣地冲着我拱手致意,我想高铭也好,其他的同事也罢,包括我自己在内,都觉得这不过是凌蓝蓝的一个打趣和玩笑,我猜她可能是想用这样的方式表达对我的感谢,虽然我原本是不想对任何人提起曾经发生过这样一件事情的。

"怎么回事儿,你这是演的哪一出?这不是你的计划!"蒸汽从蒸锅玻璃盖子的圆孔里钻出来,升腾在我们俩中间,有一种雾里看花的感觉。

"对,那天晚上睡觉的时候我突然觉得——很温暖,真的,我是微笑着睡着的,是一种发自内心的温暖踏实的感觉,后来那种感觉就变成了热,我开始越来越热,直到浑身发烫,睁开眼睛才知道自己生病了。我躺在床上昏昏沉沉浑身难受,觉得意识已经开始混乱了,但是我想起了你,后来你就真的来了。"

"你只是感冒发烧而已,看了医生吃了退烧药就好了,本来也没什么事儿。"

"你是怕我缠上你吧?"凌蓝蓝把上身探过来笑吟吟地盯着我看。

"小姐,你跑错跑道了,再跑下去就离你的目的地越来越远了,那个南辕北辙的故事对吧?"

"可是地球是圆的,没准儿最后也跑到了呢!"她把身体向后靠在椅背上,跷起二郎腿,"你是一只蓝筹股,我觉得你没准儿能和我一起跑到目的地呢!"

"这个概率太小了,我现在连上升的通道都找不到,更别说变成你想要的带你离开人群的人了!"我皱了下眉毛。

"你可以跳槽啊!忆水哥,你干吗不跳槽呢?"她说着又把上身探过来,"我觉得你早就该跳槽了,我是说真的!"她给了我一个坚定的眼神。

其实我最近确实在合计这事儿,我有点儿后悔当初没有跟着 Lucas 一起跳槽。Lucas 是把我带上管理岗位的师傅,我所有的分析、表达、沟通、团队管理能力这些良好的职业素养都是 Lucas 训练出来的,他也是提拔我到现在这个岗位的人。他离职的时候想拉我一起,可那时我觉得自己还太年轻,又刚刚得到晋升,但归根到底的原因应该是我的企图心不够强,如果换了高铭,他的选择一定和我不一样。

"还是说说你自己吧!"

"我嘛,你是说我既然有这么强的企图心干吗自己不去多争取机会呢?这我早都想得很清楚了,我目前最大的机会就是 Jessica,就我这么招摇,估计其他领导也不待见我,可是 Jessica 最多也就是把我安排到业务部门做一名职员,现在新进来的年轻人学历和能力都比我强,我看不到自己有什么优势和好的前景!"她叹了口气,"从长远看我不会是一个好员工,所以我才想找个有实力的人嫁了。"

"就是嘛,你的目标那么清晰了,还在我这儿瞎耽误什么工夫啊?闹得人尽皆知的。"

"我喜欢!"她任性地说,"为了防止有人打你的主意啊!"

"可你这样不是给自己造成影响了吗?万一银行里还有其他的人喜欢你呢?"

"我不稀罕!"凌蓝蓝摆出一副花痴相,用手拄着下巴,咻咻地看着我笑,"我要么就找个真正有钱的主儿,要么就找你,同事里面我只喜欢你!"

蒸锅的玻璃盖子之下,一只只扇贝尽管不情愿但还是纷纷地张开了嘴巴,在蒸汽的氤氲之中,凌蓝蓝脸上精心化的妆也在一点一点地消融。

4

"领导,您一个人吃饭吗?我可以坐这儿吗?"展鑫不知什么时候出现在我面前,端着餐盘和一托盘的饭菜。

"哦,当然!"

他恭恭敬敬地坐到了我的对面。

"领导,难得碰到您,您经常来这一家餐厅吗?"

"哦,偶尔来。"我想说别总领导领导地叫,但想了一下,这个展鑫,还是算了。

"哦,水哥,您小长假回家吗?"

我笑了笑,"不回,你呢?"忘了说我们俩是老乡,而且是极为地道的老乡,他的父亲竟然是我父亲的老部下。展鑫才调到我们条线来不到半年,他和人力资源部的徐总关系非同一般,原本我今年应该有一个新入职的研究生的名额,老徐和Jessica商量后做了调整,把展鑫替代了新人,那个新人呢给了高铭。"老徐是觉得你比高铭厚道,才把展鑫塞给你的!"凌蓝蓝当时打抱不平似地对我说,"小心他们是布谷鸟!"展鑫更是老早就来找我拉近乎,说起来就好像他进到行里都是在我的光辉形象的指引之下做出的正确选择一样。我考虑了展鑫的背景和能力,觉得只要他认真做事对于我和团队来说倒也不是什么坏事。事实证明展鑫的能力不错,工作做得令人满意,所以我也不会平白地找他什么麻烦。至于他怎样和领导同事相处,或者还有什么样的小算盘我也不想更多地琢磨,但今天他"偶然间"遇到我,我猜想他是又有什么特别的用意了。

"老板,有件事您得帮老弟一个忙!"

"哦?"我停下来看着他,"不是工作上的吧?"

"不是不是,工作上的事儿我就在办公室里向您汇报了!"

"先说说什么事儿吧,你神通广大的,有什么倒是需要我帮忙的呢?"

"水哥,这事儿还就只有您能帮得上我!"

"行了说吧!"

"那个,那个,"他露出一副认真诚恳的表情,他工作中遇到要动脑筋的时候也经常是这样的表情,"凌蓝蓝!"

"凌蓝蓝?"

"对,对,"他满脸带着笑,"她好像跟您关系挺不错的!"

"别听那丫头瞎说,我跟她啥关系都没有!"

"是是,她那种劲头,喜欢四处叫嚣,我知道那不是当真的。"

"哦,那你?"

"水哥,我想,我想向她表白!"

我刚喝进去的一口水差点儿没直接喷出去,我强忍住把水咽了下去。

"你向凌蓝蓝,表白?"

"嗯嗯!"他又是很认真地点头,他以这种认真而诚恳的表情给 Jessica 留下了相当好的印象,"水哥,我爱慕蓝蓝很久了。实不相瞒,我之所以想方设法地调到咱们市场条线来,有一个很重要的原因就是因为蓝蓝。您别和别人说啊,我可只是今天才和您一个人说过!"

看来我实在是对工作以外的事情太缺乏观察了,我只看到高铭整天里找机会和凌蓝蓝打情骂俏,却从来没有注意到展鑫这么一个忠实的仰慕者。

"你喜欢凌蓝蓝什么呀?"

"水哥,蓝蓝那种相貌,你说,那不就是男人心目中百分百的理想女神吗?"

"哦,除了外貌呢,她的性格你能吃得消?"

"这个嘛——"展鑫眼神发亮,我好像也只有在这时才认真地打量展鑫。别说,展鑫的形象绝对算得上清秀,他身材颀长,脸部轮廓清晰,一对浓眉,眼睛不大但炯炯有神,如果仅从外形来看,配凌蓝蓝虽说不上绰绰有余但也算合格。

"水哥,"他探过身子来,"您不知道,我是一个特别有耐心的人,我觉得蓝蓝吧,她真的特别需要一个像我这样愿意任着她耍性子的人!"

"哦! 那你,你干吗不自己去和她说啊,找我干吗?"

"她不是和您,我知道你们不是那种关系,但她毕竟和您走得挺近的,您先帮我跟她说说,然后我再自己和她说,水哥,拜托了!"

"那丫头,她可不听我的,我只不过能帮你带个话!"

"您带个话就行,我就感激不尽了!"

"哦,对了,"我突然想说凌蓝蓝可能并不想找行里的同事,但我改口说,"这丫头好像不大好养,哥们儿你有心理准备吗?"

"水哥,"展鑫热诚地说,"在您面前我不好表扬自己,但说真的您看我毕业工作这几年,每年的考评都是A,工资一个劲儿地长,奖金每年都不少,又已经是重点培养对象,市场条线要新设两个处,这也是我申请来这边的原因之一。我无意冒犯,但没准儿过不多久,我也能和水哥您并驾齐驱了,这个情况您透露给蓝蓝就好了,可千万别和其他人说啊!"

"他这么和你说的?他这是别有用心!"

"嗯?"

"首先是探你的底呀,发现你并不坚决接着就抬高自己打压你的信心!"当我对凌蓝蓝说起的时候她有点儿气愤地说,然后鼻子里哼了一声,"那好吧,看看我怎么来对待他的表白!"

那天下午,人力资源部组织全行参加反腐工作视频电话会议,行长在42楼可容纳200人的环形大会议室里同中央和市里派来的纪律小组领导一起,通过视频和电话与全行各部门以及全国各地的分支行连线,会议议题是银行腐败专案分析和反腐工作的要求。我们整个条线的人都集中在20层可容纳100人的会议室里,Jessica和徐总在我们的会议室坐镇。会议的气氛非常严肃,中央对于腐败问题的重视和坚决打击的力度传递得非常明确,市纪委的领导更是一副一针见血的好口才,几个腐败专案讲得生动而警醒,令人印象深刻。

两个半小时的会议结束后,会议各方纷纷挂断视频和电话,Jessica和徐总先起身离开了会议室,大家也纷纷从座位上站起来准备离场。凌蓝蓝从主席台的座位上站起来,她刚才坐在Jessica的旁边,她走到麦克风跟前,打开发言的绿色指示灯,"展鑫!"她的声音从麦克风里传了出来。大家原本盯着手机或者脚下的头纷纷抬了起来,寻找着声音的来源。"听说你要向我表白是吗?"人群移动的脚步全都停了下来,目光要么集中在主席台上的凌蓝蓝身上,要么就跟随着大家的目光寻找着展鑫,那些目光最终像分开丛林的剑一样射向展鑫。"是的,蓝蓝!"展鑫在群体的瞩目之下并未显露出一丝羞涩,他站在会议室中后部一个宽敞的分区走道处,目光炙热地望着台上的凌蓝蓝运足了力气大声地喊,"我喜欢你!"人群里发出几声起哄的声音,还有几个女生拍了几下巴掌,好像要喝彩似的,但声音马上又戛然而止了,现场一片安静。凌蓝蓝从台上走下来,所有人的目光都聚集在她的身上,并自动给她让出一条路来。大多数人都预感到要上演一出好戏虽然尚不清楚会是怎样的剧情,这可不是一个具有普通人思维的女生。凌蓝蓝抱着本子手里拎着保温茶杯,踩着高跟鞋一步一步来到展鑫的面前。

"真的喜欢我?"她的目光凌厉地盯着展鑫。

"真的喜欢!"展鑫坚定地回答。

"如果这样呢?"凌蓝蓝说着,一只手一边夹住本子一边拧开了茶杯的盖子,另一手将茶杯高高举过展鑫的头顶。

"还喜欢吗?"她一边说,一边将茶杯倾斜45度角。

"啊!"站在展鑫身旁的人发出惊呼声,连忙向两边闪开身体,棕色的液体从杯子里倾泻而出,从展鑫的头顶上一直泼洒在他的脸上、身上,直到只剩下挂在杯口的两滴。那是凌蓝蓝开会前为Jessica准备的咖啡,但Jessica今天一口都没喝,她对来自中央的反腐精神很感兴趣,她在之后还特地组织条线干部开会,她说:"以前以为都是电视里面演的,是剧本而已,这回听到了纪委领导的声音,看来反腐的力度是真实的。"

凌蓝蓝继续目光凌厉地盯着展鑫,眼里的神情逐渐变为了得意。展鑫被浇了一头一脸一身,样子狼狈不堪,凌蓝蓝瞪了他一眼,拧上杯盖儿转身往会议室外面走去。

"可是蓝蓝,"展鑫站在原地,几乎是带着几分悲壮的语气冲着凌蓝蓝的背后大声说,"我是真心喜欢你啊!"

凌蓝蓝诧异地转头望了他一眼,快步地走出了会议室。人群又开始慢慢悠悠地移动起来,我看了一眼站在原地没动的展鑫,也跟着移动的人群踱出了会议室的大门。

那天下午,办公室里的气氛有点儿诡异,徐总先是进到Jessica的办公室,待了很久,然后凌蓝蓝被Jessica叫了进去,待了更长的时间。

"Jessica很抓狂,她说她的头都有那么大了,对我做的事情,"第二天中午吃饭的时候凌蓝蓝来找我,"Jessica说不光是现场那么多的人,网络电话当中还有一些没有及时挂断的总行部门和分支行,现在全行都在问,凌蓝蓝是谁,展鑫又是谁?"她说着,竟然"咯咯咯"地笑了起来。

"你也真行,还笑得出来!"说实在话,我真有点儿替这丫头担心,这种事情的影响可大可小,但对于凌蓝蓝来说一定不会是什么好的影响,"看来Jessica批你批得还不够狠!"

"嗯——"她用手托着下巴颏手指弹琴似的胡乱敲着,"我向老板老实交代了!"

"老实交代了什么?"

"嗯,不是关于你的!"

"我有什么好交代的。"

"哦,她也听说了我四处散播萧忆水是我男朋友的行径,我告诉她咱俩是哥们儿,你对我完全没有那个意思。"

"哦。"

"怎么样这样放心了吧,不会对你造成什么不良影响的!"

"我本来也没有担心自己,我担心的是你!"

"你有担心我吗?真的有吗?"

"当然了。好了,快说吧,还有什么?"

"还有,"她认真了起来,"我很坦诚地对她承认说我觉得自己并不适合在各种体制当中谋求发展,我守不了规矩,迟早要翻船。"

"Jessica真的是一个好老板!"她动情地说,这在她也不是常有的表情,"她开始的时候还是抓狂得想要去撞墙,劈头盖脸地用一大箩筐的粤语狠批了我一大通,但是我向她坦白之后她就不再训我了,反倒开始设身处地为我着想了。"

"我们昨天聊了很多,她甚至还和我聊起了自己的感情,她给我讲她年轻时候的恋人,两个人都太优秀了,最后谁都不愿意为了对方而牺牲自己,所以只有分手。但她说女人最终还是要有家庭和爱,要不然像她一样,到了这个年纪,除了工作之外什么都没有,所以她害怕在职场上遭遇挫折,因为那样她就失去了一切。'也不会那么绝望吧,一定还是可以遇到合适的人!'我当时反过来安慰她,她摇着头说,'难!'然后她就问我想要找什么样条件的,她一边问还一边琢磨,她说她会帮我留意。"

"我不像她那么优秀,"凌蓝蓝的口气重又轻松起来,"所以没准儿,我老板真能帮我物色到一位如意郎君呢!"

不过在Jessica为凌蓝蓝物色到合适的目标之前,她还是时不时地来找我,"忆水哥,周末要不要一起看电影?"她问我。

"哦,我这周要去徒步!"她见过我的装备,知道我并不是骗她。

不过电影我们确是看过两场,是晚上下班之后,看完电影送她回家的路上她忽然说:"我发现如果我对你颐指气使的你就会拒绝我,反倒是我真心诚意想让你陪我的时候你就会答应,是不是你讨厌我张狂的样子啊?"

"可能是吧,"我回答,"但那才是你凌蓝蓝呀,对不对?"

她想了想慢慢地点了点头。

"谢谢你啊,今天晚上和你在一起,很温暖!"她说完这一句转身钻进了楼门,我看着她走进楼道,楼梯上的灯一层一层地亮起来。

对了,我确实不得不说,Jessica 是个好老板,她不单单只是和凌蓝蓝谈心并帮她物色合适的人选,更没忘记在众人面前颜面尽失的展鑫,她毫不掩饰地夸赞展鑫,"鑫,我知道蓝蓝当众羞辱了你,但是你知道我最欣赏你什么吗?"展鑫谦逊却自信地摇头,"你的真挚,和你的坚持!"Jessica 在他的肩头打了一拳,"This man,This man!"她满带赞赏的口吻大声地对着大家说,"他执着而坚定地说,我是真心喜欢你啊!Well done!"展鑫低头含笑,微微点头,老板是在帮他挽回颜面,更是在帮他树立形象。

然而这还只是 Jessica 对展鑫在口头上的安慰,更进一步的实际行动是,徐总行动迅速地争得了事业部领导班子的同意,向全行各相关部门发出了那份对展鑫来说意义重大的邮件,展鑫负责组建移动支付对口的业务模块,在正式任命之前代理行使负责人的职能,这是 Jessica 提议的,当然也可能是徐总提议 Jessica 赞成的,总之这个计划应该比徐总之前的计划提早了将近半年的时间,并且让展鑫日后的提升板上钉钉了。Jessica 对凌蓝蓝说:"不能让这件事影响了一名业务骨干的发展。现在提拔起来,人们说起来会说,哦,展鑫,负责移动支付的那个;要不然日后大家就会说,哦,那个被一个美眉浇了一头咖啡的倒霉蛋!"大概有个性的 Jessica 也格外欣赏有个性的人才吧。

"Jessica 给我介绍了一个成功人士,其他都挺好的,就是年纪大了一点儿。"有一天晚上,凌蓝蓝发来一条信息,我回了一个笑脸。那一段时间,她时常给我发一条信息,说他们有了哪些新的进展,我也总是回一个笑脸。

5

凌蓝蓝再来我公寓是一个晚上,门铃响的时候我看了一眼手机屏幕上的时间,23:20。

"可以陪我喝一杯吗?"她站在门口看着我,把手中的酒瓶晃了晃递给我,是一瓶喝了一半的帕菲酒庄的 Pavie 2000。

我打开客厅的灯,又到厨房找来两只高脚酒杯,凌蓝蓝已经在沙发上坐下来了,脱了外套,穿着那件胸口有褶皱设计的 V 字大开领小礼服,一条闪闪烁烁的银色项链吊在胸口正中。

"我这里没有醒酒器。"

"管他什么醒酒器,直接倒就好了!"

"这可是不错的酒啊!"

"酒不重要!"

"他向我求婚了!"她终于说。

"恭喜你!"我举起酒杯和她碰杯。

"总算遇到个靠谱的,真不容易!"她的眼睛里有胜利的喜悦,亮晶晶的,"说起来还是 Jessica 比较靠谱。"

"她是个好老板!"

"真的,我特别地感激她!"

"为 Jessica!"

"为 Jessica!"

"他究竟多大?"

"四十五。"她缓缓地呷了一口酒。

"哦。"

"我的一个小姐妹,"她慢悠悠地说,一边说一边想似的,"她说十年前她曾经和一个快到五十岁的人好过一阵子,然后今年,她恰好遇到他,他们一起吃了个饭。她说他低头吃饭的时候她就看着他,心里就不住地质问自己怎么可能爱上过这样的一个人呢?你看他,他分明就是一个老年人啊,他的头发都没有了,仅存的那么两根故意在前额绕着圈,他的脸上和手上都有老年斑了。她当时就想绝对不能再见这个人了,即使不小心碰到了也要躲起来假装没看见。"

"十年,你的小姐妹也有三十多了吧?"

"是,是三十多,可是三十多还很年轻啊。相对于六十岁的人,虽然三十多早已是大龄剩女了。"

"嗨,人还不都得变老嘛。你,我,你的那个小姐妹,谁又能不变老呢?"

"是啊,所以她说她那时就突然明白了歌里面唱的'和你一起慢慢变老'真的是一种浪漫,两个人一起面对岁月的痕迹,谁也不会因此而嫌弃另外一个人。"

"不过要的太多不好!"她换了一种明快的语调,坚定地说,"他对我很好,他说他小的时候家里也很穷,他说把我弟弟接过来上学,给他找音乐老师。哦,我弟弟,古峰,他音乐天赋特别好,我给他在城里找了老师让他每个周末坐火车去上课,但我要把学费直接转给老师,要不然我爸妈就会把钱花掉而不让弟弟去上课,他们说我是异想天开、白日做梦,但想都不想的话哪有改变的可能呢。我想帮弟弟改变命运,我不觉得这么做有什么不对。我这性格啊,也不知道天生就是这样还是环境给磨炼出来的,就是从来都不肯服输,但这是我的信念,从小到大树立起来的信念,有的时候我甚至觉得自己就是为了改变而生的。他还给我爸妈打钱,我让他一次别打太多,免得他们得寸进尺。"她仰起脖子喝酒,我能看到酒沿着她修长的脖颈滑下去的轨迹,"我终于可以有一个五星级的家了,有比你这个房间还大的衣帽间装我的衣服、鞋子和包包,我也可以不再为了把自己嫁出去而挖空心思地包装自己了。他成熟、风趣,和他在一块儿还挺开心的!嗯——再者说,他也不算太老!"

"真心替你高兴!"我说。

她偏着头看我,"说实在话,正经的年轻人大概也不会看上我吧?"

"问我吗?你说我是正经的年轻人?"

"别打混。我知道像我这样一心就想嫁给有钱人的女孩儿,你这样的年轻人是不会感兴趣的。"

"哦,"我想了想说,"既然不是有钱人,何必惦记不该属于自己的东西呢,也算是有自知之明吧。"

"可我不知道为什么对你很依赖……"我其实挺害怕凌蓝蓝在这个时候用这样柔软的语气说话。

"我的性格温和,可能比较适合做蓝颜知己。"我连忙说。

"你都是谁的蓝颜知己?"她追问。

"哦,没有。"

"真的?"

"真的!"

"不是,你不是我的蓝颜知己,"她似乎在喃喃自语,"可是我们又算什么呢?"她转过头来望着我,"我发现自己在感到孤独的时候就会想起你。"

空气里有了一种异样的气氛,帕菲的细腻绵滑带给人柔软的醉意。

"哦,你想听音乐吗?"我觉得这时很有必要想点儿别的,"放一张CD怎么样?"

我站起身走到柜子跟前,拉开抽屉假装挑着唱片,"想听哪一张?"

"听爵士吧!"

"公爵的好吗?"

"好!"她大声回答,"反正我也不懂,你选的一定好!"

公爵的《月光》,7秒的独奏引出诙谐的自述,30秒像烟嗓大叔的调侃,管弦乐合奏的包裹是自述者脑海中无数的应答。我们听着唱片,有一句没一句地聊着,把大半瓶帕菲都喝光了,我觉得有点儿要醉了。

"太晚了,明天还要上班呢。"我说着站起身来。

"我可以再留宿一晚吗?"凌蓝蓝的目光一直跟在我身上。

"这个……"

"我知道,我以后不再来了,我只是,"她顿了顿,"我只是想最后再感受一次这样的温暖,我想这也是我今天来的目的吧,告别,对,"她像是终于给自己找到了一个答案,"我真的是来告别的!"

"那,还是我睡沙发,你去卧室吧!"我说。

"不,我睡沙发!"

"你确定?"

"确定!"她略带点儿醉意,微笑着点头。

半夜的时候,我迷迷糊糊地感觉到凌蓝蓝掀开被子躺了进来,她把头靠在我的肩头,伸出一只胳膊揽住我的身体,紧紧地靠着我。我紧闭着眼睛,只装作是没有察觉地继续睡着,神经不时地发生着错乱。幸好她就保持着那个姿势一直没有动,这多少有助于我控制自己的大脑和身体,虽然它们交替地错乱着。后来,后来我不记得了,我在这种错乱中失去了记忆。

醒来的时候天已经亮了,凌蓝蓝不知道什么时候已经走了,阳光透过窗帘射进客厅,餐桌上放着昨天喝过的酒瓶和酒杯。

凌蓝蓝很快离职了,她在这座写字楼里面制造的关于我和她以及她和展鑫的一切也随之烟消云散了。

第四章　雪域　罗得

1

雪野像一张铺展开的毯子,不断地向四下里延伸着,风的声音变化着,好像分声部的合唱,一会儿是低音部的呜咽,一会儿是中音区的回旋,一会儿又是高音区的嘶鸣,雪伴着风声的节奏,时而纷纷扬扬,时而在空中打转儿,时而又簌簌地打在脸上。我已经在雪野上走了好多天,今天从早晨到现在我一口气走了快两个时辰,身上出了汗,额头上也冒出了汗珠,不过再走上两个时辰就到了。

这里现在可真冷清啊,一个人影也看不到,那些漂亮的小房子,那时它们是多么的迷人呢,尤其是傍晚的时候,点点的灯光从房子里面透出来,音乐声欢笑声和着快活的舞蹈。但是现在,它们都变得死气沉沉的,被积雪覆盖了,只剩下屋顶的形状依稀可见。

那个女孩儿,不知道她现在怎么样了,她顺利去到神木林了吗?没准儿我能在雪野中遇见她。真希望她足够走运,我这样一个老家伙,除了为她祝福好像什么也做不了,只希望这一次,我能给她带去一两个伴儿,她太孤单了,不知道还能坚持多久。

一个人走在一片白茫茫的天与地之间的时候,脑子里就不停地想出很多的事情,直到那片大海一样翻涌着的白色浪花出现在我视野中,我知道我到了。

它们真是些神奇的兽类,说它们是兽,不仅因为它们高大孔武,更因为它们的本能和绝对,"它们"就是它们存在的意义。在这样的雪季,只有风停雪住的时候太阳才能露个脸,清晨和傍晚才能看到云霞,其他的时候天地就只是白茫茫的一片,而兽们集结在这里,成了天地的一部分。它们一个紧挨着一个,伏在雪地上,身体贴着地面,覆着白色毛发的巨大尾巴像大朵大朵的白色浪花,翻涌着,它们连成一片,连成天地之间的海。每一次,当我面对它们的时候,我都忍不住为之震惊。

然而兽又是令人困惑的。除非你就要抵达神木林的边界,你看到的总是它们温暖的迷人的样子。记得那是春天的时候,这里到处都是明媚的景象,大地像绿丝绒的毯子,草地无边无际,野花随风摇曳,蜂鸟是最忙碌的,蓝绿色的羽毛在阳光下闪闪发亮,它们用长长的喙啄食花蜜。傍晚的时候,萤火虫四处飞舞,围着那些漂亮的小房子和房前的花园,闪着童话一样的紫色的光。兽们那时全身的毛发都是绿色的,鲜嫩明亮的绿色,在阳光下和月光下泛着柔和的光,九条巨大的尾巴在细小的身体后面绽放开来,它们在草地上优雅地行走,就像一棵棵缓慢移动着的高大的柳树,巨尾上长长的毛发被风吹动就像柳树上的树叶随风摇摆。据说它们毛发的色彩来自太阳和大地的能量。对了,那个时候人们管这里叫田野。有的时候兽会遇到一个男孩儿或者女孩儿,他们就并排地在草地上走,不急不缓的,男孩儿或者女孩儿会用手抚摸着兽,抚摸它细小的脸和尖尖的耳朵,抚摸它柔软巨大的尾巴。兽只静静地站着,两只眼睛发出柔和的光,那目光似乎有着特别的意味,仿佛透视了眼前的景物,执着地望向远方。等到兽发出婴儿般"嘤嘤"叫声的时候,男孩儿或者女孩儿就睡着了。

兽们现在就像有统一号令指挥着,它们立起身体,抬着脖颈儿,用柔和的目光望着我,也像是在望着远方,我像是被所有的目光簇拥着,又像是被所有的目光穿透着,每一次这样的时刻,都让我深深地着迷,又深深地困惑。兽们向我行着长长的注目礼,这是我们之间一种古老的仪式,我也静默地站立着,面对着它们,庄严地,长久地,直到它们像听到号令一样同时站起来,缓慢地九十度转身,向着前方开始移动。那移动是如此之壮观,仿佛海上的波浪向着远处翻滚而去。我一直好奇它们到底要去到哪里,而它们只是默默地移动着,踏着风和雪的节奏,向着远方,直到我目所不及的地方。

我收回目光,望向我的面前。兽们刚刚所在的地方,雪花正打着旋地落在一枚枚白色的蛋壳上,它们就是我来到这里的目的。我走上前去,伸出戴着皮手套的手,抚摸那些温暖光滑的蛋壳。今天夜里,它们就会纷纷绽裂,留下无数空了的蛋壳,在雪地里被风雪蚕食、消融。

我迈步走向我的小木屋,在屋角的积雪中拉出一把雪铲清理积雪,好打开木屋的门,也让窗子露出来,好透过窗玻璃看到外面的景象,察看雪地里的动静了。当我终于生旺炉火,把厚皮衣挂在墙壁的钩子上,坐在窗前喝起啤酒望向窗外的时候,风雪已经住了,太阳在地平线透出柔和的粉红色,天边有一条被拉长的云朵,像有人用粉笔画上去的。

天边那抹粉红色慢慢地消失不见时,我喝掉最后一口啤酒,远处神木林的上空,没有一点光亮。不知道夜里会不会出现那些绚丽的光呢?我把木屋的门留上一条缝儿,又拨了拨炉火,钻进了被窝儿,我得抓紧时间睡一会儿。

天快亮的时候,我觉得有什么东西在拉扯着我的头发、胡子、领子和裤脚,我知道,他们来了。我故意闭着眼睛不睁开,装作还在睡觉,但耳朵却竖了起来,"这里!这里!"我听到一个声音喊,然后我的鼻子开始痒痒的,那是一个小家伙爬上了我的鼻梁,他现在已经爬到我的鼻子尖上,"呦吼!"他尖叫着顺着鼻梁滑了下去。有两个小家伙几乎同时地用手抓着我两边的耳垂儿,用手臂吊着身体在空中打晃,"一、二、三!"他俩随着口令"嗖"地蹿了出去,落在了我的头发上,发出咯咯的笑声。有一个小分队沿着我的领子跑到了我的胸前,再争先恐后地跑去抓住我的腰带,分作两边开始拔河,"嘿呦!嘿呦!"我听到他们卖力地一边使劲儿一边喊。又有人跑去我的肚子上了,他们把我的肚子当成了蹦床,"哇吼!"他们兴奋地又蹦又叫。我又竖着耳朵听远一点的动静,有几个小家伙爬上了凳子,正在往桌子上努力,还有几个小家伙爬上了我的啤酒桶,他们正在尝试拧开啤酒桶的龙头。"离开那个炉子远一点,你会掉进去的!"听到这个声音的时候我"腾"地坐了起来,伸出两只手接住了从我的脸上和头上滚落下来的那几个小孩儿,刚才靠近炉火的小孩儿已经被叫喊的那一个拉到了一边,这让我不由得舒了一口气,我低下头来看着他们。看到我的那一刹,他们大多收住声音,僵在原地不动,嘴巴张着或者紧闭着,屋子里有那么一刻有点儿安静,爬上桌面的那一群刚刚欢呼了几声就停了下来,啤酒桶的龙头已经松动但酒还没有喷出来,只有沿着一大半垂在床边的被子上往上爬的那些小孩儿还在毫不气馁地尝试着,"嘿呦!嘿呦!"他们听到了自己的声音终于也停了下来。

我让这种有趣的气氛保持了那么两秒钟,然后脸上露出了微笑,"孩子们,你们好!"可是我这话的话音还没有落下,啤酒桶的龙头就"呲"的一声,啤酒向着四下呲了出来,站在地板上的小孩儿惊叫着四下里奔逃,站在啤酒桶上的那几个也吓得捂住了脑袋,我站起身来迈了一大步探身拧上龙头,好让还在我身上的小孩儿来得及顺着我的腿和脚滑下去。"呜——!"我环视着这些调皮的小孩儿,笑着长出了一口气,"哄"的一声,满屋子的小孩儿都笑了起来。不过我已经注意到了,他们中间,没有一个是带着透明的小翅膀能够在屋子里面盘旋,可以落在房梁上、窗台上或者电灯架子上的。那些个会飞的小孩儿,我的嘴角微微扬了扬,以前会飞的小孩儿多的时候,我要仰着头才能把他们一个个地抓住。当然其实也不用抓,当我们准备出发的时候,他们自然就会围着我前前后后调皮地飞舞了,但谁又会愿意错过那种亲密而温情的嬉戏呢。我挑了一下眉毛,说实在的,我是有那么一点点失望的。我接了一杯啤酒,坐在窗前慢慢地喝,好让小孩儿们再兴奋地玩上一阵子,等一下,我们就要出发了。

2

我们开始在雪野上跋涉,准确地说,是我在雪野上跋涉,小孩儿们在我的身上。出发前我已经和他们重复地讲过好多遍,他们可以待在我身上的任何地方,也可以爬上爬下的,只是有两条禁止,第一,他们不能把我弄得太痒,否则我禁不住打一个大大的喷嚏就可能甩下好几个到雪地上;第二,他们别把自己掉到雪地上,一路上大家吵吵闹闹的,如果掉下去了没人发现,可别指望我听得到求救声。一旦掉在雪地上,用不了多久他就冻僵了,并会被覆盖在厚厚的积雪下面。要是从前的时候就不会有这么危险,那时即使有个别调皮的小孩儿意外落队,也会有住在田野里的人发现他,还有小孩儿跑到人家漂亮的小屋子里,躲到屋前院子的花心里,直到被人发现。人们也都热情地欢迎我们,安顿我们在小屋里过夜,并承诺孩子们在第二天太阳升起的时候先带他们在田野上玩一阵子再继续我们的行程。

太阳正在慢慢地升起来,透明的绯红在薄薄的空气中飘浮着,这比我来的时候好多了,阳光虽然说不上温暖,但也把雪野照得这一处那一处亮晶晶的,让人不再感觉天地间只是白茫茫的没有指望。小孩儿们虽说吵吵闹闹,但孩子的声音总让人听着心里快活,好像看见小草发芽儿似的。小孩儿们大多在我皮衣半敞开的怀里玩着捉迷藏,有人藏在我的上衣口袋里,有人藏在我衣领的下面。我的帽子也是特制的,两个大耳朵向上高高地翻起来,小孩儿们在里面分组对垒,要是他们一个个老老实实地挨着帽檐儿站着,那里也是一个非常不错的观景瞭望台呢。玩累了的小孩儿就爬到我的肩膀上休息,他们坐在那儿或者索性躺下来睡上一觉。

太阳升到头顶的时候,我已经走出一身汗了,我把腰带解下来,那是一条可以展开来的毯子,我弯下腰将毯子铺在雪地上,然后一屁股坐在垫子上,我实在有点儿累了。小孩儿们马上发现我停止了前进的步伐,他们的游乐场不再有规律地晃动。他们纷纷探出头来,随即发现了毯子这块新大陆,他们从我身体的各处爬出来,滑下去,现在,他们在毯子上混乱地奔跑、玩耍。"注意了,我要躺下来休息一会儿了!"我提高了嗓门儿喊了一声,这无疑是一个好玩的游戏,小孩儿们随着我身体阴影的落下四散奔逃,毯子像是一潭水池,而我的身体像一头巨大的鲸鱼沉重地落在了水面上。

女孩儿从我头顶上飞过来的时候太阳已经开始西斜,我正一边走着一边合计今晚要找一个屋子来休息,我努力地寻找上一次住过的小屋,至少我可以省下好多铲除积雪的力气。"罗得!"她轻轻地落在我面前,脸上神采奕奕,"我从神木林回来了!""太好了!"我高兴地大声说,我要说很大的声音,要不然会被小孩儿们的声音淹没。可能是我这一声太过响亮了,小孩儿们瞬间安静下来,他们从我身上的各个地方探出头来,好奇地打量着我们面前的女孩儿。"他们都没有……"女孩儿也盯着他看,我轻轻地摇了摇头,帽子里面的小孩儿现在应该都挤着站在帽檐儿前面来看女孩儿,我感觉到我的帽子有些向前倾斜。女孩儿看着他们笑了,"有没有人愿意坐在我的翅膀上,我可以带着你们飞起来!"她冲着小孩儿们问。"我要!我要!我要!"小孩儿们此起彼伏地叫着跳着,我被他们跳得浑身上下不停地乱颤。

女孩儿张开翅膀,我把小孩儿们一个一个地放在她的翅膀上,"你要飞得慢一些,稳一些,可别把他们哪一个掉下去了!"我叮嘱女孩儿。"放心吧,罗得!"女孩儿缓缓地飞了起来。"哇!"孩子们发出清脆的欢叫声,小小的脸儿像一颗颗发着光的小灯泡。女孩儿带着他们在空中盘旋,一会儿飞得高一点,一会儿飞得低一些。我现在可以轻松地在雪地上行走了,没有小孩儿在身上爬上爬下,也不用担心他们当中有人会一不小心掉下去,我只抬着头看牢女孩儿的翅膀,以防万一有小孩儿真的掉了下来。可是小孩儿们这时都特别乖巧,他们在女孩儿的翅膀上或坐或站还有跪坐在两条腿上的,他们不再吵吵闹闹,而是享受着空中飞翔的快乐。

"罗得!"女孩儿在我头上喊,"前面,那里,我住在那个小屋里!"我顺着她手指的方向望过去,那间红墙的小屋,像一颗诱人的樱桃点缀在白茫茫的雪野上,虽然屋顶还覆盖着积雪,小屋的屋前屋后和院子里都已开阔明朗了。"太好了!"我一边冲着她喊一边大步向小屋走去。

3

我们点亮屋子里和院子里的灯,把壁炉里的柴火点燃,小孩儿们顿时高兴得手舞足蹈,他们四散开去,跑到院子里、房间里。

很快,小孩儿们就发现了篮子里的衣服和精致的食物。起先,他们都穿得灰扑扑的,实用暖和但并不漂亮,一会儿的工夫,小孩儿们就鲜艳亮丽起来,彩色的衣裤灵巧的鞋子,他们还给自己挂上好看的装饰,羽毛、贝壳或是珍珠,他们在镜子面前照来照去,对自己的样子极为满意了,就鼓起腮帮吃起了美味的点心,一个个吃得小脸红扑扑的。

幽蓝的光点闪闪烁烁的时候,小孩儿们一下子就被吸引住了,他们跑过去,在那些小小的圆盘上蹦蹦跳跳。但当影像突然出现在半空中的时候,他们就都给吓了一跳,既不知道影像原来是自己在圆盘上蹦蹦跳跳触发的,也不知道那些影像要对他们做些什么,就都呆呆地站在原地,一动也不敢动。影像在半空中盘旋了一会儿就站定了,她们是虚拟的故事精灵,用声音和影像向小孩儿们讲述业已消失不见的田野和曾经栖息在田野中的生灵,花鸟鱼虫,飞禽走兽。小孩儿们聚精会神地看着、听着,瞪圆了眼睛,张大了嘴巴,时不时还伸出小手去触碰影像里的鱼儿和飞鸟。

"这里原来是让·彼得和柯多摩的家!"我想起了彼得,那个扎着小辫子戴着鸭舌帽的家伙,他总是用手托着小孩儿们把他们放在雕塑的身上,他带着他们走到田野里,拨开草丛发现那些神态各异的塑像。很多时候,你会觉得那些塑像好像原来就在那里,是从池塘里爬出来,从草地里长出来或者是在树上成熟了掉下来的。柯多摩,噢,你会在很多杂志上看到他的照片,标志性的大胡子,一双闪烁着智慧的眼睛,他是雪域科学家的标准形象。他喜欢在神木林、城堡和乐园里四处游走,采集各处的植物动物标本,带回他的实验室。他大概是什么时候去了城堡的呢,我实在有点儿记不起来了。

柯多摩的影像出现的时候,小孩儿们都好奇地围着他,这个脑子里充满奇思妙想的大胡子,他伸出虚幻的手抚摸小孩儿们,带着他们走进远古的神木林。那里,群树合围的俄刻阿诺斯长着千姿百态的叶子和果实,他伸手摘下树上的果子,"好香啊!"他用鼻子闻了闻,接着一口咬下去,"哎呀!"小孩儿们馋得口水都要流出来了。他从背包里取出一个个奇形怪状的盒子,开始收集土壤、水的标本。"嘘!"他把食指放在嘴唇边,"现在要保持安静,我们要收集这棵神木的声音了!"他打开一个盖子,把管道口贴在一棵树干上,小孩儿们屏息静气,屋子里安静得没有一丁点儿声响。天色暗了下来,神木林散发出奇异的光彩,"现在,我们要来采集神木极光了,我太兴奋了,我想要大声地尖叫!"孩子们好奇地注视着他的身影走向神木林的深处,他终于停下脚步,转过身来,掏出一支细细的小棒,在空中左右挥舞,神木彩色的光就被他一丝一缕地捉住,塞进一只透明的魔方,渐渐地魔方就汇聚了神木林所有的色彩,闪着熠熠的光芒。

柯多摩消失不见的时候,幽蓝的光点蹦蹦跳跳地排列成一只伸出食指的手,指向柯多摩的实验室。我推开实验室的门,小孩儿们就好奇地从门边溜进去。实验台、显微镜、各种实验器材都已落满了灰尘,一看就知道很久没有用过了,各样标本都在,摆放在通向天花板的玻璃柜子里,有城堡的花朵、宝石的粉末,还有一排排小小的头骨,我认出那是兽的头骨。档案柜里,标记着乐园1001到不知道多少号的文件袋依然整齐地陈列着。"噢,这是神木极光的魔盒!"我伸手从柜子里拿出那只发光的彩色魔方,女孩儿接在手上,摆弄着,点了点头。

彼得的工作室被女孩儿打扫得一尘不染,像一个空旷的展厅,分散陈列着完成和未完成的雕塑作品、大小形状不一的石材以及奇形怪状的工具。一颗巨大的女人头像侧躺在地上,有着精致的五官和光滑的皮肤,连毛孔和皮下血管都依稀可见。小孩儿们顺着鼻梁、眼睛和耳朵爬上去,紧接着消失不见,直到他们推开头像的嘴巴,嘻嘻哈哈地往外爬。

那尊巨大的石像是一个巨人雕塑,青黑色,差不多有我三倍高,巨人的双腿和脚掌坚实地踏在基座上,上身挺直,胸膛宽大魁梧,两只大手郑重地摆在膝盖上,可巨人的头不知道什么原因却只有一半,只留下方正的下巴,严肃的嘴唇,硬邦邦的胡须和高耸的鼻头。石像的周身有一些架子,看得出是雕刻家工作时用的,我伸手让小孩儿们爬到我的手臂上,登上脚手架,爬到石像残缺的头顶,伸出手,小孩儿们就争先恐后地爬到石像的头顶上,欢喜地乱喊乱叫。女孩儿站在一旁观看,我走下架子的时候她忽然说:"原来小孩儿们站在石像残缺的头顶上才算是完成了这个作品!"

我的目光落在那些奇特的人体塑像上,它们分散在角落里,姿态各异,但又有着说不出的相似,它们跪着、匍匐着,或者侧躺在地上,每个雕塑都有一部分干瘪的身躯,像被拍扁了的昆虫,立着或卧着,干瘪的腿,干瘪的手臂,干瘪的头,干瘪的胸,没有干瘪的部分却又是异常丰满的,饱含着躯体的丰腴之美。每一尊雕塑都伸着手臂,脸上的表情各异,有的像在呼喊,有的是麻木的样子,有的好像很愉悦,有的又分明看得出痛苦,还有的尚未完成,头部还只是粗糙的轮廓,就好像那人的脑子还没有长出来似的。

走出工作室,女孩儿拨动了留声机的唱针,音乐在小屋里流淌起来,小孩儿们围拢过来,爬上桌子,盯着唱片机上的金属喇叭花,他们集体地跳起舞来。你能想象那样的场面吗?一群拇指大的小孩儿,在唱机的周围,欢快地舞蹈,没有统一的动作,没有整齐的舞步,但却是那么的意趣盎然,陶醉了自己,让人看得心花怒放。"真是可爱极了!"女孩儿说。我拎着一瓶芝华士,时不时地仰头喝上一口,心想要是彼得和柯多摩也在就好了。

直到凌晨一点钟倦意席卷了小孩儿们,他们就跑到屋子的各处,靠在唱机上,藏在窗帘里,或者干脆四仰朝天在地毯上睡着了。女孩儿关掉音乐,我俩起身来到了花园。

"罗得,你看,还有一些光芒!"女孩儿用手指着遥远的神木林上空,那里萦绕着微弱的光彩,像云雾似的,飘飘荡荡。

我想,在这样的夜空之下,那海浪一样翻滚的成千上万的兽,和站在城堡最高处的伊凡,也一定正和我们一样,注视着神木林上方暗淡的夜空。

第五章 混血女友

1

"走到那片杜鹃花海再转一个弯就是云泽湖了！"L说这句话的时候眼睛里面透着光亮，好似云泽湖的宁静涟漪正从他心中荡漾开来。我们在那个岔路口分手，沿着不同的方向走自己的路了。这两年，随着徒步路线的不断扩展，我发现在这个城市里面，和我一样徒步在路上的大有人在。我们时常在旅途上相遇，打个招呼，或者停下来聊上几句，有的时候还会坐在一起喝口水歇歇脚。像我这样一个人独行的徒步者同样常见，这似乎和跑步一样，一群人一起跑是运动和交流，一个人自己跑往往可见内心风物。

杜鹃花在这个城市可谓随处可见。严格来讲，这里的杜鹃花绝大多数都是杜鹃花科里名为勒杜鹃的一种。这种勒杜鹃的花萼呈三角形，色彩鲜艳亮丽，红的热烈，粉的娇媚，紫的馥郁，它们一树树一片片奔放地盛开着，充满活力而生生不息，将这座城市的热情和梦想怒放在大街小巷。我又想起L提起云泽湖时眼睛里的光亮，它可能源自遥远的高原雪山，和远古的冰川运动有关，冰河的侵蚀与冰矶侧推产生了盆地，大量冰雪融化聚集其中形成堰塞湖，地质变迁的岩石微粒和矿物质悬浮于湖水中，反射出奶蓝色的光芒。我突然意识到这是我在某本地理杂志上看到的雪山高原湖泊。前方的湖泊料定实难如此，但心中的湖泊不必为现实所困，大可如心之所向，这样想想，心境顿觉开朗辽阔了。

道路缓缓向下延伸，我感觉自己走进了一个干涸的河谷，两面的山体有水流冲刷的痕迹，天空像是敞口容器的盖子，脚下是大大小小的砾石，那些石子圆润光滑，看样子都是被流水打磨过的。靠近山体有一些树木，枝杈纵横着，我笨重的徒步鞋踩在砾石上，发出"哼嗒哼嗒"的响声，仿佛是某种单调的音乐节奏。阳光这时被一大片云遮住了,巨大的云影无遮无拦地落在河谷中,我被完完全全地笼罩其中,孤零零的。L的脚力一定远超我之所料,我心里想,在他口中,杜鹃花海和湖似乎都近在咫尺,可是这条河谷看起来要走上好久呢。

我停下来坐在一块大石上喝水,旁边是一棵枝丫旁斜的树,我现在能听到自己的喘息声,空气干燥而稀薄。我抬头望着前进方向的河谷,依然看不到尽头,那一大片云没有挪动的迹象,眼前竟好似一幅静止的画,我想起了达利那一幅《记忆的永恒》。

又行了一程,终于看到河谷在前方来了一个转弯,大概转过那道弯就是杜鹃花海了,我的精神为之一振。

转过弯来,却没有期待中的花海,河谷倒在此收口,道路转为上坡,收窄,竟然钻进了一个山洞。我驻足观看,那山体和之前河谷的山体连在一起,只是更加高耸起来。除了这一个山洞,没有第二条可选的路。我卸下驼包,从里面掏出头灯和手电筒,我以前很少走洞穴,但看到过一些驴友的分享,对待洞穴绝不可掉以轻心,洞穴里面基本是一片黑暗,地形有可能极为复杂,没有照明设施绝不可以贸然进入,你的脚下很可能就是垂直的陷落,很多洞穴里更有地下河或者水道。再有就是动物,对,漆黑的洞穴中有可能栖息着可怕的生物,比如说悬挂在穴壁深处的吸血蝙蝠,这些都不是危言耸听。

我趴在洞口观察,这洞口是扭曲的椭圆形,有两人多高开口较大,因而能射进大片的光,足可以看清洞内一段路的情况。那是一小段微微向下的天然石阶,之后是一段相对平整的路,我用手电筒在能照得到的洞壁上四处晃过,清一色的石壁,不规则的形状,看来不需要绳索,这样最好。我攀进了洞口,沿着石阶走下去,路面很干燥。走上那段相对平整的路面后,我又拿起手电筒在石壁上以及洞顶上晃来晃去,要是能发现画在石壁上肌肉健硕的野牛、成群结队的麋鹿、手持兵器的人类捕猎者,用矿物质、炭灰、动物的血和沙土再混合以动物油脂的颜料画成那种,倒是挺酷的。不过这里只有光秃秃的岩壁,没有壁画,好在也没有发现蝙蝠,至少到目前为止。

我在黑暗中没有走多远,前面有了光亮,我刚在想是不是就要走出山洞了,却发现原来是山洞上方一个直径两米左右的开口,走近了就发现这里与之前行过的路相比竟好似绿洲。天光轻轻泻下,洞口处绿意盎然,地面也变得松软,这一片那一片的匍匐着苔藓和高低错落的植物,这下面一定有水。我抬头看了洞口好一阵,又用手电筒在岩壁上仔细打量着,洞口很高,岩壁有点湿滑,想从这里爬上去的可能性很小,我的装备和体能都无法支持。我于是转过身朝着洞穴深处瞭望,远处也有光源散射下来,我决定再往前走走看看。我的徒步鞋踩在松软的地面上,我用手电筒照着地面,以避免陷在突然出现的地下水里,我已经感觉到水汽,只是不知道它们到底在哪里。

天光又亮了起来,我几乎不敢相信自己的眼睛,巨大的洞口在我的右前方,那里更加的郁郁葱葱,岩壁如向下铺开的绿色画卷,长长的藤蔓垂吊下来,天光如轻纱般泻下的地方,竟是一潭清澈碧蓝的水。如此美景,实属难得一见,我心里一下子放松了许多,走到潭边卸下驼包,找了块大石头坐下,一边休息一边欣赏美景。我和L之所见也许是不同的,不然他必定会提起这妙趣横生的山洞和空旷幽远的河谷,所以我也许找不到他所看到的杜鹃花海和云泽湖了,不过这里也着实不错,真正的别有洞天。我转过身用手电筒在周围的岩壁上晃来晃去,没有什么危险的动物,但是,等一下,我看到了什么,我站起身,沿着手电筒的光走过去。岩壁上竟然有一处奇特的造型,铜镜的形状,上面有什么在动,没错,是那些缠绕着的细蛇,但它们只在那个椭圆形的形状上缠绕蠕动,并不向其他地方移动。我伸出手想去摸一摸,但紧接着收回了手,这样做很可能太过冒险。我又目不转睛地盯着它看了好一会儿,上一次走进的那个小镇,站台上停靠的火车,车门上的装饰,和这个山洞有什么关联吗?我走回去,从驼包里翻出"军师",不出所料,又是白屏,白屏,然后是经纬度页面——N221.19.37 E118.25.10,所以,我又走进了北纬221度!可是,有一个问题,这里和上一次的所见截然不同。我面对着潭水和GPS上面的数字发了好一会儿呆,才又背上驼包往前走。

眼前渐渐地黑下来,潮湿的气息扑面而来,我又警觉起来,留意着脚下的路和岩壁的光景。我走进了一个低矮的通道,头顶和左右的岩壁都在黑暗中向我挤压过来,我不自觉地微微弓起身子小心翼翼地前行。要是突然出现一个密室,里面藏着一部盖世神功的秘笈,但不可以是"欲练神功,引刀自宫"的《葵花宝典》,其他的都行,然后我在这离世美境再得遇一位小龙女一样的神仙姐姐,我和她一起练就绝世武艺再一起云游四海,岂不妙哉?正这样想着,眼前豁然开朗,水花飞溅,原来前方俨然一处水帘洞天。洞壁及地上的岩石黝黑如剪影,水帘飞溅而下在岩石上激起细碎的水花,一道细细的彩虹挂在水帘之上,有水的地方往往更易见到彩虹。可最妙的不在洞里,透过明亮的水帘,我竟然看到了杜鹃花海,大片大片的杜鹃花,明艳的火一样的红,像燃烧在天边的霞光。

火便是凰。
凤便是火。
翱翔!翱翔!
欢唱!欢唱!

我们新鲜，我们净朗，
我们华美，我们芬芳，
一切的一，芬芳。
一的一切，芬芳。
芬芳便是你，芬芳便是我。
芬芳便是她，芬芳便是火。

透过火红的花海，我看到了那位和杜鹃花一样明艳的女孩儿，纤细高挑，穿一条印花长裙，头上戴着杜鹃花冠，长发披肩，柔和的日光勾勒出她的侧脸，高挺的鼻梁、微翘的下巴、白皙的脖颈，我一时间只看得呆住了，直到女孩儿转过身去，我猜她可能打算离开了。

穿过水帘不就走出这山洞了吗？我忙走近水帘观察，果然，穿过水帘就有天然的石阶通往对面的山坡，我未加犹豫地穿过水帘，虽然速度很快但身上还是被打湿了，头发和肩膀都湿漉漉的，我快步走下石阶，顺着山路，很快就走到了开满杜鹃花的山坡。

女孩儿没有走，还在花海间流连，她看到我走过来就抬头冲着我微笑，那微笑像阳光一样晃着我的眼，我向来喜欢笑起来明媚的女孩儿，笑容是一个人内心的瞬间绽放，很多时候我们爱上一个人就是从爱上她的笑容开始的。她正望着我，眼珠在阳光下泛着微微的淡蓝色。

"你从哪里来？怎么身上湿漉漉的？"女孩儿开口说，带着一种特殊的音调。

"从那边，"我回过身，才发现早已没有山洞，只有苍茫的远山，一定是那个北纬221度的地方又在转瞬间消失无踪了。我于是说："哦，是那朵云，"我把手指划向天空，指着一朵云，"它是积雨云，所以我就成了这么湿漉漉的样子！"

"噢——是这样。"女孩儿轻笑了一声，"我刚才正在想着那句——若有人兮山之阿，被薜荔兮带女萝。"

"既含睇兮又宜笑，子慕予兮善窈窕。"我接。

"忆水，我等你好久了！"

她叫璐璐，新加坡人，所以略带南洋口音，又因为奶奶是英国人，所以身上有四分之一的英国血统。我俩在山坡上坐下来。

璐璐是我大二时候的女友，认识璐璐就是在这样一个开满鲜花的山坡上。我后来再也没有碰到像璐璐那样纯粹的女孩儿了。

她读比较文学，说是因为喜欢中国文学所以跑来中国，还说研究生会去英国读，总之读书对她来说似乎是一件充满乐趣又随心所欲的事儿。记得那次是高校联谊活动,去了好多人,年轻人在花海里的样子真好看,分外鲜活动人。我记得那片花海不是杜鹃花,好像是虞美人,对,娇媚红艳的虞美人,漫山遍野,很多女孩子穿着白裙在花海中照相,男生们齐齐地感叹着,"落霞与孤鹜齐飞呀!"璐璐走到男生群里说,"乌江夜雨天涯满,休向花前唱楚歌。""什么意思?"男生们问。"虞姬啊,这种花不是让人想起项羽的英雄盖世和霸王别姬的凄美嘛!""哦——"男生们伸长了脖子听她说话的样子活像一只只争食的鹅。年轻人这一片那一片地坐在野餐垫上打牌喝啤酒玩杀人游戏说"天黑请闭眼",有人在草地上玩羽毛球,还有人开始玩踢毽子,彩色的毽子上下翻飞,踢毽子的人轻灵敏捷如燕子起舞,引得大家都纷纷起身围观。璐璐却说起了《青年艺术家的肖像》,"音乐,我看到了音乐,当你聆听古典音乐、交响乐的时候,乐曲的每一个章节都不必有情节上的连续,无论从曲式、调性、节奏上都可能是不连贯、有所区别和变化的,但作为一个整体,它们却用变化的色彩和情绪表达着同一个主题,围绕着同一个主题,深化着同一个主题。《肖像》从始至终都是复调,斯蒂芬身边的人总是用大调在宣扬在吵闹,人群中的斯蒂芬是一支并行着的不和谐小调。他头脑中的意象就像音乐中的乐思,起伏回旋着层层展开,'草地上的绿玫瑰''艾琳的头发在脑后随风飘拂起来犹如阳光下的金子''爬上通向城堡的楼梯,胸中涌动着英雄的孤独和悲壮''在女郎乳房的摩挲中啜泣,被她霍地一伸手将头压下去';作品中也充斥着沉闷的慢板——'诵经与忏悔',反复地冗长地叙述着,像歌剧中的宣叙调,酝酿着暴雨前天边越积越深的乌云;终于一道闪电划过长空,'诗的灵感破土而出,灵魂的露珠从干涸中滴落',艺术家开启了明亮的奏鸣,'海边的女子绽放着鸟的轻盈和柔软',斯蒂芬终于道出了'对令人愉悦的东西的颖悟就是美'。这种情绪的渲染是抒情的,渐次展开的,直到你明白了作者的内心,感受到露珠洒在他的灵魂深处,触摸到鸟儿展翅般的萌动,这是音乐似的感染力,是情节叙事无法表达出的细腻和深邃。"璐璐操着有趣的南洋口音说了长长的一大通,把音乐和文学顺顺当当地扯在了一起。直到活动快要结束的时候,我才猛然间发现,我竟然是她那天唯一的听众。自然,我也成了送她回家的不二人选。

从那以后我经常去璐璐的公寓,她存了满冰箱粉粉蓝蓝的鸡尾酒预制饮料,它们站在冰箱里,像穿着晚礼服时刻预备好的酒吧男侍。我们在沙发上一起看电影,看《名利场》《查泰莱夫人的情人》,看《了不起的盖茨比》和《一个陌生女人的来信》。她读威廉·福克纳,混沌杂陈的是能够闻出姐姐身上忍冬香味的班吉,就如同他同样能嗅出这种香味消失了一样,忧郁幻灭的是昆丁,他带着康普生家族的荣耀沉入河底,如同河底的水藻、青苔和那条游鱼,暴戾刻薄的是被生活重压的杰生,他的报复嫉妒是捆绑他人同时加在自己身上的毒藤,唯一的温暖来自年迈的黑女人迪尔西,她用几乎一生的时间照料那一大家子人,但她其实并没有资格属于康普生家族的一员。这个看似卑微的人物却是唯一拥有清醒头脑和高贵心灵的人,她用仁慈的悲悯注视着康普生家族走向消融。我说,"人生充满困境",璐璐回答,"人生不过痴人说梦,充满了喧哗与骚动,却没有任何意义"。我们沉默地相对,我沉默是因为福克纳的才华,"你会成为一名成功的作家吗?"我打破沉默。"我明白你在说作家的才华和天赋,"璐璐说,"我并不能确定自己一定会成功,但我会一直拥有努力下去的勇气,否则人生就只是喧哗与骚动。"

"普卡基湖!忆水,这是我见过的最美的湖!"我突然想起来了,就是在璐璐那里,在那本地理杂志上,我看到了那个难以忘怀的雪山湖泊,"从库克山向着皇后镇的方向开车不用多久就能看到了,当我第一眼看到它的时候我没有办法不惊呼。它实在是太美了,美得发亮美得圣洁,它是南阿尔卑斯遥远的雪山双手捧出的掌上明珠。"璐璐双眼发亮地陶醉在回忆之中,我那时就想,大概每个人心中都有自己爱的那片湖水吧。

2

"萧忆水,你到底是忆着哪一片的水呢?"璐璐淡蓝色的眼睛经常会发出星星一样的光。

"嗯,你猜对了,这里面还真的藏着一个故事。"

"哈哈,那个故事就是这个名字的出处!"

"还真是,服了你,学文学的小妞!"

"小妞!"她学着我的口气重复着。

"还是个小调皮!"

"还是个小调皮!"她这回改作重复一句话了,然后"咯咯咯"地笑了起来,我和她一起笑,我喜欢她活泼的性格,像条明亮的小河。

"我最喜欢听故事了!"她扑闪着淡蓝色的眼睛。

"好吧,那我就给你讲一个故事。"我捕捉着她眼神里跳动着的期待。我其实不怎么和别人讲自己的事儿,一来有些事儿我自己尚搞不清缘由,二者我发现绝大多数人其实并不真正关心别人,大家都只顾着忙活自己哪有闲工夫替别人操心,要么像我妈一样表面上关心背地里说三道四,相比之下我还是自己独立一点也不受人打扰的好。璐璐不太一样,她像是对人充满了好奇心,又满是关心,我想她的确可能成为一名优秀的作家。当然还有一点尤为重要,就是我们对彼此感兴趣,相互吸引和爱慕,用她的话讲,外在的躯体和内在的灵魂都相互吸引。

"我的爷爷奶奶是武汉人,所以我祖籍是湖北的,我出生之前,奶奶让我妈到武汉生下我并在那里坐月子,可能是考虑到他们好照顾吧。那时我爸在江西九江参与一个工程项目,所以我妈就先去九江和我爸会合,他们两个再一起坐船从九江到汉口。我妈是北方人没有走过水路,那时离生下我的预产期还有一个月,她也没有特别大的孕产反应,就想着顺道游览一番。不知道是不是这样一折腾动了胎气还是我那时就急不可耐地想要挤进这个世界了,就在他们乘坐的船还有两个钟头就到达汉口的时候,我妈出现了临产的迹象。我爸吓坏了,船上的工作人员也都吓坏了,一片兵荒马乱。一位妇产科医生在听到船上的求助广播后一路狂奔到我妈的身边,教给她如何控制情绪,调整呼吸,汉口最大的医院把救护车直接开到了船停靠的码头。救护车上不了船只能停在码头上,医护人员抬了担架上船。原本打算把我妈抬上救护车,'最好能挺到进医院的手术室!',船上那位妇产科医生说。可是我一点都不听话,不但没有挺到医院手术室,就连抬上救护车都没有挺到。汉口医院接生的医生一到,我就探出头了,医生只得就地接生。随着'哇'的一声,医生手脚麻利地剪断脐带把我简单地擦了擦又简单地包起来。按照惯例,婴儿都是被放在母亲的两腿之间推出手术室的,所以我也被那样子放在了窄窄的担架上。可是谁知道抬担架下船的时候天上飘下一阵小雨,抬在前面的人突然脚下一滑我就一个栽楞向水里滑去,幸好接生医生眼疾手快一把抓住了我的一只脚踝,据说我是头朝下掉下去的,包着我的布散了,医生抓住我的一只脚踝把我拎上来的时候我那小小的身体都呛过水了。她就那样倒拎着我拍我的背,一下,两下,三下,我一直都没有任何反应,在场的人全都吓呆了,拍到第五下,医生突然使了好大的劲儿拍下去,'哇'的一声,我终于哭了出来,所有人长出了一口大气。"

"咦——?"璐璐托着下巴疑惑地看着我,"难道你能记得自己出生的过程?怎么讲的好像你不是被生下来的那一个倒像是目睹了整个过程的那一个呢?"

"这个嘛,"我故意先慢悠悠地卖了个关子,然后告诉她说,"是因为我爸我妈啊,他们给无数的人都讲过这个惊心动魄的故事,以至于我早已听得烂熟于心了。更何况,我看到过,真的,不过这个等下再说。"

璐璐半信半疑地点头,又突然想起来似的说:"对,你的故事还没有讲完吧?"

"是啊,"我接着讲下去,"我爸和我妈特别地感谢接生的医生和船上紧急施救的妇产科医生,我爸就恳请她们给我起个名字。接生医生想了一下说,'这孩子生于这片水,又差点儿迷失在这片水,叫"萧忆水"好不好?取"风萧萧兮易水寒"这句诗里的音,用一个"回忆"的"忆"字,希望他记得来到这个世界的经历,记得和他生命有缘的这个地方、这些人,我们都视他的生命为珍贵,希望他自己也能真诚地面对人生'。"

"哇,你让我想起来了阿喀琉斯,他被拎着脚后跟泡在冥河的水里,所以除了脚后跟,他身上没有软弱的地方!"璐璐这时托着下巴手指在腮帮子上乱敲。

"还真是的,我一直奇怪那个阿喀琉斯到底是怎么在水里面呼吸的。"

"That's a good question we can ask nobody!"她一边笑着说一边把我的头扳过来,从头发开始摸到我的脸,"还是让我看看你这被长江水浸过的身体有没有什么异样的地方吧?"

"你别说好像还真的有呢,我因为出生时这个不大不小的事故似乎获得了一些不一样的观察力!"我说璐璐和其他的人不一样就是因为我能够和她说出我从来没有对任何人提起的秘密,能让我们说出秘密的人往往对我们来说有着特别的意义。

"Wo,that's awesome!"她眼神里的好奇像一条闪光的鱼在游。我想也可能是从小到大没有什么人对我真正好奇过,人们没必要和对他并不感兴趣的人认真地讲什么,不是吗,尤其是那些他们听了既搞不懂又不可能相信的事。

"你会相信吗?"我还是问。

"当然,我是一个作家,或者是未来的作家,我最喜欢新鲜的、奇特的、有趣的故事了。快讲吧,我已经预感到了,所以我今天洗澡的时候把耳朵洗得特别干净!"

"你是唯一知道这件事的,我的作家小妞!"我把椅子翻过来椅背和她的靠在一起,骑在椅子上,她也立马换了个姿势和我一样骑在椅子上面对着我,我俩的脸几乎碰到了一起。我和璐璐在一起的时候会喜欢说一些有趣的话,做一些有趣的事,分享内心深处的想法,这是我以前没有以后也再没有过的,怎么说呢,更像是两个精神体的交流。

"我第一眼看到一个人的时候会看到一些不同的景象,我会看到有的人是黑白或者灰蒙蒙的,有的人是彩色的带着亮丽的色彩,还有的人身上竟然会发出光来。"璐璐眼里的光彩闪烁,仿佛看得到我正在描述的画面,她确是懂我的,我于是继续说,"不过大部分人无论怎么看也是看不出颜色来的,有色彩的人其实不多,带着光的人更是很少能见到的。"

"我是什么颜色的?"璐璐认真地问,又带着一份坚定和自信,"我觉得我一定是彩色的!"

"还真是的!"璐璐打动我的特质之一就是她的自信,她好像永远知道自己是什么,自己想要什么,"你是蓝色的,很多种层次的蓝,第一眼是湖水的蓝,然后是海的蓝,海的蓝又有很多种,有阳光下明亮的蔚蓝,有深海里深邃的幽蓝。"

"我喜欢这个颜色,那是我思想的颜色!"

"思想的颜色!"我琢磨着璐璐的话,这是一个有意思的答案。

"除此之外,"我犹豫了一下,又说,"有那么几次,我竟然看到甚至感受到了别人的经历,像进入时空隧道一样,情景重现,我说不好自己在那里是一种什么样的存在,好像是个精灵一样张大眼睛看着发生的一切,有的时候又像进入那人的思想,我说我看到过自己出生时的情景,也是这么一回事儿。"

"Viu~"我没想到璐璐竟然还会吹口哨,而且是长长的一声口哨,"帅爆了!"

"我可不这么看,我觉得自己是被动地被拖入其中。"我的脑海中浮起一些画面,"没准儿是他们想向我倾诉吧,有一些时候人有倾诉自己的冲动,只是不知道被什么阻隔了。"

"你看到的是些什么样的东西呢?"

"好像都是内心深处扎得很深的东西,我想可能是向往,更多的是孤独。"

"嗯,大部分人其实都不善于表达自己,我指的是真实地表达自己的内心,也可能是没有合适的人也没有安全的感觉去表达。"

"嗯。"

"如果不涉及隐私的话可不可以,"璐璐翘着兰花指贴在我的面前,"给我分享,一个?"

"嗯,的确有隐私,你让我想想!"

大辉,对,我想起了大辉,小学一年级的第一天我印象最深的一个同学,他那时就十二岁了,比我们高出一头加一个肩膀,他不会讲话,但是听力没有问题,老师把他安排在第一排,上课的时候他会跑上讲台帮老师捡掉在地上的黑板擦,下课的时候他会把黑板擦得干干净净,有同学不舒服他背起来就往医务室跑,下雨的时候他会从家里带来雨伞跑到学校送给老师和同学。我们喜欢大辉,看得出来大辉也喜欢我们,我看到过大辉的妈妈在学校的办公室里和班主任老师一边说话一边抹眼泪,"是因为大辉不能说话吗?"我心里合计了一下他妈妈为什么会抹眼泪。

"想到了吗?"璐璐几乎把脸贴在了我的脸上,我这才回过神来。

"那一年春游,我们去了一片开阔的草原。"我开始讲了起来。那天的草原上开满了黄澄澄的野花,我们的面前有一条清亮亮的小河,那景色可真美,只是突然下起了小雨。大辉忙跑过来照顾我们,他把自己的薄夹克衫脱下来,像翅膀一样展开,把身边的几个同学拉过来一起躲雨。雨并不大,但是大家躲在一起很好玩,我们几个小不点儿一齐使坏用力挤着大辉高大的身体,大辉就伸开双臂把我们抱住,就像老母鸡抱着小鸡仔儿,他的身体很温暖,他的喉咙里发出一些奇怪的声音,那是他在笑但是他发不出笑声。就是在那时,我感受到了一些东西,一些让我对大辉的生活有了不同感受和想象的东西。

眼前是大大的阴影,从三面垂下来的单子可以知道这里是床底下。脚步声响起来,一双穿着黑花布鞋的女人的脚出现在床单下面那片光亮的地带,女人坐到了床上,脚耷拉在床边,低低的有抽泣的声音,是女人在哭。风吹动着窗帘,窗帘的一角啪嗒啪嗒地打在写字台上,缝纫机的转轮在房门外发出极速旋转后的余音,渐渐地完全停歇下来了。穿过外屋,有路人从门前走过的脚步声,自行车的铃铛声,小孩子喊着"妈妈,我要吃冰棍儿"的声音,然后是一阵沉重的脚步,自行车停在了门前,"咔"地踢下了撑脚,脚步声由远及近传过来了,一双男人的大脚,在床边站定了,女人的脚刚好搭在他的裤脚上。

我能听见所有细微的声响,鸟儿颤动翅膀的声音,树叶从树上面落下来的声音,黄狗抬起头警觉地张望时有意压抑的喘息声,我的听觉比所有的人都要灵敏,妈妈说我因此在小的时候总是睡不好觉,很容易被任何一点儿的声音所惊扰,妈妈总是唱那首"傻小子,坐门墩,不哭不闹想媳妇"。小时候的我很快乐,我跟着声音追逐着身边的世界,尤其是追着笑笑。笑笑走路的声音很轻,好像总是踮着脚尖似的,她笑起来的声音很悦耳,只要一听到她的笑声我就觉得整个世界都在发出甜甜的笑。笑笑也喜欢来找我玩,每天早上一起床,笑笑穿好衣服的第一件事就是跑到我们家来,我妈也总是乐滋滋地递给她一只白馒头和一个剥好了壳的鸡蛋,笑笑擎着小手一手接过馒头一手接过鸡蛋,然后就坐在我家门口的台阶上。我也总是早早地就起来,但非要一直等到她来领了早餐才急急地伸着手向妈妈领了同样的早餐,然后坐在她旁边,两个人高高兴兴地一起吃起来。笑笑总是"咯咯咯"地笑着,我呢就把笑都挂在脸上。后来笑笑上幼儿园去了我却没有去,不过笑笑还是每天早上都来领早餐,又把从幼儿园带回来的小红花别在我的胸前。我那时候已经会做一些简单好玩的小玩意儿,比如用纸折成会跳的青蛙,两层硬纸套在一起能飞好远的飞机。笑笑从幼儿园回来就来找我,我们俩就趴在地上用手摁纸青蛙,比赛看谁的青蛙跳得最高,或者飞纸飞机,看谁的飞机飞得最远。其实那些青蛙和飞机都是我折的,而且我总是把更大的更好的那一只给笑笑,只是即使这样她很多时候还是会输给我,主要是她摁下去的力度和投掷出去的角度掌握得还不够熟练。但笑笑从来都不生气,她只是"咯咯咯"地笑个不停,只要听到她的笑声,摸着胸前的小红花,我就开心得合不拢嘴。可是又过了些时候,笑笑不再来我们家领早餐了,她背起了书包,"我上学了!"她说,然后就笑盈盈地冲着我摆摆手,牵着爸爸妈妈的手蹦蹦跳跳地走了,留下我一个人坐在门前的台阶上。下午的时候,笑笑牵着外公或者外婆的手从我的门前走过,她又冲着我摆着手说:"我要回家写作业了!"笑笑很少再来找我玩了,我的生活好像失去了笑声,世界好像停住了欢笑,我开始听到妈妈的抽泣声,其实妈妈以前好像也会经常抽泣。

"上哪门子学啊?就算听懂了也说不出来,还得挨同学欺负!"男人开腔了,声音很低,"就这样在家里帮你做点活,再过个一年半载的送他去学门手艺!"

"一晃都快十二岁了,就成天在家里这么瞎混,他每天早上早早起来就在门口站着,看笑笑和那些孩子们去上学,着急的呀'啊啊啊'地虽然说不出来可眼泪都出来了,比比划划的就是想去上学。那天给一个孩子改的校服他偷偷地往身上穿,在镜子面前左照右照的笑得那个开心,咳——"女人长长地叹息。

"说是送到聋哑学校寄宿吧你又不肯,好歹那也是上学啊!"

"那学校那么远,火车要坐五六个小时,一周都回不来一趟,你就忍心啊?他还那么小我舍不得。再说要是在那里受了什么欺负,说也说不出来可咋个办?"

"哎呀,那不是有老师吗,老师会管着呢!"

"那,就算要去也要再大些,起码不挨欺负!"

"唉——"男人这时也长长地叹息了一声,沉重的,低沉的。

"对了,前两天有个老师好像还是校长来做衣服,看到我们辉子就问这孩子怎么没去上学,我说孩子有毛病,她很细心地观察了辉子一会儿说,这孩子能听得懂可以去上学,辉子就高兴得什么似的。"

"哎呀人家也就那么一说你还当真呢!"

"那万一……"

"那万一他在学校挨了欺负呢你又不怕了?"

"辉子!辉子!"是妈妈在叫,"让她叫吧,我现在什么忙也不想帮了!"我一边这样想着一边把身体尽量藏起来在阳台的一堆破藤椅中间,手上拿着那副面具,那是我正在做的面具,快做好了。我的手很巧,我能帮妈妈做各式各样的衣服,也会自己动手做很多的小玩具,我之前总是做玩具送笑笑,还送给邻居的小孩儿玩,他们都特别的喜欢,但是这一次我要做一个吓人的面具,我已经做得差不多了。我举起手上的面具端详着,它是紫红色的,深而恐怖的紫红,透着血色,它的额头鼓起来,刻着深深的暗藏杀机的皱纹,两道眉毛愤怒地竖立着,眉头处拧成大大的疙瘩,眼窝是大而空的洞,血色的眼角,血红的眼珠子鼓得几乎要跳出来,大大的鼻子挤着高高的颧骨,我正在给它的嘴涂上血红的颜色,我拿着刷子在地上那盆血红的颜料里面反复蘸色,小心翼翼地涂在那张翻开的嘴唇上,血红的嘴唇衬着上下两排白色的獠牙,那些牙齿是尖的,每一颗都被我磨得锋利,上下左右各有一颗长长的獠牙伸出来,这样做是为了增加整个面具的狰狞,我对此非常地满意。"过两天等它干透了,"我心里面的牙齿咬起来,"我就戴着这副面具站在孩子们上学的路上!"那些牙齿咬出血来了,"但是我不会吓唬笑笑。"我的心又软软地发疼。"辉子你快出来啊!"妈妈的声音飘到了我的头顶上,"是老师来了!"

"那个面具真的很吓人,那个阳台也有点阴暗,"我一边重新回忆起当时呈现在眼前的场景一边对璐璐说,"我被看到的东西震撼了,在那以前我从来没有想象过大辉的生活是什么样子的。"

"后来呢?"璐璐追问。

"哦,我还是以大辉的口吻讲吧,因为我一会儿像是注视着那些画面,一会儿又好像钻到了大辉的脑子里。"

站在讲台上看着那些小同学的时候我心里面一阵阵发慌,"他们会笑话我吧?我是个哑巴,我比他们大那么多。"我觉得有点眩晕,阳光好像在窗子上跳着让我头晕的迪斯科,我沮丧地耷拉下脑袋。听到老师在向大家介绍我,那声音飘飘忽忽的一会儿远一会儿近,后来我终于听到老师说:"大辉同学因为一些原因不能像你们一样开口讲话,但是他的听力比我们大家都好……他的手很巧,你们看我身上的衣服就是大辉帮着妈妈一起做的,大家说好看吗?""好看——"小同学们拉长了声音回答。"老师也觉得非常的好看!"他们是在夸我吗?我终于抬起了头,像缺水蔫掉的植物喝足了水一样神气地伸展开身体。"大辉同学会和我们大家在一起六个年头,在这六年当中你们中的一些人会慢慢地长得和大辉一样高甚至还有可能超过他呢,大辉同学你可要慢慢长多等一等小同学们赶上来啊!"小同学们都笑起来,那么多的小孩子一起笑起来,他们的笑声可真好听,就像是在开音乐会。我终于也咧开了嘴,喉咙里发出了两声"咕噜咕噜"的声音,世界好像重新恢复了欢笑。

"上学可真好!"从那一天起,我每天都早早地去上学,第一个到学校。我趴在教室里每一列第一张桌子的边上眯起眼睛检查桌椅有没有排得笔直,我会接一壶水并且在讲台上的杯子里给第一节上课的老师倒上一杯,每个老师都说最喜欢来我们班上课,班上的小同学有事都会找大辉哥,没有人欺负我,我反而成了校长和老师们都认识都喜欢的人。"原来上学真的有这么好!"

　　心语老师在美术课上教大家写书法,小同学们就玩起了墨汁、毛笔和字帖,他们用毛笔蘸了饱满的墨汁在字帖上画下一只只大大的王八,还比谁画的个头更大,课堂里一片哄笑声乱作一团。心语老师很生气,把朋朋他们几个带头捣乱的拎到墙角罚站,教室里这才好不容易安静下来。朋朋还是不时扭过头来,趁着老师不注意往同学的桌子上扔纸团,我被他的纸团打到了肩膀,就扭过头冲着他做了一个皱起鼻子的鬼脸。但我马上低下头继续写起来,我在一张宣纸上按照老师的要求认认真真地写好了一排排的"一、丨、丿、丶、一、二、三、大、小、人",心语老师在课桌间来回走动查看着,时不时地纠正一下大家写字的姿势,运笔的方向和力度。她在我身边停留的时间最多,"对,是这样!"她一开始的时候握着我的手腕给我演示,再后来就是不住地发出赞叹,"好!不错!非常不错!"快下课的时候,心语老师把我桌子上的宣纸小心翼翼地拎起来展示给全班的同学看,"这是我教课到目前为止发现第一堂书法课写得最好的同学!"我觉得小同学们的眼睛都盯在我的身上,那是一种从来都不曾有过的感觉,突然间好像自己不再是个残疾人,而是变成了另外的一个自己,一个独立于这个身体,从被声音封锁束缚当中钻出来的自己。我觉得紧张、激动,嗓子眼儿干干的咽不下一口口水。心语老师给每个人都发了一本描红本,让大家有空的时候在家里临摹,小同学们对写毛笔字都心不在焉,我看到他们大多把描红本往抽屉里一丢,估计下节书法课之前不会再拿出来了。

　　我跑回家,从书包里拿出描红本,把写字台上的东西都清理干净,又从塑料口袋里取出墨汁、毛笔(老师就是用塑料袋装着这些东西发给每个同学一份的)。我把描红本在桌子上铺得尽可能的平整,又跑到厨房拿了一只饭碗,倒进墨汁,毛笔轻轻蘸了墨并在碗边上刮匀,我开始照着描红本一个字一个字地写起来,回想着心语老师演示的和握着我手腕的每一个动作,悬腕,运笔,提笔,收笔,模仿着红色字迹的每一个笔画,我听到毛笔在描红本的纸上落下、提起、下拉、上扬的窸窣声,听到我的心在胸膛里木棒敲击木鱼似的"嗒嗒"声,还有我大脑的血管里血液涌动的"砰砰"声,妈妈出现在我身后的时候,我着实给吓了一大跳。

　　第二天我敲开了老师办公室的门,冲着看到我的老师们行礼,然后快步走到心语老师的桌子旁边。心语老师正侧身和另一位老师说着什么,她转回头的时候看到我先是一愣,我连忙从背后拿出一整本写成墨迹的描红本递给她。老师带着疑问的眼神接过描红本,翻开来,一页,一页,又一页,她翻动的速度加快了,脸上露出欣喜的表情。"哎,你们快看啊,这个大辉把一整本描红都写完了,而且写得好极啦!"她拿着翻开的描红本,走去给办公室里的老师看,还有几个老师主动凑上前来,"你看这下笔的着力,笔锋和流畅度,哎呀!"她爱不释手似的,不停地来回翻看着,好像得了一件上好的宝贝,然后才忽然想起来似的,抬起头看着我问,"大辉,你是不是特别的喜欢书法啊?"我使劲儿地点头。"这样啊,从明天开始,不,今天,放学之后你要是有时间呢就来找我,老师指导你练字!"我又使劲儿地点头,接着给心语老师深深地鞠了一躬。我正准备转身离开的时候,她又叫住我,"对了,老师有一样好东西送给你!"说着她拉开办公桌的抽屉,从里面拿出一只红色金丝绒的细长盒子递给我,我接过来,打开盒子,里面是一支漂亮的毛笔,笔毫棕色发亮笔锥饱满,枣红色的笔杆上刻着隽秀的金色小字——精品狼毫。我终于明白了什么叫心花怒放。刚才心语老师向大家展示我的描红本并赞不绝口的时候我的心里有一整个花园的百花齐放,有一万只鸟儿欢快地鸣唱。"不过一开始还用不上它,等你的字练得好了我们就用它写一幅作品珍藏起来!"我又深深地给老师鞠了一躬,手里握着狼毫笔跑出了办公室。从那之后我几乎每天都去找心语老师练字,回到家里也练,爸爸妈妈看见我情绪高涨,又见我的字一天天地长进都分外地欢喜,脸色像绽放的荷花一样鲜亮。写字的时候,我的心里越来越安静,越来越光亮,就好像走进了一个全然不同的世界。在那个世界里,我是会说话的,我对每一个字说话,它们都能听得见我的声音,听得见我用帕瓦罗蒂般的男高音高歌《我的太阳》。一年以后,我用老师送给我的精品狼毫笔写下了一幅楷书作品《橘子洲头》,它被精心地卷好装在一支细细的圆筒里寄了出去。一天下午,第一节课刚一结束,心语老师就推门走了进来,"我要向大家宣布一个好消息!"刚准备离开教室的数学老师也停下了脚步,"我们班的大辉同学,获得了'天池杯'全国少年儿童书画艺术比赛书法组的二等奖,让我们用热烈的掌声祝贺大辉同学!"小同学们不住地拍着巴掌,心语老师眼光发亮脸色发红,我连忙站起身,心里的那种感觉更加强烈了,我从残缺的身体当中飞了出来,我站在一个能听到我声音的世界,我不再是个有残缺的人,相反的,我在那个世界里唱着响亮的歌。从那天以后,心语老师又开始教我写小篆,小篆在我看来像起舞的图画,我对毛笔字也越发地着迷了。

　　隔壁学校的几个坏孩子想欺负朋朋和兆祥,他们很害怕就来找我,我一路跑回家,爬到柜子上面把落满了灰尘的面具勾了下来。放学后,我带着朋朋和兆祥还有其他十来个小同学站在路边的土坡上,我站在最前面,戴着那张恐怖的面具,小同学们呈三角形队列分布站在我的身后,我觉得我们就像电影里面的超级战队,而我是带头的超级英雄。那几个坏小子看到我的时候吓得哇哇乱叫着逃跑了,我身后的小同学们开心地大笑起来,大声地喊:"大辉哥,大英雄!"我摘下面具跟着他们大笑了起来,我发不出他们那样爽朗的笑声和响亮的喊声,但是我的心里面充满了快乐的声音。

"这个大辉现在怎么样了?"璐璐问。
我沉默了一下,看着她。
"前几年回家的时候我去看了我们的老师,就是把大辉招进学校的宋校长,宋老师见到我特别的高兴,我们聊了很多,也聊起了大辉。"
璐璐一脸期待地等着我说下去。
"宋老师说大辉的妈妈直到现在还经常来家里看望她,总是带来给她做的裙子和衣服,她们一起聊大辉。

'大辉的父母让他读到高中毕业,他爸想让他跟着自己一起搞汽修行。大辉的爸爸后来经营了一家汽修行,规模不大但生意挺不错,大辉手脚麻利,为人热情,如果做这一行的话肯定也是一把好手,可是大辉不愿意。

我就帮忙和咱们设计院的书画院联系,找了张雷——你们一个班的同学,你还记得吗,他的爸爸在书画院做院长。张雷的爸爸对大辉的书法也是赞不绝口,虽然有点儿担心工作中的沟通可能会不怎么方便,他爸爸还是同意接收他。刚好有一个文员的空缺,他还特地为此向设计院的领导打了报告,作为特例接收,院领导也签字同意了。

大辉妈欢天喜地的,她觉得大辉肯定能努力干好,"不会说就用笔头写呗,大辉是个有眼力见的勤快孩子!"她一个劲儿地跟张雷爸爸道谢。

可谁承想大辉说什么也不愿意,脑袋摇得跟个拨浪鼓似的,他也不说是为个啥,他妈让他写他为啥不想去他也不肯写。我为这事儿还去了他家好几趟呢,他就是拧着一说就摇头,我单独和他说他也一样摇头,搞得我们大家都是一头的雾水。

大辉爸这时候就说,就是为他想太多了,就让他和我一起搞汽修厂,过两年说个农村的媳妇。前些时候还有人给介绍呢,一个长得挺好的姑娘,身体也壮实,人家为了进城愿意嫁给他。再者说他不缺胳膊少腿,就算有一天父母不在了靠着汽修行也够他养家过日子生活得好好的,如果再生个健全的孩子,还有啥好说来说去的! 大辉听了他爸这话起身摔门就走了。

大辉妈就发愁说这大辉心气儿还挺高,从小就喜欢邻居家的笑笑,人家笑笑都大学毕业了,说是留在了大城市,而且再怎么着人家也不可能跟他吧。这么一说两口子又唉声叹气起来,又怪是自己把孩子生成个残疾,要不然一准儿也是个精明能干的中上等人。

又过了几天,大辉妈慌慌张张地来找我,给我看大辉留下的一封短信,说是去普陀山找行真大师去了。这个行真大师确实和大辉有缘。有一年他们一家人去大辉的伯父家顺便去了趟普陀山玩,大辉不知道怎么就走到行真大师的书房里去了。他见那里有文房四宝,满室的书法画作,竟然拿起笔在案头的宣纸上照着大师挂在墙上的字迹写下了"自观自在"四个大字。刚好写完的时候大师回来了,看到大辉不但未怒反倒甚是欢喜。他平心静气地给大辉讲解《心经》,大辉也听得津津有味。待到父母急得满头大汗地找到他们的时候,行真大师对他的父母说:"这孩子有慧根,寒暑假可以送到我这里来我亲自教他书法!"大辉于是就赖着不肯走了,此后果真每个假期都自己跑去跟师父学字,行书、草书都日渐有了功力。尤其是草书,一幅《心经》的草书写下来,笔锋回旋,笔势相连,曲折起伏,牵丝映带,连心语老师都连连称奇。大辉这时反倒不去参加什么书法比赛了,只让妈妈把他自己写的"不生不灭,不垢不净,不增不减"和"心无挂碍"装裱了挂在自己房间的墙壁上。

"真不知这是福还是劫",大辉妈有点儿恍恍惚惚的,她说大辉爸说这是念书念的,如果不念书也就没这么多周折。

"但我觉得孩子喜欢上学,上学之后天天都像只小鸟一样欢快雀跃,尤其是后来迷上书法,有一种说不上的劲头,让人看了吧心里头觉得敞亮。可是他现在这是要出家啊,那他以后也就不能娶妻生子,享天伦之乐了!"她说着就哽咽起来,"我和他爸,我俩老了也没了依靠!"我听她这么说心里面也挺不是滋味儿,也不知道自己是帮了大辉还是像他爸爸说的,反倒是多了周折。

我和大辉的父母一起赶去了普陀山,大辉见到我们显得很平静,他用纸写下了"我在这里觉得自己不是残缺的,是另一个自己,这是我想要的自己"。

大辉妈妈现在已经很平静了,他说儿子在寺庙里好像读大学一样,学习佛法,练习书法,扫地种菜,环境和睦,他得了一个"释心"的法号,很多在寺庙短修的修士都以得到"释心"的一幅书法作品为荣,他还成了中国书法家协会的会员呢。他其实也有自由,每年都会抽时间回来陪父母一些日子。

"看到他回来的时候状态很好,那种不被尘俗凡事羁绊着的平静和喜悦自在,我心里也就踏实了。你说生了这么一个残疾的孩子,内心里总觉得亏欠了孩子,竟是怎么也弥补不了的,日后每一个成长的当口都挨着一种煎熬,上学,工作,成家,生孩子,以后日子能不能和顺,生的孩子健不健全,能不能做个像样的父亲,孩子会不会受人讥笑,然后还担心若是自己百年之后,老婆孩子能不能对他好,有没有人真心待他,就好像熬了一锅的黄连水,每一口咽到嗓子眼都是苦的,到了最后也是一肚子的苦水,更担心他过得苦,心里苦。他现在这样子倒好像解开了所有的扣,一条绳子一下子就拉直了,顺溜了,他不被什么牵绊着,我们也不被什么牵绊着。他爸现在也想通了,觉得这样也轻省,我们俩也不用省吃俭用地为儿子攒什么家底儿了,等得了闲我们也出去旅游旅游,你说这是不是真的得着了什么佛法?"

老师说完用和善的目光望着我问:"忆水,你怎么看?"
"你怎么说?"
"嗯——我说,与一份安稳的工作,一个能干的媳妇和一个健全的孩子相比,大辉最想成为的是一个完整的自己,一个自在的自己,这种意志压倒了一切,所以他宁可打碎这些来之不易的安稳。念书和学书法帮了他,让他成了他想要成为的自己,所以老师,您的确是帮了他!"
"说说你吧!"我微笑着看着璐璐,"你一定没有那么深切的孤独或者难以实现的向往,所以我什么也看不到。"
璐璐笑着点头,"我想我确实挺幸运的,外公说我是个有福报的人。"她讲起了她的家族,她的爷爷和爸爸经营海港货运,很大很大的生意,集装箱遍布全世界,"我们家的钱是集装箱运来的!"璐璐"咯咯"地笑着说。
"其实我觉得自己没有什么赚钱的欲望,钱也不过是需要的时候才会花,没有大把挥霍的欲望。"
"爷爷和爸爸很少在家,家里面我和外公最亲。他是新加坡有名的文化学者,大家都说他是有学问的人。还在我很小的时候他就给我讲希腊神话,读《西游记》,后来就讲莎士比亚,陀思妥耶夫斯基,我从小的英语文学、国语都是顶尖的。我很庆幸继承了外公的天分而不是爷爷和爸爸的,我不喜欢想挣钱的事,幸好我的哥哥和妹妹喜欢经商,爸爸也就从来不插手我要学什么做什么。我从小到大最喜欢的就是泡在外公的书房,那里的书可真多,外公会给我开书单,学校的功课在我不过是去打卡考试,外公的书房才是我真正的课堂。"
"看来上帝一定是赐给了你更大的天分,所以才把你降生在这样一个衣食无忧又得天独厚的文化世家。"
璐璐用蓝眼睛看着我,"忆水,你是想说你没有办法选择自己真正喜欢的生活,是因为你的成长环境和经济基础不足以支撑你的梦想吗?"
"那也不一定,"我挑了下眉毛,"我可能并不知道自己真正想要什么……"
"如果能实现财富自由,也许可以做一点儿自己觉得有价值的事?可是一来有点儿遥远,二来到底什么事儿才是有价值的呢?算了,我还是先做你的听众吧,至少这是一件让我快乐的事儿!"

璐璐属于那样一类人，他们真正地活在自己的精神世界里，他们或者出生在优越的家庭，或者真的能够安贫乐道。多年后回想起来，我觉得璐璐之于我像是一部会说话的文学导航仪，如同林志玲在高德导航上引导司机，她给我讲文学的脉络、代表作家和作品，开书单给我，我于是跟着我的美女导航，饶有兴致地翻看一些文学作品，尤其是璐璐喜欢并大加评论的作家的作品。璐璐同时也是亦真亦幻的，她像一个明亮的梦，又像是挥动衣袖的仙子，引我走上太虚胜境。

"一个英格兰把另一个英格兰吞食了……年轻的一代完全不曾感受到老英格兰曾经的呼吸……看着矿工们离开煤矿的缓慢身影，一身乌黑，斜着身子耷拉着肩膀，沉重的步伐百无聊赖地拖着镶着铁掌的长靴，发出踢踏的声响。由于他们长期在地下干活，面目已全非，白眼珠呆滞地转动着，映衬着苍白的脸色缩头缩脑，肩膀没了应有的坚韧线条……人应该拥有面包，可面包却摧毁了他们……多可怕啊，他们是和气的好人，可他们也只能算是半个人，灰色的半个人……他们的生命美根本不曾出现，直觉更是从来未曾萌发，总是'在井下'……铁和煤已经把人的肉体和灵魂完全雕琢成了它们的眉目……他们是煤、铁和黏土的灵魂，是碳、铁、硅等元素的动物，也许具有几分矿物那种奇异的非人的矿物之美，煤的光泽、铁的分量、玻璃的透明……他们是分解矿物的灵魂。"

有时我会把打动我的部分和璐璐分享，"原来以为《查泰莱夫人的情人》只是一部描写性爱的小说，看来远非如此，人们受制于时代受制于生活，失去思考生命之美的能力。"

"那个时代人们所面对的考验如此深重，工业对生命的摧残，战争将生活击得残破不全，所以劳伦斯说'我们身处一个悲剧性的时代，所以我们才不愿与它同台大话凄凉'。很多人都喜欢引用狄更斯的'这是一个最好的时代，这是一个最坏的时代'，那似乎是一个从辩证的角度总是成立的论点，但我却被劳伦斯打动，因为他是站在一战的废墟上平静地述说着内心的真实和勇气，'浩荡灾难席卷而来，我们站在废墟上，开始重新建立小小的新的容身之所，养育新的小小的希望……我们总得继续生活，不管天地如何变迁'。所以《查泰莱夫人的情人》是劳伦斯在人们的心中播种下新的小小的希望，是唤醒人们重新发现生命之美的努力。"

"什么是你理解的生命之美？"我看着璐璐。

"有着真实的肉体的温度和心灵的温度，有着关于美的信念和追求，养育好内心里的小小的希望。"我说过璐璐淡蓝色的眼睛经常会发出星星一样的光，我觉得那也是一种生命之美。

"我记得有一段在雨中的情节,描写康妮的身体之美,我很喜欢,"璐璐拿过书,"哦,这里——她那尖尖的乳房波澜起伏着,头发湿湿地贴在头上。她满脸绯红身体透亮,淌着涓涓的溪流。她睁着大眼睛,小小的湿脑袋喘息着,饱满天真的屁股滴着水,看起来像个天外来客。"

那时正是晌午,明亮的日光透过洁白的落地窗帘照在璐璐和我的身上,她躺坐在长条沙发上,蜷起一条腿,背靠着扶手,光亮柔软的长发暖洋洋地垂下来。她罩着一条淡绿色的薄纱裙,圆润的身体像一根新鲜的芦笋在裙子下面若隐若现,尖尖的乳房的轮廓清晰可见,它们正微微地起伏着。她伸出白亮亮的手臂钩住我的脖子把我的头拉近到她的面前,我们的嘴唇贴在一起,柔软的,温暖的,甜丝丝的,"我爱你的身体,它丰满而健美!"璐璐纤细的手指解开我衬衫的纽扣在我的胸膛上打着转然后滑到我坚实的小腹,我把手伸进她的裙子,沿着乳房游走到曲线迷人的腰际,我还不能从容不迫因为我那时还太年轻,我早已高高地昂扬,我必须找到那个神秘的地方,那个召唤着它的地方,然后,在那里释放我的全部的冲动和躁悸。我有点儿不好意思地带着不再神气的家伙躺在她的身边,轻轻亲吻她的头发,用手沿着她的脊柱一节节地抚摸,"对不起,我甚至没来得及欣赏你美丽的身体,也没有留意到你是否和我一起达到了高潮。"她紧紧地抱住我,身体还在微微颤抖,"我很好,我也很兴奋!"她的声音里带着一丝喘息,"你是个温暖的恋人,你会关注我,还会像这样的爱抚我。"我紧紧地抱着她,感受着她身体的温暖和头发上好闻的淡淡香味儿,"我们还年轻,都没有多少经验,可以一起探索。"她抬起头调皮地看着我,"可不要被日本的 AV 女优带坏了呦,你的爱人就是你的爱人,她不是苍井玛丽亚,她有她自己喜欢的做爱方式,有你们俩才知道的羞涩的敏感。爱她就是尊重她探索她,你们可以温柔地做爱,疯狂地做爱,野性地做爱,但一切的前提都应该是你们彼此喜欢怎样,而不是应该怎样。"她的蓝眼睛闪着星星一样的光芒,"做爱是经由身体温暖彼此的灵魂,'在这逐世洪流中相依为命',这要算是最高的境界了。你觉不觉得,"她眨了眨眼睛,"我们好像一下子就快到达这种最高境界了?""你的见解可真多!"我轻轻吻着她的耳朵,我喜欢看她觉得痒往我怀里缩的样子,这可能就是她喜欢的羞涩的敏感。

"作家就是有见解的、为生活寻找意义的人啊!"她挑着好看的弯月眉,"超自然的神学、一切皆可认识的科学、焦点在人的人文主义,你更倾向于哪一个?"

"科学和人文主义,应该要有一个平衡才好。"

"嗯,说是这么说,但现实中是否科学的权威横扫一切,人文主义却已式微到了墙角?"

"嗯。"

"其实人即使认识了宇宙和外太空,对自己的内心、对他人缺乏理解又何以为人呢?从理性科学的角度看,人的存在就是一个生命体从出生到死亡完成一系列生存活动的过程,和树啊鱼啊一样,没有什么特别的意义。但这只是生物意义上的理解。我哥哥家的小孩儿今年十一岁,他有一次和我说,你看这个世界上所有的植物、动物,它们都是按照本能活着的,只有人类可以进行超出生物体本能的活动。我问他是什么,他说是人的创造啊!当然他关注人的创造对地球的破坏,他说人类是地球上唯一的物种,具有打破生态平衡的破坏能力。我一边为十一岁的小孩有这样的思考而惊讶,另一方面也在琢磨这个问题,人是能创造点什么的,包括生命的意义,你说不是吗?"

"那你想好要创造什么样的意义了吗?"

"写作啊!写作就是我存在的意义!文学创作的焦点是人,关注人的内心,表达人的情绪,鼓励人们寻找意义。超自然的神已经不再能带给人们安慰和意义,文学也许可以帮忙!托尔斯泰一百三十万字的巨著《战争与和平》归根结底讲的是对生命的热爱,是对灵魂之美的追求。俄国'白银时代'的作家列昂尼德·安德烈耶夫就说过。"

"谁?没听过这个名字,还有'白银时代',能解释一下吗?"我打岔说。

"等下再说那个,"她没有理会我的话茬,"'我们的不幸,便是大家对于别人的心灵、生命、痛苦、习惯、意向、愿望都很少理解,而且几乎一无所知。身为作家,我之所以觉得文学可尊者,便因其最高的功业是试图消除一切的界限与距离。'其实遑论他人,大多数情况下人们连自己的内心都一无所知,所以文学可以还生命以个体,带给个体以温暖,你说不是吗?"

她突然跪立起身体,扯过一条放在小茶几上的床单一圈圈地裹在身上又在背后系了一个结,就像穿了条层叠的裙。

"当我还是个小女孩儿的时候,外公带我去看音乐剧《艾薇塔》的巡演,那支旋律一瞬间打动了我。在我,那不是为阿根廷歌唱,是为了我心中的缪斯歌唱,不离不弃,此生不渝!"

她就那样裹着层叠的白床单,深情款款地唱了起来。

And as for fortune, and as for fame	不管是名与利
I never invited them in	我不曾有所求
Though it seemed to the world they were all I desired	尽管全世界都渴望着它们
They are illusions	它们不过是泡影

They're not the solutions they promised to be	绝非能解决一切
The answer was here all the time	答案一直就在这儿
I love you and hope you love me	我深爱着你也愿你能爱我
Don't cry for me Muses my light	我的缪斯女神①，别为我哭泣

晌午透明的日光照在她的身体上，她成了我眼中的缪斯女神。

3

"哎，萧忆水，你的信！""耗子"手里举着一个信封大声嚷嚷着，好像要让整栋宿舍楼的人都听见似的。

"我的信？哪里寄来的？"

"这年头，信可是稀罕物！"他却不肯给我，就像攥了个宝贝。

应该不会是我老爸吧？这是我脑子里的第一个念头，但想来不至于，我爸从来都没给我写过一封信，想起来还是那会儿他外派的时候才给我妈写信呢。我妈现在时不时打电话来，我爸也会跟着说上两句，要是他突然写封信给我呀我非以为他的脑子出毛病了不可。

"让我看看是哪里寄来的！""耗子"还是不依不饶的，他仔细地辨认着信封上的邮戳，"好像是江苏，淮安？"

江苏，淮安？我在那里没什么认识的人啊！我一时摸不着头脑，"你倒是给我呀！"

信封上的字体娟秀挺拔，我认出是璐璐的笔迹，她这个混血儿虽然中文发音带着南洋口音，但竟然写得一手漂亮的中国书法，字迹更是我和身边好些地道的中国人所不及的，她自己说是受到外公的影响，"是璐璐！"

"哦，你的洋妞？她回国了吗？不对，是国内寄来的。"

"她外公到中国来了，她陪着外公出去玩几天！"我一边拆开信封抽出信来一边回答。

"哎哟，这几天的工夫还要写信呢，打个电话不就行了吗。看来你这洋妞还挺传统的嘛！"

"去去！都散了吧，哪儿凉快哪儿待着去！"我没好气儿地把他凑过来的戴着眼镜的小脑袋往外推开，拿着信回了宿舍。

---

① 《阿根廷别为我哭泣》(Don't Cry For Me Argentina)，出自音乐剧《艾薇塔》，电影《庇隆夫人》主题曲，表现了庇隆夫人穷其一生对于阿根廷忠贞不渝的爱，文中的演唱者将"阿根廷"改为她毕生所爱的"缪斯女神"。

忆水君,你好,见字如面。

她信上这样的称呼让我觉得又新奇又有趣,我俩几乎都是面对面聊天,她也从来没有这么称呼过我。

一边写下这些文字,一边想象着忆水君收到我的信以及展开信来读时的样子,之于我这是一件妙不可言的事儿。

我忽然想我们上一辈的恋人们岂不是都很幸福?我所指的幸福就是在这写信与读信之间的幸福。写信的时候,一个人心里想象着另一个人,想象着他的模样,他说话的样子,微笑时的眼神,以及他俩在一起温暖的片段,于是她的内心就泛起了甜的滋味。而读信的那一个,他触摸着她落在信纸上的温度,倾听着她心里面花开了的声音,在她留下吻痕的地方嗅到一抹爱的气息。这原本就是诗,原本就足以抚慰人心。

我抬起头来四下看了看,幸好大家各自都在忙没人凑上来,"耗子"也没再跟着我起哄,这时刚吃过晚饭,正是宿舍楼里人声、脚步声、开门声、关门声、水房的流水声多重合奏曲响起来的时候,宿舍里老四正吊在电话听筒上和女朋友像牙疼一样地腻歪着。

我于是就想到了文字魅力的消亡,如今的语言,充分地发挥了功能性的作用,传递信息,及时、准确,要直白,最好是废话少说,只有广告中偶尔见得到几句抒发感情的语言。恋人间的书信也大可以省了,有电话、信息就好,甚至连谈情说爱也省了,吃了饭看了电影就抱在一起,效率高了,功能也达成了,但原本透在信纸上的温度和塞进信封里的甜却都不见了。表达自己并不只是作家才需要做的事情,文字在情感和情绪上的作用是口头语言难以替代的。我大伯母就总是和我们讲,当年我大伯追求她的时候给她写了桌子一样高的信而且每封信都像诗一样美,但我大伯实际上是一个大学的理工科教授,并不擅长写抒情文章,他自己笑说那是爱情的荷尔蒙发挥了作用,爱的情感势不可挡。大伯母珍藏着那些发黄了的信件就像小孩子对待心爱的糖果,甜了一辈子。

所以我们现在不再把一生中最强烈最美好的情感用文字记录下来真的是每个人的一大损失。而即使不在恋人之间,我记得以前外公和他的朋友们也总是会相互写信,他收到信的时候也总是很喜悦,读信的时候脸色忽而明朗忽而阴沉,他偶尔给我看他朋友写的信,讲近时的经历、想法,我觉得那是一种充满信任的内心交流，外公也会回信陈述自己的见解，或者排解对方的情绪，总而言之都是一种知己间深入的交流。我想这样的交流时下已不多得了，依我看即使在校园里，同学之间也只有在喝了大酒之后才吐露心声，还要提防说了不谨慎的话，酒后失态等诸多不妥。

对了，说到外公的朋友，我外公这次来一是参加一个文化交流活动，这已经结束了，二来就是见他的朋友。可是我如今在这里和他一起见到的却是一个早已不在了的朋友。

上个周末璐璐和我说她要陪外公出去玩几天，我只当他们会去些风景名胜呢，倒不曾想老人家原来是来追思的。

这里有一处风景极好的湖叫白马湖，这两天，我和外公每天都沿着这个湖走上好久，又在湖边坐上好久。外公说他的朋友他尊称为"前辈"的，四十年前就在这个湖边坐了一整晚，他在接近黎明时走进了湖里，一个渔夫从很远的地方看到了，待划着船赶过来的时候早已不见了他的踪影，打捞上来的时候人已然没救了。我知道即使时隔这么多年外公依然是伤心的，就也不敢多问，他只是时不时地和我说上几句，剩下的时间就只是出神，他说有一些事情是我没有办法理解的。其实我倒是理解一些，我说，"是类似布罗茨基那样被判处'社会寄生虫'的罪名吧？"外公问我还记得布罗茨基的诗吗，我说我记得几句：

我说命运玩着不计分的游戏，
有了鱼子酱，谁还要鱼？
哥特式风格再度胜利，
让你兴奋——无需可卡因，或大麻。
……
我忠诚于这二流的年代，
并骄傲地承认，我最好的想法
也属二流，但愿未来将它们视作
我挣脱窒息的纪念。
我坐在黑暗里。难以分辨
内心的黑暗，与外面的黑暗，哪个更深。

对了，记得你问过我关于"白银时代"的问题。俄国文学是世界文学中的高地，其鼎盛的"黄金时代"出现在沙皇俄国时期，为大家熟知的普希金、托尔斯泰、果戈理、屠格涅夫、陀思妥耶夫斯基都是这个时期的代表。不过这些人里除了陀思妥耶夫斯基,其他的大文豪全都出身于贵族家庭。普希金笔下有一个叫奥涅金的人物被描写成一个"多余人"的形象,其实普希金也借这个人物暗指他自己,如果按照这样的定义这些大文豪都应该被定义为衣食无忧、好逸恶劳的"多余人"了。接下来的一个时代还是出现了像安·别雷、扎米亚京、安德烈耶夫、索洛古勃、库普林这些文学大家,但其辉煌的程度却只能用"白银时代"来形容了,这些人里面我最欣赏的是安·别雷和他的《彼得堡》,可以与《追忆似水年华》和《尤利西斯》这样的意识流大家相媲美。苏联时期,一些所谓的"旧知识分子"被发配到遥远的西伯利亚接受劳动改造或者像后来获得诺贝尔文学奖的约瑟夫·布罗茨基那样被冠以"社会寄生虫"的罪名,作家这样的"多余人"渐渐被逐出了社会的主流。

外公点头称是,他说"人们如今是秉持着实用主义的高级智人,他们同时摒弃了性灵那样无用的东西,那些东西和'他'一起沉入河底被冲刷得不见了"。

我听到他这么讲突然想起你曾经不止一次地说我是一个"幸运儿,可以锦衣玉食的专事文学",我想我真正的幸运在于保留了某些东西,我既是普希金笔下的"多余人",又是布罗茨基那样的"社会寄生虫"。我身边的同学们,听说他们毕业之后更多的是去从事报纸杂志编辑、新闻记者这样与社会紧密咬合的工作,可是我心里的那个声音太强烈,对于我来说,偏离了它,一切都将是"喧哗与骚动"。

好了,今天就先写到这儿吧,对了,你喜欢我称呼你"忆水君"吗,有点儿像日本人的称呼对不对?我有的时候觉得日本的女子对于自己钟情的男子有一种涓涓的含蓄,像樱花一样的细腻动人,以后我就这么称呼你可好?

附上一吻

璐璐
2006年6月12日
于白马湖

4

演讲比赛一结束,孙淳、莫军、熊瀚文几个人就把我拉住了。他们是系里的学生会主席、文艺部长和外联部长,平日里我这样自由散漫的人自然是不被他们所器重的,但今天我在"互联网时代的新型支付方式"为主题在演讲比赛中拿下冠军,最主要是得了两千元的现金奖励,他们就一下子热情洋溢地围了上来,说是祝贺,实则是要我请客做东。我当时也有点儿飘飘然,想着系里的学生干部找我也算是面上有光,就和"耗子"他们几个说"咱自屋兄弟,晚一天聚"!可没想到的是,第二天我只能自掏腰包请同屋的兄弟们在路边排档里啤酒撸串了。

"去吃烤肉吧!"走到学校大门口的时候我提议说。平日里如果和同屋的兄弟出去吃吃喝喝,大多会在学校周边的几个馆子,烤肉算是最上档次的了。

"哎哎,你听我们的,"莫军揽住我的肩膀,"你是经济观察家,咱得去个够得上档次的地方!"说着,就招手叫来了出租车,和司机说了个地方,听那口气,应该是他们常去的地方。

那是个环绕着花园洋房的小巷,我没有来过这个地方。这时华灯初上,灯光点点,小巷蒙着一种神秘的气氛。我跟在他们几个人后面,拐进了一间洋房,领班迎上前来,熟稔地和孙淳打着招呼,随后把我们领进二楼的一个包间。

"这地儿怎么样?"熊瀚文在我肩头得意地拍了一下,"比吃烤肉强多了吧!"

"哦。"我有点儿不自然地点头,心里暗暗掂量着口袋里的奖金不知道能否应付得了这里的消费。

"付老师和胡老师啥时候过来?"

"付老师刚才给我电话说胡老师今晚过不来,他说他也就不来了,让我们自己乐呵!"孙淳说。

"嗨!"莫军露出几分失望的神色,"原本还想借机跟胡老师套个近乎呢,西方经济学可要大考了!"

"来得及,胡老师啊,我到时候带你去找他!"孙淳已经大四了,属于过来人,他的话顿时让莫军宽下心来。

熊瀚文负责点菜点酒,"放心!"他坐在我的旁边,伸出手在我肩头拍拍,好吧,我心想,反正再多的我也付不出,想来他心里有数。

这里的酒菜自是精致,味道也好,红酒是法国哪个庄园的我也不懂。璐璐那里也总有贮存的红酒,我们经常喝上两杯,但我倒没怎么注意产地酒庄这些,今天的酒我觉得好似没有璐璐那里的好喝,不过一时还说不出个所以然。

"年份,"熊瀚文的脸色有点儿微红,"不同年份的酒口感相差很大!"他又拍着我的肩膀对我说。

"老师们都不来也好,咱们自己反倒能放得开!"孙淳看着熊瀚文,熊瀚文会意地一笑,脸上更浮现出一阵轻盈之色。

熊瀚文出去打电话的时候,孙淳和莫军开始聊起了系里最近出的一桩大事。

"你说这都什么年月了,竟然还闹秦香莲这一出,我觉得这个李毅啊也真是怎么遇上了这么一个糊涂鬼啊!"

李毅的事儿不单单是在系里,在全学校都闹得人尽皆知的。故事其实很老套,农村学子在老家曾经有一个两小无猜的女子,两人当年海誓山盟,如今李毅考上重点大学前途光明,女子觉得跟着他就是自己这一生的出路。可李毅以前的承诺是基于当时封闭的环境做出的,两厢环境的巨变让他迅速分裂了,他几乎不再想和过去有任何的瓜葛了,他想要的是在全新的世界里发展全新的自己。李毅不但变心了,更结交上了关平儿这个系主任的女儿做女朋友,他倒是也不打算瞒着老家的女子,把实情全盘托出。"你是不知道啊……"孙淳这时就对着我讲起了经过,他们几个人都参与了那场"惊心动魄"的"战斗"。李毅和他们几个关系不错(我发现在这一点上人的智商还是能起到极大作用的,那就是审时度势,把握机会,农村来的学生毕竟不如城里孩子见过世面,但李毅却似乎脑子里有一盘棋,而且落棋总是流畅自如、又快又准),他预感到要发生事情,就把那女子来学校的消息第一时间告诉了孙淳。孙淳带着熊瀚文、莫军和李毅一起在火车站接人,带着吃饭、转校园、做思想工作,并严防死守女子有可能对关平儿和关老师的任何骚扰,以及可能对李毅造成的恶劣影响。

"李毅今年本来是铁定进学生会的,跟着老熊,"孙淳略显惋惜地说,"现在不得不缓缓了。"

"晚一年的事儿!"莫军说。

"嗯。"孙淳点头继续讲,讲着讲着就有点儿激动,"也真是邪了门了,还真他妈没遇到过这么极端的人。你说这世上的男人都死光了吗,你非得吊在李毅这么一棵树上?"他端起一杯红酒一口灌了下去。

"老孙,老孙,这事儿啊,过都过去了,别再想了!"熊瀚文这时候回来了,就赶紧劝慰着孙淳。

"你说我,我们几个,这么尽心尽力地防着,结果防过初一防不过十五,你说在我的学生会主席的任上发生这样的事儿……"

"老孙,咱都尽力了,这事儿再怎么着也怨不到咱们了!"

"可是我觉得愧疚啊,"孙淳的眼睛都有点儿发红了,不知道是因为喝酒还是因为激动,他哽咽着说,"我,我觉得对不起关老师啊!也丢了我们财大的脸!"

"唉——"他们几个人发出长长的叹息。

后来的事情是人尽皆知的,那女子在李毅宿舍里服了农药,发现的时候送到医院已经没救了。

"哎哎,不说这个了,咱换个话题!"熊瀚文转向莫军,"我说莫军啊,"他的眼神露出揶揄的神情,"我那天可看见你在宿舍走廊里拦住一个大一女生,叫什么来着?"

"晓华!"孙淳说。

"对,晓华,又是说要招进你的文艺部,让人家给你唱个歌儿吧?"

他们笑作一团,"哎,把女生逼到墙角,面贴面地听人家唱歌,你是不是都有反应了?"

"去你的!"莫军开始反击了,"你还是关心关心你自己吧,我可是看到你的那个什么雯雯,好像跟信息工程院的一个直男在一起呢,这可是要给你出丑了呀!"

"我跟那个雯雯早都分了,你不知道罢了。那个直男一直跟屁虫一样围着她转,既然他不嫌弃,就让他去吃我的残羹冷炙吧,让他们去吧!"

"哎,对了,"他们这时好像突然想起了我,我其实挺高兴他们在这样的谈话中把我给忘了。我自顾自地喝了好几杯酒,还在想着孙淳刚才说起来的那个女子,宿舍里我们也讨论过这件事儿,熄了灯躺在黑暗中,我们经常会就某个话题聊上一会儿,直到很快地有人打起鼾来。不过也要分主题,要是"耗子"主导话题有可能要兴奋一阵儿,这小子在高中就和女生有过经验,也总是喜欢充当资深人士,还有就是很注重收集这方面的信息。记得有一次他和我们讲起一个网站上有人不停地问:"医生,医生,我老婆整天追着我要,这可咋整啊?"几个人顿时一片沸腾。那天说起李毅的事儿,大家的意见偏向于女子死得不值,再怎么也不该葬送掉大好的青春和生命,为了一个不再爱她的人。不过忘记是谁说了一句,强求无益,两个不可能在一起的人何必相互纠缠呢。

"听说你老弟找了个洋妞女朋友,怎么样,劲爆吧,给我们分享分享!"

"我? 我可没什么好分享的,她也不劲爆。"

我正不知道要如何解围,有人敲了包房的门。

"我来!"熊瀚文立马从椅子上弹了起来。

接下来的两个小时,我的脑子越来越蒙,自称是我们友校的几个女生坐在我们每一个人的身边,熊瀚文又要了好几瓶红酒,我探过头在熊瀚文耳边低声说"我去把账结了,我要先回去了!"可他死乞白赖地拉着我,"那可不行,人我都叫来了,特意给你也叫了,怎么,看不上人家妹子?""哦,不是不是。"看这架势,我确是走不出这个房间的,他们可不希望我在这个时候走出去。坐在我身边的女孩儿冲着我温和地笑笑,端起形状性感的醒酒壶为我添酒,又在自己的杯子里加了半杯。"我敬你!"她端起杯子。"谢谢!"我觉得女孩儿也并非什么不三不四之人,看起来还真好像是在校的学生,衣着打扮也不花哨倒是透出几分的素雅,心情也就放松下来,于是就和她有一句没一句地聊着。上哪所学校,学什么专业,老家在哪里云云,总之,女孩儿既不是那种给人留下深刻印象的女子,也不是矫揉造作的风尘女郎,除了一杯一杯地喝了好多的酒和那种意识渐渐涣散的感觉还清晰可忆之外,对于女孩儿,我好像什么也没有记住,无论是那些问题的答案,还是那女子的样貌,全然想不起来。

我醒来的时候已经是第二天晌午了,我坐在床边喝水,觉得口渴得不行,咕咚咕咚喝了两大杯水,才开始回想关于女孩儿的事儿,却发现怎么也想不起女孩儿的样子。但我还是对一些事情有印象的,我付账的时候掏空了口袋里所有的钱,熊瀚文好像还掏了张银行卡,熊瀚文是个有钱的主儿这一点大家也都知道。女孩儿说她的学校就在附近走路就行,我于是晃晃悠悠地送她进学校。校园里路灯暗淡,我陪着她走过几幢黑黢黢的教学楼,我俩的影子被路灯拖在地上。女孩儿伸出手拉着我,我被她拉着走,我们走进一幢教学楼,又走进一间教室,她关了教室的门。我坐在一张桌子上,女孩儿走过来。我不想再想下去了,但是我却记得,甚至我的身体都还记得,她走过来,用两只手把裙子从领口拉下去,连同胸衣一起拉下去,露出了两颗饱满的白亮的乳,我一把抱住了她。我的脑子此刻嗡嗡作响,我没有记住她的面容,但我却真真切切地记住了她那两颗饱满的白亮的乳,我还记得我当时身体的冲动,记得后来她伸出手按在我的嘴上让我不要发出太大的声音。我越是想忘掉这一切,脑子里越是不停地翻滚着那些冲动的画面,甚至好像还能感觉到她的身体,她的乳房。我觉得一阵阵的头疼,倒在床上,捶了几下枕头,然后就伸展四肢,有气无力地躺在那里。

　　直到第二天吃过晚饭,我的情绪还有点儿低落,我说不上是什么原因,莫军给我打过一个电话,他问我昨天喝多了没,有没有事儿,又说是把我当兄弟的,别和别人乱说,我回答说我不会乱说的。挂断电话之前他低声问:"怎么样,妹子还不错吧?"

　　又是"耗子"发现了我的信,"哎,你的洋妞又来信了!"我面无表情地伸手把信扯了过来,"耗子"用略带怀疑的目光打量了我一下就没再说什么了。我坐在桌前撕开信封,又看了一眼邮戳,安徽黄山,看来这回是去游览名胜了。

　　"忆水君,你好,见字如面。"看到璐璐娟秀字迹的一刻,我突然间有一丝惭愧,就像做了错事,又好像那笔尖也戳在我的心头上似的。不过,我忽然想,璐璐好像从来都没有对我有过什么要求,或者说,我们两个虽然在一起但似乎又都是自由的,当然我想璐璐在同一时期是没有其他男朋友的,我也确实没有其他女朋友,除了昨晚。可昨晚只不过是个意外,我在心里恨恨地对自己说。

　　给你写这封信的时候,我正坐在黄山山顶的客栈里,从窗子望出去是艳蓝的天,白云像铺展开的凤凰的羽翼,今天一早我陪着外公和他的朋友一起去看日出的时候云还是我们脚下的海,在一片红艳发亮的光中小心翼翼地托出了夺目的朝阳,云海也渐渐地变成了被染上金光的海面,那场景实在是瑰丽而动人心魄。两位老人家心情都格外的好,其实外公的朋友还不算老,不到六十岁,所以外公打趣的时候就称他为"小老弟"。外公和他这位"小老弟"已经相谈足有三天了,我们在千岛湖见面然后一同来黄山,他们一路上就聊得快活。就在我写信的时候,他俩就在客厅一边喝茶一边说话,时不时地能听到他们的笑声,我想能够有这样可以聊上三天的朋友,或者说是知己,着实要算得上是一件幸事了。我留意到他们谈及了文学,谈文学的生命力,到底是太过孱弱还是终究坚韧;这个时代,到底是不需要文学还是太缺乏文学。文学自有它的使命,他们最后说。

说说我吧,相较于两位老友拄着登山杖散步式的缓行,我兀自健步如飞。当时就想要是忆水君你在这就好了,我们两人可以一路为伴,岂不乐哉?还记得你和我说过两个人的共同记忆能让心灵贴得更近,真想和你一起把这些快乐的时光写进我们共同的记忆。好在碰到一群学生和他们搭伴,沿途倒也不觉寂寞。

再说说忆水君你吧,我不在的时候你在忙些什么?不知道有没有想着我呢?但我可以确定的是,你收到我的信读着我的信的时候,心里面一定是思念着我的了,这样的猜想就足以让我觉得快活。对了,你的演讲比赛顺利吗?那本《我的弥留之际》读完了吗?那种多人物多角度的心里独白真是棒极了对不对,我一拿起那本书第一时间就被作者的叙述视角和表现方式折服了,没有关于事件的直接陈述,但是不同人物内心的独白让你像一部透视机器一样看清了所有的一切,表面上的,人心里的,这种建构实在是太过深刻和犀利了。

明天我们就返程了,回来后我先带外公看看我的学校,送走外公再回学校上课,没准儿你收到这封信的时候我就已经回到我的公寓了。

真想立刻见到你

先送上一吻

璐璐
2006 年 6 月 18 日

我把信折起来塞进信封,转身出了寝室,一路奔跑到校门口拦了一辆出租车。

车子在公寓楼的大门口停下来,我下了车,抬头仰望那个亮着橘黄色灯光的窗口,那灯光好美,像熟悉的含着笑的眼睛,我的心里涌上一阵温暖。我按下门铃,上楼。"我刚送走了外公回来,你的时间把握得可真好!"璐璐站在门口微笑着望着我,我跨步走进去,一下子把她揽在怀里,埋下头亲吻她的嘴唇。我们长久地亲吻,然后,无比缠绵地做爱。"看来短暂的分离确实能够让爱情升温!"她用亮亮的眼睛望着我。"不,"我搂紧她的身体,心里涌出一种难以名状的依恋,"是你的信,那里面带着你的温度!"我揽住她,亲吻她的额头,她的身体细腻温暖,让我觉得心里终于释然了,踏实了,我又在心里说,"璐璐,我离不开你了!"

我和璐璐在一起的那段时光真是美妙,我喜欢和她探讨文学,也喜欢探索彼此的身体,好似隐隐地能够体会到生命之美了,就像是一叶扁舟轻轻摇曳在星光璀璨的宁静河心里。直到风吹涟漪将我轻轻地摇醒。

5

"忆水,祝贺我吧!我收到了爱丁堡大学英国文学硕士的 offer,读完硕士我还要继续读博士,English Literature Edinburgh, my love!"

璐璐一下子蹦到我身上,脸颊绯红像一颗挂着喜悦的红苹果。我很想问她口中的"my love"指的是 Edinburgh 还是我,当然我不会那么无聊了。

"太好了,恭喜你!"

我一边祝贺璐璐一边意识到美好的时光就要离我远去了。这让我心里难过,更多的是沮丧。因为在内心深处我早已预见到这只是早一天晚一天的事情。

我和璐璐终归是不同的,就像是生活在不同河流里的两条鱼。在水流交汇的地方我们欢愉地相聚,但之后我们都要游回各自的河流。我仿佛看到自己像鱼一样游出了那片清亮亮的河,而璐璐正挥动河底的水草微笑着向我作别。河水闪着星星一样的光。

璐璐要动身的日子越来越近了,转眼就到了她离开的前一天。

"东西都装好了?"

"装好了!"

"这些都不带了?"我看着墙壁上、桌子上散落的生活用具和装饰品。

"不带了,拿不了那么多,我选了几样作为纪念,到那边我想住宿舍,所以也没地方放那么多的东西。"

"也是,"我在公寓里来回看了看,"本来我还想着送你个什么礼物,一来确实没有想好送什么,二来就是想到你带不了那么多的东西。"

"你就不要送我东西了!"璐璐站在我的面前,用发着星光的蓝眼睛看着我,把右手拿起来放在心口的位置敲了敲,"你在这里了,没有什么礼物能够放在这里面的!"

我笑了,把她揽在怀里。

"我去了小野间买了你最爱的刺身和寿司,要了一壶清酒,还买了生煎,都是你爱吃的!"我一边说一边打开进门时放在桌子上的两个便当盒,一个像一份礼盒一样包在精致的蓝色印花纸袋里,另一个却简陋得多,不过是挤在两只透明的白色餐盒里面。璐璐在我背后用手环住我的腰脸贴在我的背上。

"快来吃吧,生煎凉了可就不好吃了!"我低头握住她的手。

璐璐大口大口地吃着生煎,"嗯——我最喜欢吃底下这一层的酥酥脆脆了!"

小野间的出品即使外带也同样的一丝不苟,蓝色纸袋里面先是一个保温袋,打开来是绛红色的双层木质餐盒,上面的一层分成小隔,精美地摆放着各样工艺品般的寿司,下面的一层在盒底铺了厚厚的冰块,上面卧着深红的北极贝、粉红的牡丹虾、橘红的三文鱼和淡黄的鲱鱼,都摆成好看的造型。我想起来刚才那个娴静端庄的店员特意交代说,"先生一定要双手托着盒子不要乱晃动!"原来是为了保持这优雅的造型,看来我端的姿势还是基本符合要求的。我从保温壶里倒了热水,把装在淡青色瓷瓶中的清酒放在热水里温热了,再倒在两只小小的粗瓷酒杯里,"天凉了,我们喝温过的酒。"说着,我把一只酒杯递给璐璐,"你身体弱,英国天气阴冷,平时多吃些热的食物,寿司这样的寒凉之物以后就少吃了吧!"

"好的,我知道了!"璐璐举起粗瓷酒杯,"忆水,咱们还是别搞得离愁别绪的,对了,咱们还是继续讨论我们的文学吧,最后一堂文学课,应该好好珍惜,就像那篇《最后的母语课》!"

"还最后的文学课?你这个——"

"小妞儿!"她抢着说,我们俩笑着碰响粗瓷酒杯。

"明天早上我来送你!"

"忆水,你还是别来送我了!"璐璐微笑着看着我,"我们就这样告别吧,这样子,刚刚好!"璐璐张开了双臂,她的笑容是真诚的,就像菲茨杰拉德在《了不起的盖茨比》当中描写盖茨比的时候说的那样——那是一种珍贵而少见的微笑,那样的微笑总会让你感到安心,你一生可能只会偶遇四五次。

"这样子,刚刚好!"我心里合计着这句话,微笑着点了点头。

我抱了抱她,说了最后那句——"一切顺利!"她又像刚才那样把右手拿起来放在心口的位置敲了敲,微笑着,一直目送我走进电梯。

走出公寓楼的大门,我抬头仰望那个亮着橘黄色灯光的窗口,璐璐小小的头这时出现在窗边,我看不清她的面目和表情,只看得到她将双臂伸出窗外,交叉着挥舞,然后好像又在心口做了刚才那个动作。我也朝着她挥手,在心口比划相同的动作,然后,转身,大步走,直到走出去很远了,再回头时已经找不见到底是哪一个窗口了。所有高楼上的窗在我眼里,都变成了闪闪烁烁的星光。

第二天早上醒来,我从床上跳下来,套了一件羽绒服。我推开寝室阳台的门走出去,一阵寒风吹得我有点瑟瑟发抖,这是一年里最冷的时候了,目之所及的树木都显得有点瑟缩和凋敝。我站了一会儿，周末的早上校园里本就冷清，现在时间尚早，天空又阴霾的飘着小雨，只看见几个脚步匆匆的身影，还有人打着伞急急地走着。我想象着校园外的马路上，此时也不至排起车龙，但璐璐应该已经坐在车子里了，我记得她是早上九点多的航班，她要先回趟新加坡看望外公和家人，再从新加坡飞去英国。那个星星一样的女孩儿，正飞向另一个遥远的星球。

"萧忆水！你小子快把门关上，冻死人了！"寝室里面这时有人喊了一声。

第六章 雪域 城堡

1

已经是第九天了,小孩儿们对雪野和相互之间的打打闹闹都有点疲倦了,他们不止一次地问什么时候还能坐在翅膀上飞呢?"会有好玩的东西出现的,过不了多久!"我总是这么回答他们。现在他们都安安静静地在我身上的各处坐下来,无精打采的,我倒是乐得清静,而且我知道,很快,新的热闹就要来了。

远远地,马儿的嘶鸣声就传了过来,小孩儿们全都站了起来,爬到各处能够瞭望的地方探着头张望。金色的马车好像是从天上飞过来似的,它在马儿高亢的嘶鸣声中落在了我的面前,带着一片耀眼的金光。小孩儿们沸腾了,他们伸着小手叫嚷着,他们急着要坐上那辆金光闪闪的马车。"别急!别急!"我大声地说,"来,都到我的手臂上来!"小孩儿们争先恐后地爬上我的手臂。

"孩子们,你们好啊!"金色马车上传来了伊凡那低沉但富有磁性的声音,孩子们安静下来,循着声音仰起头来,我把手臂举起来,这样,他们就能离得近一点看到伊凡的面容。伊凡挺拔地高高站立在马车上,他健美的身躯和俊朗的面容笼罩在一片光芒之中。"欢迎你们即将踏入城堡的领地!现在,来吧,登上金色马车,你们即将领略到这个世界之美!"伊凡说着伸出两只修长的手臂,平伸双手,小孩儿们好似被他的非凡气度所震慑,一时间竟有些踌躇不前。"来吧,我的孩子们!"伊凡的语气更加亲切了些,他微微躬着上身以便让小孩儿们把他看清楚,小孩儿们的勇气涌动上来,他们一个接着一个地跳上伊凡的手掌,伊凡把他们一个个地放在自己面前的横梁上,小孩儿们肩并肩地在那里坐成一排。"很好!"伊凡看着他们一个接一个地在横梁上坐稳,"现在没有人要站在我的肩膀上了!"他满意地向站在他身后左右两名威武的护卫点着头说。"等下见！罗得！"他冲着我点了个头，金色马车就一跃而起，马儿们张开翅膀向着天空翱翔而去。

伊凡会带着小孩儿们飞跃整个雪域。他会首先飞跃我们长途跋涉的雪野，"这里虽然广袤但却是一片荒凉，大多数时候都是风雪交加的日子，所以我想你们没有人会愿意生活在这里！"他自然不会说这里曾经是生机勃勃的田野，大地绿意盎然，河流清澈明亮，田野里的人们过着诗情画意的生活。

之后他会带着小孩儿们飞到神木林的上空，他会对他们说："这里曾经是一片茂盛的森林，但是现在，树林很快就会消失了！"他会带着蔑视的口吻，他当然不会说，"那里曾经是生命开始的地方！"因为已经没有人来自这里了，他也用不着说，"有的人在生命的终点终将回到这里。"因为很快那里可能就要消失不见了，再没有人去寻找那片曾经有着动人歌声和奇异光彩的土地了。也许，很快地，那里的神木都将死去，神木林真的要熄灭了，变成一片永远的暗夜。

伊凡这时会掉转马车意气风发地带着小孩儿们飞跃城堡的上空。城堡屹立在连绵的群山之上，随着山势铺展开来，连绵不绝，它同时向着峡谷纵深，又向着天空伸展，城堡是无边无际的。伊凡有的时候会单独叫上我，不带护卫，只有我们俩，乘着金色马车在空中翱翔，"罗得，看啊！城堡是多么的恢宏！从天上一直到地上，它是这个世界的最高点，这是神圣的居所，是勇敢者和智慧者的家园！"

我在头脑中回想着的时候已经来到了城堡外城的城门之下，伊凡的金色马车这时也翱翔而至，落在了城门之下。护卫首先跳下马车，摆好金色的马凳，伊凡搭着护卫的手踩着马凳轻快地走下来，小孩儿们都转过头来张望着，身体却都没有动。"好了，孩子们，该你们了！"我把两只手臂高高抬起，小孩儿们安静地一个接一个地爬上了我的胳膊。

我走到城门的台阶前，一条腿的膝盖点地半蹲下来。"是时候了！"我说，"现在，我们一个一个地来！"我用两根手指捏住一个小孩儿把他放在第一个台阶上，神奇的事情瞬间发生了。他在那个对他来说原本巨大的台阶上突然急速长高长大，变成了一个和城门边的守卫身量相似的大男孩儿。男孩儿惊奇地张大了嘴巴，我扬起头来朝他努了努嘴，示意他走进去。他看了看我，迟疑地笑了。他举起手来冲着我摆了摆，跟着守卫走进了城门。小孩儿们都屏住了呼吸，目睹和亲历着这个神奇的时刻。一个接一个地，我把小孩儿们都放在了台阶上，看着他们在一瞬间长高长大，然后走进城门。最后一个小孩儿也走进了城门，我站了起来，走上台阶，打量着熟悉的城门走了进去。

孩子们聚集在河边，正望着一条小船漂过来，城门的守卫拉住船的纤绳，把船固定在岸边的石墩上。我先踏上小船，背对着前方面朝船身坐在船头，同时抓住了两支船桨,小船在我这一连串的动作之间猛烈地晃动,哦,主要是我的块头太大了,但那也没有办法,每一次都是这样。"上来吧!"我冲着孩子们招手,守卫帮忙指挥着,孩子们一个接着一个登上了小船,又一个挨着一个坐在了一排排的木板上。有我坐在船上,孩子再上船的时候小船反倒平稳得多了,这船看起来虽小,但刚刚好坐得下我们所有的人。"坐在边上的,请拿起你们身边的桨!"我用粗大的嗓门儿说,"对了,就是这样!现在,听我的口令,先向前再向后划桨!"我们的小船动了起来,但起初,它并不能向前行驶,而是在水面上打起了转儿。这个情况我非常熟悉,要想把船划好,是需要有一番训练和配合的,好在孩子们现在都专注而肃穆,没费太大的劲儿,我们的动作就整齐多了。小船开始向着前方出发了,岸上的守卫站直了身体,右手的拇指放在太阳穴上带着庄严的神情向我们敬礼,目送我们的小船缓缓驶离。

  水面上这时候异常安静,只能听到船桨拨水的声音。孩子们还沉浸在肃穆的气氛当中,一时间难以适应如此巨大的变化和周边的环境。他们大多表情严肃地看着我,还有几个面带紧张和不安地观察着水面的动静。我扭头望向水面,河水又清又亮,就像一面反着光的镜子,照出蓝色的天空、洁白的云朵和耸立的群山,只在我们身边被小船和船桨划破了留下一道道波痕。我吹起了口哨,是一首我熟悉的歌,我其实不擅长于此,但是这样能够缓解一点凝结在我们身边的紧张情绪,我希望孩子们能放松一点,哪怕只有一会儿也好。我们的小船渐渐驶入一片宁静而美丽的水域,那里星罗棋布地矗立着形态各异的巨大岩石,岩石之上覆盖有绿色的植被,那样子威严而神秘,令人不禁浮想联翩。孩子们这才活跃了起来,他们开始欢快地指着这一处那一处的岩石和身边的同伴们大声地发表起议论来:"你看,那多像是一个巨猿的脑袋,凹下去的那里是眼睛,凸出来的绿色部分是眉毛和鼻子,下面那个圆圆的大洞是巨猿的嘴巴!""快看,那边的岩石好像故事精灵,用一只手撑着身子躺卧在水面上!"看来,故事精灵还真教会了他们不少的东西。阳光洒在水面上,岩石、河水、小船、孩子都好似泛着光晕的,那景象竟令我觉得心襟荡漾,直到孩子们开心地叫嚷着"鱼!有鱼"!没错,水里面金光闪烁一般游动着金色的鱼儿,它们摆动着尾巴在我们的小船周围神气地穿梭着。"停下来,先不要划了!"我喊了一声,孩子们都忙不迭地停下摆动着的船桨,小船立时轻缓地漂在水面上,慢悠悠地打着晃儿。孩子们都俯下身去或者趴在船帮上,伸出手去逗弄那些金色的鱼儿。我从坐板下面摸出一只鱼笼,那是一只有点儿特别的鱼笼,首先是很大,有我的腰那么粗,再有就是鱼笼的一圈像是嵌着许多开口向外的喇叭。"来来来,看我的!"我来到孩子们中间,先是确保大家在船上的平衡,可别一高兴整船的人都给折到河里去了。站稳之后,我把鱼笼甩到了小船边上,静静地等待着,孩子们探身去看鱼笼。"那些鱼儿从喇叭口钻进去了!"他们兴奋但却小心翼翼地说,好像是怕一不小心惊动了自投罗网的鱼儿。"怎么样,进去的鱼够多了吗?""够多了,够多了!"他们说。我这时胳膊一用力,把鱼笼从水中提了上来,鱼笼沉甸甸地向四下里哗哗地淌着水,有几条刚钻进喇叭口的鱼又被从喇叭口甩了出去,有的落在水里,有的落在船上,落在孩子们的怀里。孩子们高兴地叫着用手胡乱地抓住活蹦乱跳的鱼儿,那鱼还真不小,足足有我一个小臂那么长那么粗。"哇!好多鱼!好多鱼!"孩子们对着鱼笼兴奋地叫了起来,金色的鱼儿在鱼笼里惊慌失措地扭动着身体,金光闪闪,我觉得就好像拎着一笼的太阳的光。"我们要把它们怎么样呢?"一个孩子问。"你们想把它怎么样?"我大声问。"我想把它们放回到河里面!""对,放了它们吧!"孩子们七嘴八舌地说。"嗯——"我腾出一只大手摸着我的下巴和胡子,眼珠儿骨碌碌地转着观察着孩子们,看到他们都露出恳求和焦急的神色的时候,我哈哈地大笑了两声,"我也是这么想的,来,现在把鱼笼交给你们,由你们处置吧!"我喜欢和孩子们一起享受这难得的时光,就像我格外喜欢他们最初爬上我的身体,在我的身上在小屋里胡作非为,喜欢看到他们跟着音乐自由自在地跳舞一样,在我看来,这是生命该有的自由,充满真实的喜悦和美。孩子们纷纷把手伸进鱼笼,双手抓住金色的鱼儿,抱起来,嬉笑着让鱼儿在怀里惊恐地扑打乱跳一阵,再双手捧着放回水里,像在进行着一个欢快却庄重的仪式,之后他们急切地趴在船帮上用目光追随着鱼儿在河水里劫后余生的欢畅和悠游。金色的阳光,金色的河水,金色的鱼儿,金色的孩子们的笑声,我想这时的我,一个粗大的身影也应该是金色的,稳稳地站在小船的中央,直到所有的鱼儿都又撒着欢儿地在水里嬉游。鱼儿好似都没有记忆,又或者它们已经清楚这不过是一个惊险的游戏,所以它们还是围着小船,而不是四散而逃。孩子们又都在船上坐好,我也坐回到船头,我们开始愉快地划着桨,小船在水面上平稳地前行。孩子们现在是轻松而活跃的,他们遥望着远山,目光中带着喜悦,我又吹起了口哨,就算前路茫茫未知,当下的美好也是分外珍贵的。

2

当天空乌云密布的时候,我大声对孩子们说:"大家坐稳!"话音刚落,船身就开始剧烈地晃动,同时从船底传来"控控"的巨响。"那是什么?"孩子们惊恐地大叫起来,"水怪,是水怪!"顺着孩子的手指,一个巨大的深灰色脊背从水中缓缓升起,将河水推起如耸动的小山,我们的小船被推上了山尖又跌下来,孩子们失声惊呼,"那边还有!"他们的声音瞬间被巨浪吞没。一个接着一个,一只只巨大的水怪浮出水面,它们的脊背上带着锯齿,长长的脖颈儿划着沉重的圆圈,相较于身体而言略小的头从水中抬起,嘴巴里发出沉闷的吼叫声。我们几乎没有时间观察那些巨大的水怪,巨浪就像巨大的手,把我们所有的人都摇晃着从小船上摔落水中,再打翻小船。我屏住呼吸,在大浪中扑腾着手臂,直至那只身体硕大的老鹰用它锋利的爪子把我拎出水面。我此时和被从水中拎起来的落水狗没有什么差别,不停地抖落着身上的水,我总是想在这样的时候一把擦去蒙在眼睛上的水,看清楚是否所有的孩子都已经被从水中拎了起来,但无一例外,我从未看清这一幕。我的眼前变得漆黑一片,任我把眼眶睁得都要裂开了,我知道我们飞进了黑洞,深不见底伸手不见五指的黑洞。我首先能够感觉到的是"呼呼"的风声,从耳边呼啸而过,接下来是飞行轨迹的忽而一越冲天,忽而一落千丈,忽而飞速旋转,忽而如离弦之箭,即使我深知将经历这一切,每一次依然无法抑制地心跳加速,呼吸困难,被无边无际的恐惧紧紧包裹着,仿佛身体和内心都被掏空了,被抛进不知多高多远又多深多急的未知之中,大脑一片空白。这样的惊惧足以令人的肾上腺素飙到爆表。最近我总会在结束这样的疯狂时刻后怀疑自己到底还能坚持多久,我怀疑我的身体状态难以继续支撑下去,我实在已经不算年轻了,我究竟有多少岁了呢,这又是一个我想也想不清楚的问题。最为猛烈的一阵狂风吹来,我觉得自己的头发、眉毛、胡子和衣服都要在一瞬间被吹走了,我不得不紧紧地闭上眼睛,无论我多想看清楚转瞬间的惊人变化。当风突然止住的时候,我感觉到自己的双脚触碰到了坚实的地面,老鹰熟练地松开了爪子,又盘旋了两圈,轻轻拍着翅膀落在了我的身边,收起翅膀。"嘿,老兄!"我从瘫坐在地上的姿势爬起来,伸出手够到老鹰的脖颈,在它的颈后轻轻地拍了两下。我们的面前,浩瀚地铺展开来的,是云雾笼罩的山谷,高耸入云的笔立山峰各自独立地矗立在深不见底的山谷中,仿佛上帝精心栽种的壮观的盆景,而我和老鹰此刻正站立在山峰凸出的巨大岩石之上。我环视四周,离我远近不一的山峰上,每一个孩子都静静地站立着,身边同样站立着刚刚带着它们飞跃险境的飞兽,它们有着各不相同的形象,长着翅膀的狮子、狐猴、会飞的龙、巨大的蝙蝠,不一而足。它们的共同特点是身形硕大,孔武有力,它们现在都静静地站立在孩子们身边,目光坚定,岿然不动。"嘿,老兄,让我们先开始吧!"我又拍了拍老鹰的后颈,它于是俯下身来,我笨手笨脚地爬上它的脖颈,身体俯下来双手抱紧它的脖子。老鹰展开翅膀,腾空而起,我们在孩子们和他们身边的飞兽面前盘旋一圈,然后向着远方飞翔。我回过头,看到孩子们都纷纷效仿我的样子,骑到了飞兽的身上,一个接着一个地腾空而起。我转回头来,立起上身,只轻轻扶着老鹰的后颈,迎着疾驰的风,傲视笔立的群山和深幽的峡谷。每每这个时候,我的耳边都会想起伊凡的声音,"只有勇敢者才能在世界的面前骄傲地高昂着头展翅飞翔!"飞兽载着孩子们在山谷中在山峰间自由自在地翱翔,它们一会儿冲上云霄,一会儿俯身山谷,带着悠远的鸣声和孩子们激动不已的"噢吼——"声。这样的飞行总是让人感到意犹未尽、畅快淋漓,直到城堡已经遥遥可见了。它们高高耸立在群山之上,正如伊凡所说——这里是世界的至高点。

孩子们曾经跟随伊凡坐着他的金色马车飞跃城堡的上空,但从他们惊讶的表情就可以看出他们还是被城堡的宏伟和辉煌震撼了。飞兽们盘旋了一阵,纷纷落在了城堡门前,张着翅膀,等着孩子们从它们的背上爬下来。孩子们都站定了,我也从老鹰的背上爬下来,拍了拍它的后颈,"谢谢你,老兄!"老鹰展开翅膀飞上了半空,和其他的飞兽一起,展翅翱翔而去。我们正回头目送着它们远去,台阶之上城堡高大的金色大门徐徐打开,伊凡带着一群身穿长袍威风凛凛的人从大门中走出来,微笑地俯视着我们,"欢迎你们,我勇敢的孩子们,你们终于来到城堡的门前,走进来,领略这里的神奇吧!"我首先迈步向前踏上台阶,孩子们也跟在我身后走上台阶。伊凡等到我们都走到面前,就转过身,迈着坚定的步伐向前走去,他的身后跟着那群威风凛凛穿着长袍的人,我跟在他们身后,孩子们跟在我的身后。

3

红头发的斐迪南只伸出一根手指,城堡立刻被灯光点亮,在渐暗的天色中仿佛镶嵌在世界之巅的水晶皇冠。亨利回头朝着我们露出一个微笑,俊朗的面庞熠熠生辉,一群孩童面孔的精灵立时从四面飞舞而来,在我和孩子们面前挥动细细的魔杖。魔杖所指之处,漂亮的糖果、胖胖的南瓜面包、圆滚滚的芝士蛋糕、散发着热气和香味儿的巧克力布丁围着我们跳舞,孩子们快活地伸出双手抓住那些可爱的美味,在它们还在扭动的时候就一口塞进嘴巴。我抓住飞舞在我面前的一节节蠕动的毛毛虫面包,每一次我都会有一份超大个的巨无霸,对于我们这些没有魔法的普通人,只有吃下这些带着魔法配方的食物,才能够看得到接下来的神奇景物,当然这些食物同时也是相当美味的。

当魔法美食滑进胃里,孩子们惊讶地叫起来。我们眼前的世界瞬间充满了神秘的光彩,那是发着光的花朵草木,闪烁着奇异的色彩,它们是伊凡的魔法植物,蕴含着所有魔法师的法器和魔力。伊凡和魔法师们站住脚步,转过身来面对着我们,有着鹰一样凌厉目光的查理念了几句咒语,五光十色的精灵少年立时从魔法植物里面钻了出来，他们三三两两地飞过来，合力或扛或抬着一些物件，戒指、手环、领带、小镜子……都是龇牙咧嘴颇为吃力的样子，直到孩子们纷纷伸出手接住那些物件，它们才光一样地消失不见，又藏到植物里去了。十来个精灵少年抬着一根光滑的手杖最终来到我的面前，他们好似一直都没有找到目标，在孩子们面前晃来晃去，结果没有一个孩子能够把手杖拿起来。我伸出大手握住手杖，稍一用力就把它举了起来，精灵少年们一哄而散地消失不见了，我呵呵地大笑了两声，伊凡和一众魔法师们也露出了笑容，轻轻朝着我点了点头。我把手杖拿到面前翻来覆去地摆弄着，上面刻满细密的花纹，没看出什么名堂，不过我倒也并不担心，这些都是些低段位的法器，只要拿好它们，它们就会自动带着我们，而最终暗示我掌握法器的秘诀也是必然要施在我身上的魔法。

我们又拾级而上，孩子们不时地发现些精灵少年，他们在花朵草木之间，神态各异，有的不停地飞来飞去一副专注而忙碌的样子，有的拿着纸笔在草叶上检查记录着什么，还有的坐在花的根茎处冥思苦想一般，他们对孩子们拨开草叶发现并打扰了他们表现出异常的愤怒。

又走了一会儿，孩子们就不再找寻精灵而是举目四望了。在我们的前方云雾笼罩之处，一座金色的城楼若隐若现，几只威严雄健的基路伯①警惕地围绕在城楼四周，有两只朝着我们展开翅膀滑翔过来。它们长着人的面孔、狮子的身体、鹰的利爪，身上有四只巨大的翅膀，滑翔的时候只展开上面的一对翅膀，下面的一对翅膀护在身体两侧，它们飞过我和孩子们头顶的时候，爪心和翅膀下张开无数双眼睛。我们始终保持着进入城堡时的队列，跟随伊凡停下脚步站在一扇巨大的金色大门面前，那扇门上雕刻有繁复而奇异的图案，像是古老而神秘的图腾。绿色眼睛的威廉念了几句咒语，金色的大门缓缓打开，一只体型稍小的基路伯出现在门内，同样警惕地巡视着跟在魔法师身后的我们。穿过长长的门廊，又来到第二道金色大门的面前，这道门和刚才的相似，只是上面的图案略有不同，这一次是乔治念了几句咒语，我们就这样通过了第三道、第四道一直到第八道金色大门，每一道门都由不同的魔法师使用不同的咒语打开，每一道大门之后也都有一只目光凛然的基路伯把守着。现在，我们站在第九道大门面前，这是一道巨大的白色石门，温润发光，是一整块纯净通透的美玉，门上面精雕细刻着两行醒目的金色文字：

　　上主的荣耀隐藏于奥秘之中

---

① 基路伯——《圣经》里伊甸园的守护者。

唯有献上心灵为祭

在这些金色文字四周,雕刻着面目圣洁的天使,他们神态优雅地或站立或飞翔,悠扬的歌声仿佛萦绕其间。伊凡亲自念动咒语,白玉大门发着光缓缓打开。这扇大门之内是一个高不见顶的圆形大厅,环绕的墙壁上嵌满了一个个灯火通明的格子,它们向上无限延伸着,一直消失在视线的尽头。

当那天晚上我带着孩子们走向专为我们准备的城堡旅馆的时候,每一个孩子的眼睛都亮晶晶的,脸上的表情还庄重而激动着。

"那只红宝石羽凤,"孩子们滔滔不绝,"它取自一大块完整的宝石,我觉得它是通体透明的霞光红!"

"不对不对,是朝阳红!"

"是血色红,我觉得是血色红才对!"

那是爱德华法师的新作,38986688号宝石馆的镇馆之宝——红宝石羽凤,我们进入的圆形大厅也就是宝石博物馆中有着无数间这样的宝石馆。

"你看到宝石设计院里的那些工匠吗?"

"当然看到了,他们的那些工具可真带劲儿!"

"还有宝石设计师,我以后想做那样的设计师,红宝石羽凤这样的作品就是他们设计出来的!"

"我要做宝石鉴定专家!"另一个又说,"你们注意到那块新到的宝石了吗?刚刚清洗好的那块,就像刚刚跳出水面的鱼儿一样的新鲜!"

"那块宝石是那个新来的魔法师,有着一头卷发的哥伦布法师发现的,他凭着这块宝石进入了城堡,我以后要像他那样!"

他们口里的哥伦布法师,会在今天夜里获得伊凡的魔法加持,只是孩子们那时会昏睡不醒,城堡有城堡的规则和秩序。

孩子们说起了伊凡的仪式。

伊凡举起了手中的魔杖,我们所有人,伊凡、魔法师、孩子和我,一同穿越了墙壁、城堡、树木和天空,刹那间进入一个神圣庄严的空间,有低低的和声在四周回响,一只巨大的圣杯燃烧着熊熊的火焰。缓缓向上的阶梯两边分列着身着黑袍的人们,他们双臂交叉抱在胸前颔首闭目,口中跟随着音乐发出庄严的歌声。伊凡沿着台阶走上去,魔法师们静立了一阵,才迈步走上台阶,我带着孩子们跟了上去。

我们走进一个圆顶大厅,那里的乐音变得明亮激昂,人们一样地双臂交叉抱在胸前颔首闭目,口中跟随着音乐唱和,大厅里的回声装置令这声音回旋交响,形成一种分外庄严的气氛,这是人们对城堡发出的赞美。伊凡走到一个高高的台子上,双手托起一只发光的水晶球,颔首唱和,神情庄严肃穆。

伊凡终于缓缓地睁开眼睛,乐音渐渐止息,他如晨钟般的低沉的嗓音开始回响在圆顶大厅里:

斗志和凶猛,
是强者的灵魂,
登上世界的至高点,
让所有的荣光,
在你的身上闪耀!
勇往直前吧,
城堡就是你们的应许之地,
这个世界终将属于你们!
而魔法终将成为
这个世界存在的意义!

"感谢城堡!赞美城堡!"人们的口中发出一阵阵的颂赞和感谢声。

"我要感谢赞美城堡,"人群中有人朗声说道,"它定义了我们奋斗的目标,它赋予了我们坚定不屈的勇气和力量,没有什么比城堡更值得我们去追求!我将我的感谢和赞美单单献给你,我们的城堡啊,求你敞开你宽广的胸怀接纳我们,恩待我们,直到我们生命的尽头!"

"感谢城堡!赞美城堡!"人们口中又发出一阵阵激动的赞美和感谢声。

"城堡的魔力流淌着滚热的洪流,让世界朝气蓬勃,欣欣向荣,让乐园的人们享受一切的丰盛和美好,应有尽有!我们颂赞,我们颂赞,我们颂赞没有停歇,我们颂赞城堡宽广的胸怀,我们颂赞城堡的浩荡恩典!"这段话好像是一首歌曲开始前的赞美词,优美的歌声响了起来,那是一首赞美城堡的雄浑的歌曲。

随后,伊凡主持了庄严的欢迎哥伦布法师的典礼。

仪式结束,我们随着人流走出圆形大厅,魔法师还在从容地向前走着,另外一些穿着黑袍的人们突然一纵身,就化作老鹰、飞马、飞天狮子等各样猛兽飞上了天空,向着远方飞走了。孩子们惊讶地四下张望了一阵,然后抬头看着我问:"罗得,这个城堡的一切,我们真的也可以拥有吗?"

我还没有来得及说话,弗里德里希就走到我身边笑着回答:"当然!这是一个充满秩序的世界,只要你遵守规则,不懈追求,你的未来就有可能如你亲眼所见,登上城堡,俯瞰世界!"弗里德里希说着,从袖子里甩出一支小鱼竿,那鱼竿在空中左一下右一下,孩子们手上的法器就都被它钓到然后一下子消失不见了,只有我手中的手杖被我牢牢地抓在手上,那根小鱼竿使了半天的劲儿,竿子都涨粗了一大圈,弗里德里希这才一伸手,那根手杖就一下子飞进了他的手心,消失不见了。我"嘿嘿"地笑了两声,带着孩子们走向城堡旅馆。

　　精灵服务员热情地迎上来,他们已经准备好了丰盛的晚餐。我把晚餐的嗜睡汽水悄悄地递给了坐在我身旁的一个孩子,他正苦于没有喝够这荧绿色酸酸甜甜的饮料,一仰脖咕嘟咕嘟地就倒进肚子里去了。

第七章　只有猫知道

1

我搞不清"孤独"到底是一个贬义词还是一个褒义词,如果你说你从未感觉到过孤独,我想与其说你是幸福的,倒不如说你是不幸的。当我徒步行走在海岸线上的时候,那种走在大地尽头的孤独感强烈地撞击着我的胸膛,抑或说我在那时反倒分外地感受到我那颗渺小却强壮的心音执着而充满力量的跳动声。

海岸线徒步要关注风的动向,四级风以上不宜成行,雨雾天气更要避免,驼包要换成防水的和轻量级的,还要带钩锁用于攀岩,因为可能要泅渡海沟。天气不能太冷,我选择初秋的时候,这时候海水还温暖但是阳光已经不再焦灼,路线的难度上也要由浅入深,甚至需要专门参加一些攀岩训练,最重要的当然还是把线路研究清楚,哪里的海沟可以渡哪里的不行。

黑岩角之行我已准备了好久。从鹿角山藤蔓交错的小路钻出来,眼前就是无边无际的大海了。我从背包里掏出帽子和棉线手套戴好,目光落在脚下的石头上,那都是些不规则的岩石,我要选择好每一步落脚的位置,大的岩石反倒容易好走些,我甚至可以在巨大的岩石上跳跃和奔跑过去,前提当然是做好预判,太陡的地方不要冒险,手脚并用是靠得住的办法。我很快在岩石上爬行起来,身体贴在岩壁上移动,穿过一道道岩石间的窄缝,扶着两侧的石头上下攀爬。又过了一段相对容易可以直立行走的岩滩,就到了行程中第一个略带惊险的地方了。一面平整的岩石山体面海而立,几近垂直,半山腰距海面五六十米的地方像是被凿出了一条窄窄的裂缝,刚好容得下一个人身体紧贴岩壁一步步腾挪过去。我先攀着石头登上半山腰,把背包从背上摘下来挂到胸前,摘下帽子手套塞进背包,拉好拉链,转过身,用后背紧贴岩壁,双臂伸直双手刚好可以扶稳石壁,我一步一步往前挪动身体，目光直视蔚蓝的大海。这真是个绝佳的望海的视角，"哇呼——！"我不禁拉长了声音大声呼喝。接下来我安静地从这个视角感受天地，很奇妙，有海风吹在我的脸上，吹动我的头发，在我的耳畔作响，我好像失去了自己，变成了浩瀚天地间的一块岩石，一棵树。

我越过窄壁，还在回味刚刚海天一色的壮观，一个裹着花裙的村民迎面走来，她面色黝黑，看上去五十岁模样，盘着发髻，脚上蹬了一双人字拖鞋，她从我身边走过，踏上窄壁，像走在普通人行道上一般快步通过岩壁，没有侧身，也没有停留。我定定地望着她的背影，瞬间怀疑自己刚才的所有感受都不过是一种错觉。

第一个海沟到了，这段路途当中我需要泅渡三个海沟，我检查了一下背包的防水保护，就跃到水里，划动双臂游了过去，爬上岩滩之后稍微拧了拧身上的水，就又开始在岩石上攀爬，好在时间已是正午，阳光照在身上所以不觉得冷，走了一阵，岩石间有瀑布飘洒着落下来。游过第三个海沟之后，我爬上岩滩，脱下湿衣服用毛巾擦干了身体，换上一套干的衣裤，这是个难度级别较高的海岸徒步线路，因此很少人来，对我来说倒也方便。我坐在岩石上，拿出食物和水，我需要休息一下，补充些能量。我又想起刚才那个村民，不禁哑然失笑，她如果看到像我这般煞有介事一定会颇为奇怪吧。休整过后，就是攀岩了，我从背包里取出绳索，这里需要攀岩的地方虽多，但难度系数中等，整体而言不算太困难，只是颇为消耗体力。

终于到达了摄影师们最爱的"魔界"了，滚烫的熔岩使一层层向上攀爬的脚步在瞬间凝固，奔涌的岩浆依旧保持着澎湃的姿态，飞溅起的熔浆凝结成了剑指苍穹的岩石，这是1.45亿年—1.35亿年前晚侏罗纪至早白垩纪时期，火山喷发形成的中生代地质遗迹，如今被海水冲刷着，激荡回旋起汹涌的浪花。我爬上那块指向天空的巨大岩石，阳光此时刚好穿破云层，无数的光柱直射海面，那种遗世独立的孤独感瞬间像巨浪冲击岩石一样澎湃而至，这种感觉太奇妙了，那是我的城市生活难以体会的。直到我将视线聚焦在远处那个看起来影影绰绰的小岛的时候，我才收回心神，我要找一条小船把我送到岛上，那里是我今晚的落脚之地。

有一条小船朝着我的方向开了过来，开船的是一个年轻人，"一百五十块到墨鱼排岛！"他说。我付了钱就坐上了小船，年轻人没再说什么，我也就乐得坐在椅子上打个盹。一不小心竟然眯了一觉，直到听到年轻人大声叫我："到了！"睁开眼睛，看到洁白的沙滩，墨鱼排岛竟然有这么美的沙滩？我一边带着惊奇，一边跨下小船，转回身看着年轻人发动小船的马达，在起起伏伏的透明海水中，我发现船帮上挂着一个物件,铜镜的形状蠕动的细蛇,"哎！等一下！"我想喊住年轻人,但他朝我摆摆手轰隆隆地离开了。我无可奈何,只得回身观察这个沙滩细腻的小岛,发现这里的海水澄清透明,从沙滩有路通向岛中央的小山,站在沙滩上仰望小山,约莫一百来米高的样子,植被茂盛。我脱下鞋子拎在手上,沿着沙滩慢慢走,午后的太阳散落了无数细碎的光芒,照在沙滩上一闪一闪的,这里和攻略上看到的墨鱼排岛截然不同。我远远地看到很多人或站或蹲在沙滩附近的海水里,男人、女人、大人、孩子,我加快了脚步。走近了之后我发现他们都弯着腰低着头伸着胳膊,神情专注,双手伸在水里面,有些小孩子蹲在水里。"爸爸,我又抓到一只！"我听到一个小孩儿一边说着一边举起抓在手上的螃蟹,他捏着螃蟹的肚子,看着螃蟹的两只螯在空中胡乱挥舞着,"对了,一定要抓对了地方,小心被螃蟹钳了！"有个男人笑着说。"来,把螃蟹给我,看看我们已经抓到这么多了！"一个女人小心翼翼地接过孩子手中挣扎着的螃蟹把它放进一个网袋里,袋子里已经有了十多只这样的螃蟹,原来这些人是在捉螃蟹。我低头看看脚下,没看到螃蟹,估计螃蟹都集中在人群所在的地方,我迈步走过去,高兴地和他们打招呼,"小朋友,你好！"我弯下腰和一个小孩儿说话,那个小孩儿却头都不肯抬,"你在捉螃蟹吗？"我又耐心地问,他却还是不肯理睬我,仿佛压根儿就没有看到我,也没有听到我的声音一样。好吧,他可能实在是太专注了,我于是冲着旁边的男人打招呼,"你好！"他弯着腰眼睛只盯在水里面,"你好！"我凑近他提高嗓门大喊了一声。

  他吓了一跳,突然站直身体睁大眼睛瞪着我,我赶紧弯腰点头连声向他道歉说："对不起！对不起啊！"

  ——我在喊出那一声的时候做好了面对这一反应的准备。可是,没有反应,他并没有被我的大嗓门吓了一跳,而是继续专注地找着螃蟹,"哎,看到你了,"他陶醉在发现之中,"看你往哪儿跑！"说着,他俯下身,胳膊突然间收紧,"哈哈,快看啊,辉儿,看爸爸抓到一只多大的！"那个刚才不曾理睬我的孩子猛地从水里面跳了起来,水花溅了我一身,"妈妈,妈妈,快来看啊,爸爸又抓了一只大个儿的！"女人也踏着水走过来,伸过网袋说："真厉害！"虽然有点儿不好意思打搅他们一家人的兴致,但我还是插话说："真是一只不小的螃蟹！"我想如果那个男人并不愿意被打扰很可能他会转脸看着我,没准儿还会瞪我一眼。可是,他们依然自顾自地说着话,没有一个人转过脸来,之后他们就散开,继续找螃蟹去了。我站在水里看着他们,心里有点儿纳闷,难道他们真的看不见我吗？我弯下腰低头去看水里的螃蟹,这里的螃蟹还真是不少,它们大多只是趴在水底的沙石上,并不动弹,可能只有发觉有人触碰才快速地逃跑。我伸出手去抓一只螃蟹,看准了抓下去,却抓空了,我以为是螃蟹跑掉了,可再定睛一看,螃蟹还趴在原地,一动都没有动。我又抓了一次,一样,再抓,还是一样,换了另一只手抓结果也一样。我把手从水中拿出来,水没有问题,手也没有问题,是螃蟹,它们,它们似乎并非真实存在的,所以它们……我站起身,忽然有点明白了,我面前的这些人,就和这些螃蟹一样,并非真实存在的。可这又怎么能够,他们都活生生地在我的面前,每一个动作,每一个眼神,每一个微笑,每一句话,怎么可能是不真实的?可如果他们是真实的,那么就还有一种可能,我是不真实的,所以他们看不见我,听不到我。这样想着,我试着向人群走过去,大步地,节奏缓慢地,但不再闪身躲开他们。没错!我的判断没错!要么是他们,要么是我,有一方一定是非真实的。我从人们的身上走过去,就像穿过空气和幻影,或者说我从人们身上走过去,就像幻影从人们身上走过。我加快了步子,我跑了起来,水花溅起来,溅在我的身上,也溅在人们的身上,但是没有人看到我。我跑过了人群,慢下了脚步,我回转身,站住了,望着他们,望着他们投入,望着他们欢笑。我无奈地笑笑,又转身往前走,一直走到沙滩上。我卸下背包倚着它坐了下来,也罢,那就远远地看着他们好了,我半躺在沙滩上,胳膊肘弯曲着倚着背包,望着蔚蓝的天空和飘浮的云朵,听着人们在不远处的欢声笑语,感受着风从耳边轻拂而过,突然想,佛说的自在是否就是这样的一种存在呢?

那群人冲过来的时候我听到了他们嘈杂的脚步声和吆喝声,我坐起来转过头看到他们拎着棒子气势汹汹而来,我的第一个反应就是跳起来拎起背包,我想快步跑掉,无论他们是冲着谁来的。但我马上意识到来了这么多人一定不是冲着我一个的,那么就是冲着人群而来的。我急忙跑向人群,我下意识地向他们发出危险预警,"快跑!快跑啊!"我挥动双臂边跑边叫着冲入人群。可是没有人发现我,也没有人发现冲过来的那些人。我突然意识到,是否他们根本看不到人群,只有我能看到?所以他们可能只是冲着我来的?"快跑啊!"我对自己说着,于是穿过人群奔跑。可是情况似乎并非如我的判断,那些人很快冲到了海边,只听为首的大声断喝,"你们好大的胆子,竟敢偷捕我们的螃蟹,都跟我回去,抓一只赔一百!兄弟们,给我上!"他的话音未落,人群像被惊起的鸥鹊一般四散而逃,孩子被大人一把提起扛在肩上,被抓的螃蟹顿时散落了一地,他们朝着我的方向跑过来,不顾留在沙滩上的鞋和衣物,迅速超过我,越过沙滩,向着小山狂奔。我这时就慢下了脚步,心下狐疑,既然那些人是冲着他们来的,我大可不必随他们一道逃跑了,那些人应该也是看不到我的。这样想着,我更放慢了脚步,我想他们也会像人群一样在我的身上或者身边像幻影一样地穿过。可是我又错了,一个大汉一把抓住了我的肩膀,"看你往哪里跑!"他粗声粗气地大喊。"我可没偷抓你们的螃蟹!"我急忙辩白。"狡辩?抵赖?你这样的人我每天都抓一大把,识相的乖乖跟我回去交罚款!""你?"我一转脸撞见他一脸的蛮横无理,这样的人还指望和他讲理吗?我脸上没动声色迅速地一甩肩膀跑了起来,他措手不及竟没有抓得住我,气急败坏地在后面一边喊一边追上来,而我却越跑越快,很快超过了跑在前面的人群。我原本年轻,也不像他们那样携家带口,还有一点,刚才我在沙滩上歪得久了,就坐起来把鞋子穿好系好了鞋带,所以这也是我能够跑得过他们的一个重要原因。我听到已经有人被那些壮汉们追上了,发出一阵阵的喧闹和争吵声,我没有回头,我得跑到一个安全的地方。我发现自己跑到了山上,那里有一些小路,我正奔跑在小路上,我身后还跟着很多的人,他们也在拼尽全力地奔跑着。我不能和他们一路跑下去,我脑子这样转了一下,就迅速地转身钻进了树丛,在树丛中低低地伏下了身。人们从我身边的小路上跑了过去,拿着棒子的人呼喝着也从小路上跑了过去。我终于长出了口气,靠在树丛里。

又过了好一会儿,周围的一切都安静下来,我才环视了半天,站起身来。我决定还是不走山间小路,就在这些低矮的树丛中穿梭着下山。是的,下山,我想我还是下到沙滩看看情况,也许岸边突然有一条小船也说不准。根据以往的经历,每当我莫名其妙地置身于这样神秘而又奇怪的地方,无论如何,最终我总归是能够离开的。

我没有留意到树丛是在哪里消失的,也没有注意到脚下是如何滑倒的,我滑倒了,像一个滚轴一样沿着山坡滚了下去,停不下来,我试图伸出脚伸出手但是什么也没有抓住,我只好用手抱住自己的脑袋,任身体继续滚下去。哪有这么陡的山势,哪有这么长的下坡呢,我的脑子也一直旋转着,直到坡势渐缓,我的身体慢慢停了下来。

"What the hell!"我松开抱在头上的手臂,睁开眼睛,坐起身子。"这又是哪里?"在坐起身的那一刻,我只能用惊愕来形容眼前的一切。漫山遍野的,全都是明亮的橙黄色,那是些挺拔的银杏树,浑身上下挂满了黄澄澄的叶子,一树树,像是身披黄金战甲的武士,黄蝴蝶一样的叶子,挂在树上,又铺满了整个山坡。我把背包扔在一旁,躺下来,闭上眼睛,感受着斜照的阳光在我的脸上微微闪动,侧耳听着银杏叶子在微风中发出窸窣的响声,这无边无际的橙黄就要把我湮没了。过了一会儿,我又睁开眼睛,除了光线稍有变化,周围的景物还和刚才一样,我把目光聚焦在银杏树最高的树梢,迎接它们俯视我的骄傲目光。一阵风吹着橙黄色的蝴蝶翩翩飘飞着落下来,有两只落在了我的身边,我从地上抓起一把叶子,捧在手上，小旗那张圆圆的苹果脸没有预兆地就浮现在了这堆叶子当中。小旗是表姐家的女儿，比我小五岁，但是她管我叫舅，为此我颇为沾沾自喜。小旗喜欢画画，尤其喜欢各种色彩，她总是叫我："小舅，给你看我最近的画！"我那时仿佛就成了一个权威，可以按照自己的眼光评说小旗的画，"虽然不大真实，"我搜索着美术老师在课堂上评价学生作业的语言，"但是，"从小旗脸上兴奋的亮光微微转暗我就意识到了自己的错误，"要那么真实干什么呢，只要美就好了！"后面这句是真心的，我原本也正厌恶那些冷冰冰的黑白石膏和素描画，"我喜欢这一幅明亮的黄色的树林，要是真有这样一片树林就好了！还有这幅花园，真羡慕你能想象出这么多好看的颜色。这是油彩吗，哪里来的，你怎么学会调这些颜色的？"小旗的脸这时候就越发地亮了，眼睛都发出亮光来，"小舅，你看，我是从这里学来的！"她从书架上拿出一本油画入门的书，我翻了翻，里面有油彩的调色、使用，还有范画。与范画相比，小旗的画就显得粗糙而拙劣了，颜色的调和、涂抹也非常的简单粗暴，但是我依然被她的画打动了，我想打动我的应该就是画上浓烈的色彩，我因此在心底里就把小旗和我归为同一类人，我们都是生活在自己想象世界里的孩子。对于一个在北方寒冷地区长大的孩子来说，穿越黄河长江南下至南海之滨，风土人情、社会世事似乎都随着纬度的改变而发生着重大的迁徙。仅就"开花的树"这样一个无关紧要的话题来说，除了在画里和浪漫的诗句里，"开花的树"在我的生活中就只是难得一见的夹竹桃，以及我妈口头禅里的"千年铁树开了花"。对了，我奶奶院子里有一树栀子花，她总说栀子花开的时候又白又香，可是我看到那棵树的时候它只是枝繁叶茂的绿着，"不开花的时候，它和别的树看起来没有差别！"奶奶这样说。所以我特别喜欢在这个四季长春的城市里捕捉凤凰木的满树红艳，紫荆花在枝头盈盈欲飞，挺拔的木棉托出满树英雄的花朵，它们都在冲击着我头脑中那些刻板的印象。然而即便如此，小旗画中明亮的橙黄色的世界我还是没有见到过，甚至没有认真地思考过是否真的存在这样的世界，一如我现在置身的这个山坡。我想小旗要是真的从这堆叶子里面跳出来站在我的面前，她自己可能也要像我一样的惊奇了。不过也许未必，比起我来，她的迁徙距离更加遥远。她如今定居加州，是硅谷某知名公司里的一名科技精英，在那个地方生活又会是什么样子呢，人和人是否由于地域的距离而变得毫不相同呢。我有很多年没见到过小旗了，想必她早就忘记了小时候胡乱涂画的事情。太阳越来越偏斜了，阳光的色彩反倒浓郁了，山坡的颜色变成了橘黄色。我有一个爱好摄影的朋友，他经常在同一处地方连续一天拍下不同时辰的照片，我印象最深的是在滨海长廊的那个系列，晨光熹微中，旭日升起时，阳光闪耀下，夕阳绯红处。他的这种嗜好又让我联想到莫奈。莫奈的画很多是组画，表现同一个主题在不同光影下的效果,最有名的《睡莲》有将近两百幅,所以光是天然的调色板,让景物呈现出不同的色彩和神韵,只是,现在很少有人有这样的闲工夫欣赏和捕捉自然的细微变化了。老年人倒是有的,那些退休了但有自己独立生活的上一代知识分子们,他们开始兴致勃勃地旅行,摄影,唱歌,作画,仿佛迎来了人生最美的季节。我拎起背包,起身,在银杏树间又追了一会儿橘红色闪动的斜阳,就决定往山下走了。无论这个地方有多美,又有多么令人费解,我终究还是要离开它,回到自己熟悉的环境中去。

穿过那片银杏林,又沿着缓降的山坡走了好一会儿,终于见到了公路,我急忙三步并作两步地跑下去。这是一条修葺完好的公路,平缓地延伸着,我沿着公路走起来,很快转过了一个大弯。我看到了人,在我前方不远处,在我身后不远处,他们三五成群的,也偶有踽踽独行的,这是我熟悉的环境,我的心踏实下来,大步走着,脚下也格外轻松起来。

等看到了街道,看到店铺的招牌闪闪烁烁的时候,人们就纷纷钻进了一个个小店子。卖土特产的,卖水果的,杂货店,小饭馆……我在一家饭馆门前停下脚步,从玻璃门望进去,店子不算太小,门口的几张圆桌坐满了人,都是运动休闲打扮,椅背上挂着背包,看起来都是登山回来的。人们热闹地边吃边聊,我一看之下肚子也就咕噜噜地叫起来,于是推开门走了进去。四下看看没有空的位置,"楼上有位!"一个年轻人冲着我说。原来还有楼上,年轻人已经走了过来,带着我扑通扑通地走上并不宽敞的楼梯。楼上有十来张长条木桌,我拣了靠窗的一个位置,摘下背包,坐下来,在菜单上点了两个菜,一听啤酒,一碗白饭。窗外,天已经黑下来了,但还没完全黑透,从这里可以看到一条车流穿梭的公路,路灯和车灯都亮了起来,远处一些高层住宅楼透出点点灯光。我掏出手机,点开叫车软件,原来这里是小径山,和我早上出发去的海边相距甚远。

"埋单!"我冲着举着一个盘子上楼上菜的年轻人说。

"您的单已经埋过了。对了,还有这个!"他说着,从口袋里摸出一张字条递给我。

"埋过了?谁埋的?"

"不知道!"

"那这是谁给你的?"我一边接过字条一边问。

"埋单的人吧,收银台给我的!"

我疑惑地打开了字条,那是一张便笺纸,随意地折了两折,上面只有一行字,"可以同行吗?"

我的第一反应是环顾四周。我的对面坐了一对情侣,男生正殷勤地给女生夹菜。再前面是四个中年男人，对着一桌子的菜，一边喝着啤酒一边大声聊天，说得起劲儿的那位一条腿的裤腿卷到膝盖，T恤的袖子也撸到肩膀头上，满脸油光可鉴。我看向对面，斜对着是两个女孩儿，高中生打扮，她们两个人坐在桌子的同一侧，身体紧挨着，目光聚焦在一块手机的屏幕上，一条白色的耳机线分别连在两个人的耳朵上，"你看你看，就是这个男人，你快看他！"她们正在兴致勃勃地一边看一边说，"真是太太贱了！你看他那个死样子！但是他推荐的口红……""对对，颜色超漂亮，对对对，就是这款！""他粉丝都一千多万了！哦，买它……"她们用夸张的声音相互嬉笑着。

"我的个娘，我这连着跑了多少个劳务市场，他们只收中介费，一个合适的工作都没有，都两礼拜了，我身上的钱都快花光了！"有人粗声大气地在我身后说。我转头看了看，是三个小伙子，听说话的口音像是中原一带人。"你来之前我就劝你来着，你不肯听我说，现在的工厂真不像前些年那么兴旺了，厂子里的工作不好找，你新来乍到的，只有看有没有招学徒的，这段时间呢你就先在我那儿凑合凑合！"

"学徒多久能转正嘞？转正能拿多少钱？"

我又扫了一眼他们对面的桌子，那里坐了一个年轻人，穿一件净色齐肩无袖背心，令人一眼就瞄到肩膀和手臂上的健美肌形和隐约可见的饱满胸肌，此人必定有着自律而规律的运动习惯，他正低着头摆弄着手机。我转回头，又打开纸条，纸条上的字迹不是女孩子典型的娟娟小字，但也看不出刚劲有力，不过现在这年头，没有几个人真正练过什么硬笔书法的，不写一手烂字就算是对得起观者了。我的手心有点儿微微出汗，这时候又听到身后的那几个哥们儿说："瞧你这没挣过钱的样儿，1000元哪够活啊，如果赶得好找个流水线上的活，吃住在厂里，一个月能拿3000多元。可你不能一直住厂里吧，你这么年轻，总得找个妹子吧，那时候如果搬出来，这就不够了，原来还可以住城中村，一个月几百元房租，加上水电、吃喝，1500元也差不多进去了。可现在城中村改造了，单是几平方米的房租可能就要1000多元了，手上最多剩1000元钱，和妹子吃喝玩一下，就啥也剩不下什么了。"

"要我说啊还不如在工地上，建筑工地或者搞装修的，干得好的一个月能拿6000多元。要么干脆跑个快递，肯定比工厂里挣的多！"

"那我这些年花了家里的钱上学咋啥用都没有，还不如早点儿出来学徒呢，在工地上干或者跑快递，那，连个手艺也学不下？"

"手艺？别说大多数就是个装配，根本就没手艺，就算搞个模具啥的又有啥用？离开工厂屁都不是，还不如趁着年轻多赚点儿钱是真的！"

我又回头看那个年轻人,他这时刚好抬起头朝着楼梯口瞧。他的面容清秀,脸上的线条棱角分明,头发打了发胶微微上扬,面色泛点古铜色,浓眉下一双不大的眼睛透出温和与睿智,看年纪该和我相仿。他似乎发现了我的目光,就转过头来看我,目光温和明亮,嘴角带着一丝浅笑,我连忙转回身来。这样一个男人会是很多女生喜欢的类型,单看那一副身材和样貌,不过听说现如今很多外形养眼的男人在性取向上都迥异常人。那张字条还在我的手指间摆弄着,我突然发现自己的手指细长,皮肤也算是白皙的,又想起自己在镜子里的形象,斯斯文文的。我正了正自己的头,不行,得赶紧离开这里,不管是不是错觉。我拎起背包,快步走下楼梯,说不上的,觉得背后好似被一双眼睛跟着似的。

楼下的收银台里正有一个姑娘走进去给一位客人埋单,我把字条举起来问那姑娘:"知道这个是谁留下的吗?"姑娘正忙着算账,不耐烦地抬起眼睛瞄了一眼,"不知道!哎,你这个一共是385,怎么付?"我还想找刚才给我纸条的年轻人但一时没有看到,服务员个个都是忙忙碌碌的,从我面前经过的时候就仿佛我是不存在的一样。那几张圆桌上的人们有刚埋过单正收拾东西准备离开的,有一边吃一边聊得正火热的,还有安静的各人都低头看手机的,反正男男女女,没有人抬起眼来看我一眼。就我的性格而言,大多数情况下我都可以被当作是不存在的那种人,对我而言,不被人注意既说不上是坏事,也说不上是好事。我拉开门走出去,点开叫车软件,一辆计程车应答了我的邀约,很快就出现在了我的面前。

2

接下来的几天,我和我的团队正在为一个发布了半年但业绩表现欠佳的产品而伤脑筋。如今的金融行业,经营业绩还是不错的,但我们的压力也如影随形,尤其是针对个人客户。银行的数据说到底还是封闭的、自循环的,尤其是线上风起云涌的各种金融创新,说实在话,分析客户行为在银行来说可用的数据越来越有限了,我们的数据集中到了账户层面,对客户对于产品的真实使用场景越来越缺乏了解,而这一点恰恰是线上金融的优势所在。

十点钟我们和一个第三方的数据公司谈合作,我和谢凯一起走进会议室,肖烨已经接了合作方等在会议室里面了。对方来了四个人,见我们走进来就起身迎接,相互介绍并交换名片。这是一个比较年轻的创业团队,因为和几家银行开展了较为成功的数据分析项目而得到了一定的认可,记得肖烨和我说这是系统部门的柯总介绍来的,银行的数据比较敏感,如果没有系统部门的引荐我们一般不会轻易自己接洽外部资源,所以今天也有系统部门的同事会参。带队的是一位技术总监,递过来名片名字是"深田邦彦"。"日本人?"我问。"哦,是的,"他的中文说得很好,又很有礼貌的样子,"不过我的妈妈是中国人,她姓沈,所以有的时候熟悉我的中国朋友和同事们我也让他们叫我沈邦彦。"他这样看着我讲话的时候我突然感觉有点意外,这个人我最近刚刚见过,他穿了一身笔挺的西装,不过仍能看得出宽肩窄背的漂亮身材,他的面目清秀,脸上的线条棱角分明,头发打了发胶微微上扬,面色泛点古铜色,他正微微颔首,目光谦虚有礼。那天的合作谈得不错,我们很有意愿就正在检视的产品和对方先做一个测试,不过要先立项和提交需求,请系统部门评估后才能付诸实施,我交代了肖烨具体跟进。不过我多少还是有点儿不自在似的,也有意回避与深田邦彦的目光接触,同时我又否定了自己,深田是一个很专注的人,在方案的洽谈和实施方面有着鞭辟入里的论述,他的举止一直都谦逊有礼,我想这不过是巧合以及我的错觉罢了。

  会议结束肖烨送合作方下了电梯,我看了一眼手机也到了中午休息的时间,就把笔记本放回办公室坐电梯下了楼。刚准备出大厦门口的时候柯总在身后叫了我一声,我连忙停下来,向他汇报了刚才会议的情况。柯总说他也刚好要找我,告诉我这并不是唯一的合作方,过两天还会再介绍一个给我们,两家可以同时进行测试,好给下一步的项目合作提供一个评判的依据。如今行里在采购管理方面都是很严格的,资质审核、测试、招标各个环节都要依规开展。这时有一个送外卖的小哥走过来问:"哪一位是萧忆水?""哦,我是。""有人让把这个给你!"他把一张字条递给我就走了,我因为要同柯总把话讲完,虽然心里合计了一下也全没在意。柯总交代了让谁和我们对接,之后就和刚从电梯里走出来的另一位领导一起走了。我这时才想起字条的事儿,就打开来看,"我就在大门外面!"字条上这样写着,翻到背面什么也没有了。"妈的!"我在心里面骂了一句,同样的便笺纸,同样的字迹,和前几天在小饭馆里的字条必定出自同一个人。外卖小哥早已不见了踪影,我环视四周,门口停着几辆车,人们行色匆匆,再远处就是车流穿梭的马路和对面的高楼。正是中午休息人来人往的时候,可是最关键的是这让我有一种心里发毛的感觉,不知道是什么人在恶作剧还是有什么其他的目的,总之这样的感觉令我觉得不安。"萧经理!"身后有人叫了我一声,我一回身,看见深田邦彦朝着我走了过来。

  这个人有一种特殊的气质,够得上做电影演员的标准了。虽然现在的年轻人都注重外表,但真正能达到屏幕水准的人却是不多见的,这不单单和衣着打扮有关,更和外貌以及轮廓比例相关,还有就是举手投足,是一种内在气质的融合和流露,包括眼神。普通人的眼神总会不自觉地飘来转去,眼睛也会频繁地眨动,不信的话你可以在说话的时候给自己录上一段,就能明显地看出来差距了。

"我刚刚去了银行的营业厅办业务,平常去银行不方便,做银行项目的时候刚好顺道。"我点了点头,两手插在裤兜口袋里,那张字条就在我的手掌里。"您还没有吃饭吧?我们一起吃个便饭可好?"他彬彬有礼地问,目光温和明亮地看着我,嘴角微微上扬,像是带着某种含蓄的意味。"不必了!"我把手从口袋里掏出来,向斜前方指了指,那里有一排小饭馆,是我中午吃快餐的地方,"我和同事有约,他还等着我呢,我得走了!谢谢你们今天的方案,期待合作!"我也冲着他彬彬有礼地点了点头,我们和供应商是不好随便在一起吃饭的。

这个日本人,我在快餐厅里一边吃着一份和牛饭套餐一边想,是不是原本就和我们中国人的举止不一样?这样一想我就想起几年前和日本一家航空公司合作发行产品的时候,日本人的彬彬有礼、遵守时间、说话谨慎的确给我留下了深刻的印象。深田应该没有什么问题,我在心里盘算,这时他那双温和明亮的眼睛就浮现在眼前,他应该没什么问题吧?我突然有一种一切都值得怀疑的想法,我自问并不是一个怀疑论者,可眼前,我竟然连男人都怀疑起来了。妈的!我还是有一种被人耍了的感觉,不管是不是深田,而且还觉得特别的不安全。我把身体坐直靠在椅子里,转头在餐厅里四下打量,店员、食客,大家都忙忙碌碌的,"FUCK!"我忍不住又在心里骂了一句。

周五的晚上我正在规划周末的徒步线路,门铃响了。

"您好,您订的水果拼盘!"门外是一个快递小哥,拎着一家水果连锁店的袋子。

"搞错了吧?我没有订过水果!"

"萧忆水,185××××××。"快递小哥看了看单子。我接过单子看了看,确实没错,是我的名字和电话,快递小哥正一脸迷茫地看着我,仿佛我是一个犯了失忆症的病人。

我只好接过袋子,"谢谢你!"他二话没说转身走了,他有下一个订单待接单了。

纸袋里是一份水果拼盘,深粉红色带黑点儿的是火龙果,肉色的是哈密瓜,我把塑料盘子从袋子里取出来,有一张卡片滑到了纸袋底部,刚刚它应该是被插在纸袋里的。我取出那张卡片,果真是同样的字体,上面还是只有一行字:

明天早上九点,梅沙湾步道起点见。

我抓起快递单,上面没有电话,我打开送餐的 APP,在上面找到了离我最近的那家水果连锁店的门店电话。

"你好,请问我的水果外送是你们这里送出的吗?"

"稍等,请报一下您的姓名和电话。"

"对不起先生,不是我们这里送出的。"

也罢,我心想,明天就去会会你,有什么好的歹的都说出来,别在这里装神弄鬼的。这样想又觉得不对头,送到我的家庭地址,这又是个什么机关。我打开门探头向外看,隔壁邻居刚好推门出来,那是一个女孩子,我早知道,除了一起乘过电梯从来也没什么交集,印象中也不是很有姿色的女子。她转头看了我一眼,我缩回头,把门关上。说什么明天也要去赴这个约,管他哪一个,非要泄一下心头恶气。知道我的名字和电话,知道我在哪里上班,还知道我住在哪里,莫不是熟悉我的人?我在脑子里搜索起来,想到了几个人,也想到了在手机上翻出他们的电话来。可又一想,既然不知道是谁干的,电话打过去,来回经过一说,还不是给人家拣了个大笑话,而这几个人呢,我其实也并不想和他们主动说这事儿。我突然发觉自己竟然没什么走得很近的朋友,即便在大学里,一个寝室的兄弟有的时候插科打诨,但也没有想要把心里的话说给谁听的时候,更别说工作之后了。在这种人事复杂的大公司,哪一句话说得不好了都可能让你难过,所以还是少说为妙,这倒也符合我的性格。

我把收拾了一半的驼包往旁边一推,走去冰箱里拿了一听啤酒,打开来咕嘟咕嘟喝了几口,还是明天见吧,如果是有人恶作剧,我就,我就,我就要怎么着他/她呢?要是知道被谁骚扰,大不了拉黑微信,手机设置黑名单,可不知道被谁盯着,也不知道向谁回击,这就让人不安了。深田?我又想起了深田,这个深田,身型漂亮,相貌清秀,气质过人,还有那双温和明亮的眼睛和微微上扬的嘴角,不会,不可能是他!不可能是他吧?没来由地我觉得浑身都有点儿不自在似的,就去打开音响,从抽屉里翻出一张《帕格尼尼小提琴吉他二重奏》。华丽的音乐弥漫开来,吉尔·沙哈姆的小提琴恣意明亮,格兰·索尔泽尔的吉他温柔似水,他们缠绵着碰撞着。我拿起 CD 的空盒,看到两位大神级的大帅哥正专注交谈的样子,突然想,这个世界好似竟没有什么是确定无疑的,帕格尼尼的小提琴和吉他二重奏原本是为了与一位爱慕的姑娘琴瑟和鸣而作,现在还不是由两位男神表现得如此缠绵悱恻,到底还有什么是不可能的呢?

3

早上九点,梅沙湾步道的起点,我靠在栏杆上,戴了帽子和墨镜有意无意地打量过往的人。这里离公交车站点很近,大多数人是乘公交来的,也有些是从不远处的停车场穿过马路走过来。由于这个步道属于观光等级,难度系数较低,所以来这里的人就五花八门,有带着小朋友的一家三口,小孩子一般三五岁的样子,正是蹦蹦跳跳对自然充满好奇的年龄,年轻的父母因着孩子也得了更多的兴致,甚至还有推在婴儿车里的幼儿,我想遇到台阶时候的抬上抬下也是对那父母的一种良好锻炼吧,我的一个同事就以双举双胞胎女儿为乐。衣色鲜亮、兴致勃勃的是老年人的团体,他们是这个年轻城市里的一道风景,如果有一天我结了婚生了小孩我爸妈就有可能成为他们其中的一员,他们跟随子女从四面八方移居到这里,在快节奏的城市里担负起照料孙子外孙以及子女生活的职责,并在老年文娱活动丰富的社区里交到一群"老"朋友,周末的时候,"老"朋友正好可以相约同行。还有的就是年轻的情侣或者三三两两的闺密团,我转头看了看,透过植被茂密的山体,可以瞥见一点海的影子,转过两个弯就是一望无际的碧蓝大海了,确实是一路边走边聊的好所在,我猜想闺密们是由于风景和聊天才选择这里的。这条步道上的独驴是很少见的,一般说来独驴对这类的大众风光不感兴趣,对这里的难度级别也不满意,独驴喜欢清净,孤独是对他们胃口的青草。要不是这个莫名的约定,我也断然不会出现在这里。

　　我又看了眼运动手表,九点十五分,我环顾左右,难道被放鸽子了?约我来的家伙自己打了退堂鼓?我的脑海中又浮现起深田的样貌,他有一种温和稳重的形象,不像是会临阵退缩的人。正这样想着,一对年轻人从步道一侧走过来,他们是把起点当作终点的行进路线,我也看到不少这个方向走过来的人。

　　"哎,那个,是他!"

　　"对!对!"

　　男青年快步走上前来,"萧忆水,你是萧忆水吧?"

　　"是,我是!"我的脑子在一瞬间有点儿发蒙,难道是个什么户外运动组织招募新成员,不可能,没有人会用这样的贴身战术,我马上否定了这个答案。

　　"你的女朋友。"女青年这时也走了上来,脸色泛红一副神采奕奕的样子。不知道是刚走完九千米步道的运动带来的兴奋还是因为找到我,我果断地认为是前者。

　　"女朋友?"我惊讶地问。

　　"对呀!"她用奇怪地眼神看着我,又毫不迟疑地把下面的话讲完,"她在前面大约一千米的地方等着你呢,特意托我们来和你说一声,别在这里傻等!"

　　"哦!"我这时不管怎么说心里都有一份欣喜似的,是个女孩子,是个女孩子,这就好多了,不管怎么说。

"你往前面去找她吧,免得她等急了!"男青年这时说。

"哦,好。"我虽然答应着但没有挪动脚步,"可以问一下吗,"我迟疑着,一时不知怎么问好,"她,长什么样?"

"啊?"他们两人这时相互对望了一眼,然后像看一个失忆症患者一样看着我,"你?"

"哦,我,"我心一横,一般情况下我很少对陌生人吐露实情,但眼前真是没辙了,"我收到了一个匿名邀请,不知道是谁约的我!"

"哦,我知道了!你们这是哪个相亲节目或者婚恋网站安排的神秘约会吧?"女青年一下子来了劲头,两眼放光,"咦,没有跟拍啥的吗?"说着就开始四处打量。

"不是!不是!应该不是的!"被她这么一说我也变得不确定起来,莫非是我妈在哪里给我登了个记啥的,这可以解释为什么我的工作地址、电话、住址都被人家掌握了。但也不对,且不说我自认为我妈还没到那么疯狂的程度,就这前两次的字条都不大可能是提前安排好的。

男青年这时候笑了,"不管怎样都不需要犹豫了,"他说这话的口吻带几分鼓励,"那姑娘,挺漂亮!"

"对的对的!"女青年这时候就聚焦了话题,"白净水亮的一个女孩儿,比我矮点儿,扎一条长长的马尾辫。对了,穿一件黄色的薄外套,那颜色很亮,一眼就能认得出来!"

"哦,好的,谢谢你们了!"地点和特征都明确了,我已经蛮有把握能够找得到她了,于是道了谢转身告辞。

"对了,"女青年好像又想起了什么,"她刚才可是说你是她的男朋友,是不是?"

"对,没错!"男青年肯定地应和。

"那可要祝福你俩啊!"他俩的脸上露出充满默契的真诚笑容,是那种足以推翻我妈的人心不可知论的笑容。

"谢谢!"我道着莫名其妙的谢转身告辞,一边在心里琢磨着前面不远处的女孩儿,在我昨晚的清单中没有这样一个人,扩大到清单以外也没有想到。

转过两个弯以后,海就坦坦荡荡地铺陈在我的眼前了,但我只是扫了一眼海天一色的美丽背景,目光就停留在了那个亮黄色的身影上。她正靠着栏杆面对着大海眺望,运动帽卡在高高束起的马尾长发上,上身是一件黄色的遮阳衫,下身一条白色运动短裙,个子不高,但身材玲珑丰满,透着一种柠檬蛋糕般的新鲜。

她转过头来,冲着我微笑,那微笑和神情让我想起春天鹅黄色的风抚摸在柳树梢头,嫩芽儿就放心地舒展开了柔软的身体。我努力地搜索着她的名字,"燕紫?"

燕紫是H行的零售行长助理,我们在一个同业交流的项目当中打过两次交道,不过,我对她并没有特别留意过,印象中她就是那种身姿靓丽的银行白领的形象。我们一起开过两三次会,都是有挺多人参加的,相互交换过名片,互递过项目材料,还发过几封邮件,大概也就是这样吧。对了,我想起来高铭曾经在会后和我说起过她,"那个H行的行长助理长得不错,圆润丰满,新鲜得让人忍不住想要咬上一口,你留意到没有?"他的脸上是一副充满遐想的表情,我当时和他开玩笑说:"我说高铭,你们家高太太在旁边的时候你也这么管不住自己的眼睛和脑子吗?""我们家高太太,"他换上一副像煞有介事的样子说,"她说要是在中华民国那阵儿,她一定给我张罗个四房五房的姨太太,然后她管钱、管家,还管着我和那帮姨太太,她说包括我在内,谁要是不听她的就把谁的银子给断了!""对了,高太太是财务主管,善于以财治人!"大家平时没少拿高太太说事儿,高铭也从不藏着掖着,一副心甘情愿被管治的样子,看来也是一物降一物的道理。不过眼前这个燕紫,脱去了板正的职业装,跳脱了职场的氛围,倒着实让我眼前一亮,我发现高铭这家伙的眼力确是不差的。

我走上前去,两个人面对面站着,我不知道说什么好,就认真地打量她。她给人的第一感觉是,白,白得干净,从发尖一直到脖颈隐进遮阳衫的地方都白得一尘不染,一张面孔更是白的透亮。水亮亮的眼睛,挺直的鼻子,粉红的嘴唇像一只张着翅膀的蝴蝶,这样的面孔着实会令人眼前一亮,不过我以前怎么没有发现?

"怎么会是你?"

"你以为是谁?"

"我?我没有猜到。"

她转身沿着步道往前走,我跟上去。

"还记得那次在三亚的零售银行创新会议吗?"

"你也去了?"

她点头。那次活动我记得,是一个有众多银行零售业务与科技条线代表参加的交流活动,为期三天,主要探讨在新的形势下银行零售业务如何有效应用新科技进行突破、升级和创新。会议的前两天是论坛和交流,最后一天上午有一个游览项目,下午大家就陆陆续续返程了。我试图回忆起点儿和燕紫相关的什么,但却失败了。

"我是在第三天的上午注意到你的,你没有参加游览,留在酒店里游泳看书了是不是?"

"哦,是的,我不大喜欢凑热闹,那天正好在看,对了,斯蒂芬·金的《乐园》。"

"那天我也没去。我们行长前一天晚上就回去了,他说给我个福利让我留下来玩一天,我就想还不如在酒店游泳呢。那家酒店环境很好,人少又安静,还有自己的沙滩,我就是那时看到你的。我看到你在泳池边,套了一件海军风的T恤,在太阳伞的阴影下,靠在躺椅上看一本黑色封皮的书。"

我的脑子里快速地回忆着那天是否有什么行为失当的地方,可惜想不起来了。"那天上午我就在泳池游泳,又去沙滩玩了一会儿,应该说差不多都和你在一起。中午去餐厅吃饭的时候正好看到你在我前面签了会议用餐的名字,萧忆水,我回去查了参会人员名录,所以就知道了你。"

她这么说多少让我有点儿受宠若惊。从小到大,我都属于放在人堆里不显眼的类型,我从来都不是被关注的焦点,被女孩儿一眼看中的经历,甚至念头,都从来没有过。

"那是差不多两年前的事儿了吧?"

"嗯,其实我原本也就是有那么一个印象,没有什么特别的念头,要不是前一阵子频繁地遇到你……"她的目光像飞鸟一样从我的脸上扫过,"先是一起开会,然后是在小径山。"

"那天在小径山,你也在那家小饭馆?"

她抿着嘴点头。

"可我没有看到你。"

"你根本没有注意周边人的习惯,我从你身边走过,下楼埋单的时候就说把靠窗第二桌的单也埋了,我留了那张字条给前台,看着前台的人交给了上菜的小哥。"

"那天你也一个人?"

"是啊,要不怎么要约同行呢?"

"可是你又是怎么知道我的家庭住址的呢?"

"这个嘛,"她狡黠地笑了,"我把你加到对口银行领导的答谢名单里了。你有没有收到我们银行寄给你的答谢演出的票?"

她这么一说我就想起来了。两天前我刚好收到了H银行的快递,漂亮的银色信封里有一张零售行长签字的致谢卡片,和两张《月光心愿·久石让大提琴音乐会》的票。虽然有点儿费解,但久石让的音乐总是打动我更何况是大提琴这样有灵性的演奏,我怎么也没想到要把这两件事联系在一起。

"不过你那两张呢原本是我的票,做助理的有的时候也会有那么丁点儿小福利。"

"还有那天在我们银行门口的字条,你当时在哪儿呢?"

"车里,离你只有二十米。"

我的五官神精错乱一般地拧巴着。好吧,看在她柠檬蛋糕一样新鲜的份儿上,看在她煞费苦心的份儿上,看在她竟然注意到我这样一个不起眼的人的份儿上,这一切都化成了一阵内心世界的对抗——一边在大声斥责,"大胆!放肆!",另一边却沉醉于春风拂面;一个波澜不惊的绅士的微笑。

"好了,你都清楚了吧!"她停下来面向大海,伸开双臂。步道沿着盘山公路,因此得了空中眺望无边海景的视野,"真美!"她大声说。那天的海清爽透亮,天空和大海好像刚刚被擦拭过的玻璃器皿,亮晶晶、蓝莹莹的。

"来到这个城市四五年了,尤其是最近,我好想找一个人,能和我一起出来走走,走到这样美丽的风景里!"

一队穿着统一蓝色T恤衫的年轻人从我们身边脚步匆匆地走过去,为首的两人手里握着旗子,只是那旗子卷在旗杆上没有展开来,不过从他们T恤衫的标志我大致能判断这很可能是某个互联网公司的户外团建。

"你们银行也经常有这样的户外活动吧?和大家一起出来玩玩也不错!"

她侧着头想了想,回答说:"这样的玩法和在工作中差不多,还要分个组搞个竞赛什么的,在那样的环境里你并不是真实的自己。"

"你会觉得在这样一个巨大的城市里,我们每一个人都活得很有颗粒感吗?"她思索着说:"自己一个人生活其实挺好,只是,有一些时候,我们渴望出走,不在群体当中,也不在个体当中。"

"想约人和你一起出来玩应该不难吧?"

"无缘无故约别人的话容易给人造成误解。"

"怎么没交个男朋友?像你这么漂亮的姑娘竟然没有男朋友?"

"上大学的时候有,后来就没有了。"她没有讲下去,我也没有追问。

"生活在一个海滨城市却没在这里看过一次海上日出,你说像我这样的人多吗?"

"我想不少!"

"但这真是一种遗憾!"她说,"我想看一次日出,到哪里去看最好?"

"鹿咀吧,那里是整个城市最东边,迎接城市的第一缕阳光,风景很美。不过要提前一晚住在那里,并赶在日出前登上鹿咀山,小山来着,不高,但是同峭壁悬崖一起眺望红日出海还是会让人有点儿小激动的。"

"可以陪我一起去吗?"她的目光又飞鸟一样从我的脸上掠过,这着实让我有点儿费解,她竟然是一个会害羞的女孩儿。

"好呀。"

我突然想问为什么她和刚才那两个人说我是她的男朋友,但我没有问,还是给两个人都留一点余地的好。

"和我说说你徒步时看到的好风景吧!"她转变了话题,我也觉得是时候谈点别的了,于是就说:"就在小径山那天,我看到一个橙黄的长满银杏树的山坡。"

"银杏树?这里也有银杏树吗?小的时候,到了秋天,妈妈和我会去那片银杏林看黄叶。"

"可能是幻觉!"我改口说。

"我也经常出现幻觉。"她的目光望向亮晶晶的海面。

"什么样的幻觉?"

"让我想想。"我们在一块岩石上坐下来休息,我从背包里掏出一瓶水,拧开了递到她手里,她喝了两口水,然后放眼望着湛蓝的大海。

"我的幻觉里也有水,好多好多的水,却不是这样的水……"她的目光远远地飞过了海面,"是碧绿的水,清澈的,透明的,在微风中轻轻荡漾。偶尔的会有一座石桥,水面上一半,水里面一半,画成一个半明半暗的圆,白墙灰瓦的房子,安安静静地蹲在水边上。最好坐一只乌篷小船,看身穿蓝印花布衣裳的船娘摇动船桨,转过一个弯,发现一处廊桥,一个庭院……"她沉浸在思绪的世界里,白亮的脸庞上像是荡漾着水波的柔影。

"我知道了,"我犹豫着打断她的思绪,"我猜,你看到的是乡愁。"

她的眼睛笑了,那微笑漫开去,整张脸都融化了,像是一小块润白的凝脂滑进盛了温热香茶的杯子里。

"还真是的!"她笑着说,"你这么一说,我就看到玻璃杯里踮着脚尖的新茶和妈妈放在桌子上的点心了。点心都是吃不饱的,喝茶也好,吃点心也好,和这里一笼一笼的早茶大不相同,好像只是为图一个有趣和应景,不同的时节吃不同的茶点。你知道吗,我从小就有一个特别的本领,总能第一时间找到妈妈买回来的点心。"

"是鼻子太灵还是点心太香了?"

"都是!"

"看来你的故乡是个有趣的地方!"

"你的故乡难道不有趣吗?"

"我不觉得,"我想了想说,"孩子们最常在水泥管子里躲猫猫,或者爬上沙堆玩沙子,一年有一半的冬天,下着没完没了的雪。"

"我喜欢下雪!"听她这么说我挑了挑眉毛,这是个风花雪月的女孩儿,这样的女孩儿头脑里总会有浪漫的幻想,"下雪的时候妈妈会拿出两个暖手的小瓷炉,在里面放两颗火炭球点着了盖上盖子,用丝绒的套子包在瓷炉的下半边,抱在手里。我的瓷炉是一只白色的兔子,妈妈的是一只青色的小象……"我的脑海中却想起积雪的道路,笨重的人们,没完没了地铲雪,冻得发红的手。"刚一下雪的时候最美,树上花上都覆了薄薄的一层,像是佳人薄施粉黛。等雪下了一夜,第二天早上起来的时候到处就是一片粉雕玉砌了。天气很冷,但我们一定会穿着厚厚的棉衣,踏雪寻梅。"

"你们的雪和你们的茶点一样,精致、有趣,看来你们的生活也有更多的趣味吧。我记忆中的雪可不一样,是厚实的,落下来的时候是一个洁白的世界,化雪的日子却是漫长和丑陋的。"

"我们那里的春天才是最美的,"她又接着说,"一树树的樱花、海棠,像让人百看不厌的少女的脸!"

我忽然想起一首很老的歌叫《在那桃花盛开的地方》,是我的父母那一代人才会唱的,那是一个精神上的故乡,可以思恋。在这个城市我遇到的年轻人中间,像燕紫这么思乡的我还是头一回见到。日新月异的都市里,人们往往都在快速地摒弃着攫取着,时代的脚步太快了。如果说我们这代人小的时候还是刚刚开上水泥公路,我们上大学那阵儿就飞奔在高速公路上了,现在呢,早已是一日千里的磁悬浮,在坐上火箭之前,人们都在焦虑着如何能和时代一起飞起来而不是落下去,风花雪月的思恋显得和时代的节奏格格不入,也和城市的蓬勃格格不入。

"可你干吗离开那么美的家乡来到这里呢?"

这句话好像把她突然间敲醒了,从那个美丽的故乡拉了回来。她张了张嘴巴,想说什么却没有说。

那天,我终于解开了一个令我惶惶不安的谜,虽然又增添了新的谜,不过不管怎么说,那一天我的心情是分外愉快的,因为这一切比我胡乱猜测的要好得多。

4

接下来的一周我俩没有互相联系,就像什么都没发生过似的。我又去徒步了,周日回来洗了澡正准备做一顿晚餐犒劳下自己,手机响了,是一个陌生号码。

"您好,这里是温莎公馆!"一个干净的男声在电话里说,"您预订了今晚 7

点30分的'奇遇晚餐',请务必准时到场！地址是××××××××!"没有一句多余的话,电话就挂断了。

"欢迎光临温莎公馆！"

燕紫扎着一条围裙,长发束起来,像电视里教做私房菜的美女主持,笑盈盈地给我开门,我走进这间透着青草味儿的"温莎公馆"。

我当然知道哪有什么"温莎公馆"。

"男声是怎么回事儿?"

"变声神器呀！一款APP。"

我点了点头,和我猜得差不多。

这是一个六十平方米左右的一室一厅,布局方正好用,客厅的墙面刷成淡绿色,落地窗帘是淡绿色的,简洁的布艺沙发也是淡绿色的,放着两个白色的抱枕,上面印着两只憨态可掬的羊驼,厨房的瓷砖和厨柜也是淡绿色的,这让我觉得整个房间仿佛透着一股青草地的味道。客厅的布置很简洁,除了餐桌、电视和电视柜、一组布艺沙发之外就是电视上方的墙壁上挂了一只像太阳的光芒四射出来的挂钟,每一束光都是沿着一个整点的方向,所以白色的表盘上没有时间数字,只有两根长长的指针。我注意到一些有趣的装饰画,每一幅都镶在大小不一的木质相框里挂在墙上,说它们有趣是因为每一幅画都是由同一种元素拼贴而成的。那幅时尚女郎的一头蓬发由黄叶一片片堆叠而成,女郎脖子上挂着一串红绿树叶夹杂的项链,另一幅凡·高的向日葵,用剪得细碎的彩色亮光纸拼贴了花瓶、花朵和背景,再有一幅是用各国的金属钱币拼贴而成的树。

"这是摇钱树！"

我凑近了仔细地一幅一幅看。

"不准取笑我！"她噘起嘴巴,"我喜欢收集好多小东西,像是这些树叶啊,花朵啊,钱币啊。后来偶然间看到有人用这样的方式把材料拼贴起来,我觉得挺有意思的,所以就想也试试看,这些是我自认为贴得好看的,就挂到墙上自我欣赏。"

"贴这样一幅要挺长时间吧?"

"嗯,需要点儿耐心和细心,反正一个人有的时候闲着也是无聊,那些游戏啦、短视频啦,我喜欢不起来！"

"'奇遇晚餐'?"我现在正是饥肠辘辘,厨房里的香味已经快让我垂涎三尺了。

"哦,当然！'奇遇晚餐'马上就好！要不你先看会儿电视?"

"我可以观摩一下吗?"

"你一定是不相信我会烧菜！那就请吧！"

两米见方的厨房虽然不大却井井有条,正上方的玻璃橱柜里,各种调味料用统一规格的透明塑料盒分门别类地陈列着并且标记了名称。玻璃橱柜下方的墙壁上有一条带着钩子的 L 形木框,依次挂着各样切削用具,还有一条洗净的鱼,用钩子钩住鱼嘴,鱼身下方的台面上有几张厨房用纸,湿皱的样子。台面上摆着大大小小的碗盘,几个小碗里分别是切好的蒜片、姜片姜丝、葱段葱花、香菜末,还有香菇、火腿丝、几片肥猪肉和剥好的鲜虾,一只玻璃碗里用清水浸着纤细均匀的干丝,旁边的一只大碗里盛着高汤,炉子上坐了一只黑身黄盖的高挑砂锅,烧着文火,从飘出来的细腻香味判断锅里面煲了鸡汤,水槽里沥过水的青菜装在一只不锈钢带镂孔的盆子里。

"哇,真的像模像样啊,可以开深夜食堂了！"

"这回相信了吧？"

"那些干丝,是你切的吗？"

"是啊,刚刚焯过水的。哦,这碗里的汤就是从这锅里面盛出来的鸡汤,我要给你做一个我的家乡菜。"燕紫说着把砂锅关了火,用微波炉手套端着放到餐桌上一只锅垫上,再回到厨房,弯腰打开橱柜,取出一只不锈钢锅接了水坐到炉子上,锅里架了一个不锈钢的小支架。接着她在一个小碗里倒了生抽和料酒,戴上透明的薄手套,把鱼从钩子上拿下来放到砧板上,用刀在鱼肚子上深深划下去,再取来一只长盘在盘子里先放了姜片、蒜片、葱段、几片肥猪肉和香菇,把鱼从肚子翻开平铺在上面,鱼嘴就立起来了,她拿起装了生抽和料酒的小碗从头到尾淋在鱼身上。这时锅里的水烧开了,燕紫打开锅盖,把准备好的鱼盘放入锅内盖上盖子,麻利地摘下手套拿起一个计时器拧了几下。这一连串的动作十分的流畅、从容以及有条不紊,着实令我惊诧。

她又取出一口油亮的铁锅放在炉灶上。

"烧不同的菜要用不同的锅。"她回身看了我一眼笑着说。

"有什么区别吗？不同的锅。"

"当然,锅的材质、厚薄不同,对发挥食材本身的风味大有影响。大煮干丝、炒青菜最好用铁锅,导热快受热均匀,但要是煎豆腐或者烧排骨用厚一点带涂层的锅就好一点,储温锁水的效果好。"

她把那一大碗的高汤倒进锅里,捞出清水里的干丝煮进去,又加入火腿丝、香菇丝,最后下入剥好的鲜虾,调味,关火,装盘。

这时定时器响了,她掀开锅盖,取下挂在墙上的夹子,夹出鱼盘。先是将盘子里面的汤汁滗掉,再用筷子把一些蒸得变色的葱段姜片夹起来丢掉,重新在鱼身上放上些葱花和姜丝,倒上蒸鱼豉油,然后把刚才的铁锅洗净烧热,锅里倒了一点油,待油烧沸了就端起锅来从头到尾"滋啦"一声浇在了蒸好的鱼身上,一股鲜香之气瞬间飘了过来。"青菜就是火候了!"她在锅里倒上油扔下几片蒜片爆香,把青菜扔进锅里翻炒几下就调味出锅,摆盘很是讲究,一片挨着一片油亮亮地卧着,又点缀了几颗鲜红的枸杞,显得分外讨人喜欢。我把菜端上餐桌的时间里,燕紫洗好了高脚酒杯,摆好了我们两人的碗筷。

"真的要刮目相看了,一定是经由高人指点吧?"

"算是吧,你先尝尝合不合口味?"

这饭菜的水准比我平常的自我犒劳要高出太多了。我大多数情况下是做半成品加工,比如冷冻的牛排解冻后煎一煎,或者是炒香肠,喝一瓶冰啤酒,再煮个意大利面,营养和能量嘛也还不错,由于我经常操持这两样,所以火候和味道掌握得也算不错。比如我喜欢口感稍硬的意大利面,觉得比较有嚼头,煮好的意面一定要用橄榄油拌,拌面的西红柿牛肉酱一定要放黑胡椒,黑胡椒和西红柿、和牛肉是绝配。总之我自己觉得简单方便,驾轻就熟,还挺满足的。但今天这是新鲜的食材,专业的烹饪,色香味俱全,我的鉴别能力还是挺强的,对食物的感觉也很灵敏,加上刚好饥肠辘辘,所以就,用行动来夸奖厨师了,你懂的。

燕紫托着下巴颏,看着我吃,我从她的领口能瞥见她胸部的轮廓,颇为丰满。

"可还满意?"

"必须满意,这可是'温莎公馆'的星级大厨啊!"

"你怎么不吃了?"

"我吃不了多少,看你吃饭我就觉得幸福!"

"唔,好像优秀的厨师都有这个习惯,以食客的胃口为检验标准!"

"我以前养过一只猫。"

"哦?你也给猫做饭吃?"

"是啊,我单独给猫咪做饭,它不能吃调味料和各种葱姜蒜,其实猫对味道的感觉和我们不一样。"

"这样啊,你养的猫一定很肥吧?"

"嗯,它叫'温莎',好肥好大的,养得可好呢!只可惜它后来跑了,再也没有回来。"

"没准儿是遇到了喜欢的异性!"

"我也这么想。"

"以后我经常做给你吃,把你当成我的大猫来养如何?"她俏皮地笑。

"这个嘛,我得考虑考虑!"

"还要考虑?"

"嗯,万一我有一天走掉了,岂不是害你又难过了?"

她"哦"了一声,沉默了半响,"有一个问题问你,你要如实回答我!"

"真心话大冒险?"

"算不了,就一个问题。"

"那问吧!"

"你有女朋友吗?现在。"她问,眼神里闪动着期待。

"没有。"

"为什么没有呢?不会是独身主义?"

"那倒不是!"

我说的是真心话,虽然我一个人觉得挺好的,没什么负担和累赘,也没什么不开心的,处在一种自由的状态,但,我的确没有想过要一辈子都这样,自己一个人。两个人总要比一个人好吧。

"那是还没有遇到合适的?"

"应该是吧。"

"你觉得什么样的人合适你呢?你心里一定早有了标准。"

"这个嘛……"

其实我不是什么完美主义者,遇到喜欢的女孩儿相互交往一段时间彼此开心一阵烦恼一阵能让生活多些滋味,但如果指结婚对象的话,我还真是有自己的坚持。结婚这件事儿是我一直固守着的阵地,我觉得那是我这辈子唯一一件完完全全由自己决定的事,空前绝后的重要的事。考学、选专业、毕业分配这些重要的事,虽然看似也是我在选择,但实际上我不过是在追寻一种集体定义,即大多数人认为好的,我父母认为好的。我其实倒没有什么好抱怨的,一来我在这些事情上没有发展并形成自己的观点、理想以及判断,再者说我在这种集体定义之下毕竟走上了一条衣食无忧并具备相当优越性的生活道路,怎么说也是相当幸运的,虽然我总是隐隐觉得缺少了点什么,但至少在生存的层面上我并不匮乏。然而对于婚姻,我却有自己的理想,对,我是说理想。舒婷的那首诗可能就是我的理想:"我必须是你近旁的一株木棉/作为树的形象和你站在一起/根,紧握在地下/叶,相触在云里/每一阵风过,我们都互相致意/但没有人,听懂我们的言语/你有你铜枝铁干,像刀,像剑,也像戟/我有我红硕的花朵,像沉重的叹息,又像英勇的火炬。"所以她到底应该是个什么样的女孩儿呢?她的面孔对于我来说是模糊的,但我应该一眼就能辨认出她的内核,我们会在一瞬间就认出彼此。当然这个理想也可能压根儿就是一个笑话。但是有一点倒是真实的,我由于感觉到自己一直以来的软弱,希望能够找到一个帮助我的力量。其实在这一点上我和凌蓝蓝有相似之处,我们都希望借由婚姻获得某种力量,凌蓝蓝希望得到的力量是物质的能够改变社会阶层,而我希望得到的是内心的能够改变我内心的状态。我们其实也都犯了一个共同的错误,我们都寄希望于他人,实际上寄希望于他人往往总是要失望的,可是人在很多时候总是很难让自己强大起来,无论是物质上还是精神上。力量也真的是一件奇妙的东西,我说的是内心的力量,人心里的坚持和坚定,那是既吃不出来又填补不进去的,我从十二三岁到十六七岁身高蹿了十几厘米,身体的力量长了不少,我妈那时就总感叹生个儿子真好不用担心出力气的活。可是内心的力量呢,那玩意儿到底要怎么长出来,我始终觉得自己在内心的力量上一直显得营养不良。我其实并不把传宗接代看得那么重,也并不觉得一定需要一个女人来照料我的生活,但我还是期待婚姻,期待那种关乎心灵和灵魂的婚姻,灵魂伴侣,这是不是也很可笑?

燕紫盯住我,没有放弃听到答案的意思,"我这样的可好?"她望着我的表情很是认真。我盯着她,觉得她真是一个有意思的女孩儿。怎么说呢,工作的时候成熟干练,私底下却生出了那么多的花样,一会儿是那个把你搞得神经紧张的幕后黑手,好像对猜谜乐此不疲,一会儿又是那个带着乡愁、目光中掠过羞涩的小女孩儿,仿佛很含蓄很纯洁,一会儿又变身成了厨艺高手,让你觉得她说不准还藏了什么你不知道的,现在呢,又一副很执着的样子,可我分明还能嗅出点什么别的。

"我还没太搞清楚你到底是个怎样的女孩儿,但我有一种感觉,你像一本侦探小说包了爱情小说的皮,你得给我点儿时间,让我理出点儿头绪!"

她听了这话就"咯咯咯"地笑了起来,"不碍事,我呢就先把你当成一只大猫来养,你看那些猫咪,它们可是最懂得享受的动物了,你就一边晒着太阳一边寻思着,喜欢呢就留下来,不喜欢呢只管跑掉好了!"

"真的能那么自由地来去?"

"当然!"她垂着眼睛挑了挑眉毛,一副毫不在意的样子。

5

接下来的日子里,我和燕紫保持了令人愉快的互动,我带着她一起漫游于这个城市的山水之间。她流连于路上的风景,我对她说山水是这座城市纯朴而忠贞的情人,城市的荷尔蒙燃烧着昂扬的激情和流光溢彩,山水却只是静静地依偎着,在少人瞩目的冷清中孤独地美丽着。她对提高徒步的难度没有兴趣,"我要睡在熟悉的或者让自己觉得踏实的地方,我还要每天洗澡,把自己打扮得漂漂亮亮的"。

　　我欣然地接受她美味的馈赠,我变成了她的"温莎",吃饱了喝足了,就在明媚的阳光下蜷曲在窗台上眯起眼睛打着盹儿。燕紫在美食的料理方面有着某种特殊的天分,而且丰俭随意,有的时候随便几下就是一份美味的铁板乌冬,讲究起来,松茸海参做得分外考究。"每看到一样食材我的脑海中就能想象出它经由我的手变成的食物的样子。"这真是一种既神奇又实用的天赋。

　　我们进入了一种好似恋人般的模式,一起边走边玩,一起吃吃喝喝,一起说说笑笑,一起开开心心,不过我们还不算是恋人,直到那一个晚上。

　　"今天心情如何?"她在微信上问。

　　"不好不坏。"

　　"看你好像不大为工作上的事儿烦恼?"

　　"习惯罢了。我有一个秘密管道,每天下班的时候我就打开盖子,把脑子里面认为不快的人和事统统扔进去,它们发出'啊——啊——'的叫声,顺着那个管道滑下去,那是个巨大的滑筒,滑下去的速度又急又快,一转眼就没了踪影没了声音,我张望着看到它们不见了,就合上盖子,拍拍手。所以就像你看到这样子,没什么特别烦心的事儿了。"

　　"咦,那岂不是有很多人,尤其是你的领导,被扔下去很多次了?"

　　"这个嘛,这个不能具体说。"

　　"你的这个方法不错,我也要向你学习,让领导天天坐滑梯!"

　　"嗯,就让那些人在掉下去的深坑里聚会好了。怎么,你心情不好?"

　　"刚才不好,照你的说法做了,果真好多了,我现在去洗澡了!"她发了一个做鬼脸的表情。好吧,真能帮她开心也不错。我打开音响,想听一点柔和的曲子,于是就放了 Acker Bilk 的那张 *Stranger On the Shore*,过了一会儿,燕紫用语音呼叫我。

　　"咦,你在听音乐?"

　　"唔,你说吧,我把音乐关小一点儿。"

　　"别,别关,就这样,我脑子里想象的环境里就应该有这样的背景音乐。"

　　我不禁笑了,"你脑子里想象了什么样的环境?"

　　"烛光,红酒,'温莎公馆'的睡房……"她不说话了,好一会儿,就只有那首 *Stranger On the Shore* 在空气中弥漫。

　　"有一个兔女郎潜入了'温莎公馆',她正在独自等待一只叫'温莎'的猫!"

她果真穿成了兔女郎，卧室里也果真点着蜡烛。我俩面对面相互注视着，我抱住了兔女郎，我已经不是当年那个毫无经验的毛头小子了。珠圆玉润的身体从兔女郎黑色紧身衣的禁锢之下一点一点释放了出来，她和我想象的一样丰盈，这让我的身体冲动起来。燕紫的身体也超出我想象的兴奋，我发现她原来有如深谙厨艺一样地深谙男女之欢。第一次的时候，她的呻吟就像是要陶醉我陶醉她自己的蓝调布鲁斯，带着迷人的温暖和慵懒。第二次的时候，那声音就好像从身体的不同部位焕发出来，时而激动高亢，时而徘徊低吟，此起彼伏的相互交映着，我这时还觉得游刃有余，饶有兴味地在脑子里琢磨，有点儿弦乐四重奏的味道嘛。到了第三次，是的，第三次，一切都大大超乎我的想象，我必须要承认她的经验远在我的境界之上，我必须拼了，就算技不如人，体力总是要行的。身体的状态这时达到了兴奋的顶点，全身通了电似的。在我这超过三十年的人生里，这样的经历还实属头一遭。我大口地喘着气，这样一个平日里斯斯文文的女子如何蕴藏着那么大的能量？

"这也是有高人指点吗？"我半开玩笑地问。

她摇了摇头。

我们俩并排地躺了一会儿，谁也没说话。"最后这一次，又像什么音乐呢？差不多是 Dragon Force 的重金属摇滚 *Trough the fire and flames* 吧！"我差点儿被自己的想法逗乐了，今天这是彻底飘飘然的节奏了，到这会儿还在想着感觉和音乐，还是想想身边的女孩儿吧，这个不可思议的女孩儿，就是那个感觉没错——一本侦探小说包了爱情小说的皮儿。

"对了，"她这时突然侧过身，支起身体来看着我说，"下周五晚上公司有一个舞会！"

"舞会？"

"是啊，我知道这听起来很老土，说是什么工会活动，你能帮我一个忙吗？"

"哦，什么忙？"

"做我的舞伴。"

"可是我不会跳舞。"

"不用跳舞，你陪我去露个脸就好了。"

周五晚上 7 点 30 分，我准时出现在 NGO 大厦的大堂，正打算环顾左右时燕紫那张白润的脸就出现在了我的面前，她穿了一件酒红色的包臀鱼尾裙，风姿绰约却又简洁干练，我跟在她身后走进电梯，欣赏了一下她包裹在鱼尾裙中带着几分优雅和性感的臀部。电梯在 21 层停下来，燕紫把手臂插进我的臂弯，我们并肩走出了电梯。

那是一间用来举行大型活动的多功能厅,乐队演奏着一首慢摇的曲子,年轻人大多在铺着红色台布的桌边喝着红酒,吃着西餐和点心,三三两两地轻声交谈,这情形说是舞会其实更像酒会。

"这是我们银行和一家猎头公司合办的,邀请了一些科技企业的年轻人,说是为了扩大我们的交际圈。我们的工会主席坚持想搞传统的舞会,猎头公司做了点调整才成了现在这样的清酒会,现在的年轻人不再跳交谊舞了吧?"燕紫在我耳边说。

"那可能是你们的工会主席舞跳得很好,想要趁机展示一下。"

"据说他当年就是凭着这项技艺脱颖而出成为工会主席的,只是时代变化得太快,现在想要找个表演的机会恐怕都难了。"

我们也走到桌边,燕紫帮我拿了一杯红酒,自己也拿了一杯。

"燕紫,男朋友啊?"有个女孩儿走过来。

"是啊!"

燕紫应酬着给我们做介绍,这样的介绍如法炮制了几次。

"这样子没准儿会耽误你以后的好机会。"我凑到她耳边说。

"不会的,我根本就没打算在行内找对象,对这样的联谊会也没有任何期望。"

她恢复了工作中干练自如的表现。

我放眼望着这房间里相貌斯文的男男女女,他们两三个人围在一起轻声地交谈着,谈吐优雅。

我正四下观望着,却看见一对男女携手步入舞池,人群中爆发出一阵掌声,"你看那个男的,就是我们的工会主席,女的是我们的一位副行长。"大家这时都把目光聚焦在两人身上,只见两人从容不迫,拉开了架势,果真跳得有模有样,一看就是舞蹈的行家,人群中又响起一阵喝彩声。那两位热舞了几曲,就走过来给大家敬酒了,脸上挂着笑容,不时地叫出些年轻人的名字,幽默地打着趣,鼓励大家慧眼识英,勿虚此行。

"李行长好!"

燕紫几乎在那位副行长发现她的同时清脆地发出一声问好。

"哎哟,燕紫!这是你的男朋友吗?"

"是,李行长!"

"好啊好啊,小伙子很帅嘛!"

"您过奖了!"

"哎,燕紫,什么时候处的男朋友?"工会主席这时也转过身来,他是那种仪表堂堂的中年人,五十多岁,就是那种擅长交际的人应该有的样子,"我原打算今天晚上给你介绍一个人,哎呀,可惜,真可惜了!真的是个青年才俊!燕紫,你确定不要再看看?"

"一心不可二用,谢谢刘主席关心!"

燕紫靠在我的胳膊上,冲着他露出一个明亮的微笑。

他面带惋惜地冲着我说:"被你捷足先登了,小伙子!你可要好好珍惜啊!"

"好啦,我们可以走了,任务完成!"目送那对男女的背影汇入远处簇拥的人群,燕紫轻声说,"有没有什么好玩的地方?"

"让我想想看。"我望着他们的背影,琢磨了一下那个工会主席刚才的话,燕紫那天就说是让我来帮个忙的,看起来这个忙好像和这个会跳舞的工会主席有点关系。燕紫有很多不愿意说出来的东西,比如关于她的父亲,她几乎从来不提及父亲,她卧室床头是一张她和妈妈的照片,两个人长得很像。又比如她的厨艺师承何人,她为何对此讳莫如深?还有这个工会主席是否想打她的什么主意又是为了什么?还有……我其实能够感觉得到,她小心翼翼地包裹着什么,就像冬天里的白玉兰,在寒风中紧紧包裹着自己的花苞,她是要等到春天才绽放的,如果真有一个令她感到温暖踏实的春天的话。

"我想到了一个地方。"我们走出 NGO 大厦的大门,有一丝畅快的凉爽,风在夜色中舞动着长长的水袖,滑过我们的肌肤。二十分钟后,我俩并肩走进一个灯光舒适、环境别致的艺术空间,那里原本是些废弃的厂房,现在被改造成了时尚的 Loft 咖啡厅、餐馆和小型艺术馆,厂房高大的外墙覆盖着巨大的艺术涂鸦,一些废旧的机器、管材被重新组合,刷上油漆,摇身一变成为后现代主义的艺术品,垃圾和艺术品之间有的时候只是一步之遥。

我带着燕紫来到一家坐满了人的露天酒吧,燕紫盯着转角处"Blackeagle"的原木圆形招牌看了看。好不容易在一个角落找了个位置,我俩坐下来,我给她点了一杯 Sangarina,自己要了杯布朗尼。9 点 20 分,The Rhythm Future Quartet① 的爵士四重奏表演开始了。小提琴手表情丰富有趣,充满了挑逗,吉他手竖耳倾听,悉心对答,仿佛罗密欧与朱丽叶在月下悲喜交加地倾吐衷肠。紧接着他们用出人意料的长音变调转呈进入下一段欢快的旋律,低音提琴、小提琴、两把吉他合奏出律动的节奏,将现场的气氛瞬间点燃,观众一片掌声与喝彩之声。我开始了与演奏者的心灵共鸣——小提琴华丽的炫技是内心的疑问和坚

---

① The Rhythm Future Quartet 节奏未来四重奏,吉卜赛风格爵士乐。

持,荒腔走板似的不和谐变奏是困苦与挣扎,吉他不安地压抑着心底的爱与煎熬,第二把吉他激荡着梦想的美好、怅惘、憧憬和迷茫,深沉而热切地回响着向着生命的高处飞翔,四把弦乐的交替变奏将热烈、不屈和执着的主题推向高潮。乐手们欢笑着,摇摆着,乐曲在又一次的长音变调中戛然而止。有观众起立鼓掌,全场一片喝彩之声。

燕紫一直带着惊奇的表情仔细聆听着,她这时探过身来说:"爵士乐好似很有趣,很活跃,与我之前理解的慵懒的风格不大一样。"

"是一种生命的恣意和奔放吧,生活太过现实,我们总要寻找一点让自己的内心能够飞翔的方式,沉浸在音乐中算得上是其中的一种了。"

"萧经理?"

有人叫了我一声,我抬起头循着声音望过去。

深田邦彦这时站起身走了过来。

"刚才就看到好像是您!"

他彬彬有礼地和我打招呼,我俩聊了几句。

深田的团队已经进驻到银行来开展测试项目了,我和他有一定的交流,最常看到他的样子是穿着一身凸显身材的休闲西装,两条腿分开站着,抱着胳膊,手捏着下巴颏,思考。

有一天肖烨像抱了一颗地雷一样跑进办公室。

"哎,哎,我跟你们说啊,那个日本人,"她的样子说不清楚是兴奋还是惊讶,"深田,深田邦彦!"

"深田怎么了?"

"你们能看得出来吗,他,他是个同性恋!"

"啊?不会吧?他长那么帅!"

"真是太可惜了!"

认识深田的几个女同事好一阵感叹。

"你怎么知道的?"

"张晨说的呀!"

张晨是深田团队的工程师,我看得出他对肖烨有几分心思,卖这样一个新闻给肖烨也算是制造谈话热点的方式吧。

深田转身回自己的座位去了,那边坐了一个面目清秀的年轻男人。

"他是谁呀?我怎么好像见到过他!"燕紫说。

"他吗?"我也卖了个关子,"他可是个有意思的人,而且还和你有关哪!"

第八章 雪域 精灵

1

精灵谷位于城堡的河谷地带，这里河水丰沛，绿树茵茵，是个适宜居住的地方，如今越来越多的精灵进入了城堡，这里就兴建起了高耸入云的建筑供精灵们居住。夜色微澜华灯初上，那些建筑的玻璃窗闪烁起星星点点的灯光。托斯卡住在河谷深处，他很早就来到了城堡，也算是精灵谷早期的居民了。

我脚下的大地发出了震颤，MAZE 出现在了眼前。MAZE 是柯多摩一手兴建起来的，托斯卡也是这个重要工程的早期建设者之一。MAZE 有一部分的工程坐落在河谷边，是一座三层楼高全透明的弧形玻璃建筑，它真正的主体则深入水底，那里运行着一幢幢高楼一样的大型计算机、运算器、存储器，它们需要以河水来实现 24 小时无休的循环冷却。我没有进入 MAZE 的权限，只能站在弧形的玻璃建筑面前，通过地面的震颤想象着它的法力无边，创造一切，运行一切，管理一切。它，是乐园全知全能的大脑。

脚下的震颤消失了，我又钻进了一片树林，有条小路弯弯曲曲地延伸着。我站在一栋高大的树屋脚下，托斯卡就住在这栋香樟树屋的第 8 层。我转动手上的魔法戒指，这是伊凡给我的，为的就是让我偶尔在城堡里能够享受一点点魔法的便利，我站在了托斯卡的房间门口。

听到门铃的声音，屋子里传出了微弱的回答，"请进来！"门没有上锁，我推门弯腰走了进去。房间里没有开灯，只有月光从落地窗子照进来勉强能看得清屋子里的景象，客厅里有一组漂亮的沙发，天棚上缀着水晶吊灯，墙壁上好像是一幅合影照片，没看错的话应该是托斯卡、托斯卡前些年去世的老伴儿，还有他们的儿子小卡斯，照片上的小卡斯大概还是个少年，现在他早就长大了，也在

MAZE工作,有了自己的小家,住在高耸入云的精灵公寓里。托斯卡坐在窗前的一把摇椅上眼望着窗外,和房间、窗子以及摇椅比起来,他的身影显得过分的小。

"嘿,老朋友,我来看你来了!"

"谢谢你,罗得,"他的目光从窗外收回来,看着我,"你来得正是时候。"他的话说得有气无力。

我在窗台上坐下来,这样既可以面对面和他说话又不用弯腰站着那么辛苦,"我收到了你托人发给乐园的信息,你看来病得有点儿厉害!"

"我的时间到了!"

"嘿,你可别这么说,依我看你就是累了,好好休息一下,就又能到处去忙碌了。我今天又带了一些孩子去参观珠宝展厅了,好多新的珍宝,每一次都大开眼界!"

"刚来城堡的时候人人都觉得新奇,小卡斯小的时候我们也总是带着他,一家人满怀着憧憬,再后来就不想看了。现在呢,你都猜不到我想要去哪儿,连我自己都想不到!"

"回到乐园?"

"那倒不是!我想起了曾经的神木林!"

"我其实早就忘记了它,"他从怀里掏出一本袖珍的口袋书,那本书竟然在昏暗的房间里发出光来,"我没有一天不在忙碌。"他把书递给我,土黄色的封面上漫射出耀眼的光芒。

"这还是乔西给我的,翻开看看吧,乔西就在那里!"

我大感意外,就翻开书页。

"嗨,罗得,终于等到你了!"

果真是乔西,他的脸出现在书页上,还是那张精力充沛的笑盈盈的脸。

"嗨,乔西!真没想到会在这里看到你!"我高兴地大声说。

"嘿,伙计,别那么大声,小心吓坏了神木林里的居民!"

"它们在哪儿呢?"我好奇地问。

"老伙计,请翻到下一页!"

我急忙翻动书页,一幅昔日神木林的立体画卷跃然纸上。我看得出那正是乔西笔下的神木林,他善于描画,而在这本口袋书里,神木林在他的笔下又一次地活了。清晨的阳光穿过树梢在林间弥漫,谟涅摩叙涅静静地向着天空伸展,笼罩着来自远古的神秘。太阳升了起来,成千上万的彩色的鸟儿飞了来,栖息在枝繁叶茂的库·丘林上,它们发出婉转的鸣唱。一群蓝色的蝴蝶环绕着闪动光泽的阿俄伊得,在空中盈盈起舞。神木林间,飞舞着一双双翅膀,它们飞向各自的神木,那些神木发着光,敞开来,迎接着生命的联结。我看得出了神,不知盯着书页看了多长时间,直到听到托斯卡轻声地咳嗽。

"这太神奇了!"

"可惜我还解不开'精灵的密码',看来只有寄希望于能够解开密码的人了。"

我又翻了一页,书页上烙印着一面金色的铜镜,上面盘绕着上百条的细蛇,它们蠕动着身体,相互缠绕。

"罗得,"托斯卡伸出了他瘦弱的小手,我也伸出手,把他的小手握在我的手掌里,"我要请求你帮我一个忙,这很重要。"

"说吧托斯卡!"

"帮我找到能解开'精灵的密码'的精灵,把这本口袋书交给他们。"他又用手指了指房梁的角落,"那里有一颗量子球,也许他们可以用得上。罗得,我只有托付给你了,我也是直到最后才明白了乔西把口袋书交给我的目的。"

我还想再说点什么,托斯卡的声音就低沉下去,"去,去精灵的聚会,今晚刚好有一场,就在,就在跨过湖面小桥的那座,那座镜宫……"他的小手从我的大手里滑了下去,在空中晃悠了几下就停住了,他的身体也靠在椅子里,一动不动了。

2

我走进镜宫的时候几乎没有什么人理睬我,按说这些精灵都是认识我的,但是在他们眼里,只有伊凡和身穿黑袍的魔法师才是要顶礼膜拜的,城堡里的飞禽猛兽他们也是惧怕的,至于我嘛,有那么一两个人看上我一眼和我点下头就算是对我的尊重了,虽然我出现在这里绝对属于一只庞然大物。

当然我的打扮也显得和他们格格不入。我这么一个又粗又大的大块头,头发乱蓬蓬的,胡子乱蓬蓬的,身上的衣服也是松松垮垮不修边幅的,不像是他们。他们穿着考究的燕尾服,打着漂亮的领结,头发精心地摆弄得服帖,皮鞋擦得黑亮,女士们都穿着华丽的裙子,戴着假发,拿着扇子,脖子上的珠宝项链闪闪发亮,所以有人看到我不由得皱了皱眉毛我一点儿都不觉得意外。

不过镜宫倒真是一个有趣的地方,这里有很多很多的镜子,你无论向着哪一个方向走,都会看到很多很多的自己,不同的角度,不同的侧面,我于是不断地撞到镜子上,引来精灵女士们张着小翅膀围着我,发出一阵一阵的笑声,那样子真的就像是在观看一只狮子被关进四面布满镜子的笼子,我觉得这真是又愚蠢又尴尬。托斯卡,我心里说,这个地方别说找人,就是找路都很困难。

我终于还是走到了放满各种美食和美酒的餐台,找到一个相对宽敞的位置坐了下来,一边把那些小小的酒杯几只一起端起来往嘴里倒,用手指尖捏起好多个小点心放在手心里再一口吃下去,一边留心地观察着周边的精灵们。他们三五成群地围在一起,彬彬有礼地相互引荐,兴致勃勃地彼此交谈,至于他们都是谁,又在谈些什么,我就完全摸不着头脑了。不过,这倒也不妨事,因为,没过多一会儿,我就搞清楚了。

"看看吧,不过是个拉虎皮的,每次都搞得这么大的阵仗,还真以为自己是什么超级魔法师,连个高级魔法师的边儿都沾不上呢!"

我挑起眉毛,什么也看不到,但我很确定声音就是从我头顶很近的地方飘过来的。

"是不是有人坐在我的头顶上?"我问。

"噢,这里真是一个舒适的地方,蓬松松的,天然的'鸟窝',汉斯,你可真会选地方!"说这话的那个精灵从我额头的高度向上飞去,我感觉到他在我的头顶上弹了弹然后就像靠在舒适的草堆上似的躺靠在了我的头发上。

"嘿,李维斯,咱们俩真是所见略同啊!"他俩一边打着招呼一边哈哈笑着,这多少让我有几分不悦,怎么说他们也是躺在我的头顶上,是不是应该和主人打个招呼才是名正言顺呢?

"嘿!"我依旧挑着眉毛,冲着头顶上的那两位说,"既然把我这儿当成了观礼台,好歹也把解说词给说全吧,刚才你说那个拉虎皮的是谁啊,他又是给谁拉的虎皮?"

"你说他啊,"我分辨不出他们两个人的声音,也无所谓到底是谁在说,"斯蒂文森,号称是阿方索法师面前的红人,他的身影出现在各种精灵聚会的场所,他到处宣称能将有需要的人引荐给阿方索,让他们面对面地聆听法师的点金之术。鬼才相信见了阿方索一面就能学会什么点金之术,要是有啊斯蒂文森老早就第一个去点了,还在这儿和这些个乌合之众大费周章?"

"哪里是鬼才相信,你看那不是大把的人信,无论他走到哪儿都有人千方百计地想要结识他,只有像你我这样的……"

"明白人……"他俩异口同声地说完就又哈哈大笑起来。

"这个家伙可就不简单了!"又有一个精灵被人们簇拥着。他穿着一件黑色的斗篷,一双鞋尖上翘的金色靴子,"他叫塞维尔,是一个有些本事的高级魔法师。"高级魔法师是指那些学到了一些法术的精灵,他们往往得到了超级魔法师的信任和亲自传授,因此在城堡当中拥有次于超级魔法师和飞禽猛兽的地位。伊凡和基路伯的地位是最尊贵的,没有人能将他们在城堡中排序和排位。

"变形！变形！变形！变形！"围着塞维尔的精灵们兴奋地喊了起来，越来越多的精灵聚拢过来，越来越多的声音兴奋地喊着。

塞维尔伸出双手，像指挥家一样将手臂和手掌摊开来，示意人群安静下来。果真，人群安静了，大家都在拭目以待。只见塞维尔用指尖抓住斗篷的一角，一只胳膊撑起斗篷，一只脚的脚尖在空中轻轻一点，一个转身，他就变成了一只小鹿，那小鹿顶着珊瑚一样美丽的角，棕红色的身体上点缀着白色的梅花斑点，修长的脖颈，秀美的头，长长的睫毛在一双乌黑的大眼睛上忽闪忽闪的。"哇——""太可爱了！""真是太萌了！"那些身着华丽长裙的精灵女士们发出一阵阵的惊叹。

小鹿先是弯着修长的脖颈像是在草地上吃草，接着抬着头左看看右瞧瞧，一阵音乐响起，小鹿随着乐曲腾空跃起，像是优雅的翩翩舞者，人群中又发出一阵阵的喝彩。

小鹿飞跃着旋转着，渐渐的，它的身形变了，待到它停止了旋转，大家才看清楚，它变成了一只小猴子，金色的毛发，细细长长的尾巴贴着后背，顶端弯成了个大问号，金猴顽皮活泼，不停地翻着跟头。

"哎哟，又有好戏看了！"我头顶上的一位兴奋地说。

"噢，是尼克，对，没错！这一位本事可厉害了，据说这一阵子他专门四处挑战成名的高级魔术师，还听说他可是战无不胜的。老兄，今天咱们这可是开了眼了！"

我也注意到了那一群飘然而至的精灵，他们簇拥着一个戴着黑边眼镜留着络腮胡子的家伙。他们来到了近前，分开聚拢的人群，那个尼克就走了进去，面对着塞维尔化身的金猴，金猴此时正欢喜地上蹿下跳。只见尼克伸出一只手，摊开手掌，嘴唇轻轻动了动，手掌上就出现了一本和我怀中那本差不多大小的口袋书。他用手指翻动书页，然后对着书页振振有词，那声音大了起来，我隐隐约约听见他说，"飞天狐猴跃然凌空，目光如电爪如风！"随着这声音，一股黑烟从书页间窜上空中，转瞬间变成一只灰黑色的狐猴，扇动一对大大的翅膀发出奇怪的叫声。那不是普通的狐猴，是城堡飞禽猛兽中的一种，它的眼睛发出恐怖的红光，向着活蹦乱跳的金猴俯身冲了过去，张着锋利的尖爪。那只金猴也察觉到了危险，一个闪身躲开了狐猴的攻击，它辗转地四处蹦跳，跑着跑着突然一个转身，变成了一只振着翅膀飞向高空的鸟儿，七彩的羽翼闪动着光彩。

"王者飞鹰直击长空，浩瀚天宇谁与争锋！"我又听见了尼克的声音。

飞天狐猴化作黑烟收回口袋书里了，七彩的鸟儿又在空中快乐婉转地歌唱了。可只转瞬之间，那小鸟就停止了欢快的歌声，一只凶猛的飞鹰箭一样地从书里飞了出来,追得小鸟四下里惊恐万状,扑棱着翅膀急转着变换躲避路线,直到它终于又一个转身,变成了一只小小的绿背金龟子,那凶恶的老鹰倒拿这样的迷你个头奈何不得了。

"冠羽的公主,佩剑的骑士,美貌与名誉,你的选择是残酷!"

老鹰飞回书里去了,那只绿色的金龟子微微张开鞘翅,憨态可掬地在原地悠闲地爬行。可随着尼克的话语,一只戴胜鸟张着黑白相间羽扇一般的翅膀从书里飞了出来,这只鸟的美貌让一些追随塞维尔颜值控的粉丝不由地发出了赞叹,可是,美丽的鸟儿可不似外表看起来那样的优雅,它扇动翅膀飞向铜绿色的金龟子,利剑一样的尖喙毫不留情地戳向小虫小小的身体。

我的胸口动了一下,同时那只美丽的戴胜鸟突然身子一歪倒了下去。尼克和一众精灵急忙飞过去抬它的身体,我仔细观看,才发现有一支细细的箭射中了戴胜鸟的身体。绿甲虫趁着此刻的慌乱急忙变回了原形,他的面色苍白,似乎还被刚才的危急吓得惊魂未定,他一甩斗篷飞了出去,一众忠实的粉丝也急急地追随他而去了。尼克拔出了那支细箭,用手放在戴胜鸟的伤口上轻轻嚅动嘴唇,那伤口竟然复合了,戴胜鸟于是展开羽翅飞回书里去了。

尼克这时目光深邃地抬起头,向着在场所有的人扫视一周,"所有人给我听好了,是谁偷了我魔法书里的箭,最好乖乖地站出来,我知道,这已经不是你第一次这么干了!这种严重的盗窃机密魔法的行为令我非常的愤怒!如若你不肯自己站出来,等下被我搜了出来,你可就没有那么好的待遇了,我要用魔法之火把你烧死,用魔法冰川将你永远冻在冰封魔方之中!"

"好得很,老子倒真想瞧瞧你的那些终极本领呢!"我听到一个细小的声音,但我没有低头去看,那个声音来自我的胸口。

尼克的粉丝卫队开始检查在场的所有人。所有的精灵,只有经过检查才能离开现场。我也开始往门口走去,刚才在我头上躲清闲的两位早已经胆战心惊地飞去接受检查准备离场了。

"嘿,你!"尼克叫住了我。

"噢,你叫我吗?"我转过身面对着他。

"你胸口的口袋,那里面有什么?"

"口袋?这里……"我把手伸到胸口的口袋里,觉得身上有一阵轻微的痒痒,但我忍了一下。

"噢,你是说这个吗?这是一本口袋书,老托斯卡的,他刚刚去世了,我就是从他那里来。你瞧,人老了就是没办法,早晚都有要离开的那一天,只是我们都回不去……"

"闭嘴!"尼克接过那本口袋书,冲着我喊了一句,我立马闭上了嘴巴,看着他翻动书页。说来也真的奇怪,刚才在托斯卡手里发出神奇光芒的书,现在却变成了一本再普通不过的小书,上面乱七八糟地有一些看不懂的涂鸦,每一页都是,杂乱无章的。

"我只是拿这个东西做个纪念,要知道,我和老托斯卡已经认识几十年了,他这一走……"

"好了!"他把口袋书扔回给我,冲着他的粉丝卫队挥了挥手,他们就不再盘查我,我赶紧迈步离开。不过我还是东撞西撞了好一阵,才终于走出了镜宫。

"喂,我说,出来吧!"我走到湖边的树林里了,这里再看不到什么人了。我的身体又感觉到一阵轻微的痒痒,这一回我呵呵呵地笑了几声,一直到他又爬到了我胸口的口袋边上,从那里探出了脑袋,"你的腰带不错,够我舒舒服服地躺在那里的!"他说。

"真的是你偷了尼克的箭?可你又是怎么做到的呢?那不是他的魔法书里面的宝贝吗?"

"是啊,所以我就黑了他的魔法书啊,我其实也没有做得很过分,只不过偷出一些箭来,在一些关键场合阻止了一些残忍的行为!"

"哇,看来你还真是了不起呢!那说说看,除了黑了尼克的魔法书,你还干了什么?"

"你真的想知道?"

"当然了,我的生活就是在雪域当中穿行,跨越不同的区域。你告诉我,没准儿我还能帮你做点什么呢!"

"那倒也是。好吧,那我就和你说说吧!"说着,他终于飞了出来,停在了我的对面,这是一个模样斯文的年轻精灵。

"我已经突破了量子空间,就是能够变大变小。我们从乐园来到城堡,是因为进入了量子空间所以变成了体型 tiny 的精灵,然后我们就受控于魔法师的魔法,回不到正常的大小了。我设计了一款电脑程序,在一台特定的机器上连接,输入正确的编码,'嗖!'我们就能变回原来的大小了!"

"哇,了不起!可是你为什么还没有把自己变回去?"

"这里有一个问题,"他皱起了眉头,"我虽然能够变回正常的大小,但我缺少了一种法力,是能够飞跃出城堡的法力。你看,你由于身份的特殊性可以在城堡中四处走动,伊凡和魔法师自然不用说,但如果我变回了正常的大小,又不能飞离城堡,我会被飞禽猛兽攻击,被魔法师捉住,还有基路伯,他们也不会放过我。

当我第一次突破量子空间的时候,噢,那还有一桩糗事。我一开始的程序有一个bug,就是会变错尺寸,所以我那一次变得比你还要高大,很高很大,差不多有镜宫那么高,但即使那样,我也是寸步难行的,我只要一行动,就会将自己暴露在那些敌人的视线当中。所以你猜不到我那天晚上是怎么过来的?"

"怎么过来的?"

"我的这个程序连接之后,有一个阶跃变大的过程,我当时没有准确地把握,就一步步走到河边上,当然我的步子是越迈越大的,等到了河边,我就变得和镜宫那么高了。我怕被发现,所以就一动不动地坐在一块大石头上,幸好城堡的晚上是一片黑暗的,不仔细辨认的话就会以为我是一块巨大的岩石。也幸好那个程序的变身时间的有效性只有六个小时,所以天快亮的时候,我又一点一点地变小了。"

"噢,原来是这样!"

"如果你变大了还能飞出城堡,你想飞去哪里?"

"当然是神木林了!我黑进了伊凡的魔法屋,看到上面有一处记载说:有一本神奇的口袋书,那里面有精灵的密码,找到了那个密码,我们就能获得来自神木林的力量,如果再有飞行工具的帮忙,我们就能飞跃城堡,最终到达神木林,在神木林里找到生命的联结,最终知道我是谁。对了,那天晚上我坐在河边看到了神木林的微弱的光亮,我真的很想飞去那里,还想带着我的那些伙伴一起……"

"你的伙伴们?"

"是啊,我们在这里有一个秘密组织——码农精灵,这些家伙个个比我还要厉害,我们其实经常黑进不同魔法师的魔法屋,只不过现在还不想制造什么混乱,但是,说不好,如果需要的话……"

"等等!"他的眼睛突然放出光来,"你口袋里那个是什么?"他指着我问。

"你是说这个吧?"我从口袋中抽出老托斯卡的口袋书,他迫不及待地一把抢了过去。说来也奇怪,那本书在他的手上重又发出光来,"神木之眼"光芒四射。他翻开书页,乔西熟悉的声音传了出来,"丹特尔斯,终于等到你了!"

"哇吼——"这个叫丹特尔斯的小精灵手持口袋书一跃冲天,头顶上多了一个蓝莹莹亮晶晶的光环,他在空中画了好多的螺旋轨迹,才终于兴奋地落回在我的面前。

"太好了,罗得!就是它就是它!"

"对了,老托斯卡说还有一只量子球他留在了公寓的房梁上,我想你可能用得上!"

"太好了,他公寓的号码?"

"香樟树屋808……"我的话音还没落,丹特尔斯就"嗖"的一声顶着亮晶晶的蓝色光圈飞走了。

3

城堡的夜色低垂,四处的灯光也渐渐熄灭了,我沿着来时的路往回走,心里想着孩子们现在都已经安详地入睡了,又想起那个小精灵,丹特尔斯,他拿到了那本口袋书,看来我总算没有辜负老托斯卡的嘱托,他们又将会做些什么呢,这些能黑进各个魔法屋的孩子们。

我边走边小心地观察着周边的动静,我也要提防夜间巡逻的飞禽猛兽,他们可能在没有看清楚的情况下误伤了我,毕竟,伊凡是不允许我在城堡的夜晚四处走动。我突然发现自己走错了路,竟然一直走到了城堡的大门口,我刚想转身回去,突然看到弗里德里希法师正站在那里,像是准备迎接什么人的样子。我选了一片茂密的树丛俯下身来,哦,我看到了花苞里熟睡的精灵少年,忍不住看了他好一会儿,当然我还要屏住呼吸,以免被弗里德里希察觉到。正在这时,我突然发现弗里德里希伸直双臂,念了一句咒语,沿着他的手臂直到腰间,再同时向上身、脖颈、头部和双腿、双脚都起了变化,"咦!"我差一点喊出了声,弗里德里希刹那间竟然变成了我。我正在惊诧之间,只见一只飞马扇动翅膀从空中缓缓降落,从飞马上滑下来一个纤瘦的身躯,他穿着一件浅色的袍子,和新入城堡的哥伦布法师的袍子类似,袍子的帽子扣在头上,压得低低的,我看不见他的面容。"罗得,你怎么在这里!"我听见他喜出望外地叫了一声,那个假罗得就迎上前去和他低语了两句,两个人一前一后走进了城堡。

我待他们走出一段距离才从树丛中伏起身,远远地跟着。前方一座城楼的灯渐次亮起来,透过城楼的窗子能看到伊凡从楼上走了下来。他走出城楼,站在一块被灯光照得明亮的地面上,看着假罗得带着来人走近。假罗得在伊凡面前停下脚步,弯下一条腿行屈膝礼,来人开始站在那里,后来也跟着行了屈膝礼。我听不见他们讲话,只看到过了一会儿,伊凡把一只手按在来人的肩头,另一只手五指张开,有奇异的光芒从花草树木当中升起沿着他手指的方向聚拢过去,这个过程持续了几分钟,伊凡才旋转手掌收起手指。我早就知道,伊凡在崇拜大厅只举行迎接新人的典礼,真正为新来的魔法师加授魔法则只在夜里单独进行,看来眼前就是在加授魔法了,这也是我被要求不得夜晚在城堡四处走动的原因。只是让我甚觉意外的是弗里德里希为何要变成我的模样,来人到底是谁我竟然没能看得清楚。

假罗得带着来人消失在茫茫夜色之中了,伊凡在黑暗中又独自站了一会儿,望着远方,眺望。过了一会儿,他又转向另一面,一样的,望着远方,眺望。再后来,他才转身走进城楼,城楼的灯渐次熄灭了。

我站起身,沿着伊凡刚才凝神的方向望过去,那里是神木林的方向,在这黑沉沉的夜里,神木林的上空闪烁着微弱的光。"神木林是真的要熄灭了。"我想起了在雪野的时候和女孩儿的交谈,女孩儿现在在哪里呢?她,还有守林人,他们还能为神木林做些什么呢?我又朝着伊凡转身凝望的另一个方向看过去,那只灯光通明亮如白昼的巨蛋,就是乐园。

我正出神,一道黑影倏地跃上天空,向着神木林的方向疾驰而去,紧接着,一道又一道的黑影也腾空而起,追赶而去。伊凡城楼的灯也"腾"地亮了起来,他出现在窗口处,冲着天空喊了一句:

"不用追了,他迟早会回来的!"

那些黑影又由远及近地飞了回来,依次落在城楼前的空地上,单膝跪地,齐声说:

"是!"

我就是在这时被发现的,刚才这一切发生得太过突然,我竟然一时间看得呆了,愣愣地站在原地忘记伏下身藏在树丛里了。我被带到了那片空地上,站在单膝跪地的魔法师前面。

"是罗得呀!"

伊凡站在窗口往下看着我,同时挥了一下手,那些单膝跪地的魔法师就"倏"地一下全都消失不见了。

伊凡从城楼上走下来,揽着我的肩膀,我随着他转身面向神木林的方向。

"那里,"他用手指着,坚定而骄傲地说,"即将真正地成为这个世界的一部分!还有那里,"他又指向那片荒凉的没有一丝灯光的雪野。

我的脊背上突然感觉一阵凉飕飕的,伊凡的一只大手正拍在我的后背上。

"罗得,那将是我们新的乐园!"

第九章　花房姑娘

1

燕紫靠在我怀里，我用手臂搂紧她，我俩的身体都还在微微地颤抖。几乎无一例外的，我们每次都是连续三次，蓝调和弦乐四重奏的顺序有时会颠倒，最后一次的重金属也大多改成了Raggae。我的境界得到了很大的提升，两个人总是high到飞起来的状态，然后彻底地精疲力竭，身体完完全全被放空。我想到上大学那阵儿宿舍男生关灯后的卧谈，"耗子"总是绘声绘色地描述他高中时候约会过的女生，其实就他那点隔靴搔痒的经历本来不值一提，也就是能勾起大一新生那一份蠢蠢欲动罢了。那时候我们都没经历过什么世事，要是他们知道我现在碰上了燕紫这样的风流佳人，那还不都得哈喇子流得满地都是。这就叫作傻人自有傻福，这是我妈说过的。当然我绝对不会对任何人提起，就算以后成了家也不会对妻子提起，这样的经历就像是《聊斋志异》里令男人神魂颠倒的艳遇，得着了就一个人偷摸儿乐去，可千万别得了便宜还卖乖。其实那些卖弄显摆的人呢，往往只是在满足不曾实现过的虚荣心，真正有料的家伙反倒个个都很低调。燕紫转了个身，平躺在我的臂弯里，用手拨开粘在脸庞上的几缕头发，她的脸上还是濡湿的，微微地闪着亮光。她偏过头看我的脸，微微努了下嘴唇，欲言又止。

"怎么了？"我问。

"没什么，我只是……"她说着拿手指头在我的胸口上画圈，由小到大的，好像是一个水波扩展开去。她经常这样，话说到一半就不讲了，我一般等不到下文也就不再费脑筋了。不过我看到过一些不连续的画面。一个男人的面庞，他的表情虔诚而宁静……一个孤独的女人，坐在清冷的月光下……

"起来了！"她坐了起来，"美餐一顿，然后我要改报告了！"

燕紫以"温莎饲养员"的名义拎包入驻了我的公寓。她特别喜欢把物品陈列整齐，所以我的房间现在异常的干净整洁。她说去宜家，我于是开着她那辆粉红色的 Mini Cooper，我们采购了两只印着英文字母的靠垫和一条蓝灰条纹的珊瑚绒毯子，她还选了两只锅和一套造型简洁的餐具，"我喜欢我烧的菜盛在漂亮的容器里！"她总是给我的冰箱添进适量的啤酒、牛奶和果汁，备好小吃零食，笑眯眯地看着我把饭菜吃光。我那时候就自觉真的变成了她养的"温莎"，在温暖的阳光下蜷曲在窗台上打着盹儿。我还是包下了洗碗的活，因为实在不好总是让她一个人忙活。收拾完了我打开音响，问她喜欢听什么音乐，她说对音乐说不上喜好，依我，所以就变成了依旧听我喜欢的。我在沙发上看书的时候她就打开电脑在餐桌上加班。

"我的工作是想做就有的，做也做不完的。"她说我的"秘密管道说"帮了她很多的忙，让她少了不少的烦恼，其实我俩相互之间几乎不交流工作的内容。

"我发现你现在的状态还是不错的，虽然平常也加班但至少不用占周末的时间。"

我耸了耸肩。

"不过如果比起互联网公司，我们这都不算什么了！"她又说。

"这是 AI 取代人类重复性工作之前劳动者们最黑暗的时代，人们目光呆滞，透过厚厚的镜片盯着闪烁的屏幕，苍白的脸色，臃肿的腹部，肩膀没了应有的坚韧线条，大腿失去了应有的健美和力量……人们应该有工作，但工作却摧毁了他们。"我想了想，又说，"互联网已经把人类的思维串联成了它的超级大脑，人们成了网络的触角和信息采集的神经元。网络捧出了诱人的糖果——消费的便利通达、信息的丰富精彩、数据的全知全能。我们含着糖果，成了心甘情愿被网络操控的灵魂。"

燕紫抬起头看着我，"你的这番话挺有意思的。"

"D.H.劳伦斯，他有一段描写煤和铁把人的肉体和灵魂雕琢成了它们的眉目，人们成为分解矿物的灵魂的文字，我读的时候印象非常深刻，网络的力量远远甚于煤和铁，所以我就在他的文字之上做了改编。"

"有意思，我好像真的看到了网络这样一个超级大脑！"她说完这句就又低头忙了起来。门铃就在这个时候响了起来。

"爸！妈！你们怎么来了？"打开门的一瞬间我突然产生了一个预感——有什么我不曾预想的事情要发生了。

"来看你啊，给你个惊喜！欸，这姑娘是？"

"哦，燕紫！"

燕紫这时迎了过来,我忙给他们彼此介绍,她这时就是职场上那个干练成熟的燕紫。

我爸我妈这一下笑得合不拢嘴,眼角的皱纹全都熨平了一样。他们心里一定在想,天天盼着催着,终于让他们给盼来了。我想说"你们不要误会",可是我和燕紫是恋人无疑,我也不能说"爸妈,我们只是谈恋爱,没说要结婚的"。所以,我只能什么都不说。

燕紫驾轻就熟地给我爸妈泡茶、做饭,我妈立马跟进了厨房,一看之下满意得脸上瞬间乐开了花。吃饭的时候就是各种的唠家常,年龄啦,老家啦,在哪个公司上班啦,总之各种户口调查,一路问下来两个人一直由内往外地保持着笑容,看得出来样样都令他们满意,其中有一些是我和燕紫都未曾提及的话题,比如燕紫是跟着妈妈长大的,后来妈妈和一位医生在一起了,燕紫的公寓是那位医生她叫程叔叔的给她买下的。燕紫不时地和我对视一眼,笑一笑,我也笑笑,燕紫的举止分寸是令我满意的,所以这一切并没有让我特别的不自在。爸妈这么多年与我的核心话题就是结婚,但我从来都不做回应,这一次我的良好态度让他们似乎觉察到了希望。我和燕紫?我心里合计着,不大可能吧,她,她?她!是啊,她有什么不好吗?我在心里问。她有一连串的未解之谜,她总是小心地包裹着什么,她的性爱技巧太过丰富!天,原来这也是不好?也不是啦!我还没来得及在脑子里对自己的疑问展开思考,燕紫的电话响了,她转到窗台边背对着我们接电话,"哎,妈,什么?你和程叔叔今天晚上到?"她转过身来眼睛望着我,眼睛扑闪扑闪的。

"哎呀,那,那敢情好了,我们可以见个面了!"我爸的语气有点儿激动,我坐在那里一动没动,只是意识到今天到目前为止,好像有什么东西被拉到了弓弦上,就要不受控"嗖"的一声飞出去了。

"那我晚上去车站接你们!"燕紫挂了电话,像气鼓鱼一样鼓着嘴巴吐了口气。我冲着我爸妈轻轻摇了摇头,示意他们不要说话。可是凭我爸善于把握机会的作风,他是绝不会沉默的。

"燕紫啊,你看这么巧,要不这样好不好,明天呢,叔叔做东,请你妈妈和程叔叔一起吃个饭?"

我没有说话,燕紫抬起眼睛看着我,又对我爸说:"叔叔,我和忆水晚上先把我妈他们接回去,和他们商量一下您看好吗?"

"好啊,好啊,这样好!"我爸忙不迭地说,"那忆水,你就快去和燕紫一块儿接站去吧!"

"为什么要我去接站,你妈会吓到吧?"我一边开车一边问燕紫。

"你又没有长成个怪物,怎么会吓到她?"

"你可是我带去接她的唯一一个!"燕紫停顿了一下后又轻声地补了一句,她说这话的时候脸红了一下,之后就抿着嘴唇望向窗外。

我没有接话,我们沉默了一会儿。那个感觉又闯进我的意识,有什么东西被拉到了弓弦上,就要不受控制"嗖"的一声飞出去了,而我竟然还没来得及在脑子里面把这一切整理清楚。

"妈妈,这是萧忆水!"

我曾在燕紫卧室的床头柜上看到过她和母亲的合影,母女俩长得很像,两个人都是白润的脸,丰满的身材,照片中的妈妈穿了一件碎花的旗袍,头发挽成发髻,带了几分成熟的优雅。她的样子和照片上相差无几,没穿旗袍,穿了一条素色的裙子,她笑容可掬地和我握手、寒暄,举手投足甚为得体。燕紫又把我介绍给程叔叔,这是一个儒雅斯文的男人,五十多岁的样子,言语间对燕紫母女体贴而不失风度。燕紫的妈妈没有像我父母那样的户口盘查,我想今天晚上母女俩会就我这样一个人有充分的交流,她们又会说些什么呢。到今天为止,我从来没有问过燕紫在她眼中我是一个怎样的人,她也没问过我这样的问题,我俩说好的可以充分地自由。

"真的能那么自由地来去?"

"当然!"

我把车留给燕紫,自己坐地铁回家,周末的晚上地铁上人不多,车厢里空荡荡的。我开始在脑子里回放毕业后的这些年头,转眼也快十年了,一开始的几年我不想结婚这事儿,我爸妈也只是偶尔问问有没有碰到合适的女孩儿,后来他们就变得焦虑了,几乎每电必问,搞得我都不愿意接他们的电话了,或者干脆放着免提干我自己的事儿。再后来我逐渐坚定了自己的婚姻理想,虽然至今没有找到但是那个目标让我觉得有一种希望,人有希望就会快乐,总觉得只要继续向前走就好了,也总觉得一定会遇到那个对的人。燕紫是那个对的人吗? 我没有听到那个声音说——对了,就是她! 她似乎并不是站在我身旁的那棵树。"可笑! 可笑的婚姻理想!"不知道哪里发出一声讥笑。我现在三十三岁了,正好是我晚婚晚育的父亲有了我的年龄。燕紫,她的美食一流,她的风情一流,她的各样条件都和我般配,甚至比我更优越,至于她的那些猜谜,天底下的女人大多喜欢让人猜她们的心思吧,解开那些谜底可能根本就不难,如果我想要解开的话,我爸妈不是没花多一会儿工夫就摸了底了吗？更何况是我俩自愿在一起的，两人相处得甚为融洽。我一时竟想不出什么不合适的理由了。如果日后我们两人结了婚有了小孩，燕紫想必也会是一个称职的母亲，我的脑海中浮现出燕紫带着一个乖巧可爱的小女儿一起做陶土拼贴的场景，我在那个画面里作为父亲饶有兴味地注视着她俩，那是一家三口的和美画面。只是……我追问自己——只是什么呢？

对，是我想要的力量和改变吧？究竟是什么样的力量，又是什么样的改变呢？真的需要那种说不出是什么的力量，说不清是什么的改变吗？那种力量和改变每个人都需要吗，每个人又都会获得吗？我究竟又在什么人身上看到过呢？我和燕紫，组建一个家庭，生下可爱的孩子，把生活过得富足，把孩子抚养长大，然后我们俩渐渐老去，就像我的爸爸妈妈一样，就像千千万万的人一样，这难道不是生命本身的力量吗？对，这又是群体定义，可我原本就是极为普通的人，本就应该追求群体定义，追求金钱和地位上的成功，遑论什么内心的力量？也许我实际上缺少的是竞争中的力量，如果能在金钱和地位上取得成功，可能也就根本不会费心费力地去寻求什么内心的力量了吧，就像人们整体上认为只有境遇悲惨的人才会去寻求宗教的慰藉，关注灵魂的人也是在社会竞争中处于劣势的人吧？是否我应该停止不切实际的婚姻目标，果断地和燕紫确定关系，然后准备跳槽，让自己再上一个台阶，这也算给所有关心我的人一个满意的成果了。毕竟，我是被爱着，被关心着的。我的父母自不用说，燕紫，她带着春天一样的微笑走近我，养育出两个人的花房，那里有明亮的阳光，有沁人的花香，有动人的花房姑娘，虽然我们都曾经习惯了独自一人的生活，但两人在一起才有温暖才有欢笑。我的眼前浮现起燕紫柠檬蛋糕一样的新鲜，喂饱猫咪一样的满足，兔女郎一样的娇俏，她就是我的花房姑娘。花房孕育着我们这样两个彼此靠近的人小小的但确幸的爱，又是一个让我俩在这逐世洪流中相依为伴的所在，现在，即使天地间漆黑一片暴雨如注，我俩依然有那个花房晶莹闪亮温存相拥。我又有什么现实的理由去打碎这样的花房呢？人终究是要承担起自己的角色和责任，否则就是可耻的！

回到公寓的时候，爸妈像我当年考上大学接到录取通知书一样的兴奋，不停地问我关于燕紫和燕紫妈妈的一切。"这姑娘真的挺合适的！"他们的目光很是殷切，脸上泛着喜悦的光彩。

我突然涌上来对自己极大的失望，我终归没有办法达成自己的心愿，尽管这一次我的手上曾经握了那么确定的自由。这种感觉就像是非要离家远行的游子，漂泊了很多年还是一事无成，最终回到家里不声不响地接过早年里抗拒和瞧不上眼的父亲的手艺,我注定是一个失败者。

  我的心情变得很低落,刚才在地铁里的时候以为自己已经想通了,但现在,挫败感啪啪地扇着我的耳光,我不想和他们多聊,应了几句就去洗澡了。我把水放得很大,让水花迸溅在我的头上、肩膀上、身体上,我突然想起了那些诗句——我必须是你近旁的一株木棉……没有人,听懂我们的言语……,看来这些诗意的东西还是没有斩草除根,我需要把它们统统拔掉,还是"从明天起,做一个幸福的人"吧!和燕紫在一起的时候我像一只在花房透明玻璃边晒着太阳的猫,如此难以企及的幸福,如此的确幸足以令人心中温暖,我不停地告诉自己——从明天起,做一个幸福的人!从明天起,只做一个幸福的人!

2

  第二天的见面非常的融洽,到场的除了我的父母,燕紫的妈妈和程叔叔,还有燕紫的舅舅。我知道燕紫在这座城市有亲戚,有好几个周末她都说她舅妈叫她去家里吃饭,她去过几次,每次都带回些大包小包吃的东西,但她没有提过要我和她一起去,我也没有产生过这样的念头。燕紫的舅舅和她们母女俩长得不像,剑眉虎目,自带威严,程叔叔和燕紫的舅舅坐在一起,显得对他格外的尊重。我爸妈不绝口地夸赞燕紫,燕紫妈妈说:"忆水,你和阿紫在一起我就放心了!"我不知道该说什么,只是笑着点头,我爸肯定是对我的表态不满意忙不迭地说:"燕紫妈妈你放心,忆水这孩子是个踏踏实实的好孩子!"燕紫舅舅说:"我这个姐姐这么多年一个人带着燕紫,母女俩相依为命,很坚强,也吃了不少的苦头,我要拜托文彬(文彬是程叔叔的名字)和忆水,照顾好她们!"说着他把一杯酒干了个底朝天。程叔叔急忙表态,让燕紫舅舅放心,说燕紫妈妈的后半生就交给他了,他一定会让她幸福。我爸这时一个劲儿地给我使眼色,我站起身端着酒杯说:"舅舅,我努力!"然后一口把一杯酒闷掉了。"好!"燕紫舅舅非常高兴,"年轻人,有前途!"

  燕紫的舅舅那天一直显得有些沉重,仿佛勾起了对什么事的回忆。"我们姐弟俩相差三岁,"他说,"按理说姐姐的事儿理应由她自己拿主意,但我总觉得自己是个男人,是该拿主意的人,我从小就这么想。所以我总是会看着姐姐,又总是帮她做决定。但是有些事情呢,起初的时候看起来很好,谁承想到了后来却不是希望看到的结果……"他说着就现出沮丧的神色来,燕紫妈妈忙笑着打断说,"这世上的事儿哪能都如人愿呢,你从来都是为了我着想的,不要再说这样的话了!"她一边说一边伸出手拍了拍燕紫舅舅的手背儿,"燕紫离开家这么远,要不是奔着你来我还真不放心呢,我还一直没好好谢谢你这么照顾她呢!""是啊,舅舅,"听到妈妈这么说,燕紫连忙站起身,"谢谢您一直关照我,我敬您!""好孩子!"燕紫舅舅也站起身,收了收神,说,"你好好干,舅舅的决定不一定总是对的,但舅舅一定尽力帮衬你!"我彼时对这一家人之间的情意没有想太多,心里只合计着这一连串发生的事情是生活给予我的暗示,或者不叫暗示压根儿就是明示,俨然就是男女双方会亲家了。

  我爸妈对这一次的成果非常满意,他们在回公寓的出租车上就分析开了。

  我妈说:"燕紫这姑娘上得了厅堂下得了厨房,就这两点放在现在这个年月打着灯笼也是找不到的!你看现在的女孩子个个都是这个不会那个不会还要挑三拣四的,觉得自己能赚两个钱就了不起,日子全都不会过。我跟你说儿子,你这回可是捡了个宝,一辈子都能享福!"我妈高兴得恨不能手舞足蹈了。

  "她这个舅舅我看着不简单,"我爸的角度总是和我妈不一样,"哎,你看我问燕紫妈妈说您弟弟是在什么单位工作,她就只含糊地说也在金融口,我估摸着备不住是个什么领导,没准儿日后还能帮你一把呢!"

  "哎呀爸你还真能想,他怎么样关我什么事儿啊!"

  "哎,你看,你还别这么说。人呢,有的时候是需要一点机会和助力的,哪怕是轻轻地这么一推你啊,际遇可能就完全不同了!对了,你看燕紫不是给一个副行长做助理,这也不是随便什么人都能得到的岗位,那是有发展前途的!"

  "对对,忆水,我觉得你爸说得对,你爸向来会看人!"

  "好了,好了,这还没怎么着呢,你们这想得还真是够远的。"

  "不过这次倒是有意外的收获,"我爸来了精神儿,"你看咱们这次算是来对了吧,搞定了儿子的终身大事!"

  "还真是!"我妈拍手称快,他们俩什么时候变得这么默契了,看来我爸退休清闲了开始注重老两口的和谐共处了。我记得以前总是我妈唠唠叨叨,我爸置若罔闻,他俩要是总能这么和谐相处也真是值得庆幸了。

  "我跟你说啊儿子,这回你可得抓紧了。我看她家里人对你也很满意,她妈不是说'燕紫交给你就放心了'嘛!"

  "我和你妈都合计过了,"我爸紧接着说,"你们俩各自有一套小公寓,把两套卖了合在一起买一套三居室,贷款也行,我们双方父母分别资助一部分也可以。你们要是没有时间装修我和你妈可以过来帮你们装,或者直接买一套精装修的二手房也可以,房子定下来了就可以选个结婚的日子。婚礼回咱们老家办一场,燕紫妈妈那边办不办听她的意见!"看来他俩昨晚上就开始合计了,就好像一切都已经定下来了似的,这效率这默契可真是一发而不可收啊。

"不能拖了。我和你说,你们都老大不小的了,之前你处没处对象处的什么样的我们也都不知道,但依我看你要是错过了这个燕紫,以后真不容易找到这么好的了!"

"年龄也是个问题,"我爸急忙补充道,"现在结婚,明后年要小孩儿的话,孩子上大学你五十多岁了,如果再晚两年,孩子上大学你要六十岁,那是人家做爷爷的年纪了!"我爸像突然意识到了什么一样看了我一眼,"行了,你也是大人了,我们就不唠叨了,尽快商量然后告诉我和你妈,我们好提前准备!"

燕紫来的时候我妈又赶紧向她讨要明确的说法。

"燕紫啊,我和叔叔都非常地喜欢你,我们觉得呀你和忆水就是天造地设的一对儿,你们俩的婚事你看什么时候办,叔叔阿姨回去也好准备。"

燕紫笑盈盈地看着我说:"我听忆水的!"

"你妈妈和舅舅是什么意见?"我妈问。

"他们说我喜欢就好!"

"好啊!好啊!"

我小声问燕紫:"你真的心意已决了?不会后悔吗?"

"你呢?现在算是考虑清楚了吗?还有要跑掉的打算吗?"

"看来是跑不掉了!"

我俩相视而笑,燕紫的笑是鹅黄色的风抚摸在柳树梢头,嫩芽儿就放心地舒展开了柔软的身体,这早春三月般的微笑最令我着迷,与眼前人"执子之手,与子偕老",这一切顺理成章,而且甜蜜宜人。我在心里对自己说:"萧忆水,你真的是一个幸福的人!"

3

再见到燕紫的舅舅是在开完会从五楼的会议室下到大堂准备换乘高层电梯的时候。大堂里面有好多人,一副严阵以待的样子,我这才想起来昨天下发过通知今天有监管部门的领导前来视察。大厦门口停了一辆黑色的奔驰500,车门打开着,车里的人已经走出轿车走上台阶,我们银行的刘行长正伸出双手与贵宾握手,"杨局长!邓局长!"贵宾们与欢迎的银行领导们一一握手并在众人的陪同下缓步走进大堂,大堂里面等待着的和恰巧路过的人都保持着肃穆站立的姿势。"杨局长,您看是先听取我们的工作报告,还是先视察总行营业部?""先转一圈吧!"在刘行长的寒暄声中我的目光聚焦在这位面带威严的杨局长脸上,他的目光也恰好落在我的脸上,我感觉到他令人毫无觉察地冲着我点了下头。

那天之前,我刚跟Lucas通过一个电话。电话接通后,我先是迎来了劈头盖脸的一顿数落,什么这么多年杳无音信以为我去大西洋漂流了云云,他这么一骂我心里反倒有底了,看来他还没把我当成外人。寒暄了一阵我们言归正传,"你这么久都没联系我,现在打电话肯定是有想法了,我懂的。不过,眼下没有现成的机会,我可能需要运作一下,需要点儿时间。"他又说,"以你的能力,再进一步还是应该的!""谢谢Lucas!哪天我请你喝酒!""哈,还记得我喜欢喝酒!"他还是当年的风格,喜欢说笑,精力旺盛,"咱俩呢倒是不用客气,你做事用心也能帮到我的忙,那你等我消息吧,到时候可要不醉不归啰!"我琢磨再三还是决定先联系Lucas,不行的话再走猎头公司那条路,一般情况下如果猎头主动来找你的话会好一些,有针对性的被挖角往往容易获得更好的职位和条件,而且影响面也小,但如果反过来你主动去找猎头,往往一时半会儿难有好的推荐,还可能产生些不好的影响。我有两个同事就都和猎头保持良好互动,结果有一天他们在一位猎头的朋友圈里看到了彼此的留言,于是就胡乱猜测对方的离职意向并添油加醋地加以传播,最后搞得两个人都没有好果子吃,所以大家总结说"留言需谨慎"!不过,池塘里面的情况大抵都是相似的,水的深浅和浑浊程度,差异往往也是因人而异,所以如果能够跟着一条大鱼相对来讲也算获得了某种优势,在这一点上我不得不承认,我爸说得其实没有错。

看到燕紫舅舅的第二天,我被通知参加一个会议,是一个由消费金融事业部各级领导参加的会议,主要议题是与某知名外资银行战略合作的一个项目。这个项目是今年全行的重点工作之一,行里为该项工作单独设立了项目组,整个事业部会选派几名业务骨干参与其中,只是具体的人员确定和工作分工还不清楚。高铭为了能够进入这个项目可是没少在Jessica面前表决心出力气外加卖萌,进入项目的好处大家都心知肚明,年终考核看业绩,业绩依托好项目,最为重要的是加入项目就相当于获得了一个不错的出场机会,表现得好可能获得额外的关注,你的路很可能一下子就打开了,更何况业绩的好坏也与数目不菲的奖金直接挂钩。所以你说像我这样没有野心的人要不要来争取参加这个项目,答案当然是肯定的,但高铭的很多做法我的确做不出来,在喜欢个性张扬的Jessica面前我就总好像难以出彩似的,就连新近提升的展鑫似乎都比我更加具备竞争力。

言归正传说回当天的会议,我在会议上被确定为消费金融事业部加入项目组的人员之一,这段时间的工作向项目组领导汇报。这个安排让我受宠若惊,因为就在几天前高铭还扬扬得意地向大家透露说Jessica已经确定由他参加这个项目了。会议结束的时候,事业部的胡副行长特意和我聊了几句,意思是说这个项目的意义重大,他对我寄予厚望,Jessica 在旁边也说了些加油打气的话,我当时在心里面合计了一下怎么一天之间我就被划入领导重点培养的新星行列了呢,领导们自是老道,言语之间自然亲切。不过管他呢,参与到项目中来是最大的胜利,其他的就认真干活吧。

最近这几年,我觉得自己在工作上就像得了阳痿,总是兴奋不起来,究其原因呢我想工作内容的新鲜和挑战性是一个方面,但更多的可能还要归结于自己内在缺乏目标和斗志,所以一直在原地打转而不采取任何行动。如果说是在等待机会的话,连自己我都骗不过,那样的机会实在是太少了。银行这种人才济济的地方,每一个身处其中的人都知道,没有什么好抱怨的,各人使各人的力,各人出各人的招,为达目的不择手段或者压制陷害的人会遭人唾弃,但以成败论英雄确实是局内人共同遵循的,否则就可能会在岁月的碾压下慢慢安于现状,流于平庸,并成为年轻人上升的阻力。

我不得不说 Jessica 是一个相当努力而且正直的人,她超出常人地努力工作,对公司抱着完全负责的态度。还有一点特别难得的是,她能始终站在公司的立场而不发任何抱怨,不传播负面情绪,她自己称之为职业素养。当高铭急火火地冲进她的办公室,不用问准是对未能加入项目向老板抱怨,透过办公室的透明玻璃墙壁,我们都能看到高铭冲进房间时一脸的怨气。Jessica 的态度平和而耐心,我想象得出她向他说明领导如此安排完全是出于项目开展的需要,高铭起先争辩,Jessica 的态度变得强硬起来,应该是在告诫他不要让情绪发酵影响到工作,紧接着她的脸色又缓和了,一定是说重要的项目以后还会有,高铭你要有发展就不能抓着一件事不放而是要从长远发展的角度看问题。高铭是个狡黠的家伙,事已至此,发牢骚并不能改变事实,与其因此失控而触怒领导,让自己倒霉考评拿个不及格,还不如退而求其次利用领导出于亏欠或者平衡的心理稳保个良好的考评成绩,还显得自己够大气、有职业素养、符合领导的价值观。所以当高铭走出 Jessica 的办公室的时候,他让自己显得像个没事儿人一样,甚至还轻轻吹着口哨,路过我身边的时候他故意停下来,"哥们儿,好好干啊,这可是个表现的好机会!"他在我的肩头上轻轻拍了拍。我笑笑,人在职场身不由己,大家互相理解吧。

作为项目的 PMO 成员,我仿佛从众多的伴舞演员中被选中换上了主角的服装,站在追光灯之下舞蹈,参加各个层面的会议,战略层面的,业务层面的,执行层面的,项目进展汇报的,各模块通气的。主角和伴舞之间最大的差别在于内心的变化,有一部闲置了的发电机重新转起来,卷起厚积的尘埃在透明的阳光中飞舞，重新发出的电流是一股强大的兴奋，整个人都像来了高潮，那种阳萎的状态一扫而光了。我甚至开始怀疑之前给自己定义的缺乏野心和进取心也许是错误的，那只是由于缺乏展现的机会把自己蒙起来的一块遮羞布，揭开那块布，一跃而起的是一个和这个时代的脉搏生息与共的小野兽，它野心勃勃、斗志昂扬，并涌动着奔向成功的欲望。

4

铁枫并不像其名一样刚毅威猛，反而有着郑伊健一般的潇洒和优雅。他对人总是斯文儒雅，但只要你参加几次有他在场的高层会议，你就能清晰地嗅到那样一种独占鳌头的孤独。铁枫是带了几乎一整个班底从另外一家银行空降而至的，目的就是要把确定为"银行新引擎"的投资银行做大做强，据说在上一家银行，他带领自己组建起来的团队将投行业务从无到有，几年间业务规模翻了九倍，帮助老东家赢得了最为亮眼的市场业绩。可想而知，这样一个业界红人，此番如此大动干戈，所有的人看到他都像是看到敲锣打鼓的天兵天将，表面上鼓掌助威可心里头不见得能有个好滋味。铁枫倒也不忙着结交，而是和团队埋头苦干，不长时间就拿出了完整的一套业务发展规划，前台的分行触角、行业团队的开拓，中台的产品和业务组合与创新、后台与托管的衔接，刘行长甚为满意，并要求相关的各条线和部门予以全力配合。领导们纷纷表示支持，不过用屁股也能想得出来，KPI没有压在他们头上的话，怎么个支持和支持的力度可就大不同了。虽说业务联动对自己的板块也会带来帮助，但只要自己的KPI能达成，何苦主动为他人攻城略地呢，这些见过风浪的人精，哪个人心底里没有一把算盘呢。

吴跃是高层领导里面另外一个气质和样貌出众的，大家总是开玩笑说我们行的有些广告根本没必要去外面请模特，吴总一亮相那就是风流倜傥的企业家、高端人士、社会精英。吴跃早年曾在美国华尔街工作过一段时间，所以在思路和眼界上经常能超前和另辟蹊径。他负责个人贷款业务，推出了好几款在业内首创的贷款产品，个贷规模每年都有不错的增长，现在行里大张旗鼓地搞零售业务扩张，按说吴跃应该成为挑起零售大旗的不二人选。但剧情并没有这样发展，所以呢，这位从华尔街归来的金融精英多少有那么一点儿壮志未酬。

和铁枫、吴跃有深度接触还要从那一次的封闭研讨营说起。十一假期，刘行长提前让助理布置了假期的特别任务，点了几个重点业务条线领导的名，把大家集中到一处坐落在山里的银行自建培训学校，研讨行里的战略规划方案。这个方案的讨论倒不只是这么几天的事情,前期已经做了大量的研究和提案,聘请了国际知名的战略咨询公司。近些年面临内外部的环境变化,各家银行都在进行业务梳理、资源配置、架构重组和战略定位,之所以放假期间组织外出集中研讨,就是为了能在领导们都不被日常工作打扰的情况下,心无杂念地把那些悬而未决的内容确定下来。我和李安华那次是被刘行长助理抓差,放弃假期作为工作人员参会的。那几天,领导们白天讨论得很热烈,晚上也会小范围的相互聊聊,我和李安华,配合咨询公司的小组,还有领导的秘书们,就成了连轴转的人。我们负责将领导们的讨论整理出来,加入对同业的研究分析,形成报告,第二天讲给大家听,报告总是引发又一轮激烈的讨论。刘行长非常满意,他说脱离了日常工作后大家的专注力和热情都高涨了,而且有什么想法不用找这个找那个的,全在这里了。在整理报告的过程中,为了更深入地搞清楚每位领导的思路,我们又分头行动跟不同的领导混在一起,李安华在这期间和吴跃接触最多,我和铁枫接触最多,当时并不知道这样的接触竟像是预示了日后两个人的路,或者说至少是个开端。那七天对于我来说更像是一个超级集训营,领导们的信息量已经爆表,国际知名的咨询公司更是名不虚传,接住领导的每一个球之后是专家团队和国际同业实战资料的强大支持,带着深入研判的再探讨让领导们为之兴奋,我想那是我形成工作能力之后最大的一次全面提升,对业务的理解、思维方式乃至思路归纳都感觉豁然开朗,安华和我也因此成为领导们眼中有头脑有思路的可用之才。七天下来,身体的感觉就一个字,累,整个人跟散了架子似的,才知道咨询公司的活也真不是一般人能扛得住的。一回到家我就倒头大睡,直到第二天早上燕紫把我摇醒,她说我睡了十五个小时了,饭也没吃一口,她给我做好了荷包蛋面条,让我吃了赶紧去上班。我抓起手机一看,7点30分了,新一天的工作又在不远处召唤了。

那一段时间的工作很辛苦,周末加班更是家常便饭,徒步什么的,被完全搁置了,最大的运动就是周末的早上和燕紫做爱,三次,还是完美的三次,燕紫实在是精通销魂之术,最后的时候我也总是进入到那种彻底放空了的状态。在我,这渐渐成了一种依赖性的满足。燕紫不是黏人的女生,我也几乎不用担心我加班的时候她会感觉无聊,她也会去加班,就像她说的,她的工作是想做就有的,闲了的时候她就摆弄那些折折拼拼的小玩意儿,她用很多红色的纸折成成百上千的千纸鹤,然后把它们粘在一棵弯曲伸展的小树造型上,那些火红的千纸鹤每一只都翩翩欲飞的,是红火的鹤,又像是跳动的火。她也喜欢上了听CD,一边做着她的手工艺,一边听着《帕格尼尼小提琴与吉他二重奏》,她说就喜欢那种爱得肝肠寸断,突然起一身鸡皮疙瘩,很过瘾。我说那就听大卫·葛瑞特的帕格尼尼

《第24首A小调随想曲》吧,最好再看一下那部《魔鬼小提琴家帕格尼尼》的电影,大卫·葛瑞特饰演帕格尼尼,音乐和颜值都会打动和刺到你的神经,我喜欢电影里的音乐处理,小提琴的音效更加集中和突出。她更多时候听法国香颂,她问我这里面代表了什么,我说大概像是沉醉在玫瑰娇艳的盛放之中纵然知道凋零再所难免,是一种稍纵即逝的浪漫和美好吧。

  我那时候除了做项目组的工作,最多的就是和安华一起,同咨询公司的人混在一块儿,他们总是在整幢大厦的灯都熄得差不多的时候才走,"咨询费很贵的,我们不卖命哪行,也算是职业素养吧!"他们戏称。他们也喜欢同我们混在一起,让我们从甲方的角度帮他们做分析,尤其李安华是个脑细胞爆表的家伙。除此之外,我还帮铁枫和林丽华干了不少的活。林丽华是私行的副行长,五十岁上下年纪,总是把自己打扮得精致端庄,她不似Jessica那么的夸张和时尚,但衣着考究,形象稳重,很符合私人银行高端客户的定位。我被林丽华抓差是因为她看到我每次帮铁枫整理的报告都令刘行长赞许,她就找我说,"小萧啊,你帮我把报告调整一下,突出一下亮点!""行啊,内容都是在的,我把表述思路调整一下,更突出围绕零售大发展策略开展业务,您看怎么样?"林丽华于是对我这样一种踏实好用的作风赞赏有加。所以有的时候我也想,一个人说到底是处在具体的小环境当中的,要是你的直线领导和你对脾气,欣赏你,不但容易获得上升的机会,工作做起来即使累一点儿心里也愉快些。但这就是在大企业当中的人的无奈,你看重的是大企业的整体效益和大的平台,别说工作的小环境,就是具体的工作岗位都是很难有选择余地的,企业中都会有换岗的机会,但好的岗位从来都是没人拿出来换的。

  对了,我还帮过铁枫和林丽华一个小忙。那天同外资银行的同事与林丽华开会,谈了不久后的一个私行俱乐部活动,我们计划在活动中推广与外资银行共同发行的一款理财产品。会议结束的时候我在走廊里刚好碰到铁枫,我琢磨了一下就和他提了一嘴,"不是说投行和私行有一些客户和项目可以共生共享吗,没准儿可以就此做个尝试!""好建议,那我就主动去找一下林副行长。"铁枫于是主动向林丽华伸出了橄榄枝。从那之后,林丽华和铁枫就一直保持着愉快的合作关系。私行俱乐部活动当天我陪同外资银行的人到了现场,铁枫看到我就走过来和我们握手寒暄,他特意在我的肩膀上拍了一下,我回头看他,他冲着我笑了笑。

  一转眼到了项目组工作的尾声了,那天铁枫的秘书给我打电话说枫哥找我。我走进铁枫的办公室,他起身招呼我,给我沏了杯茶。铁枫的气质优雅,不急不躁,但在看似波澜不惊的外表之下又都在脑子里波诡云谲般地盘算过了。

"听说你这一次的考评业绩不错,李安华和你,受到了各部门领导的一致好评啊!"

"枫哥您过奖了!"

"接下来有什么打算,项目组的工作也在收尾了,之后还想回原部门吗?"

"我很想拓展一下自己,如果有机会的话真想跟着枫哥您多学学投资银行的业务!"我来之前就合计过,差不多要把这个话题丢出来了,如果没有近来的频繁接触,我是断没有机会往这个领域发展的,过往的经验并不匹配。但不管怎么说,我还是应该提出来。刚毕业的时候学历是敲门砖,工作几年经验是金刚钻,再接下来那些就都不是最重要的了,龙飞凤舞,万类霜天,虫子飞不上高天,会飞的各有各的道行。投资银行和私人银行,这两个领域较之我原来的部门都是更有前景并且小环境更适合我的。

铁枫面色明朗地点了点头,"你帮了我不少的忙,对投行接下来的业务重点也有很多理解了!"

"这段时间分支行和行业线的联动机制已经开始启动了,中台的产品和方案规划需要增强力量,要能跟得上前线的要求!"

"嗯,"他点了点头,"为客户提供全周期全方位的投融资解决方案,要扎扎实实地一个个成功案例地积累完善起来,早期融资、IPO阶段多元化服务、转型期的资产处理,每一个环节都要做细做强!"

我们那天聊的时间不长,铁枫也没说什么决定性的话,我心里面掂量着这件事应该还是有希望的。

李安华说要单独约我聊聊。我俩的关系一直不错,我觉得和其他人比起来,安华是个可以信赖的人。他比我小三岁,但面相看起来好像大我五岁似的,他是出了名的脑容量爆表,对各种业务问题有着深入的研究和见解,更难得的是他从不恃才而骄,他喜欢把他的理解和思考讲给你听,态度又是极为谦和的,我对此的理解一是说他的修养好喜欢与人分享,另一说是他要把这些东西说出来否则他会因为孤独而死,这可能是天才的悲哀。但他又不是智商高到情商为负的人,他的情商高过大多数的人,凡是与他打过交道的人没有不喜欢他的,他和你的沟通总是平和而有条理,让你在不知不觉中就会认同他的分析和观点。还有一点就是他的付出和担当。项目组里工作边界有时划分得不完全清晰,遇到棘手的问题,他会说,"放心,我来!"就好像他是那个最终要为整个项目负责的人。我有点儿惊奇自己对安华的理解竟然有这么多。他还是一个以工作为乐的人,这一点绝不夸张,他对吃点啥、玩点啥或者去哪里旅行并不热衷,但如果老婆要求他就会陪她去旅行。他有一个漂亮又省心的老婆,他说:"娶老婆这件事儿能够充分体现一个男人的智商!"他盛赞现在的年度鲜花预订服务,他付一次的钱,老婆每周都能收到花,竟然把他变成了一个浪漫的人设,"这个效率高,效果好,是聪明人的玩法!"所以其实这么说来,安华比大多数的理工科直男更懂得聪明地浪漫。

晚上七点多钟我俩走出银行大门,叫了辆车去爵士酒吧,去哪儿对他来讲并不重要,要聊的事情才是重要的。

"铁哥和林丽华,你更倾向于哪一个?"我俩找了个位置坐下来,点了两瓶Corola,他开门见山就问。

"如果是你的话会更倾向于谁?"我反问他。

"两个都不错。是我的话就对投行更有兴趣,这块业务规模和发展都很有潜力,又能扩宽视野和接触面。铁哥的风格嘛,也干练,跟着他能够学到更多的东西。"

"和我想的差不多,不过也要看领导们最终怎么想。对了,说说你吧!"

"对,这也是我今天想和你聊的。"

我俩要的Corola来了,我们一边喝酒一边听现场一位女歌手用意大利语在演唱,那是个浑厚的女中音,歌声中透着甜蜜和忧伤,富有感染力,虽然听不懂歌词,但演唱者饱满的情绪一下子就能打动你的心,像是山谷的风在空旷地回响,但我知道李安华没在听歌。

"吴跃,你对这个人的印象怎么样?"

"哦,当然是个人物,只是目前在行里的地位有点儿微妙,没能像铁哥那样取得刘行的信任。不过以他的背景和经验,我想他终归是要做些事情的,大老远地从美国跑回来,国内又是一片黄金沃土,没理由就埋没在这里。"

李安华点头说:"他一直在关注房贷中的二手房交易。目前的市场很不规范,一直以来都依靠小贷公司和担保公司,时间长,费用高,风险大,这是三个真实的痛点。国外在这方面有完善的产权保险,房产买卖双方先通过第三方购买一份产权交易保险,买方银行见保单提前发放按揭,卖方提前获得房款,整个过程下来,买方省了一半的成本,交易时间只需要之前的三分之一,资金也安全放心得多。美国有一家公司之前就瞄准了中国这个市场,可惜政策和资源都不匹配,所以没能攻下来。"

"听起来是个不错的项目,所以你们想做那个第三方是吗?"

"嗨!"他笑着拍了拍我的肩膀,"我觉得这是个不错的机会,老吴和我已经合计很久了,老吴还会带他原来团队得力的人一起,他们对个人信贷的业务、流程、审批、风险都非常熟悉。"

"豪华阵容啊!"

"这个事情要联动多家银行、保险公司以及房产中介,把全国各地不同房地产的交易流程和交易制度整合起来,实现标准化、系统化,做起来也很不容易。"

"房地产市场近来调控加紧,外部环境似乎并不乐观。"

"嗯,"他喝了口啤酒,"住房金融这个市场很大。中国的二手房比一手房,在大一些城市2:1,以后一定会大幅上升,容量是巨大的。再者我们也用同样的产权险做房屋抵押贷款,房贷和抵押两者有辅助效应。"

"不错啊,市场规模预估了吗?"

"中国二手房市场每年的一手房、二手房的交易超过10万亿元,背后大概有15万亿元的按揭存量,将近20万亿元的抵押贷款的存量,万亿元的市场才可能有百亿元级别的公司,对吧?"

我举起啤酒敬他,"听起来前途无量啊!"

"不容易做。要撬动整个行业的变革,建立一个新的生态圈!"李安华脸上现出悲壮和决绝的表情,这时他的电话响了。

"James?"他看着我,"我和萧忆水在一起,在这个,黑鹰爵士酒吧。哦,好啊!"

"James等下过来!"他挂断电话对我说。

James和Unis,是外资合作方的两位主要负责人,毕业于杜克和哥伦比亚的两个大帅哥,从他们身上我看到美国精英的生活方式。他们在加州有着漂亮的花园洋房,那里气候宜人食品安全,孩子接受美国教育,一家人闲暇的时候喜欢外出度假,他们是财务颇丰的国内中产向往的生活标杆。我能感受到他们身上那种属于精英阶层的骄傲,但同时也混合着一丝个人野心扩展的无奈,他们的老板是美国人和印度人。在美国,印度人比中国人更能获得担任公司高管或者技术负责人的机会,所以对于他们而言,回到中国的市场也许意味着更多的成功和机遇。James同安华和我是聊得比较多的,项目接近尾声了,他们也即将有着新的工作和定位了。

"James把Unis搞走了你知道吗?"

"听说了。好像联手那个负责技术的印度人做了个局坑了Unis一把,Unis被调回总部了。"

"嗯,所以James就名正言顺地成了中国区的老大!"

James来了,他点了一杯马提尼。华丽的吉他声响起的时候,我注意到一个意大利男子坐在椅子上拨动琴弦。他有着一头乌黑的卷发,眼睛深邃,鼻梁高挺,纤细的手指在琴键上飞快地回旋,音乐声有如湍急的流水从山谷间一泻而出,欢快地奔流。"真是华丽!"我心里想,James喝了两声彩。

"你也喜欢爵士乐?"我问。

"我?我对爵士一般,要是真听音乐的话,我喜欢听歌剧。"

"瓦格纳的,"他又补充道,"那玩意儿过瘾,恢宏,有气魄。我也是在上大学的时候跟着我一个室友听起来的。瓦格纳不仅有音乐性还有宏大的文学性,尼伯龙根的指环是世界的权力,侏儒是统治世界的流氓阶级,众神的黄昏是伟大精神的陷落。挺有意思的。"他的马提尼碰上我们的Corola,"你好像喜欢这玩意儿?"

"嗯。"我笑笑。

"爵士挺好,灵魂的洒脱和摇摆!"James的心思并没有真的在音乐上。

"创业?做P2P啊?你们PMO里面有两位前些日子离职的好像也是去做了P2P,风口啊!"

"我不做P2P,"李安华笑着说,"做的人太多了,同质化严重,不好玩!到了最后只能拼财团背景,拼营销,那种一天骚扰客户三次的所谓营销我可做不来!"

"对对对,你脑容量那么大脑细胞超级活跃,不好玩的事儿是不喜欢的!"

他俩大声嘻哈着喝酒,我不得不示意他们压低点声音,以免影响了现场表演的气氛。李安华把刚才和我讲过的二手房产权险的项目又和James说了一遍。

"这是个好项目!"James大声称赞,"你去做CEO吧?吴跃做董事长?"

"嗯。"

"吴跃有眼光,你是个想干事能干事的人,又能担当,我看你对项目负责任的劲头就知道你是个当得起CEO的好材料。创业最难得的就是那种西天取经的唐僧精神,没了孙悟空,少了猪八戒,我也得坚持到底把真经给取回来,还得想方设法多找几个孙猴子,再给每个人都套上个紧箍咒!"

"我们的团队很给力!"李安华忙给James讲他们的团队构成。

"豪华阵容啊,投资方来头不小啊!"

"吴跃找的投资,蓝林资本领投!"

"怪不得,拿了多少投资?"James对投资金额的兴趣似乎大于他对于项目本身的兴趣,"美国的确有很多金融创新是值得借鉴的,日后如果发现了什么好的机会,我也去找你和吴跃取取经,不过我得找得到像你这样的CEO才行!"

所以有一些事情呢,既有努力的成分也有运气的成分,李安华跟着吴跃创业去了,我跟着铁枫进了投行。燕紫的舅舅邀请我们去家里吃饭,她的舅妈张罗了一桌子的菜。

"咱们自己家人就在家里吃!"舅舅说。

"谢谢舅舅提携,我加入行里的PMO项目组,得到了很好的锻炼和提升,也才有机会进入投行事业部!"我端起酒杯向舅舅敬酒。

"关键要你自己干得好!"舅舅显得颇为满意,"老刘跟我说是铁枫主动点的你!"

"你们两个都好好干,大有前途!"

燕紫这时也已经到小微业务部管理其中的一块业务。不过小微呢虽说是时下各家银行都在推动的,但在实际执行中困难很多,市场信息不对称,管理成本高,更需要规避风险。她有的时候经常为工作所困扰,我就试图安慰她,"对了,不是一直说要去看日出吗,哪个周末我提前预订鹿咀山庄的小木屋!""是啊,婚纱照也要去拍了,拖太久了!"燕紫说。结婚的日子已经定下来了,但由于我俩的忙碌推了几次,我爸倒是一副气定神闲的口气,"没事儿,你俩先忙,正是该忙的时候。你看爸跟你怎么说的,我说燕紫的舅舅不简单吧!你们先忙工作,结婚这事儿反正板上钉钉的,晚上一年半载不打紧!"燕紫最近总是失眠,眼神里也像蒙了一抹忧愁似的,问她又说没什么,我想一定是工作压力太大了,就想让她尽可能地放松下来,"听巴赫十二平均律的前几首吧,听着听着就能睡着了!"我开了音乐设定了播放时间调到合适的音量,没听一小会儿就睡着了,但燕紫好像还是翻来覆去好久才入睡。

我约了Lucas喝酒,这是我和他主动联系后两个人第二次出来喝酒了。上次他和我说有个可以考虑的机会,职位的级别上他可以帮我争取,但那块业务呢有点儿不太好做,所以他说我如果不那么着急的话可以再等等,毕竟要有好的发展还是要依托有前景的业务。我也和他同步了我进入PMO项目组的情况。"这是好机会啊,既能得到锻炼,又可能获得新的发展契机,行,我这边也继续物色着,有什么咱俩及时通气!"所以我得和Lucas说明我现在的进展,我希望和Lucas维持良好的信任关系,谁知道呢,这个世界有的时候山水流转,我可依赖的人脉资源本就有限。

"投行啊,那可是人人眼热的新赛道,那得祝贺你,必须的,得好好地庆祝一下!"

"新工作其实并不轻松,要使出更大的劲头!"

"说得没错,但不妨碍庆祝,庆祝完了,该拼就拼去!"

Lucas 本就爱玩爱闹，那天我俩喝了一整瓶的 XO，他又叫了几个人来唱 K，再喝啤酒，我很少喝得这么 high，心里觉得难得的畅快，把一直矜持着的高兴都释放了出来，有一种说不出的爽，这种爽法好像只能用燕紫带给我的高潮来类比了。这时心里也就明镜儿似的知道这样的机会砸到我就跟天上掉了个馅饼似的，如果没有燕紫，估计再怎么着都砸不到我头上。心里就涌上一种特别的感动，好像自己不再是孤零零一个人走在这个世界上的，有那么一个人真心地拉着我的手，在这逐世洪流中与我相依为伴。人们都说婚姻是现实中最有力的结盟，我从未渴望甚至颇不以为然，从我的婚姻理想你应该看得出来。但现在这结盟意外地跑了来帮了我一把，好像就是为了让我明白它是真实可信的，婚姻因此也是真实可信的。

　　走出 KTV 的时候一眼看到马路对面一个亮晶晶的橱窗，里面陈列着几串光彩夺目的钻石项链。我晃晃悠悠地走过马路，走进珠宝店，趴在玻璃橱柜上眯细了眼睛，盯着重影闪烁的戒指和吊坠。

　　"先生您要选一款首饰吗？"店员半是惶恐半是怀疑地不确定该离我近一点还是远一点的好。

　　"那款，红宝石的，对，一万二是吗？"

　　"哦，先生好眼力，这是我们这一季的新款，来自意大利设计师的'夏日玫瑰'系列，戴安娜王妃同款，1.2 万是基础款，还有 5.3 万、10.8 万两个升级款，奢华款的是这一只 36.9 万，寓意……"她马上走过来耐心地介绍起来，意识到我有可能是今天打烊之前的最后一个买主。

　　我摆摆手打断她，我只是要确认我没有少看一个零，"帮我包起来！"

　　"好的，先生！您是刷卡吗？"她聪明地决定了速战速决的策略。

　　"先生您不需要一个包装袋吗？"

　　我摆了摆手，头也没回地走出了店子。

　　我把戒指盒装在口袋里，叫了一辆出租车，路上迷迷糊糊地就睡着了。上了电梯来到家门口费了半天劲才把钥匙插进锁孔，屋里黑漆漆的。我按亮餐厅的灯，从凉杯里一杯一杯地倒水喝，口渴得实在厉害，身体也发沉。我刚往沙发上一坐，就顺着靠背滑了下去，我在沙发上睡着了，口袋里装着那枚红宝石戒指。

第十章　雪域　乐园

1

离开城堡的时候是清晨，朝阳照在城堡雄伟的尖顶上，照在平静闪烁的河面上。我们来到悬崖边，远远地望见乐园像一颗熠熠生辉的蛋，一辆过山车正疯狂地钻出蛋壳，呼啸旋转着在蛋壳上飞窜直到又钻进了蛋壳。一辆玻璃门的轨道车停在了我们面前，顶着一条辫子，却看不到轨道。我带着孩子们坐了进去，车门轻轻合上，乔治法师用魔术棒轻轻一点，车子先是向空中一跃，紧接着我们的眼前一闪，一片黑暗，像是钻进了一个异度空间，但时间不长，眼前再一闪，一片光亮，带着强烈科技感的大巨蛋和大门上方闪烁的"乐园"两个大字跃入了眼帘。车门缓缓打开之后，兽们就从大门里走出来迎接我们，它们接过了我背上的孩子，就是昨天喝了我的嗜睡汽水的那个小家伙，我汽水里的嗜睡分量本来就是他们的好几倍。乐园在我的面前展开熟悉的画面，繁忙喧闹，人流穿梭。孩子们跟着兽走了。兽在乐园里是霓虹般绚丽多彩的，他们走向了中央舞台，那里，精彩的演出永不落幕，传送带上的美食引人垂涎，五花八门的自动贩卖机提供生活的一应所需。总之，乐园的生活就是——"应有尽有，享你所想！"。不过我现在肚子还不饿，我于是沿着奋进大道往前走，就看到了一身吉卜赛装扮的Vivian，和占卜屋前面排起的长龙。

Vivian长着一双又黑又大的眼睛，眼圈也画得黑黑的，她头上扎着很多的辫子，其中有几条真的但更多的都是假发。她的裙子哩哩啰啰的一层又一层，晚上下班时她会从腰间解下那条臃肿的裙子，把它塞进占卜屋的柜子里，第二天早上上班时才又穿上，所以摘掉裙子假发这些行头之后她其实是个挺苗条挺年轻的女人。对了，占卜屋和恐怖屋是乐园里仅有的只在白天运营的项目。

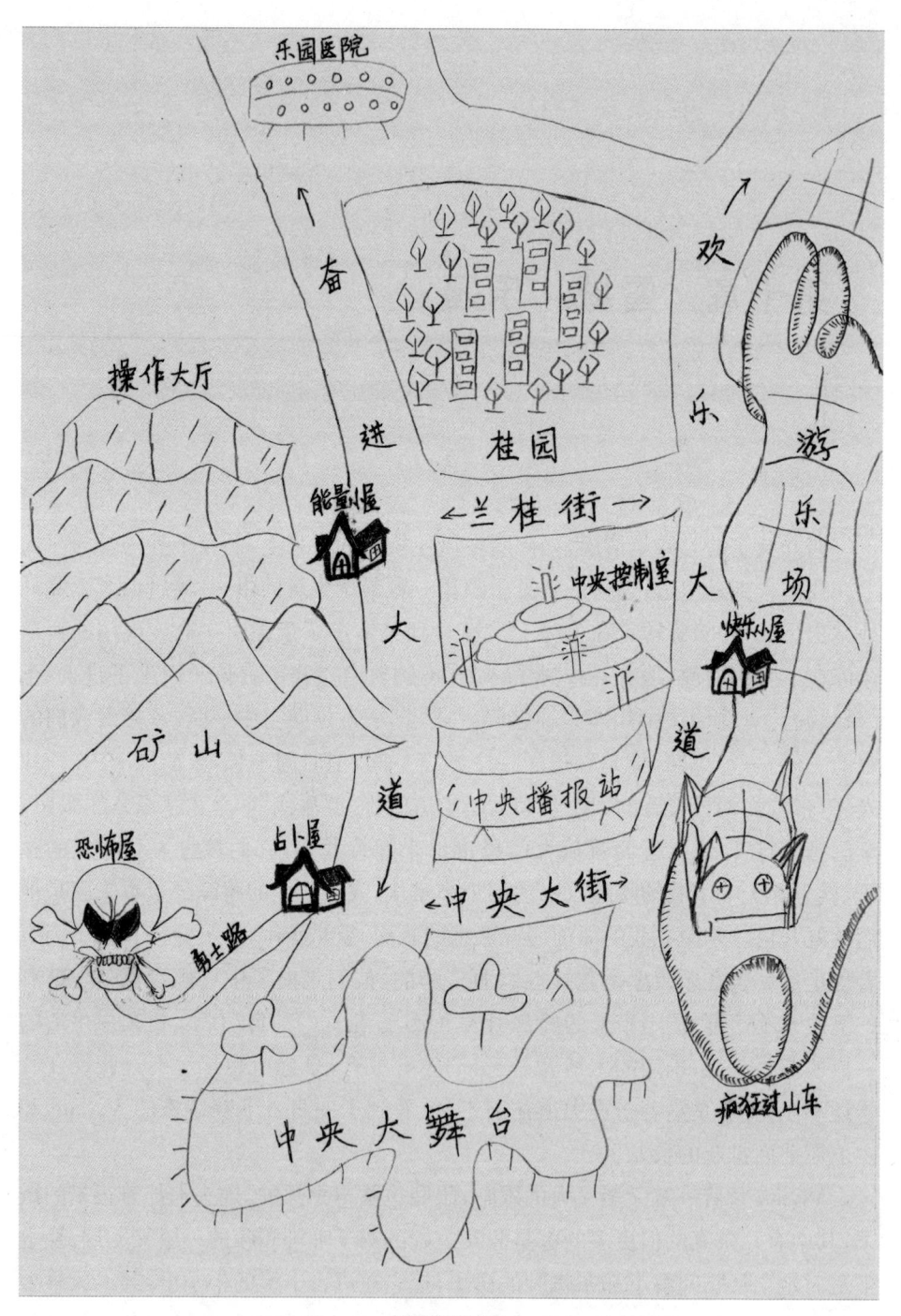

乐园平面图

180

"嘿,这几天怎么样?有什么新闻吗?"我问。

Vivian正在帮排队的人在机器上按指纹,看到我就露出喜出望外的样子,"嗨,你可算回来了,每次你不在我们都觉得像缺了好多东西似的,Kevin总是说,'大家伙'到底还要几天才回来?"

我俩像老友重逢一样地拥抱后,她说:"特别的事儿还真是有的,发生了一起谋杀案!"

"你是说恐怖屋里的谋杀案吗,那不是天天都在发生?"

恐怖屋是一个非常特别的存在,当人们获得了快乐,摆脱了情绪的困扰,拥有了对抗疲倦的能量之后,为什么还希望进入那里?总有人要寻找刺激,我们几个老伙计有着比较相似的看法——有一种黑暗的天性涌动在人们的血液中,总要有释放的地方。还可能是一种冒险和侥幸心理,恐怖屋是乐园当中唯一的一处没有任何监控设施,甚至没有兽巡查的地方,也就是说,这是一个人们可以为所欲为的地方。

关于那里究竟有什么,又究竟发生了什么,都是经由进去过又活着出来的人口口相传的。据说那里有僵尸房,死了的人有的会变成僵尸,专门拦截进入恐怖屋的活人,他们的样子惊悚无比,骷髅和骨架,还有残缺不全的内脏和皮肤,可他们的眼睛是喷着火的,伸着长长的血红的舌头,手指变成了锋利的剑,会刺入他们拦住的人的脖子、心脏或者身体的任何一个部位,血淋淋的。被僵尸杀死的人也就变成了僵尸,加入僵尸的队伍,他们会钻进地底下,也说不好什么时候就会突然出现。所以有的时候,人们进入僵尸房的时候会发现那里静悄悄的什么也没有,那就是僵尸们钻到地下睡觉去了,经过的人生怕僵尸突然间从地底下冒出来,因此反倒更加地胆战心惊。还有人说有水蛇洞,那些水蛇会缠住路过的人,把他们一点一点地拖入泥潭之中,再把他们吃掉,吃掉皮肉和内脏,最后就只有骨头会漂在泥潭上面,再经过几次泥潭里的翻腾,也就沉下去了。黑暗丛林据说游荡着野兽和嗜血蝙蝠,那里漆黑一团,一旦钻了进去就陷入无边的宇宙盲区,阴风阵阵,野兽在远处呜咽、嘶鸣,如果你在丛林里钻得久了突然看到一束蓝光,那就是野兽来了,或者是一群嗜血蝙蝠不知道从什么地方"呼啦"一下子聚拢过来,没一会儿工夫,那人就干瘪了,就像张破报纸一样被阵阵阴风吹得"呼啦啦"的,突然扑到过路人身上,被扑到的人就吓得魂飞魄散了。关于恐怖屋,还有成千上万种恐怖的传闻,但是几乎没有一种是能够被完全证实的,几乎每一个进去的人讲述的都不一样。但是,有一点却是千真万确的,每一个准备进入恐怖屋的人都会以自我防御的名义获得一样武器,长枪短枪或者弯弓利剑不一而足。Vivian说,"进去恐怖屋的人会互相残杀。"不过从来没有人提到过这一点,他们走出恐怖屋的时候经常是满身血污,伤痕累累的,当然也有人看似毫发无损。好在,恐怖屋有一个明确的规则,那就是,每一天,只能有一个人死在恐怖屋,只要有人挂掉,屋里屋外就会响起警报,所有人都要自动解除武器,并沿着出口依次走出来,Vivian也会在勇士路的出口处做人员登记。所有活下来的人全都走出来之后,系统就会自动识别出当天死在恐怖屋里那个人,他的名字、照片就会出现在占卜小屋面向奋进大道的大屏幕上,中央播报室的大喇叭也会响起,向乐园宣布那一天消失在恐怖小屋的人的名字,同时将他从乐园的名册中彻底除名。也正是由于这样明确的规则,不少人就会抱着冒险和侥幸的心理走进恐怖屋,毕竟每一天只有一个人会成为那个真正的倒霉鬼,而真的就有经验丰富的恐怖屋历险者,他们成了大家口中的英雄,他们也在不断地用自己的故事塑造恐怖屋的惊心动魄。对了,人们进入恐怖屋之前都会去占卜小屋占卜。占卜小屋说是占卜其实是数据统计和概率分析,运算主机在城堡的 MAZE,小屋进行的不过是数据采集和结果反馈。那些等待占卜结果的人会从机器里领取一张卡片,卡片上显示的是"生"或者"死",不过所有人都不会透露自己的占卜结果,那张卡片又会在大家离开恐怖屋的时候和各自的武器一起回收。所以占卜结果是否准确其实是不得而知的,不过每一个走出恐怖屋的人都说他们拿到的是"生"卡。

"噢,当然不是!"Vivian 挑了挑又黑又长的眉毛说,"发生在游乐场,有人打开了那些人的虚拟舱,枪杀了他们,噢,一共死了十个人,没抓到凶手,没查到武器下落,所有的监控都没有拍到任何异常!"

"哦?竟然发生了这样的事?这很严重!"

"是啊,好几个法师都来侦查过了,带了好多的精灵,目前还没有进一步的进展。"

"是什么武器?从恐怖屋得到的吗?"

"0.22,小口径,直击在眉心正中。不是恐怖屋的武器,案发那天我照例进行过出屋检查,人员、武器都对得上。"她摇着头一副惋惜的样子,"那些被杀死的人,他们就被永远地困在了游戏里,回不来了,他们会变成游戏里的鬼魂!"

"不过乐园里看不出丝毫的恐慌!"

"当然了,Doughnut 给在场的听说了消息的人每人免费发放了一枚'快乐药丸'。你知道那东西的,吃了之后就把所有的烦恼啊、恐惧啊全都忘记了,没有人散布恐惧,恐惧自然就消失了!"

"噢!"

两个乐园女孩儿这时候看到了我,她们穿着火辣的红色超短裙,胸部束得紧致而丰满,脚蹬俏皮的白色小皮靴,她们的头发染成不同的颜色,一个是红的,一个是绿的,粘着长长的睫毛,脸上喷了亮闪闪的彩色粉末。她们踩在平衡车上,两个人从不同的方向朝我冲过来,伸展着手臂,兴奋地张大了涂着浓艳口红的嘴。她们"哐""哐"两声撞到我的身体上,这是她们历来喜欢的恶作剧,我的身体就是她们的一堵减速墙。她们都从平衡车上跳下来,扑到了我的怀里,"罗得!我们想死你了!"乐园就是乐园,一个有朋友有欢乐的地方。

我于是打算跟着乐园女孩儿去中央舞台了,Vivian又叫住了我。她神秘兮兮地对我说:"罗得,我看到了红帽子和蓝帽子,好多的红帽子和蓝帽子!"

"那是什么意思?"我问。

她耸了耸肩膀,撇着又红又大的嘴巴,"不知道!我也不知道那是什么意思!"

对了,忘记说,Vivian具有某种占卜的能力。比如她能告诉我每一次接到的小孩儿里面有多少人是会飞的,她还能看到神木林的样子,她说:"神木都睡着了,他将是最后的一位守林人了!"只是她并不是什么都能看到,就像恐怖屋里哪一天是哪一个人会留在里面,这个她不占卜,可能是占卜不出来,也可能是觉得根本没有必要占卜。但很多时候当她真的看到了什么,往往又搞不明白那究竟意味着什么。

2

开场的音乐响了起来,我身边的两个乐园女孩儿火一样地踩着平衡车沿着坡道冲上了舞台。她们跳下平衡车,加入了动感的舞蹈,台下响起一片掌声。舞台的上方缓缓地放下一只巨大的吊环,两个乐园女孩儿一左一右抓住吊环飞身跃起,摆出一个双燕展翅的姿势,紧接着,她们在吊环里撑臂、伸展、双腿劈叉,做出力量和美感十足的动作。兽们登场了,它们用巨大的尾巴舞蹈,整齐划一地左右摇摆,又厚又密的尾巴合拢起来,成了彩色的丛林、巨大的七色花朵、翻滚抖动的火焰。乐园女孩儿们开始拉现场的观众一起上台舞蹈,她们不肯放过我,我于是被连拖带拽地拉上了舞台,笨拙地扭动身躯,一同舞蹈的观众里有我刚带进乐园的几个孩子,他们满脸的兴奋和喜气洋洋。"对,就这样都不要动!"闪光灯"咔嚓"一响,我们和乐园女孩儿、兽一起,留下了一张欢乐的大合影,我应该刚好被簇拥在正中间,我记得自己露出了一个大大的微笑。

我吃光了一份1500克三成熟的肋眼牛排,喝了一杯果香醇厚的赤霞珠。我喜欢这里的美食,我的第一爱好是酒,琴酒、朗姆酒、威士忌是我的最爱,当然还包括各种基酒调制的五颜六色的鸡尾酒;第二爱好当然是肉,牛排、羊排、煎鱼、大虾。但是时不时地我也喜欢搞点花样,比如说日式料理、墨西哥餐,各式甜点。乐园的美食是任何其他地方都比不上的。我又坐在吧台边喝了今天的鸡尾酒,黑白两色的天使之吻,一不小心就喝到第 28 杯,微微有点儿醉意。

我从靠近中央大街的门口走出来,中央播报站还在发布着乐园权威播报,播报的内容由 MAZE 通过数据分析来决定,所以绝对的权威,"数据决定 Everything,它们告诉我们,应该看什么,应该听什么,又应该关注什么!"记得老托斯卡说过。我看到了我位于正中间的那张舞台照片,每个人的表情都相当欢乐。我又拐上了奋进大道,朝着矿山的方向走去。今天当班的是 Kevin,他和 Owen 每 12 个小时轮班,矿山是昼夜运转全年无休的。他正忙着给排队的人们分发能量药丸。这种蓝色的能量药丸具有强大的威力,能为人们的身体提供长达 48 小时的充足精力,满足肌肉、脏器所需要的不间断的能量供给。更神奇的是,它能够抑制身体对于疲劳的感知,也就是说,一旦你服用了这种蓝色小药丸,你就压根儿不会感觉到身体的任何疲惫、不适以及困意,这为人们连续无休全心全意地投入挖矿意义重大。Kevin 看到我脸上露出了亲切的笑容,"罗得,回来了!"他扬了扬手和我打招呼。我走进小屋去帮他的忙,有几只兽沿着奋进大道走了过来,它们托着蓝色的大药箱,里面是蓝色药丸的补给。

"听说了吗,游乐场发生了一起谋杀案!"我和 Kevin 又忙活了好一阵,才把这一波领取药丸的人都分发完,Kevin 接了杯冰水递给我。

"Vivian 告诉我了。你觉得有可能是矿山这里的什么人干的吗?"

"不大可能!"Kevin 笑了笑,"你看矿山的这些人,没日没夜的心里只想着挖矿,哪有什么工夫跑去杀人呢!"

"说的也是!"

我们还没说几句话的工夫,又一波人来领药丸了。

"伙计,我自己来吧,这会儿没那么多人了。你进去转转吧,没准儿能发现点儿什么线索也说不定!"

发现线索我倒是不指望,到处转转是我喜欢的,乐园就是到处都有人气,尤其是矿山。在这里你能感受到那种,什么呢,对,劲头,斗志满满的劲头,尤其是他们服用了蓝色药丸之后个个不知疲倦、精神抖擞,看到那些人呢,你就会不由得也生出些斗志来。

我走进操作大厅的时候人们都在忙碌着,无数台电脑的屏幕亮着,屏幕上的光标闪烁,人们面对着屏幕,通过电脑遥控分布在矿山中的矿机进行勘探、测试、挖掘、运输。有的人独自在电脑面前专注地工作,有的几个人聚在一起商量琢磨,还有的是一群人一起,他们组成了规模庞大分工协作的组织,相互交流着,紧张地忙碌着。振奋人心的音乐突然响了起来,我知道,这是有人勘探到宝石了,操作大厅正中央那块巨大的屏幕上跳出一只金色的皇冠,"恭喜你,15892569号尤里卡!"一个声音大声说。那个叫尤里卡的人,他的屏幕上也出现了那只旋转着的金色皇冠,人们一下子围拢过来,叫着他的名字为他鼓掌庆祝。这只是一个小小的庆典,如果勘探到的宝石历经千辛万苦挖掘成功,挖掘者或者挖掘团队所有人的屏幕上都会绽放礼花和礼炮,中央大屏幕上,就会有一只魔法师的斗篷金光闪闪,那些挖掘者们会相互拥抱着庆祝,喜极而泣。当然,真正获得魔法师斗篷进入城堡的不会是所有的人,获得那份殊荣的人会在他的电脑上看到属于自己的魔法师斗篷,但是其他人也会获得各自的能力,有的是飞禽猛兽,有的则成为城堡中的精灵,总之,所有的挖掘者们都是欢天喜地的。

我看到了刚来到城堡的孩子们,他们正热情高涨全神贯注地盯着屏幕,我能想象得到他们此刻还沉浸在城堡庄严而神圣的仪式和氛围之中,脑海中深刻地烙印着城堡的光荣和梦想——挖掘到闪闪发光的巨大宝石,获得魔法师的魔力和荣耀,这也是每一个来到乐园的孩子们最初的坚定理想。

兽们在操作大厅里四处走动,它们显然和人们非常熟络,它们的样子看起来和这些人一样,斗志昂扬,精神抖擞。它们走来走去地给人们加油打气,在一些格外努力的人的脖子上挂上亮闪闪的奖牌,什么"勤奋奖""优秀奖""最佳勘探""卓越挖掘",等等。它们也会为人们带来欢乐,人们可以抱住它们的大尾巴,或者把整个身体都靠在那片茂密的尾巴上,兽们会突然用尾巴将那人卷住,举起来,甚至可能扔向空中再接住,人们就欢喜着落到一大朵彩色的云上,哈哈大笑着。兽们有的时候还会像在中央舞台那样来一段动感的舞蹈,为精神高度紧张的人们带来一点轻松的气氛。

另外一些兽就显得与此不同了。它们不是成群结队而是单独行动的,它们观察着工作的人们,尤其留意那些现出恼怒与气馁的人。它们会走过去温柔地抱住那人,像是一种特别的安慰,那人就靠在兽的尾巴上,享受一阵温暖。有的人后来就又继续投入工作了,也有的人跟着兽离开了操作大厅,他们爱上了游乐场。我很能理解他们,毕竟对于大多数人而言,理想总是遥遥无期的。当然,他们还会再回到操作大厅工作,每日的工作能让他们获得相应的乐园币,而乐园币又是他们在乐园享受各种美食美物,换取神奇药丸以及进入游乐场的必需。

乔治法师走了进来,身边环绕着他的一众精灵。
"罗得!"他和我打招呼。
"这么快又见面了!"

"噢,我带人来做矿机的检修和升级!"

他的话音刚落,那些精灵们就各自飞散了,他们飞去分布在操作大厅不同位置的矿机检测控制台,根据电脑的显示核验每一台矿机的状况并使用软件予以升级。乔治就在大厅里四下走动,和工作着的人们时不时地聊上几句。更有仰慕他的人或者是一整个团队也围了上来,他们急切地想要听到法师分享给他们哪怕是一星半点的矿山勘探和挖掘的经验。

一只蓝色的光圈从我的眼前一闪而过,向着矿山深处飞去。那里可是几乎无人涉足的领地,莫非……我四处瞧了瞧,人们都在投入地忙碌着,没人注意到我。我于是就沿着光圈飞走的方向,走向一段长长的越来越暗的通道。穿出隧道的那一刻,我仿佛猛然陷入一个黑暗、空旷而凄凉的星球,那里气温很低,我能够看到自己呼出的白色气体,一阵阵的风在空中打着转。一开始,一点儿声音也听不到,我继续向前走,渐渐地辨认出一座座黑漆漆的矿山,它们的轮廓影影绰绰,像一只又一只的庞然怪兽。我渐渐听到了挖掘机的声音,就沿着声音走过去,那声音就越来越响了,那里不止有一台挖掘机,很多的挖掘机正在同时工作。

突然,一声巨响震得我趴在地上,一瞬间什么都听不见了,只觉得从空中飞溅下来好多的碎石砸在我的身上。我知道,这是暴雷了,没错,挖掘矿石的过程中很有可能也会错挖到炸弹,有的时候把挖掘机都给炸坏废掉了。我从四散的尘土中爬起来,料想自己此刻一定是一副特别落魄的模样,还好没被炸聋了。算了,还是不找什么精灵了,我连他的影儿都没有发现,更何况这里太冷了,我的牙齿已经咯咯打战,再走下去我会被冻僵的。

我于是打算原路返回,可这着实也花了我不少的时间。我终于找到了那条长长的通道,呼吸到了温暖的气息,我沿着亮光走回到灯火通明的操作大厅,"咔嗒""咔嗒"地在明亮的地板上踩下脏兮兮的脚印,没关系,我心想,兽们很快就会把这里又清理干净了。

"我说伙计,你是不是真的钻到矿山里去了?"Kevin用揶揄的眼神打量着我。

"你不也去过吗?我只不过突然想看看那里究竟什么样,没想到赶上了一次暴雷!"

他哈哈哈地大笑了一阵,又赶紧说:"快去桂园洗洗干净吧!好好地睡上一觉!"

我越过兰桂街,走进了桂园。桂园是一个宁静的地方,到处种着桂花树,红色的丹桂、橙黄的金桂、淡黄的银桂,无论什么时候,桂花树总是开着深深浅浅的花,从不凋谢,这就让桂园时时萦绕着一种淡淡的清香。这种花香有助于安眠,所以来到桂园的人不用担心睡不着觉。只可惜来桂园休息的人越来越少了,人们更愿意选择拼搏在矿山或者流连于游乐场。

我沿着左手边的小路走向那幢30层的酒店式公寓。我的房间在10楼,乐园的工作人员有自己固定的房间,其他的人则只需在门口摄像头那里拍个照,系统就会自动地分配一个房间给他们。我站在房间门口验证了身份,门开了,我走进去先脱下灰扑扑的鞋子和一身的脏衣服,去淋浴间洗了个澡出来,从柜子里拿出干净的睡衣穿上。这是一间舒适的套房,大得显得空旷。不过我只在意那张床,圆形的大床铺着洁白的床单,我张开双臂整个人四仰八叉地倒在床上,熟悉的床垫,软硬适度富有弹性。我伸手抓住那两只蓬松的鹅毛枕头,拉过鹅毛被盖在身上,这被子可真柔软。我又睁开眼睛,歪着头看地毯上大朵大朵盛开的郁金香,天鹅绒落地窗帘和郁金香的颜色遥相呼应。公寓里每个房间的地毯和图案都不相同,我房间里的是蓝色的郁金香,Vivian房间里的是热烈而奔放的红色玫瑰,噢,我和她可没什么故事,我们那些老伙计都经常会去到别人的房间,工作之余喝上一杯,聊聊乐园里的八卦,他们尤其喜欢听我讲乐园外面的事儿,神木林怎么样了,城堡又如何了,这是我们借以取乐的方式。我们在乐园里是一种或许老派或许过时的存在,只是我们自己乐在其中罢了。我在慢慢变暗的柔和灯光中睡着了,一觉醒来睁开眼睛,360度环绕的落地窗帘缓缓拉开,噢,这个早晨我正置身于一片绿意盎然的亚马孙丛林,如果想做个变化,我只要按一个按钮,晨光闪耀的大海就会环抱在我的身边,抑或哪天来个黄沙漫天的撒哈拉沙漠也都只要动动手指那么简单。

3

快乐小屋坐落在欢乐大道的中段,正对着中央大街,Doughnut正在喜气洋洋地向队伍分发着红色的快乐药丸。与蓝色的能量药丸相比,红色药丸可以免除人们的痛苦,无论你是感到孤独、苦闷还是失败、压抑,只要服下一枚红色小药丸,一瞬间,你就会精神百倍头脑中充满各种美好的期待。据说这是一项关于增强大脑多巴胺分泌的有效方法,不过我在城堡的时候听老托斯卡跟我说过,其实多巴胺并不是真正的快乐,它的作用是让人们产生强烈的渴望,从而激发对于虚拟世界的欲望。换句话说,就是人们可以彻底地摆脱情绪的困扰,并进而兴致勃勃期待满满。Doughnut和Cookie借着可以免费领取快乐药丸的福利也总是喜气洋洋的,他们也都有自己的虚拟舱,轮班的时候就会进入自己的虚拟世界,他们还会经常去到矿山兜售他们的快乐药丸，以获得更多的乐园币能够延长自己在虚拟世界的单次停留时间。

"嘿，罗得！"Doughnut一边忙碌着一边开心地和我打招呼。

我和Vivian是从来不吃这些红色和蓝色药丸的，Vivian说，"那些玩意儿，吃着会上瘾！"我俩也是乐园里没有进入过虚拟舱和虚拟世界的绝无仅有的两个人，Vivian说，"那里没什么意思，全都是假的！"。其实区分真假在这里也是没有意义的，因为一切的评价标准都是基于虚拟的。我想如果不是因为我俩特殊的身份，估计早就要被兽关到乐园医院里去了。

"嘿，Doughnut，生意兴隆！"我冲着他摆了摆手就走上了中央大街。我经常在中央控制室的虚拟世界屋从屏幕上观看虚拟世界里的人们。他们兴奋而投入，我其实对此颇为困惑，也一直都想搞明白点什么，可是我却总是搞不大懂，很可能是我的智商太低了。是啊，我只不过是乐园里的一个工作人员，干吗要搞明白那么多的事情呢。

中央控制室能看到乐园各个角落发生的事情，当然进入这个控制室是需要权限的，兽可以，魔法师和精灵可以，我们那几个老伙计也可以。骚乱发生的时候我刚好还在虚拟世界屋，也刚好从监控屏幕上看到了发生的那一幕。有几个人正在动手砸一个漂亮的房子和花园，气焰嚣张，另外一方有很多人到处拦着，双方动起手来，打成一片，现场混乱不堪。一个女孩儿从房子二楼的楼梯冲了下来，她手上拎了一把吉他，朝着为首几个人的头顶往下拍。"是她？"我不禁吃了一惊。兽们走了进来，屏幕上已经显示出闹事者的虚拟舱编号，兽们转身出去，我也急忙跟在它们后面。

我们经由管理员通道直接到达游戏大厅。正常情况下人们在快乐小屋领了红色的快乐药丸之后，首先通过一道监测仪，监测仪跟踪到红色药丸已进入体内，闸门就开了。人们就冲进去，爬上疯狂过山车，那是进入游乐场的热身项目。过山车先是缓慢地爬坡，故意发出像老旧火车一样"吱吱呀呀"的响声，一直爬到蛋壳的边缘，然后停下来，让蛋壳外寒冷的空气、嘶鸣的风在人们的耳边环绕开来，所有的人在这个时候都兴奋甚至激动起来，片刻之后，过山车就开始疯狂地飞窜，沿着蛋壳撒野，把人们的肾上腺素狂飙到顶点。噢，那实在是年轻强壮的心脏才能承受得了的，城堡的历险都令我心慌气短，还是不要再给自己找罪受了。但是乐园里的人们全都乐此不疲，不知道是不是红色药丸的作用。过山车钻回蛋壳后还会疯狂地沿着轨道旋转一会儿，直到停在游戏大厅的入口处，人们这时满怀了兴奋和激动，就纷纷下了车奔向闪烁着未来光芒的游戏大厅。

游戏大厅是一个有着多层空间以及统一编号虚拟舱的超大型空间。人们将金额不等的乐园币投入标着固定编号的虚拟舱,用手掌按在上面认证身份,舱门会自动打开,他们跳进去,躺下来,让脑后、颈后、脊椎等部位与舱内的金属贴片自动连接,连接完成后玻璃舱门自动关闭,他们就进入了属于每个人自己的虚拟世界。我不大走进游戏大厅,那里实在没什么好看的,都是躺在虚拟舱里一动不动的人,几乎分不清活着的和死了的人,没错,有的人可能真的就醒不来了,他们的身体时间结束了,就那样一直躺在虚拟舱里,直到虚拟舱发出了警报,再由兽们将这些人抬出来。当然也能看见正准备进入虚拟舱或者刚刚从虚拟舱醒来的人,他们都是急不可待地,兴奋地跳进虚拟世界,或者急匆匆地离开游乐场,他们奔向矿山,赚取乐园币用于下一次回到虚拟世界延续他们在那里的满足和成功。离开虚拟世界的最长时间为三天,如果三天之内没有回来,之前的一切都将会自动清除,游戏者需要全部从头开始。越早返回虚拟世界,他们在那里越容易超越敌手,获得的一切,也越容易累积晋级,取得更高层级的成功。这样的规则也让乐园呈现出一片繁忙和紧张的景象。

闹事者包括那个女孩儿在内全都被兽在虚拟舱启动了应急暂停,金属贴片自动与他们的身体分离,舱门打开,他们醒过来并从舱里直立起上身。他们被拉出虚拟舱,被兽押解着,沿着欢乐大道转向兰桂街再转向奋进大道,朝着白色墙壁的乐园医院走去。我回到虚拟世界屋,回放了很久的记录,终于搞明白了事情的来龙去脉。

虚拟世界里有无数设定好的游戏,人们由于服用了红色的快乐小药丸,也就是老托斯卡说的多巴胺强化剂,因此就生发出许多的渴望和动机。当人们在虚拟舱将身体和神经组织连接进入虚拟系统时,系统就会识别和抓取人们头脑中的动机,再通过庞大的数据库为人们匹配适合他们的游戏,以及出现在游戏当中的所有人物、任务和场景。也就是说,有一些人进入的是同一个游戏,但每个人在游戏中的微观环境又是根据自己的偏好进行了个性化的设计,同时,不同的游戏之间有一定的交集。举例来说,如果人们在枪战的游戏里同时还渴望得到性的满足,他们就会在一场惊心动魄的战役之后从枪战游戏的边界进入到名伶家园的游戏,在那里找到自己心仪的女孩儿。当然心仪的女孩儿也是系统根据他头脑中的渴望为他量身设计的,并解决了人脑对兴奋的阈值问题。原理大概是,噢,我其实真的是个外行,如果不是老托斯卡讲给我听,我倒是对这些一窍不通的。他告诉我,人体由不同器官的感受细胞采集刺激,再通过传导蛋白质将刺激通过钾和钠的电量差产生电信号,电信号又透过离子通道进入大脑形成兴奋和满足的感知,可如果相同的刺激保持在类似的水平,电信号渐渐就疲弱甚至消失了。系统的神奇之处则在于,它可以虚拟电信号,比方说每一次见到心仪的女孩儿都有电信号直接刺激大脑的感知中枢,所以这人的兴奋和满足感就总是活跃的,不像现实中我们的感受细胞和传导蛋白疲劳了,令人兴奋的电信号就消失了,即爱上一个人激情一过就厌倦了就是这个道理。

  令我颇为吃惊的是女孩儿在虚拟世界中的空间竟然是田野,没错,是田野,我曾经去过那里成千上万次,在它消失不见变成一片荒凉的雪野之前,我不会认错。按理说这在虚拟世界里是不被允许的,一旦人们出现了这样的渴望,系统就会监控到并及时予以干预,那就是改变对这种渴望的电信号,反向刺激,令人们对此产生厌恶,从而彻底消除这样的渴望。难道是系统出现了什么 bug?我看到了春天的田野,大地像绿丝绒的毯子,蜂鸟们用细长的喙啄食花蜜,蓝绿色的羽毛在阳光下闪闪发亮。再往前回放,我看到女孩儿在"田野"里建造了"GIVERNY①",有着灿烂的花园和旖旎的水园,她在花园的中央大道两旁栽种鲜花,大丽花和翠菊在夏末绽放,藤本月季攀在绿色的金属拱门上,鲜黄的旱金莲在秋天铺满整条大道,而如今,郁金香和鸢尾花正在春天里盛开,交织成天然的花毯。水园的一日四时都浮动着光影,姿态旖旎的睡莲,含羞摇曳的垂柳,日式风格的木桥,水色变幻,色彩斑驳。越来越多的人从其他的游戏边界走了进来,他们先是迷上了她的花园,迷上了她的睡莲,后来他们竟然也"搬"来了"田野",在这里建造了自己美丽的家。女孩儿和"田野"里的人们一起弹着吉他唱歌,她有一副迷人的歌喉,他们在花园和水园里架着画板作画,分享好听的故事,他们还播放电影,电影是有关那片古老神秘的森林的,是女孩儿从守林人那里带回来的。这一天,又有几个人闯进了"田野",但他们头脑里马上释放出了负向的电信号,这让他们对眼前的一切产生了极大的厌恶和愤恨,他们于是动手砸了女孩儿的花园,引发了刚才的骚乱。

  乐园有乐园的规则,乐园的规则是繁荣和快乐,是物质的繁荣,是野心的繁荣,是渴望的快乐,是电信号直冲大脑的快乐。乐园的规则还是简单,简单就是没有痛苦的情感和情绪纠缠,没有恼人的重重负担,虚拟世界里的性快感直接而强烈,虚拟的亲人和朋友如果出现纷争和不快可以直接从记忆中清除,战争以及竞争的失利都可以通过转换游戏而获得最佳的成功状态。在乐园里,没有烦恼,也没有失败。

  我在琢磨这些深奥的问题时眼睛一直盯着旁边的一块屏幕,直到回过神来才意识到那个游戏世界里正上演着一场盛大的庆典。华美壮丽的宫殿铺着闪光

---

 ① GIVERNY 是法国印象派画家莫奈的住所,分为花园和水园两部分,它为莫奈提供了创作的源泉,他的大量作品如《维特尼附近的罂粟花田》《睡莲》《日本桥》等均创作于此园。

的青金石和土耳石,宽阔热闹的街市人流如织,整齐气派的房屋鳞次栉比,环绕都城的宏伟神庙庄严威仪,这一切无不诉说着这个伟大的时代,诉说着这个伟大的君王。这是他(虚拟舱编号 A-11582625)在位以来的第十四个 Sed Festival(法老统治庆祝节,在位满 30 年的法老每三年举办一次的全国性庆典),他没有出现在培尔·拉美西斯城这个繁华的首都,而是伫立在他一手建造起来的位于努比亚人朝圣必经之地记载着他丰功伟业的雄伟神庙。此刻太阳神拉(Ra)的光芒正照耀在耸入云霄的巨大石柱和石像上,他在人群的欢呼声中用目光再次环绕这座恢宏的圣殿,这是他献给普塔赫神、阿蒙·拉神、拉·哈拉赫梯神的神殿,更献给他自己。跨过第一道圣殿大门的柱廊大厅里,身着盔甲的勇士群雕对称分立在石柱旁,大厅四周刻满壁画,讲述他远征努比亚的卓著战功。跨过第二道门,那里有 8 座高达 10 米的他的石像,墙壁上栩栩如生地雕刻着他与赫梯人在卡叠石激战的浮雕,年轻的他单枪匹马冲入敌军,在明显的军力悬殊之下勇猛如神,毫发无损,是拉庇护着他并赐予他力量。他在位以来的战无不胜都来自众神的庇护,他是众神之子,是当之无愧的现世之神。跨过第三道门进入幽暗的圣地,那里并排坐着四尊石像,从左至右分别是普塔赫神、阿蒙·拉神、神化了的他自己、拉·哈拉赫梯神,每年的 2 月 22 日(他的生日)和 10 月 22 日(他的登基日),而且只有这两个日子,旭日的金色光辉从神庙大门射入,穿过 60 米深的庙廊,准确无误地落在神庙尽头的四尊石像中唯一的一尊——他的石像身上,他被照得通身发亮,人们称这两个日子为"太阳节"。他又一次踌躇满志意气风发,像伫立在被万丈光芒照耀着的金字塔尖,俯视埃及全地,俯视努比亚等一众部落,俯视古往今来的千年变迁。他就是神!是亘古不变的传奇!在他的身边,或坐或立着他的一众朝臣,我可以一一看到这些人的虚拟舱编号,他们每一个人都有通向成功的传奇道路,他们都为在这个伟大的时代伟大的君王面前得到尊崇和荣耀,在万千民众面前得到敬仰和尊重感到志得意满,只是他们并不知道,这万千民众都是系统根据游戏者的渴望为他们虚拟出来的。他又侧身望向坐在他身后的王妃以及一众后宫佳丽,她们带给他无尽的满足和快乐。他的王妃(虚拟舱编号 B-82739055)不但美艳绝伦,更为他生下 16 个王子和 5 个公主,她还把后宫管理得安宁平顺。他的嫔妃们也个个香艳聪敏。他想了一下,自己总共有 38 个王子和 12 位公主,只可惜,他略带惋惜地想,他们中的有些人实在是操之过急,自己虽然已经年近九十,可身体强健精力过人,于是他又为被他和群臣以图谋王位的罪名处死的那 15 位王子感到一丝的遗憾。不过那只是转瞬的念头,有一个电信号直冲到他的脑子里——感情用事的人是脆弱的不堪一击的,只有坚定的意志和冷酷的思考才能成就真正的王者荣耀!

第十一章　玫瑰人生

1

　　我看到有的人平步青云,但他们对人对事不过是虚情假意、左右逢源,我也看到有的人家业兴旺,但他们夫妻之间却没有多少真心实意,更说不上默契与神交了。我自忖做事以诚相待、尽职尽责,与燕紫两情相悦、温存体贴,昔日的婚姻理想既然已经烟消云散,我如今也更踏踏实实地奋斗进取,安享执子之手的花房幸福了。我体会着这种投入的充实和踏实,心里也渐渐认定了,这就是我"稳稳的幸福"了。我对燕紫心生依恋之情,两个原本孤零零的人真心地拉起了手,在这逐世洪流中相依为伴,我是足够幸福了,也是足够幸运了,我们不会离开彼此了。

　　所以当那天晚上看到燕紫的留言时,我完全摸不着头脑。

　　那晚我回到家的时候已经九点多钟了,燕紫却还没到家,我一边打开冰箱想找点儿东西吃,一边给她发了条微信。我在小石锅里倒了一盒牛奶加上麦片,又卧了个荷包蛋,燕紫经常做这样简单的夜宵。洗了手回头看手机发现微信没有回复,我于是拨了她的电话,电话关机,这让我觉得有点儿不大对劲儿,难道是手机没电了?我又拨了她办公室的电话,依旧没有人接。我把石锅放在托盘上端着走到餐桌边坐下,寻思着她现在会在哪里,突然就看到了餐桌上的留言板。

　　我放下碗筷走进卧室,发现柜子里她的红色皮箱不见了,我拉开床头柜的抽屉看到车钥匙还在,虽然这说明她很可能没回公寓,但我还是抓起车钥匙出门,到地下车库开车赶到了她的公寓。门铃没有人应,我掏出钥匙开门进去,燕紫确实不在这里,从客厅到厨房再到卧室,没有一丝半点的线索。我在脑子里反复琢磨她的留言——

忆水，我要一个人好好想想，不要来找我！

她到底去哪儿了？我努力地回想她是否有特别提及或者特别向往的地方，又突然很想问问什么人，问问燕紫相熟的朋友和同事，才发现她似乎没有什么朋友，这一点和我差不多。可是这似乎都不是关键，这其中的关键是——她到底要想什么呢？

我颓坐在沙发上，眼睛漫无目的地在茶几上、墙壁上晃来晃去。那一树火红的千纸鹤翩翩欲飞的，是红火的鹤，又是跳动的火，时尚女郎的一头蓬发深深浅浅，凡·高的向日葵折射着彩色的亮光，摇钱树的金属光泽闪闪烁烁。

我突然想明白了——有什么东西依旧隔在我们两人之间。

就在一周前，我俩终于抽出时间在周末去了鹿咀山庄。黎明前的暗色笼罩着大海、小山和星罗棋布的木屋，它们都浑然一体了，我和燕紫在这暗色中登上小山的山顶，这里已经人头攒动。黎明前的气温略有些清凉，我找了一个靠边的位置，把燕紫揽在怀里为她取暖，下巴颏抵在她的头顶上，两人同时面朝着太阳即将升起的海面眺望。海面上露出了一线玫瑰红色，我这时不知道为什么想起了璐璐，脑海中仿佛有和她一起看日出的景象，仔细一想，原来是她曾经在给我的信里描述过黄山的日出。我曾经对璐璐产生过依赖，以至于离别的时候心里有说不上的滋味。朝阳正从海面上冉冉升起，红艳艳的，辉映着海水，很动人，我的心底突然升起了感动，我分辨得出，是希望，对我的将来，我们俩的将来，是依赖，对燕紫。我于是紧紧揽住她，"燕紫，我不能没有你！"我在她的耳边低语，她先是静静地听着，一动不动，突然间她挣开我的手转过身来，用力勾住我的脖子，热烈地吻我，这感情是如此的强烈，竟好似火山喷发，纵使我俩激情时的缠绵也从未如此。忽然间我又感受到什么，但随着她突然停止了激吻那感受也就一闪而过了。朝阳就在这一瞬间跃出了海面。"好美啊！"她指着冉冉升起的红日，重又钻回我的怀里，我把脸凑到她的脸边看了看，朝阳的玫瑰红色照亮了她的脸庞。

我在手机里翻了半天，和燕紫相关的联系人只有她的舅舅和妈妈，她不可能跑去舅舅那里想什么心事，在舅舅面前，她是那个职场上成熟稳重的燕紫，所以，我拨通了燕紫妈妈的电话。她在电话里面竟没有表现出特别的惊讶，她说："我可能知道她去了哪里，让我打个电话联络一下。"听了这话我内心稍定，看来燕紫妈妈还是更加地了解自己的女儿。

风景在车窗里飞逝而去，我却在车窗上不断地看到燕紫的脸，带着鹅黄色明亮微笑的脸，望向海面的怅惘的脸，看我把一桌食物收进腹中的笑眼弯弯的脸，被一树火红的千纸鹤映红了的脸,那脸庞是如此的美丽,生动得令我甚至生出了几分羞愧。

车子开进车站,停稳,车厢的门一开,一股带着凉意的秋风迎面扑了过来,这里下车的人不多,我站在不大的站台上,转身望着火车缓缓启动向远方驶去了。一个中年人走过来,他穿灰色半长风衣戴一副斯文的细边眼镜,"是忆水吧?"他伸出手和我握了握,那是一双略显粗糙却温暖的手。"这里已经是深秋了,有些凉了!"我们一起走出车站,坐上一辆银灰色的沃尔沃,他在前排开车,我坐在他的斜后方,我们不紧不慢地聊着天,天气,路程,环境。"燕紫偶尔会来这里,她喜欢来这儿寻找一份安静的慰藉。"

车子开进了山里,左转右转,穿过一片片竹林,在一排平整的房子前面停了下来。我走进屋子的时候,燕紫正聚精会神地拉坯,她穿着一条连身带袖的围裙坐在一只椅子上,手在一只泥坯里轻轻移动,我想起她平日素爱摆弄手工,好似于此有着特别的天分。她看到我的时候脸上露出了那个鹅黄色的微笑,我放下背包,走到她的身后,拉了把椅子坐下来,从背后揽住她的腰,她把头靠在我的肩膀上,我轻轻地吻了吻她的头发,"你闻起来有一丝泥土的气息。"

"谢谢你来找我!"她说着半转过头来,给了我一个长长的吻,她的嘴唇软软的,没有一点儿不辞而别的味道。

燕紫教我怎么做坯。在她手把手地指导下,我终于完成了一个歪歪扭扭的坯,如果它真的被烧制成瓷器的话,一定是一个站不稳的、装了一半水就会洒的容器。也许我早该跟她一起做做手工,每个人其实都有自己独特的内心倾诉方式,难道不是吗?

2

安全感

我的安全感最早是被那些照片偷走的。

爸爸变成了照片,我熟悉的爸爸就是爸爸的照片。

四岁那年,我的家里突然有了一些变化,妈妈在墙上挂了很多的照片。我房间里是一组橙黄色的银杏林。先是一幅银杏树的特写,它们伫立在明亮蓝澈的天空下,像雍容的贵妇,穿着金色的盛装。第二幅里多了年轻的妈妈,她着一袭黑裙,俯身在落满银杏叶的山坡上,裙裾画出优美的弧度。妈妈用手抚摸着照片,她说:"这是爸爸妈妈的第一次约会。"第三张照片上是我和妈妈伸着手臂把银杏叶抛向空中,我们都仰着头大张着嘴巴,笑声简直要没遮没拦地从照片里冲出来了。"这是我!"我指着最后一幅照片,我穿着白纱裙坐在银杏叶子里,两条嫩柳一样的辫子垂在白亮的脸蛋儿旁边,眼神黑黑亮亮,银杏叶像小鸟一样在我的裙边翩飞。"要是早一点儿把这些照片洗出来挂在墙上就好了!"妈妈说话的声音越来越小,就快听不见了。

客厅里那幅碧绿的水的照片可真好看,我喜欢照片里绿莹莹的水,清澈,透明,在微风中轻轻漾起波浪,有一座石桥,水面上一半,水里面一半,画成一个半明半暗的圆。白墙灰瓦的房子,安安静静地蹲在水边上,一只乌篷小船上,穿着蓝色印花布衣裳的船娘摇着船桨,小船即将转过一个弯,那里有一处廊桥,一个庭院。

"爸爸呢,他怎么不在照片里?一张都没有?"

"爸爸,"妈妈停顿了一下,"他在每张照片的相机后面呢!"妈妈这样回答我。

我一直搞不懂爸爸到底是怎么凭空消失的,我不过是在外婆家待了几天而已。我还记得那天外婆突然来幼儿园接我,她带着我一起坐火车,她说爸爸妈妈有急事儿让她带我去乡下玩几天。火车在一个车站停下来的时候,我突然看到爸爸匆匆忙忙地从我身边走过去了。我赶紧跑着去追他,他下了火车,我也急忙跟着下车。车门的梯子有点儿高,我得去抓扶手,乘务员阿姨伸手把我抱了下来,"小朋友你家长呢?"我连忙指了指前面的那个背影,我得赶紧去追上他。下一分钟,乘务员阿姨就又小步快跑着追上了我,把我抱起来往回跑,"阿姨,是她吧?""是啊,是啊,真是太谢谢你了姑娘!""可是我要去找我爸爸!""傻孩子,那不是你爸爸!"可那是我最后一次看到爸爸。后来,他就消失了。

我经常感到不真实,哪怕是懂事之后妈妈告诉我爸爸是突发心脏病离开的。但家里的冷清却是真真切切的,尤其是夜里。有好几次,我发现妈妈坐在窗边的地板上,月光照着她单薄的身影,我看到她的肩膀一耸一耸的。

热心的飞飞妈妈让我倍感不安

飞飞最喜欢笑话别人了,什么都笑,就连那天妈妈忘记给我带钱,以至于大家都有冰棍儿吃只有我没有她都要笑话我,还故意在我跟前一口一口地舔,她的冰棍儿都被舔化了,像滴泪的蜡烛一样不停地往下淌。但飞飞那时总是来找我玩,一开始的时候我俩吵吵闹闹的,可后来我们就不吵了,朋友嘛,不就是要相互忍受对方吗?再者说飞飞也不总是那么讨厌,她还把她芭比的房子借给我玩,这可不是一般的够朋友了。他们一家人也都挺好的,尤其是飞飞的妈妈,她是个热心的人,他们几乎把我们当成一家人了,我们有什么困难他们都来帮忙,我们经常在一起,在他们家或者在我们家一起做饭,一起品龙井新茶,我和飞飞开心地吃点心，一起吃新上市的大闸蟹，一起去赏桂花，一起去看枫叶。直到我发现飞飞的妈妈一直在努力做着一件事。

一开始的时候，他们总是让飞飞把我叫出去玩，直到有一次飞飞实在忍不住告诉了我，我跑回家，看到了那个男人。据飞飞说，这已经是给我妈介绍的第三个了，她说那话的样子真讨厌，就好像我妈是一个被那些人挑来挑去的什么东西。我可没看上那个男人，他的样子看起来很是死板，呆头呆脑的。我坐在我妈身旁，盯着他，把他看得不自在了，他就说要告辞了。事后我妈什么也没说，我觉得我妈不可能看上他，可飞飞却说那人说不想找一个带着孩子的。我挺生气的，以后再有这样的事儿我就特别地敏感，每次飞飞的神色都神神秘秘的，我一看就知道了，所以我每次都会想办法出现在我妈的身边。说真的，别说我妈看不上，连我都没有看上过他们其中的一个。我开始怀疑其实飞飞的妈妈根本就是想给我妈找一个配不上她的人，这样他们就能继续保持一种，一种什么呢……在我们面前的优越感吧……唉，我也许真的不该这么想，可是飞飞的表情经常让我觉得她就是不怀好意，直到后来，我妈直接和飞飞的妈妈说不用再费心了，她暂时不想再找一个人。飞飞和她妈妈因此很不高兴，我们也有很长时间相互之间不怎么走动了。

我在学校也更多地和亦芳在一起了。亦芳和我又不一样，她的父母两个都让她很心烦。她说她怎么也想不通的是，在她的家里，只要她爸和她妈两个人在一起，就是没完没了的争吵，什么事都能吵，什么事都要吵，生活的全部内容和目的好像就是为了争吵和吵出个胜负。后来他们终于离婚了，家里总算安静下来，她和妈妈生活在一起，但她妈又把这争吵换成了抱怨，成天在她面前说她爸的坏话，而每个月一次她和她爸见面的时候她爸又不停地在她面前数落她妈的不是。"他们怎么就不能放过彼此呢？"亦芳于是就总想着赶紧长大了，最好离开他们两个都远远的。我说亦芳你不该这么想，不管怎样你能见到你爸，不像我这样想见都见不到，我爸就只在照片上了，准确地说是只在他留下的照片上了。说真的，我都不怎么记得他的样子了，这么说的时候我分不清我到底是伤心还是从来都没有伤心过。

龙叔

第一眼见到龙叔我就喜欢上他了，我看着他拉坯，陶泥在他的手指和手掌之间生出了形状，他脸上的表情像清晨的阳光一般宁静，宁静得近乎虔诚。他的目光透过镜片落在光滑生长着的坯上，带着温暖的抚摸，我觉得我的内心从来没有感觉到那么的温暖，那么的安定。我当时真的想，他就是我的爸爸吧，我妈妈应该和他在一起。我知道我不该这么想,这好像是背叛了我的爸爸,但他就是给了我有一种爸爸的感觉。那天我快活极了,龙叔手把手地教我拉坯,我没想到自己一上手竟然就有点儿模样,龙叔夸我很有灵气,我心里升起自豪之情,像是父亲的夸奖。我欢喜地做泥坯,我想晚上的时候就和妈妈说,我愿意她和龙叔在一起,我愿意让龙叔做我的爸爸。

釉里红

龙叔说,泥土原来没有形状,它在人的手中有了形状。龙叔拿尺子量了量初步成型的泥坯,尺寸刚好达到他心目中的要求,他又拿一把刻刀在它的身上细细地切削,直到它纤巧地站在那里,成了一只宽口窄底的平茶碗。

阴干后的平茶碗在釉盆里荡上了釉,好像穿了一件贴身的绸衣,龙叔的目光从眼镜后面望向我,"我没记错的话燕紫你是喜欢千纸鹤的,对吧?"我点点头,"红色的千纸鹤,正好用上龙叔釉里红的看家本领,我给你做一套独一无二的千纸鹤釉里红,就当龙叔送给你的结婚贺礼!"龙叔露出温暖的微笑,他的目光,他的微笑,他和他的器物,他和他的时光,总给我一种安心的感觉。龙叔是釉里红的传人,红料的研制和画工都是他的绝活,"不能画得太重,也不能画得太轻,流飞皆不成。"他细细的笔尖落下去,碗壁上出现了两只飞舞的千纸鹤,纤长的身体,纤长的翅膀,他又看似随意地拉了几根略有交织的纤长的红线,用黑色点了鹤的眼睛,"喜欢吗?"他问。"喜欢!轻盈,灵动!""嗯,这个图案我可是琢磨了很久的。"我向来喜欢龙叔的器物,即使不是釉里红,它们的造型,它们的图案,看似简单随意实则生机灵动。"大家都在仿制各种宫廷样式,千篇一律,造型精美无瑕,图案繁复华丽,唯独缺了器物自己的个性。"龙叔推崇日本的民艺,他说贴近生活的才是有生命的,不用追求刻意的完美,留有人手温度和痕迹的器物会述说自己的故事。

好的事情总是难成

我是带着那么美好的心情度过那个宁静的下午的,我不断琢磨着晚上的时候我要告诉妈妈我是多么的喜欢龙叔,以至于这一天成了我这么多年以来最快乐的一天。我观察着妈妈和龙叔之间的交谈,我觉得自己已经不是小姑娘了,我完全能够感觉出来人和人之间的"气氛"。对,是"气氛"。龙叔说"气氛"在他们这里至关重要,决定着那些被精心制作和描绘图画的泥坯最终是否能够定势成为精美的瓷器。妈妈和龙叔之间的"气氛"我觉得就是美妙的,他们之间,我偷偷地想,可以定势成为精美的瓷器了。

龙叔带我们回城里住宿和吃晚饭,可是这晚饭的"气氛"就不对了。一个高中生模样的男孩儿冲着我腼腆地笑,他竟然管龙叔叫"爸爸"!还有一个样貌很普通的女人,龙叔向我妈妈介绍说,她是他的爱人。可是这怎么可能呢,他们根本不般配,他和那个女人,那个女人哪里都不如妈妈,他们的"气氛",他们的"气氛"……我这么想着,心里一下子就觉得特别的委屈,我妈妈是这么好的一个女人,我是这么好的一个女儿,怎么我们就没有爱人,没有爸爸呢……我垂下眼睛默默地吃饭,眼泪几乎要在眼眶里打转儿了,我才想起我的爸爸,为我和妈妈拍下那么多精彩照片的爸爸……我这时觉得我是多么的对不起他啊,我的眼泪就滚落下来了。

年轻时的恋人

龙叔说请我喝茶,可那时我心里还很难受,就是那种你以为自己终于走到了篝火边可以享受温暖了可结果却是一脚掉进了冰湖,你孤零零地陷入一片漆黑,整个身体都被寒冷浸透了。妈妈说龙叔是她信得过的朋友,我有什么心里话可以尝试和他说说。

"我和你妈妈,我们曾经有过美好的初恋。"龙叔的表情和语气都很真诚,就像父亲同女儿的对话。

"那你们为什么没能在一起?"我还带着愠怒。

"我高中的时候就来这里继承了家族的窑厂,"龙叔的目光落在茶杯里,好像茶汤里漂泊着他记忆的小船,"刚开始的时候我不想回来,我想考大学。可后来我发现自己竟然爱上了这玩意儿。我和你一样,对这玩意儿有不错的悟性,虽然在一开始的时候我做了成堆的废品,还烧炸过整炉的瓷器,那场面真是惨不忍睹。"

"一整炉,烧炸了?"我很吃惊。

"是啊,仅仅是一只泥坯的釉里带了轻微的气泡,温度一高那气泡炸裂,炸裂的瓷片又炸碎了周围的瓷器,放鞭炮一样,整炉都炸成了碎片。"

"那真是太糟糕了!"我想起了白天做好的泥坯,龙叔给它荡了釉,我们还画上了好看的千纸鹤。可如果它被推进炉膛,"砰"地一下子被炸飞了,炸成了碎片……

"是啊,别提多糟糕了!"龙叔惋惜地摇头。

"不过我终于入门了,有了自己的出品,也有了自己的想法,我想做不一样的瓷器,简洁优美的瓷器。你妈妈有两个小手炉,记得吗?"

"记得,一只白色的兔子一只青色的小象。"

"对,那就是我最早具有自己风格的成品。"

"我和你妈妈通了几年的信,我把自己的成品寄给她,可是我不能寄到你妈妈的家里,就寄到同学家,让她代转。只是,那个同学,"龙叔眨巴了下眼睛,"她把这事儿告诉了你的舅舅。"

"舅舅?"

"嗯,你舅舅强烈反对我和你妈妈的交往,他写信警告我,让我不要再去骚扰你妈妈。"

"舅舅他,他凭什么反对?"

龙叔露出一个微笑,"不过他是对的。"

"他对?他对在哪里?"

"你妈妈那时候正在准备考大学,她很快就要面对一个全新的世界了,可是龙叔每天面对着陶土和瓷器,我们俩生活在两个截然不同的世界里。"

"可是,可是,"我有点儿着急,飞飞妈给我妈妈介绍的那些人,都是这个工程师那个什么科长的,可我觉得他们都不如龙叔好。

"龙叔离不开这个地方,离不开这儿的陶土,你妈妈在这里也不能成为受人尊重的城市规划师,人们归根结底,都要成为自己应该成为的样子!"

"你爸爸,你还记得他吗?"

我摇了摇头,妈妈总以为我还记得,其实我差不多不记得什么了。

"虽然我们只见过那一次面,但我觉得我俩,我和他,应该能够算得上是朋友。"

"朋友?"

龙叔目光温和地看着我,"我觉得朋友是那种不用说太多就能够明白彼此,理解彼此的人,你的爸爸和我,我们就是这样的朋友。"

"他是为数不多的懂得欣赏瓷器的人!"

妈妈好似是唯一和我提起父亲的人,小学的时候坐过很久的火车去到爷爷家,见过爷爷、叔叔还有姑姑,他们抱着我哭了一通,当时只记得他们有说我妈妈年纪轻早晚得再嫁什么的,关于父亲的却不记得他们说了什么。人们好像总是倾向于思考更具实际意义的生活,思念这种东西就显得太过奢侈了。如今听到龙叔认真地和我说起我的父亲,我的内心竟然充满了感激。

"哦,这并不是说他是一个瓷器收藏家,而是他懂得欣赏瓷器的个性,懂得理解瓷器的生命。"

"瓷器还有生命?"

"制作瓷器的人思考、雕琢、煅烧了它们,这个过程就是赋予它们生命的过程。"

"你看,这是他那次来我这儿的时候拍的,我一直珍藏着。"

龙叔说着从墙边的柜子上拿下一个相框,里面是一张他在拉坯的照片,他脸上的表情像清晨的阳光一般宁静,近乎虔诚的宁静,他的目光透过镜片落在光滑生长着的坯上,带着温暖的抚摸。没错,这正是我眼中的龙叔,原来在爸爸的眼中,龙叔正在赋予瓷器以生命。

"龙叔还有一样绝活,和你爸爸用镜头来表达的东西差不多!"

我跟着龙叔走进了他的厨房。厨房墙壁的瓷砖是音乐频谱般高低错落的图案,活泼而充满生趣,与视线平行的玻璃橱柜里,各种调味料用统一规格的透明塑料盒分门别类地陈列着并且标记了名称,玻璃橱柜下方的瓷砖上有一条镶嵌在墙壁上带着钩子的L形木框,依次挂着各样切削用具。龙叔从一套俄罗斯套娃般层层叠叠的不锈钢盆里取出一只,盛了一勺糯米粉用温水和成面团,再搓成两根细细的长条,用刀切成小粒,再用手掌一搓就成了一粒粒的小圆子,它们好像是从他手掌里蹦出来的调皮的小孩儿。他又从橱柜里取出一只搪瓷锅,在锅里添上水,放在炉子上点了火,把小圆子下进去。待到小圆子一颗颗鼓着腮帮子漂起来的时候,他从玻璃柜里取出写着"藕粉"和"糖桂花"的两个盒子,先放了藕粉并用勺子调匀了,再抓了一把糖桂花扔进去,关了火。我坐在餐桌前用一把小瓷勺舀起瓷碗里的小圆子,慢慢地一小口一小口送进嘴里,我尝到了爱的味道。

"龙叔,可以教我吗?"

"当然!"他的目光宁静得像温暖的晨光。

我内心里真正信赖的只有他们两个人,爸爸和龙叔,只是,他们对于我来说又都是遥不可及的。

程叔叔

程叔叔的入侵又一次摇落了安全感那棵树上为数不多的树叶。

舅舅来了,我想起了龙叔讲的舅舅强烈反对他和妈妈在一起,对舅舅就不怎么热情。

"你们得搬个地方换换环境,这么久了一直住在这里,还有这些照片,也该摘掉了。"我在自己的房间里听到他说话,心里暗自责怪他又跑来干涉我们的生活。妈妈低声回答着舅舅,我听不到她说了什么。

舅舅说:"燕紫也应该换一个环境,孩子的性格也会受到影响的。"

妈妈说:"好多事情你还不能理解。舅舅帮助妈妈做的很多决定都至关重要,甚至爸爸和妈妈的相遇,也都有舅舅的影响。"我又一次想,舅舅对妈妈的影响到底是好还是坏呢。我们搬进新家没过多久,程叔叔就走进了我们的生活。"舅舅的决定至关重要!"我想妈妈又一次强化了这样的信心,只是舅舅的这种重要性在我看来似乎每一次都带着一定的负面影响。平心而论,程叔叔不是一个令我讨厌的人,与之前飞飞妈安排给妈妈见面的那些候选人相比,他不仅是高出一大截那么简单,他的身上甚至有着几分爸爸和龙叔的影子。按说他也是我所喜欢的类型,只是他的出现像是又一次打破了我所理解的生活这只瓷碗,我听到了瓷碗被碰裂的清脆的声音。妈妈和程叔都在有意地"保护"我,我知道他们心里确实是这么想的,我在家的时候程叔很少来,妈妈在我面前也是有意地回避谈及他,但我既足够大了也足够敏感了,我早已感觉到了程叔的影子,一个弥漫在我和妈妈之间,入侵到我们的新家的巨大影子。我选择了在离家两个小时的城市上大学,但是有一半的周末和假期,我并不想回家,程叔和妈妈在我大一的那年就结婚了。说实在话,妈妈和程叔在一起还是让我很放心的,我赞成妈妈的选择,妈妈在结婚前也来征求我的意见,我明确表示我认为程叔是一个值得托付的人。他俩结婚后住在程叔的房子里,我在那里看到了她和程叔的合影,他们站在大理白塔下面,在天山天池之巅,在三亚的海岛,我惊讶地发现妈妈现在看起来似乎更加年轻了,比我俩在一起的时候更加光彩动人。我和妈妈的家还被完好地保存着,这是他们细心地考虑到给偶尔回家的我一个自在的空间,出自爸爸之手的照片有几张还挂在墙上。我对这些照片不发表意见,妈妈现在已经不会和我一起回忆爸爸了,就让这些照片偶尔地在时光里静静地穿梭吧。

彭湃

我以为遇到彭湃我就安全了。

我遇见了彭湃,我们那届的校学生会主席。他有着那种活跃人物所共同的特征,头脑敏捷行动迅速,无论在哪一种竞争当中都占据着主动地位。他在新生报到的时候给我引荐社团,帮我拿行李,带我去宿舍,"谢谢你!"我对他说。他深情款款地看着我说:"你真漂亮,是我见过的最漂亮的女孩儿!"我的心跳得厉害,我在上大学的第一天就遇见了爱情。

除了上课之外,我在自习的时候也经常遇到他,他请我去看电影、吃冰激凌、溜冰、骑自行车,他送给我各样新奇的小玩意儿,他特别照应我们的话剧社团,帮我们搞定各种排练和演出,就连月经期他都送来红糖和巧克力。他在人群中又总是戴着光环似的。我被他这样幸福地围绕着,所有的伤感好像都不值得一提了,我从来没有这样的快乐。

他有一处在学校教工住宅区的房子的钥匙,说是哪个老师出国让他临时照看房子的,他说带我去喂猫。那里果真有一只猫,我很开心地逗着猫玩。他买了猫粮回来还买了好多的零食,我俩用他的笔记本电脑看电影,我还记得看的是《泰坦尼克号》3D版,我看得很投入,不知不觉天就黑了,他却不肯走,说还有更好看的,于是就放了苍井空。他抱住我,说他有多么的爱我多么的渴望我,说永远地和我在一起。相爱的人不都会这样在一起吗,把身体和心灵,全都交给对方,毫无保留,而我愿意把自己给他,完完全全地,因为同样的,他也完完全全地属于了我。我学了许多的技巧,那是我爱他的方式,我还能给他什么呢?我的投入让我们俩都欲仙欲飞,我看得出他更加地迷恋我了。我想要他迷恋我,离不开我,完完全全属于我,我从来都没有一个完完全全属于我的人,我的内心满足而快乐,他对我说:"燕紫,我离不开你了!"

大四那年彭湃和我分手了,在我,那真是一次致命的抛弃。他有了新的女朋友,某个企业家的女儿,但他还在下晚自习的时候等着我想把我带去老地方,他说他想要我,想得发疯,他说他的新女友不解风情。我当时给了他响亮的一巴掌,哭着跑走了,他却对我喊:"燕紫你没吃亏,你学会了让男人为你神魂颠倒!"我有一段时间神情恍惚,搞不懂活着到底是为什么,难道就是为了体验一次次地失去,失去你以为拥有的,失去你以为依恋的?我想不出为什么每一个人都要离开我,就连小时候养的那只猫都离开了我,到底我有什么不好?还是说人注定了就是孤独,没有一个人能够陪着你,一直到最后?我每天都去买东西,各种衣服,各种帽子,各种项链,花光身上所有的钱,然后把它们摆在寝室的床铺上躺在那上面好像它们才是我真正能够拥有的。我拒绝室友们的关心,她们这样临时的惶恐的关心都是转瞬即逝的,每个人只在乎自己毕业了要去哪里,每个人都正奔向她们各自的前程,她们只不过顺道对他人的异常(她们有点儿担心我会精神失常)投去怜悯的目光。

我去了龙叔那里,什么也没说,就看着他拉坯、烧陶,和他一起做菜,龙叔的目光一如父亲的目光,有一种安定和温暖的力量,渐渐地我的心情竟然平静下来了。我想我要离开,离开家乡,既然没有谁是真正属于我的,我也只能选择独立。孤独就孤独吧,我想去一个远一点的地方,在那里一个人独立,一个人孤独。舅舅刚好在那个时候询问妈妈我大学毕业后的打算,我就义无反顾地选择来到了舅舅所在的这个城市,这个想法得到了妈妈和舅舅的一致认可。妈妈说,舅舅具备我和她所没有的眼光和决断,我也承认,舅舅其实扮演了一部分父亲的职责。我养成了一种自我疗愈的方式,收集各种小小的物件,把它们拼贴成想象中的形象,每当心情起伏不定的时候,每当感到担忧和惶恐的时候,我用这样的方式让自己渐渐平静下来,就像看到了龙叔不急不缓的手作,看到了龙叔安定温暖的目光。

对话

我看了那块陶泥一小会儿,脑子里渐渐有了想法,于是按下按钮,伸出手去。拉坯的时候,我心无旁骛,只是默想着脑海中的形状,我把它拉成了一个腹鼓颈长的花瓶。我放慢坯盘的旋转,观察,琢磨,再拿起小刻刀,把一些不够理想的地方修整到满意,然后把这个成型的泥坯从坯盘上拿下来,再修了修底座,放在了旁边的台子上。这一切都做好了,我才抬起头来看着龙叔。龙叔满意地点点头,眼角堆起几条温和的鱼尾纹。

"刚才你在拉坯的时候我也在想,如果是我,我想拉一个什么形状。"

"你想到了什么?"

"一个略不规则的敞口熏香炉,炉壁是连续的圆孔镂空造型。"

"有点现代艺术造型的?"我脑子里想象着那样一个形状。

"嗯,大概是的。"龙叔点了点头,"同一块泥坯,却有着不同的可能性。"

"当初我和你妈妈不得已分手的时候我也很痛苦,觉得心灰意冷,但是后来我遇到了珍姨,"他望向炉窑,似乎那里通向他俩相遇的时空,"我还记得珍姨用画笔描绘图案时眼中的亮光,记得她的脸颊被观察口的炉火映得红霞一般,我在那一刻爱上了她。日复一日地操持这些陶瓷其实是很单调的,人都有软弱的时候,会怀疑自己的价值,龙叔最为庆幸的就是有着珍姨的陪伴,这种陪伴,渐渐地,也变成了龙叔的信仰,相信陶瓷的生命,相信创造的意义,相信自己的意义。在龙叔看来,生活从来都不是一件华美的袍,生活是这样一件荡了釉的灰蒙蒙的泥坯,我们需要一种坚持的耐心和锻造它的勇气。我和珍姨这种单调而平凡的坚守就好比这炉火缓慢而有节奏的锻造。你看,龙叔和珍姨,虽然算不上艺术家,但却用心地做出了很多自己满意的陶瓷器。"

"你和萧忆水,"龙叔目光温和地看着我,"虽然没有见过这个小伙子,我却能猜测出他大概的风格,极有可能像你的爸爸,也像龙叔。"我点了点头,我的爸爸,或者说龙叔,他们是我心目中关于爱与信任的完美男性形象,具体到萧忆水的身上,好像就是这样一种晨光似的温暖,目光里的宁静,那是我第一眼看到萧忆水就感受到的。

"但是龙叔必须和你说,即使是这个萧忆水,他也只是你未来的一种可能,而不是全部。很多时候,我们不知道生活到底为我们预备了什么,但我们其实拥有很多的可能,比我们自己能想象的更多的可能性。我们终究会遇到美好,就像龙叔遇到珍姨,像你的妈妈遇到程叔叔。生活不总是美好的,她有时慵懒而冷酷,但她的口袋里藏着馈赠,要我们拿勇气和耐心去换。"

我大吃一惊,龙叔的话切中了我的要害,我在心底积压的正是这些——

"你和我妈妈这样相爱的人不能在一起!"

"我的爸爸,那个你说是你朋友的人突然之间就消失不见了!"

"我们真的有能力抓得住幸福吗?没有谁能陪谁到最后,一旦真的结婚了如果再发生什么变化,我是不是会像妈妈一样一直生活在煎熬之中?"

当萧忆水说"我离不开你"的时候,我的内心满是喜悦,可同时又战栗着惶恐、紧张和不安,它们撕扯着我,扬起那些彩色的碎片,那些被它们撕碎了的我的安全感。

"有一些事情龙叔说不清楚,龙叔一辈子只会做陶瓷。我只知道这些瓷器,有的可能画坏了,或者釉没有上好,还有可能在烧制的过程中炸掉了又或者火候发势没有达成,即使烧好的瓷器,上好的精品,还是有可能面临被毁坏的命运。但是我们不能因为害怕失败就不做了,或者不敢使用那些精湛的瓷器。我们能做的只能是充满了敬意,更加地珍惜,也许最终没有什么能够永恒,但是我们懂得了珍惜这其中的美好。"

"听龙叔的,对付恐惧最好的办法就是勇往直前。我们不是为了永恒才活着的,相反的,在懵懵懂懂的人生里,要拿出最大的勇气,去爱去锻造,这样也才不辜负造就我们的陶土、炉火和时间!我们中国的神话不是说人是泥捏的吗?如果我们让自己变成了瓷器,也算是一种升华了吧?"

每一个用自己的生活去思考的人都是哲学家。

龙叔给一整套的千纸鹤餐具泥坯上釉着色,再把它们依次摆好在错落的架子上,龙叔的技艺早已精湛周全,不同形状的器物在窑内发势的位置都计算得妥当。这个炉窑是龙叔自建的柴窑中的一个,这样的柴窑现在只用来烧制他为数不多的手工器物,以及他儿子工作室的作品,他早年就和日本厂商合作,采用自动化及半自动化的电窑做规模化生产。

他小心翼翼地把架子推进炉窑,关好窑门,他回过头,看到我的目光还留在窑炉里,带着紧张,就对我说,"釉里红必须在自建的柴窑里烧制,红色来自颜料中的氧化铜,极不稳定,颜色的呈现依靠精准的火候。"

他开始清理通风口,上面的和下面的,我看到里面已经挺干净的,料想上次烧窑后一定清理过。

"要再清理一次,进风通畅才能更好地让木炭燃烧,也才能更好地控制炉温。"

他清理好了通风口,开始添柴,用砖头把每个通风口都挡住一半。

"先要小火烧,让温度缓慢上升,进风的速度决定温度升降的快慢。"

我看着他上上下下忙活着,在观火口观察着。

"小火烧八个小时,让温度慢慢地升上去。"

几个小时之后,炉膛里面一片火红,再过一阵子炉内温度会到达1000℃,然后转为快速升温至1300℃,直到温锥倒掉。我从观察口观看那些火红的身影,想象着它们正在一点一点地变得坚强,变得光滑,展现出动人的模样,十几个小时之后它们就脱胎换骨,变成一只只漂亮的千纸鹤瓷碗了。

那一天,燕紫和我说了很多,隔在我俩之间的有一层东西被撕了下来,我终于读懂了燕紫。

3

"这是我妈妈的房间。"

燕紫带我走进屋里,房间的地板和家具看起来都有点儿老旧了,但很整洁,房间的光线柔和,透着回忆的味道。

"虽然妈妈现在很少住在这里,但她会定期来打扫房间。来,帮我个忙,把它抬出来!"

她打开大衣柜的门,指着里面一个镶着铝边的大木箱。

"都在这儿了,我爸爸的东西。"

我从木箱里把它们一件件地取出来,那是些镶在镜框里的照片,大小不一,最大的80厘米见方,燕紫把它们错落地摆在地板上,看起来就像一个特别的摄影展览。

我看到那幅银杏林的特写,银杏树穿着橙黄色的盛装,伫立在蓝澈的天空下,就和我那天看到的银杏林一模一样,这让我怀疑自己穿越了时空,走进了燕紫爸爸眼中的银杏林。

我又看到年轻的燕紫妈妈,她着一袭裙裾纷飞的黑裙,俯身在落满银杏叶的山坡上,用优美的姿势欣赏着手上的银杏叶,乌黑的长发瀑布一样垂在脸侧。这就是燕紫父亲眼中的爱人,笼罩着迷人的美和光晕。

小小的燕紫穿着层层叠叠的白纱裙坐在银杏叶子里,两根柳条一样的辫子垂在白亮亮的脸蛋儿旁边,眼神黑黑亮亮,银杏叶像蝴蝶一样在她身边翩翩飞舞,她明亮地笑着,那笑也像是耀眼的橙黄色的,就要从照片里飞出来了。这是爸爸眼里的女儿,快乐的,欢笑着的,充满着生命的美好。

我看到燕紫喜欢的碧绿的水，清澈的，透明的，在微风中轻轻漾起波浪，有一座石桥，水面上一半，水里面一半，画成一个半明半暗的圆，白墙灰瓦的房子，安安静静地蹲在水边上，一只乌篷小船上，身穿蓝色印花布衣裳的船娘摇着船桨，小船即将转过一个弯，那里有一处廊桥，一个庭院。这是父亲眼里的故乡，也是女儿眼里的故乡。

　　"这些照片，它们都是你父亲的眼睛。"

　　燕紫跪坐下来，两只胳膊撑在地板上，目光在照片之间流动，她的眼睛慢慢地亮起来，整张脸也亮了起来，她把脸从米白色堆叠的毛衣领子里抬起来，看着我。

　　"不在家里的日子，我越发明白了这些照片早已印在了我的心里。只是，我一直以为它们只是爸爸的照片，是风景，是人物，可是，你的一句话，就好像让它们从静止的变成有生命的了！"

　　"真的谢谢你！"

　　"应该感谢的是你的爸爸，是他用眼睛捕捉了这一切，让我们看到了他眼里珍视的美。你看，你在他眼里像一条闪光的小河，又像一朵张着嘴大笑的花！"

　　燕紫歪着头看着那些照片，她在不同的照片里奔跑着、蹦跳着、哈哈大笑着，那些笑声正无拘无束地从相框里蹦出来。燕紫一边看一边抿着嘴笑，到后来就有几滴眼泪落下来，啪嗒啪嗒地掉在相框上。

　　我在另外一组照片前蹲下来，那是一组水墨画般白墙灰瓦的徽派建筑，它们在晨光中静静地伫立着，在碧空下炫目地明朗着，在初雪后动人地妖娆着，在微雨中悄悄地低语着。我侧转身，又看到另外一组运河边的古建筑与二十世纪八十年代建筑物混杂在一起的照片，还有两座桥，一座石拱古桥，一座黑色平板铁架桥。"在这些照片中徘徊，就好像在阅读他的观察和他的思索。你看，他分明在说，白墙灰瓦的建筑充满了美的韵味，只注重功能性的建筑却丧失了美，独独留下钢铁和混凝土的骨架以丑陋示人。他的照片就是他的表达，虽然他已经离开很久了，但他的思索却透过这些照片传递给我们。"

　　"如果，"我的脑子里突发奇想，"把你父亲的照片和龙叔的瓷器放在一起做一个展览，我想这会很有趣。在我看来，龙叔的瓷器也是他的表达，他们，都在用自己的方式表达着他们的思索和他们所珍惜的，这就是艺术吧！"

　　"你这个想法真的不错！"燕紫说，"我和龙叔的儿子说一下，他读了美术学院，他会有更多的理解。"

　　展览于两个月后在龙叔儿子就读的美术学院里开幕，龙叔一家三口、我和燕紫、燕紫妈妈和程叔叔、燕紫舅舅舅妈、我的爸爸妈妈都参加了展览的开幕。展览的名字叫"岁月·目光·雕琢",入口处有燕紫爸爸的照片、介绍和龙叔的照片、介绍,龙叔的照片用的是燕紫爸爸于多年前拍的那一张。那一天大家都很肃穆,又很欣喜,好像有一个长长的思念终于释放了出来。如果人生终究要有一场别离,我们还是用温情的怀念缓缓地道别吧,就好像他站在洒满夕阳余晖的路口,微笑着挥着手,对你道了声"珍重"。

我和燕紫去了一趟北欧,那是所有人给我们的一致建议——去散散心,可能越远的旅行越有助于人们释放掉心中长期积压的情绪,也更有助于两个人在迥然不同的时空里建立起心的联结,我们于是把蜜月旅行提前了。燕紫为这次出行做足了功课,航班、住宿、交通、美食,她把这些作为繁忙工作当中有滋有味的调剂和佐料,不知疲倦地在网上、APP上浏览,把一套套出行时的情侣装放进两个人的行李箱。

人的心理是一个奇妙的系统,很多的问题不断地积压下来就有可能造成功能性障碍或至少是干扰,进而影响到系统的正常运作,但要把问题排除掉却是个困难的操作,信赖在其中起着关键性的作用。幸好燕紫有着龙叔,现在她有了我。我于是义不容辞地承担起了这份信赖,我是最应该也最当得起这个信赖的人。"在这逐世洪流中与她相依为命",这让我觉得自己的生命获得了一个不同的意义,虽然至今我还没有搞懂自己的意义那个难懂的隐喻,但这个新的意义却很明显很直接,它也让我觉得自己变得前所未有的重要。西方人是怎么说的来着,我愿意娶她为妻,从今时开始,爱她,珍惜她,忠于她,无论顺境还是逆境、富裕还是贫穷、健康还是疾病,直到死亡将我们分开。这是婚姻的契约,我彼时就将这承诺郑重地对燕紫说了,我还和她说我们要像龙叔和珍姨那样,用一辈子的时间形成两个人的默契,不急,我们会有一辈子的时间。我很健康,我每年都做体检,我至少能活很多很多年。我们还要像龙叔说的,更加珍惜我们所拥有的,并且相信我们会遇见更多的美好。那是我头一次说出这样的誓言,我是诚恳的,发自内心的,我想我有能力对这些誓言负责任,负一辈子的责任,这是一个成熟的男人应该具有的责任感。我也应该算是成熟了吧。环境确实能够对人造成很大的影响,我在新的工作环境中找到了更好的位置,境遇有了很大的改观,我希望我一直都会对工作抱有如此的热情,我希望所处的环境一直都能对我积极友善。相比之下,男性需要独自承担更多的心理压力。龙叔说我们可以做彼此的火,我想那些工作和生活中的现实的、有形的帮助就是燕紫给我的火了,能烧柴,能满足,而我给予她的应该也正是她所需要的,心灵上的火,能照亮、能取暖。我们是有着各自软弱之处的两个人,无论哪一种火,都是能令我们两个人彼此锻造的,有家,有爱,这是我们最大的依靠。

　　到达斯德哥尔摩是一大清早,燕紫的攻略毫无障碍地把我们带到中央地铁站附近的旅馆,放下行李,我们就钻进了斯德哥尔摩的地下铁,这种感受很奇特,好像钻进了原始穴居,在这座城市的地下漫游。跟着凸凹的岩壁上那条彩色游弋的巨蛇,发现古老宫殿的遗址,走进几何图形堆砌的迷宫,仰视巨大的蓝色树叶和建造者的剪影,穿过汹涌翻滚的红色火焰,步入奇异的远古岩画的天地。我们俩拉着手,勾着背,在岩壁前露出灿烂的笑容,燕紫特意买了手持云台,稳稳地拍下这些动人的画面。走出地下铁的时候反倒不适应了城市和行人古老而平实的面孔。在吃饭的地方,厨师用英文和我们聊天,"你们选的时间太好了,瞧,你能看到人们忙碌而喜悦的脸,因为一年一度的仲夏节到了!这里的夏天太短暂太宝贵,所以人们要在夏天尽情地释放生命的热情,享受大自然的恩赐!"

　　第二天的清晨我俩一身背包客的打扮,穿行于斯德哥尔摩某个皇家学院校园中一片晨光抚摸着的小树林。那是一个宁静的晨曦,阳光张开金色的手指从树枝间伸向大地,空气中弥漫着淡淡的清香,那是树木在清晨特有的气息和着远处花朵的香气,仲夏节之际,鲜花盛开得分外悦目。一只大尾巴的松鼠在我们身旁的草地上轻盈跳跃,爬上树干,攀上树枝,又在枝丫间蹦上蹦下,我手中恰巧还有半片没有吃完的面包,于是轻手轻脚地凑上去,举着面包想要引起它的注意。那松鼠竟真的不怕人,顺着树干溜下来,我把面包放在地上,饶有趣味地看它弓着身子用小小的爪子抓起面包往嘴巴里面塞,长长的尾巴立在身后卷成一束喷泉,圆溜溜的眼睛一动不动地注视着前方,那眼神中似乎包含着悠长的意味,执着的,遥远的,毫无躲闪的。这眼神触动了我,像是一根细线牵扯着我在记忆的池塘里寻找,多年未曾触碰过的滑入角落里的记忆就这样被轻轻巧巧地牵了出来,我看到了多年前我曾经有过的兔子的眼神。这样想起来,这些记忆好像已经离开我去外太空周游了一大圈,奇怪的是却在这么一个遥远的异国他乡浮想至心头。这里和我当初养兔子的地方大概有着7700公里的距离,而我的那个"兔子"朋友,如今到底在哪里了呢?没准儿他在我如今生活的城市的方圆百里也未尝可知。但真正的距离不在于此,而在于我离开当年那个"兔子"以及当年的那个我的真实距离已经远非7700公里这样的数字,好像已经在遥不可及的记忆的光年之中了。

　　在斯堪森公园,热情和欢笑在热闹的人群中浮动起来,五朔节的花柱竖立了起来,人们手拉着手唱起一首传统而有趣的民谣,所有的人,都快乐欢喜得像个孩子。我和燕紫也加入了快乐舞蹈的人群,无论什么人,结了婚的还是没结婚的,独自一人还是心有所属的,幸福的还是不幸的,人们都应该在大自然的恩赐中舞蹈。生命就像是仲夏节的夏天,每一个不起舞的日子都是对它的辜负。舞蹈是憧憬,是人们对美好生活的向往,而每个人生命中真正的舞蹈又都不一样吧?爱是一支群舞,每个人虽然各自舞蹈,各有各的姿态,旋律节奏却是同一的,只是,独舞呢,我们是否还要与众不同的独舞?你有吗?

  旅行结束后我们又回到了忙碌的工作状态,燕紫挑了旅行的照片洗出来装到相框里,"来,把它们挂在墙上!"我俩一起往墙上钉隐形墙钉,挂照片,"就从这一次开始,我要把每次旅行的照片都挂在这里,直到挂满整面墙!它们是岁月的目光,是我们拥有的,也是我们珍惜的美好!"我看着拿在手上的照片,那是我们在湖边小木屋前的合影,燕紫头上戴着编织的花环,脸色粉红动人,脖子上挂着彩色的珠串,穿一身白色雪纺连衣裙,风轻轻地牵起她的裙角。挂好了照片,燕紫靠在我的怀里,有一首香颂响了起来,那就是我们俩的《玫瑰人生》。

第十二章 雪域 病人

1

Bleriot 戴上他的红帽子，从矿山走出来。他先是沿着奋进大道走向白色墙壁的乐园医院。他知道现在这个时间，Judey 会从医院走廊的窗口向外张望，没错，他已经看到她的红帽子出现在了窗口，还有她那张美丽的脸。他冲着她微笑，双手插在裤子口袋里，做出一副轻松愉快的样子，这会让她好受一些。他不能非常真切地看到她脸上的每一个细节和表情，但他不想看到她流泪，那会让他俩心里都不是滋味，他觉得这是自己犯下的一个重大失误，竟然没能教会她控制情绪，乐园是一个没有烦恼的地方。

Judey 的脸从窗口消失了，他又站了一小会儿，就转回头，经由兰桂街走上欢乐大道。他在快乐小屋门前加入了长长的队伍，并从 Cookie 手上接过红色的快乐药丸。"欢迎进入游戏世界！"Cookie 说，这是他的标准服务用语。Bleriot 通过了监测仪，从闸门走向疯狂过山车，手指轻轻捏了捏口袋里的红色小药丸，他会在"田野"里用一个特质的容器把药丸分解回收掉，以免被追查并被送进乐园医院。从疯狂过山车下来，他夹杂在兴奋的人群当中快步走进游戏大厅，路过 Judey 的虚拟舱，J-55990827 号，舱门紧闭着，她已经很久没来这里了。他继续向前走，走到自己的虚拟舱前，投入乐园币，用手掌按在上面认证了身份，舱门就打开了，他跳进去，将身体与金属贴片连接好，舱门自动关闭。

他总是通过秘密通道进入"田野"。他轻车熟路，一路上欣赏着波斯菊和硫黄菊在草地上大片大片的盛放，就像油画家在绿丝绒的底色上富有层次地涂抹了跳跃的橙与红。他走到他和 Judey 的小屋，院子里，各色的玛格丽特菊花团锦簇。Judey 喜欢这种看似普通但生命力旺盛的灿烂花朵，他俩一起把它们一株株从幼苗的时候培育起来，不断地掐心、打顶，让它们长出更多的侧枝，时间久了，它们就分外的茂盛，开得花团锦簇。

他走进小屋，房间里的一切都是两个人一起布置的。正对门口摆着一架立式钢琴，发亮的黑色漆面，罩着蕾丝花边的方巾，钢琴上摆着一架造型奇特的飞行器模型和一只水晶花瓶，要是 Judey 在，她一定会从刚才路过的草地上采上一大把的波斯菊和硫黄菊，把它们插进花瓶。钢琴上方的墙壁上挂着一支金色的麦克风，看到它，他就想起了他和 Judey 第一次的相遇。那是一场盛大的舞会，女士们为了参加这场盛会做足了准备，她们个个衣着华丽、光彩照人。Bleriot 看到了 Judey，那个脸蛋儿挂着动人红晕的女孩儿，就像一只挂在枝头被朝阳照亮了的苹果，金色的卷发在脑后活泼地束起来，她穿一条领口、袖口、裙摆都缀满鲜花的长裙，而比外表更加吸引 Bleriot 的是她华丽细腻的歌喉。那天 Judey 先是唱了一支咏叹调，像云雀在天空歌唱，清扬婉转，接着她又唱了一支小夜曲，像细雨洒落花间，百花动容，她的歌声彻底地俘获了 Bleriot 的心，他说那是来自灵魂的歌唱，他没有吃快乐药丸，但却好似吃了那药丸，他怦然心动，一见倾心地爱上了她。那天他送给她这支金色的话筒，她用这支话筒能唱出最动听的歌，那天他邀请她跳每一支的舞，从华尔兹到弗拉门戈，他们最后跳到喘不过气来，那天他带着她走上秘密通道来到了"田野"，那天他们把这支金色的话筒挂在了小屋的墙上，让它永远见证他们爱情的开始。

壁炉上方，挂着他和 Judey 婚礼的照片，他的朋友们在湖边的草地上搭起了花廊，他们在那里托着对方的手深情的四目相对，说出了一生一世的诺言。壁炉上有一圈彩色的蛋壳，都是他的朋友们送给他俩的祝福。蓝色小恐龙的那对蛋壳是 Daniel 和 Marry，其中一只上画着长长的睫毛和红红的嘴唇，手上捧着蓝色的勿忘我，那是 Marry；Daniel 的样子呢，眼睛笑得眯在了一起，张着嘴巴露出牙齿。那两只带着靓丽条纹的蝴蝶鱼是 Jerry 和 Sara，他们调皮地做出甜蜜接吻的样子，睁着圆圆的眼睛，嘟着肉肉的嘴唇。那天举行婚礼的时候，所有他的朋友们，那些生来就长了翅膀的人，他们全都来了。Sara 拥抱他祝福他的时候激动地哭了，她说，"我知道你们是爱情，从来都是！"她这样说的原因在于，一开始的时候，他们都以为 Bleriot 不过是进入了游戏，那个舞会的游戏原本就是一个制造爱情物质的地方，人们头脑中的 PEA（苯基乙胺）、多巴胺、去甲肾上腺素狂飙，他们心跳加速呼吸急促，他们一见钟情，激动而饥渴，他们急匆匆地奔向游戏里的爱情旅馆，热烈的交欢。而在那之后，他们就带着快乐的心情离开游戏，从虚拟舱里醒来，只带走兴奋的余温。不同的游戏有不同的目的性，在有角色扮演的游戏里，奖励是连续的刺激，场景是不断的晋级，人们在那里满足社交的需要、虚荣心的膨胀并体验到成功带来的快乐和骄傲,这样的满足令他们难以自拔。但是在舞会这一类的爱情游戏里,人与人只以匿名的方式交往,这种游戏的目的只在于体验激情,享受身体的欢愉,是轻松的毫无负担的,即使在远方会有一些孩子因此而爬出蛋壳,人们也从不关心谁和谁究竟有着怎样的关系。对了,人们在虚拟世界里的样子和在乐园里的不一样,他们的模样在同一个游戏里可以保持不变,进入不同的游戏又会变成不同的模样,这样的好处显而易见,人们在乐园里不必认出游戏中的彼此,省去了非常多不必要的麻烦。Bleriot 的朋友们,他们都爱上了和自己一样生来就有翅膀的人,他们坚信他们彼此间拥有的是灵魂之爱,绝非游戏里的短暂激情。可是 Bleriot 却偏偏和他们不一样,他爱上了和他不一样的没有翅膀的 Judey。

可是他将 Judey 带来了"田野",他们在这里不再只有爱情物质,他对 Judey 说:"不要吃红色快乐药丸,我们可以控制自己的大脑!"他帮她装上可以通过监测仪的微型芯片,教她把药丸带回"田野"一起分解回收。他们相约每一次都一同进入虚拟舱,他带着她从秘密通道进入"田野"。他们在那里不受系统的控制,按照自己的心愿营造他们的家。他告诉 Judey 游戏里的爱情物质只能带来短暂的激情和冲动,只有持久的亲密和温暖才会令人的大脑分泌爱与安宁的脑内啡肽,让人们得以心意相连,生长出持久的爱情。为了能在乐园里也认出彼此,他和 Judey 有了那个约定,当他们希望认出彼此的时候,就戴上约定好的红色帽子。爱得刻骨铭心的人总要想方设法地认出彼此,哪怕是生离死别、桑海沧田、改变了容颜。

他的模样其实是不会变的,无论在虚拟世界还是在乐园,他的那些朋友们也和他一样,他们什么时候都能认得出彼此的样子。只是,他的朋友们,他们都双双飞走了,飞去了神木林,不知道他们如今是否还留在那里或者生活在原野。他却留了下来,如果不能带着 Judey 一起走,他宁愿选择留下,和她在一起。

Judey 总是摆弄着那些彩色的蛋壳,"Marry 说在很远的地方会有一只我们俩的爱情孕育出的蛋,她说她相信会有一个会飞的小孩儿从那只蛋壳里钻出来,ta 还会跟着罗得来到乐园,你说真的会这样吗?"

"噢,我想是这样的!"

"要是 ta 没有翅膀那该怎么办呢?毕竟我和你们不一样!"

"不用担心,ta 是什么样子的都好!"

每一次罗得出发之后 Judey 都会变得焦躁不安,她跑去找 Vivian 占卜。Vivian 带着她钻进占卜帐篷,她背对着 Judey,伸出双手,Judey 只能看见她变得僵直的身体,接着听到她用奇怪的声音说话,"哦,没有,我没有看见你们的蛋!"

Judey 因此变得更加的焦躁。

"我看到了,那是你们的,哦,一个小孩儿!"那一次 Vivian 终于说。

"ta,会飞吗?"Judey 惴惴不安地问。

"别急,让我看看!"她不耐烦地回答,"我看见,ta,被黑暗包围,暗得像看不见底的深渊……哦!"她神经质地叫了一声,身体突然松懈下来,"看不见了!"她转过身来,轻描淡写地说。

Judey 竟然大哭起来,可能是长久以来的期待、紧张交织在一起让她一时间难以承受,Vivian 抱住她想让她冷静下来,可是 Judey 却越哭越厉害,她挣脱了 Vivian 跑上了奋进大道,她只想要找到 Bleriot。

兽们在第一时间发现了大哭着奔跑的 Judey,乐园里没有烦恼,更没有哭泣,她被兽们关进了乐园医院,成了病人。而 Bleriot,他只能在每天的固定时间出现在她的窗外,透过窗口和她遥遥相望。

2

第一眼看到女孩儿 Bleriot 就认出了她,女孩儿也认出了他。他详细地告诉了女孩儿有关神木林的事以及如何才能顺利抵达那里。他们一起进入虚拟世界,他带着女孩儿通过秘密通道到达了"田野"。女孩儿在"田野"里建起了漂亮的房子,并开设了一条和其他游戏相连的通道。"年轻人总是有他们更加大胆的想法,她去到过神木林,去到过城堡,她有她自己的一套思路!"Bleriot 想,而且他也有自己需要忙碌的事。

Bleriot 走进他的工作室,工作台上放着一台显示器,无数的电线将显示器与几台检测设备连在一起。他打开电脑屏幕开关直至屏幕亮起,输入密码,点击页面上的操控软件,屏幕上出现了一组数据,那是上一次刚刚完成的测试数据,他仔细检核。视觉系统的位置、姿态、角速度、线速度参数捕捉正常,传感器还存在几个微小的遗漏,软件上做出了特别的标示,需要再进一步核对校验。绘图板上堆着小山一样的设计草图,电脑里也存储着反复修正的动态图纸,那些都是 Bleriot 日日夜夜投入的心血。飞行器总体设计已达到最优,其中尤为重要的四个旋转发动机不受机翼、燃油系统的限制,由八台电机提供四组推力,从而能够在极小升力的情况下垂直起落,并充分保证了飞行的安静平稳,机舱内配有自动驾驶操作系统,只要输入目的地即可开始飞行,舱内同时配有应急弹道降落伞。Bleriot 对最终的设计颇为满意。操控与系统方面,他完成了飞行状态数学建模,那是飞行控制系统得以建立的基础,他研究过不同的导航系统,传统的 GPS

导航、惯性导航、超声波导航和激光导航，最终确定了现在这套具有抗干扰、精准以及动态轨迹控制优势的视觉导航系统。动力和能源的问题也终于在得到帮助的情况下被攻克了，电力的存储得以解决，飞行器在电力输出稳定的情况下续航距离超出了预期。Bleriot 把检核过的测试报告用远程推送的方式发送到手持平板上，推开工作室的后门，走到外面的草地上，用一只手"哗"的一下揭开银灰色的罩衣，一只造型灵动的白色飞行器跃然眼前，它有着流线型的机舱，视野开阔的透明弧形舱门，四只轻巧的轮子正是四只旋转发动机。他开始按照测试报告的标注仔细核对问题点的传感器，检核无误了，才又回到工作室，启动了检测设备。他就快完成了，所以特别地需要全神贯注、心无旁骛。

为什么会对飞行器有如此的迷恋和向往呢？Bleriot 自己也说不清楚。他并不需要借助这样的家伙才能飞上天空，但是他就是对这些能够飞上天的神奇玩意儿有着抑制不住的好奇心和探索的欲望，他的头脑对它们的原理、逻辑、运算有着清晰的理解和思考。

一开始的时候，他做出了一只绘有太阳神图案的热气球，他拉着 Judey 站进吊篮，点燃喷灯，环住 Judey 的腰。热气球在 Judey 犹如花腔女高音的惊呼声中一点一点飞起来，越飞越高，一直飞上了云端，"田野"的树木、花朵、河流都变得越来越小，Judey 惊魂未定，却又兴奋不已，那是她第一次体会到飞行的乐趣，Bleriot 也从她的惊喜中更加发现了飞行器带给人的奇妙感受。他们飞行了 25 分钟，最后安全地降落在一片开满金盏花的河谷，他俩一起叫着，笑着，停都停不下来，巨大的蓝色气球一点点落下来覆盖在他们的身上，他就揽住 Judey 在那气球的覆盖之下甜蜜地和她接吻，当然他可不仅仅只是吻了她。

接下来，他们就兴致勃勃地玩起了滑翔伞。Judey 在升空的过程中发出短暂的惊呼，之后就异常安静地眯大了眼睛，享受着飞翔带给她的惊奇。"飞翔原来是如此的自由，真羡慕那些翱翔天际的鸟儿，还有你！"她微笑着，转过头来大声地冲着 Bleriot 说。不过对于操纵滑翔伞，即使只是拉动左右拉绳对她来说也是尝试不来的，Bleriot 于是带着她在山野间上升、旋转、俯冲，听她激动地发出"hooray——"的喊声。

真正有动力的飞行器才是 Bleriot 的兴趣所在，他要研制一款使用新型复合材料和电动发动机的轻便飞行器，最重要的是实现自动驾驶，让 Judey 这样对操作感到恐惧的人们轻松驾驭并享受飞行的平稳与舒适。他仿佛明白了，他担负着帮助人们飞越天际的使命，他不仅要带着 Judey 飞向神木林，还要带上更多的人，这给了他力量。从前 Judey 和他在一起的时候，他为了这个梦想和使命而着迷，如今 Judey 每天和他遥遥相望，这一份使命更令他觉得沉甸甸的，也显得分外的急迫。

当 Bleriot 成天在工作室里琢磨这些飞行器的时候，Judey 就坐在钢琴面前不知疲倦地研究各种曲谱，低声地哼唱和练习。她是为了歌唱而生的。

"其实我们每个人都能找到这种快乐的状态吧，"Judey 说，"关键在于我们是否真正探索到方向。Bleriot，"她的脸蛋儿挂着动人的红晕，就像一只挂在枝头被朝阳照亮了的苹果，"我已经等不及要飞去神木林了，我盼望着生命的联结！"

"只是要小心不要在矿山里交流这样的内容，"Bleriot 说，"当心被兽们发现把我们当作病人关进医院。"

"我们有这个呀！"Judey 说着，掏出一顶蓝帽子戴在头上，Bleriot 也摘下红帽子换上了蓝帽子，现在，他和 Judey 不需要说话就能听见彼此脑子里的想法了。他俩相视而笑，在矿山里，他们已经发现了越来越多戴着蓝帽子的人，他们专注地挖掘着，他们用独特的方式相互交流着。那些他们追逐着的量子球，那真是一些神奇的存在，带着能量，带着信息，超越空间的限制，可这些量子球又只在挖到它们的"蓝帽子"面前显露真容，对于任何其他的人，哪怕是法力再高的魔法师，即便是伊凡，它们都只以杂乱无章的形式散乱地排列，不透露任何的机密。这足以让"蓝帽子"们兴奋不已，他们收集着自己的量子球，在头脑和心灵的空间里享受着无拘无束的快乐。他们已经绘制了一张量子地图，有了它的指引，就算没有飞行器这样的现代装备，他们都能够穿越阻碍，找到方向。

3

乐园医院是一座巨大的圆筒状建筑，白色的外墙，白色的内墙，与其说这里是医院，倒不如说是监狱更加的准确。病人的房间在圆筒正中央围成一圈，房门上安装有铁栏杆，房间之间有伸出的隔墙阻挡，他们因此看不到彼此，也无法交谈，除非大声叫喊，而那首先会招来兽的制止。他们能够听到的只有中央播报，能够看到的也只有房间墙壁上的滚动屏幕，以及空荡荡的走廊。偶尔的，能看到医生和守卫的兽，还有刚被带进医院的病人，他们能相互对视甚至说上一两句话。

伊凡的声音正响起来，他的形象同时出现在中央播报站、矿山操作大厅和游乐场的大屏幕上，也出现在医院每一个房间的屏幕上。

斗志和凶猛，

是强者的灵魂，
登上世界的至高点，
让所有的荣光，
在你的身上闪耀！
勇往直前吧，
城堡就是你们的应许之地，
这个世界终将属于你们！
而魔法终将成为
这个世界存在的意义！

爱德华接着以亲切的形象出现，他充满激情地鼓励拼搏在矿山的人们。

宝石可能存在于矿山的任何一个角落，
只要你足够顽强和坚韧，
并且充满智慧和决断，
永远不要放弃努力，
就如同永远不要放弃思考！

他口中的"思考"特指为了挖掘宝石而挖掘你的智力，魔法师总是给予词汇崭新的释义。

查理一身"娱乐为王"的前卫造型，身边有游戏世界里的当红明星簇拥左右。

不懂时尚的人踩不上时代节奏，
不会娱乐的人最先被淘汰出局，
走进"娱乐为王"，
和你的偶像红人一起，
全年 365 天欢乐无休，
high 到乐翻天，
停都停不下来！
世事再无烦恼，
你，就是最前沿！

精灵们也同样会经常出现，城堡宝石总馆首席设计师达芬奇·雨果先生这时正优雅地说：

> 专业铸就品质，
> 四十年的不懈努力，
> 让我们成为最专业的精英，
> 用毕生心血打造最璀璨的宝石！

总之，这就是乐园的声音，它深深地根植于人们的内心深处。

相对于乐园的其他地方，病人们会发现他们佩戴的手环成了与自己最多的交流。原本手环就会提示人们需要回到游戏里去了，或者游戏结束需要回到矿山挖矿了，手环也会为人们自动匹配好吃什么喝什么穿什么用什么，人们因此不用为这些日常琐事而思考，甚至进入什么游戏，什么时间该去恐怖屋冒一次险，什么时候又该去坐一次疯狂过山车了。手环的这些提示相当精确，每个人都通过手环将自己身体、大脑、位置、当前活动等各项数据输送到MAZE，MAZE的运算中心会将全部人的实时数据进行统计运算，从而得出每个人的最佳行动指令并发送到手环上，因此也可以说，乐园的生活是简单而又精确的。手环能监测到这些病人是被关进医院的，因此，手环对于他们的提示也就变得有所不同了，病人们收到最多的提示是"乐园的精彩正在等着你，快吃药吧"！这也是乐园医院最为不可思议的地方。这里的医生不会主动给病人开药，只有当病人急迫地要求吃药，医生才会托着装有五颜六色药丸的药箱，在兽的陪同下走到病人的房门前，兽会搬来桌子和椅子，医生们坐下来，用手环计时，每隔一个小时给病人服下不同颜色的药丸，连续12个小时。病人服用药物后还会有24小时的观察期，他会被带到一个特定的观察室，在那里他的一言一行都会被观察记录，他还要躺在检测大脑神经信号和分泌物质的机器上接受严格的检查，直到各项指标全部合格，才能由兽们看护着走出医院的大门，重新投入乐园的繁华生活。之所以这么做，是因为曾经有神经学专家指出，人们的情绪是极容易相互影响的，一旦失去了控制，乐园就将不再是一个简单而快乐的地方了。

只有每天下午一个固定的时间，病人们被放出房间，他们得以走到圆筒建筑的外围窗边，从窗口窥视繁荣的乐园。透过玻璃窗，病人们能看到灯火通明的矿山操作大厅，那里屏幕闪烁，人们专注而忙碌。奋进大道的方向上，可以看到能量小屋和占卜小屋门前排起的长长的队伍，远处中央播报站的大屏幕变换着光影，乐园女孩儿踩着平衡车穿梭在各条道路上和人群中，为快乐的人们留下无忧无虑的开心的笑容，人们也经常拉住走过来的兽一起合影，那些照片会实时地发送到MAZE,很可能下一秒它们就会出现在中央播报站的巨大屏幕上。兰桂街的方向上,很多人正从矿山走出来,他们脚步匆匆,带着急切的心情准备回归游戏世界。只有桂园静悄悄地伫立着,看不见人影,桂树环绕着无声无息的寓所,但桂花总是飘着淡淡的香气,这气息大有镇静和抚慰的作用,能带给病人们少许的宁静。病人们这个时候可以沿着窗边的环形走廊走动,并且在窗边停留,但不允许相互交谈,如果有人谈话,负责看守的兽就会立马把他们关进病房,他们也就失去了那一天望风的机会。

距离望风还有很长一段时间,Judey站在房间的铁栏杆前,这是她最常保持的姿态,要不然就是坐在墙角。她看到兽正押解着一些人走进来,她的脸上现出了惊讶的表情。因为这些人里面,大部分头上戴着和她一样的红帽子,只是他们的帽子上还绣了名字,Coco, Denis, Harry, Wendy……

一个头戴蓝帽子的女孩儿停在了她的门前,睁大了黑溜溜的眼睛望着她,脸上露出了微笑,她又把收在背部的翅膀亮了出来调皮地扇动了两下。Judey不解地看着她,直到她小步走过来靠近栏杆,她握住了她的手,轻轻地叫了一声:"Madre[①]!"Judey呆住了,紧接着,她笑了,眼泪顺着脸颊淌了下来。一只兽从后面走了过来,"往前走!"它大声地对着女孩儿喊道。"戴上蓝帽子!"女孩儿冲着Judey眨了眨眼睛说,她松开手往前走去,又回过头来看,Judey连忙冲着她肯定地点了点头,女孩儿的脸上又挂上了笑容,转头向前走去。Judey听到一间间病房的门被打开又被锁上的声音,所有被押解进来的人都被关进了各自的病房。但是很快的,就听到有人喊,"医生,医生,我要吃药!"Judey想,这应该是那些没戴帽子的人,他们到底是为了什么被关进来的呢?

Judey这才想起来自己竟然一直都忘记了戴上那顶蓝帽子,有两次Bleriot出现在窗外的时候戴着蓝帽子,还有两次他摘下红帽子换上蓝帽子,可是她却一直没有明白他的意思。她摘下红帽子,换上蓝帽子,她听到了一些微弱的声音,她又仔细地听,那些声音就变得越来越清晰了。

---

① Madre,西班牙语,妈妈的意思。

第十三章　正月和小满

1

我已经不是从前的我了,那时候的我弱小、胆怯,事事都没有主意。人总是要长大的,但却不是人人都会长成自己喜欢的样子。不知道你是否喜欢现在的自己,我倒是喜欢现在的自己,虽然我的烦恼很可能会比你多。让我想想我是从什么时候开始改变的呢?人的一生会经历很多改变吧,有的人惧怕改变,我却喜欢改变,只有在改变中我才慢慢地接近了自己喜欢的样子。

青青瘦小的身影出现在"左大少"面前的时候,我和"左大少"一样丝毫都没把她放在眼里。

"阿姨您误会了,""左大少"轻蔑地瞟了她一眼,"我只不过和她俩交个朋友!"他的视线直接越过青青单薄的肩膀,露出一脸的无赖相,"《英雄》,刚刚上映的,我请你们去看电影。"

他从口袋里掏出两张电影票,"看完电影咱们去吃夜宵,想吃什么,麻辣小龙虾怎么样?"他一边说一边凑过来,"同和园的生活那么苦,那不是你们该过的日子,跟着哥,哥带着你们吃香喝辣的!"

正月狠狠地瞪着他,把一只手攥成了拳头,如果他再凑近一点她就会对准那张肥脸狠狠地给上一拳,她可不怕他,她谁也不怕。

青青用纤细的手腕拉住"左大少","我有两句话和你说,说完我就走!"

"左大少"低头看了她一眼,"好!"他不以为意地晃着胖脑袋,跟着青青往旁边走了几步,眼睛还冲着我们的方向不怀好意地瞟着。

我浑身紧张地抓着正月的一只手,"别怕!"正月说。

"左大少"撇着嘴走了回来,目光在正月的脸上徘徊了两圈,他回头冲着身后的跟班们使了个眼色,"走!"他终于悻悻地说了一声,一群人就慢慢悠悠地晃着自行车在公路的转角处消失了。合欢花的香气飘在了脸上,自行车叮当作响的声音渐渐远去了,我绷紧地抓住正月的手终于松了下来。

"那个青青,"我说,"她是怎么做到的,'左大少'竟然听她的话?"
正月正在梳头,她的一头长发像黑色的瀑布一样漂亮,她的身体已经开始发育得丰满,胸口随着说话和呼吸的节奏一起一伏着,这可能也是"左大少"盯上她的原因,但实际上她也可能不止十三岁,无论在身高长相发育还是在心智方面她都比我成熟了好多。

"那个女人,"她停了一下瞟了我一眼,"有点儿蹊跷!"
"她说我们可以去找她,你说我们去吗?"
正月又停下来,这一回她微微上扬的丹凤眼睁大了瞪着我,"反正别把那儿当成一回事儿就行了,你听我的!"
我凡事都听她的,因为我弱弱小小的,正月比我大一点儿,也可能大得挺多的,她是我的依靠,我凡事都跟着她,她也事事都想着我,她总是说:"你听我的!"
第二天放学的时候我俩走出校门就看见关沐阳站在那里,他看到我们就迎上来。我的呼吸有点儿急促,我还是头一次这么近距离地看到他的面孔,他的鼻梁挺直,下巴立体优美,微微卷曲的头发轻覆着前额,目光中没有任何的表情。

"青青让我来问问你们愿不愿意去参加她的'青鸟有约',哦,就是一个聚会,在她的青鸟书屋,你们要是想去我就带你们过去。"他习惯在说话的时候不带任何的语气只是简单的陈述,但这样简单的陈述好像带着一种特别的魔力,学校里的女生说起关沐阳时两眼发亮,就好像中了这种魔力的邪。我却不敢正视他,我觉得自己那么小又那么丑,简直就是一只丑小鸭。可是正月,她的目光大胆而热烈,"当然愿意!"她爽快地回答,几乎不假思索。她是丰满的迷人的,虽然没有华丽的衣着,却仿佛在阳光下盛开着。

我不解地看了她一眼,她没有回应我,甚至都没看我一眼,她松开我的手臂和关沐阳并排走,我跟在他俩后面。

"你为什么那么积极地回答关沐阳,你不是说别把青青当一回事儿吗?"晚上回来的时候青青还是让关沐阳送我们一直到同和园的门口,并把写明情况的一张纸条递给看门的郭老头,老头不识字,关沐阳就和气地念给他听,然后告诉他把字条交给园长就好了。我们跨进铁栅栏门时正月转过身甜美地朝着关沐阳挥手致谢,然后转身上楼。我快走几步跟上她问:"还有你整个晚上都表现得兴致勃勃的,你改变主意了吗?"

"你啊,"正月这时停下脚步转过身来面对着我,"不去参加聚会的话我们怎么有机会和关沐阳在一起?"

"所以你是为了关沐阳才去的?你喜欢他?"正月本来已经转过身准备继续上楼梯,听到我这么说就又转了回来,"喂,关沐阳那么帅有几个女生不喜欢他的?再者说,喜欢不喜欢有什么关系,重要的是和他一起走路一起说话,让那个胡人姬羡慕死去吧!"绰号胡人姬的是学校里面的焦点人物,每天打扮得楚楚动人,正月却对她不屑一顾,原因可能是正月自认为比胡人姬长得更漂亮,实际上也是,但是我们怎么能和家境优渥的胡人姬比呢?走廊上的灯光有点昏暗但我还是能看到正月嘴角浮上的一抹微笑,"有好处的事儿就去做呗,"她突然恢复了我惯常依赖的那个角色,"你听我的,反正又没什么坏处,你也看到了,那些人呢也都和气,青青讲的也不是什么不好的东西。"

2

有了巴桑的带领,我们一路上走得很快,这是一座真正的大山,还是藏民的神山,我不敢冒险单独行动,巴桑讲的我一律照做,他讲的话其实并不多。

我们在一片森林中穿行,脚下是绿茸茸的苔藓,大片的灌木丛正绽放着白色的、粉色的杜鹃花,云南松茁壮地生长着,松枝上挂着成串成串闪动着细小水珠的松萝,叶状地衣爬上了云杉的树干,在大树的身躯上开出奇形怪状的花朵。隆隆的水声传到我的耳鼓,这一路上我们看到很多的小溪,清冽洁白的小溪翻腾着细碎的浪花,有时它们挂在山间,像一条闪光的银链,有时它们层层叠叠,跌跌撞撞地掠过岩石,有时它们敞开胸襟,欢快地流淌着一往无前,又或者它们汇聚成河,带着山的轰鸣奔向远方,它们的源头是雪山上的雪水融化,因此它们都源自圣洁。我站在一棵粗壮的云杉树下,试着伸开手臂环绕它,以两手指尖为终点的长度约等于大树腰围的四分之一,也许它有一百岁了或许还不止,我抬起头,目光沿着它龙纹般龟裂的躯干一直向上向上,我觉得它真的就是一条龙,向着天空升腾,盘绕着身体,望不到尽头。

穿出森林之后就进入了山谷,这里平坦而开阔,两边的山体错落地涌动着,缓缓向着山谷延展,山体上覆盖着绿色的树木,树木仿佛是流动的,从山上一直到山谷。有小溪潺潺地穿过山谷,不急不缓地歌唱,远处的山峰在云雾的环绕之中忽隐忽现,这里还看不到雪峰,但它们是我们行走山谷时最好的风景,远方的风景。我们从一大片的玛尼堆路过,巴桑在一个石堆跟前俯下身,在上面又添上一块石片,他双手合十举过头顶,绕着石堆一边转圈一边发出只听得见声音听不出内容的念经声。"石片上刻有六字经文,风吹石片等于读经。"巴桑说。

这一天我们走了 18 公里,海拔上升 2000 多米,今天是较为轻松的一天。"明天就要开始翻越垭口了!"巴桑说。我们在营地遇到一队结伴而行的驴友,他们的年龄普遍比我要大一点,海拔上升加上疲劳,他们有点儿高原反应的症状,心跳加快,轻微的头疼,巴桑指导他们吃下抗高原反应的药,让他们把自己包裹暖和坐下来休息,我俩动手烧热水煮晚饭。这个营地是藏民搭好的,用树干做骨架,四周围上木板,再用防风的毡布包裹,里面是一张张木板拼成的床,上面铺着毡垫、褥子和床单,被子上压着缀有大花朵的拉舍尔毛毯,虽说没有明显的高原反应症状,我还是花了好长的时间才睡着。

我和燕紫说,这是我最后一次的漫游,我想走得远一点,去一个挑战自己身体能力的地方。

"这不必是最后一次。"

"我是你的安定和温暖,我不该再四处漫游。"

我临出发的前一夜她睡得很不踏实,原因是临睡前她突然发现我送给她的那只鸽血红的戒指不见了,没有放在它本应该待在的盒子里。我在那个喝醉了的晚上跌跌撞撞地买回了它,她喜欢得不得了,每次戴了之后都会精心地收在盒子里。

"怎么会不见的呢,我前两天一直都戴着的,只是今天没戴而已!"

她几乎找遍了房间的每一个角落,桌子上、抽屉里、床上的枕头、被褥,床头柜,乃至床底下,又跑去客厅、洗手间,"怎么会不见的呢?"她有点儿气急败坏的。

"没事儿,实在找不到的话我再买一只给你,而且,婚礼的时候也要再选一对钻戒!"

"不,我就要那一只!"

我于是又和她一起四处找了半天,直到两个人都头晕眼花困倦不堪了才睡下。

"你多休息一会儿,今天反正不用上班!"早上的时候我看出她的精神头不够。

"我还是起来给你做早饭吧!"她说着起身下了床。

"你和正月在这个城市里有多久了?"我问小满。

"快十年了!"

十年？可是我之前怎么没有遇见你。这个城市好像有无数条透明的管道，我们就像管道里的水，但我们好像只在自己的管道里涌动，今天在这里明天还在这里，所以我们从来没有透过透明的管壁相互望见。我的漫游是一种出走，我想走出自己的管道，想遇见不一样的自己，但是后来，我又不记得自己想要的是什么了。

3

我在沙山上走了有多久了？大概有两个钟头了吧，我已经不想费事儿地鼓捣那些陷入静止状态的电子设备了，我只是抬眼望着天边的太阳，观察它从颜色到位置的变化。此刻，它正挂在连绵起伏的沙山半空中，发着橙红色的不真实的光芒，在沙山上画下一道发红的亮光，那道亮光以外依然灰蒙蒙的并不显得鲜艳，我迎着那轮红日闭上双眼，虽然感受不到太多的热度，但我的眼前却变成了红彤彤的一片。

燕紫在整理我公寓里的柜子，"你的徒步装备，好久没用了！你有多久没去徒步了？干吗不去一次呢，你一个人！"这段时间我们忙着看房子，才发现我俩如今住着的公寓虽然面积小，但是由于地段的原因单价飙得很高。不过即便如此，两套换一套的话只能换这附近的两室一厅的二手房。我们其实还有一个选择，就是在远离市中心的新开发区块买一处一百二十平方米左右的一手三房，单价仅是这里的三分之一多一点。所以最后的决定就是，卖掉我在市中心的公寓，支付三房的首付，其余的贷款由我们两人一起按月缴付，燕紫的那套公寓就先保留下来，一来三房的交楼期在一年半以后，这段时间我们得有住的地方，二来也作为保值的优质资产，房子的产权也变更成了我们俩人。那套我们选中的三房，位于一个知名开发商兴建的大型楼盘，周边的配套规划齐全。我和燕紫跟着售楼员乘坐施工电梯登上还没有建好外墙的楼房，十五楼，这是我们中意的位置和户型，阳台朝南，远远地可以眺望苍翠的凤凰山。风在高处聚拢了，没有外墙的楼房成了它们的走廊，在各个房间里走来看去，待得久了一点儿，回去的路上我的额头竟然有些发烫，发起烧来。

我站在沙山脚下，回想自己是怎么走到这里来的。距离上一次我一个人徒步已经有一年多了，燕紫提议的时候，我的脑海中随即出现了一个名字——浮玉山，主峰仙女峰，山峦叠翠，山峰清奇。置身于青翠的山林之间，独自跋涉，我突然发现这一年多的时间里，自己仿佛钻进了一个与此山此境截然不同的世界，我在那里投入地扮演着各种角色——卖力工作的下属,思路清晰的领导,善于合作的同事,举足轻重的甲方代表,细心体贴的爱人。醒的时候脑子里也都转着与各种角色相关的思考,包括预定一个烛光晚餐,选择一束蓝色妖姬,那是一个踏实而高效的世界,我马不停蹄地忙碌着,竟然忘记了还有一部分的自己曾经在这样的一个世界里四处漫游,想要寻找什么。我在一处山间瀑布前停下脚步,蹲在水边捧起清冽的山水,那水可真凉,仿佛能穿透肌肤一下子沁凉到心坎里。我继续往前走,穿过了一个山洞,从山洞出来,就到了沙山。

  沙山高高低低的起伏着,深深浅浅地蔓延着,不似我在电影电视中看到的沙漠那般平坦,我目测这些沙山中最高的山峰约有五六十米高,我想如果爬上最高的山峰就可以看到这里的全貌。说实在话我并不惊惶,甚至这也是我渴望遇见的一样,我突然明白自己心里其实始终有一个谜团没有解开,所以我渴望一次次地接近它。我可以回头看我在沙山上留下的脚印,它们排成歪歪扭扭的一行,跟着我一直行进到山顶,我站在那里看到沙山美丽的线条,每一座都有着圆滑蜿蜒的曲线。起风了,沙尘旋转起来,我急忙用袖子遮住眼睛和脸,心想还是早该戴上帽子、风镜和口罩的,这风尘起得突然,竟没有什么预兆。我听到耳鼓里有鸣响的声音,像某种动物低噎的叫声,时而尖锐,时而低沉,但是连续的不间断的,我于是努力地把眼睛睁开一条缝儿,却只瞄见沙尘的旋转,我想起有一种关于鸣沙的说法,想来就大致如此吧。过了一会儿,鸣响之声渐渐住了,风尘也住了,我放下袖管,上下拍打着落满沙尘的头发、衣服和鞋子。再抬头看的时候发现眼前沙山的曲线经刚才的一阵风鸣,竟然已大不相同,每座小山的曲线都发生了变化,长度、弧度甚至高度,我所站的地方显然已不再是最高的山峰,在我斜前方的那个山头,仿佛转瞬间就长高了十多米,超越了我这个山头的高度,风鸣原来还有聚沙成塔的效应,我突然有点儿害怕再来一阵猛烈的鸣沙,会不会把我裹在沙子里埋起来不见了。

  太阳此刻正挂在我的头顶,发着白炽的光,依然让人觉得不真实,感觉不到阳光照在脸上的炙热。我坐下来,从背包里翻出帽子、风镜和口罩,戴在已然灰扑扑的头上和脸上。风镜还是有点碍事,我把它往上推了推卡在额头上,口罩也只挂在一只耳朵上,我掏出水来喝了几口,根据太阳的位置判断,现在是晌午了。我望着变化了的沙山曲线,心里想着该往哪里走呢,看起来每一个山头都是一样的。我开始用尽目力向各个方向眺望,终于,在微微的闪光之中,我似乎看到一潭水的身影,我掏出望远镜看了半天,依旧看不真切,那里大概有一潭水,但也可能只是蒸腾的空气制造的假象,但无论如何距离都是不容乐观的。一个模糊的方向总胜过没有方向,我打开背包,又喝了点水,补给了些能量,就开始朝着那似有似无的水的方向出发了。

4

  正月说如果放到现在我俩的人生会大不相同。"被领养是一定的,现在那里很少有健康的孩子,健康的哪怕是有轻微疾病的很快就被领养了,更别说像咱俩这样聪明漂亮的,没准儿咱们都会在国外长大,受到良好的教育,那可就真的大不相同了!"她仰起头朝着半空中吐着烟圈儿,烟圈缓缓地升腾起来。

  我想起了最近一次我们回到同和园的情景,老园长去世之后我们很多年都没有回去过了。那里建起了气派的大楼,就像是高档的幼儿园甚至是高档的宾馆,同和园的名字也换掉了,变成了"东元市福利院"。门卫有两个人,穿着统一的制服,他们不相信似地上下打量我俩,因为我们在登记的时候说我们是在这里长大的。"看来这里的生活条件有了很大的改观。"我们一边说着一边往里走,正赶上一名穿着制服的女人我们那时候叫阿姨的抱着一个孩子走到淘气堡跟前,她把孩子放在堆满五颜六色圆球的池子里,另一个穿制服的女人又抱来了两个孩子,"这是小小孩儿出来晒太阳了!"我们说着就准备走过去看那些孩子。"你们找谁?"她把孩子放进池子看着我俩问。"哦,我们去找院长,可以看看孩子们吗?""院长办公室在那边!"她扬头示意了一下就不再吭声了。"这些孩子——"我俩也不由得收住了脚步,设想有了良好的照料,这些孩子应该是胖嘟嘟的,粉白的小脸儿,欢快的神情,可是我们的面前却是完全不同的光景。一个孩子长了一颗极大的脑袋,大得就像电影里面的外星人,脸被压缩成了一张饼似的,他费力地睁着眼睛,伸出瘦弱的手企图抓住一颗彩色的圆球,另一个孩子脑袋耷拉在肩膀上,目光呆滞,看不出他在干什么,思考和意志好像早已从那双空洞的眼睛里面溜走了,还有两个孩子在不停地扑腾着彩色小球,嘴里发出古怪的声音,像是某种动物的声音,他们脸上的表情也是古怪的,好似分外地开心,但又机械而呆板。"走吧!"正月拉了拉我的袖子,我俩就转身朝着院长办公室走去了。

  "现在福利院的条件还可以,"院长给我们俩端了两杯清茶,"比你们那时候好多了,国家有津贴,福利院有基金,不少的企业和社会爱心人士也有捐助,健康的和有轻微疾病的孩子很快都被领养了。"院长的态度并未因我们是从这里长大的而变得更加热情,那里已经没有任何一个我们曾经认识也认识我们的人了。我想起了老园长,那个按照入园时的农历给孩子们起名的老人,凭着有限的力量张罗起一个同和园,我对他的记忆也只是一个佝偻的羸弱的背影,他好像总是在为一些事情发愁。那时候也有一些有病的孩子,所以阿姨们没有太多的精力顾得上我和正月这样的,"正月,你们俩去帮忙照看一下初八和小寒!"一个阿姨在喊,"走,走了!"正月在我耳边低语一声,我俩就一溜烟儿地跑去后院了。"凭什么照顾他们?"正月睁圆了眼睛,"有谁好好地照顾我们了吗?被人遗弃已经够可怜的了,我不稀罕别人可怜我,我也不要可怜别人!"

我有一张小时候和正月的合影,你看,这个是正月,这个是我,对,我知道,我们两个看起来都脏兮兮的,我想起来了,那天正月说带我去摘"合欢花"。"合欢花真好看,好像晚霞落在了树上变成了树的羽毛。""不光好看,还有香味儿呢!""我怎么闻不到?""你的鼻子不灵,我带你爬到树上去闻!"我们两个就跑到后院那棵高大的合欢树下面。我仰头望着那棵树,天哪,它是陈阿姨讲过的树神吗,它那么高,好像树冠就顶着天一样,阳光透过郁郁葱葱的树叶间隙漏下来,微风拂过,叶子羽翼般摇曳,粉红色镶边的羽毛翩翩欲飞。那天的阳光和树冠的光影交织着,我就站在那盏光影的笼子里。正月已经脱掉凉鞋开始爬树了,"喂!"她喊我,"上来呀!""太高了,我,我不敢!"我站在笼子里怯生生地回答她。她瞪了我一眼,说:"好吧,好吧,你就在那里,等下我摘了扔给你,你接住就好了!"正月的裙子爬得脏兮兮身上流下一道道黑色的汗印的时候,我掀着裙摆接了一大捧粉红羽毛一样的合欢花,头上身上挂着树上掉下来的细小枝叶和粉末,园长让阿姨来找我们了,"摄影师来了,你们还到处乱跑,还不快点下来!"阿姨一边数落着我们,一边帮我们把头上、裙子上的碎屑拍打得干净一点,"一大早才换的裙子,你们这俩野丫头!"我们边走边回头看着我匆匆忙忙在树下放了一小堆的战利品,正月看着我笑,喏,她那天就是这样冲着我笑的,我那时也总是像这样,躲在她身后面,怯生生的。

我们和院长寒暄了一小会儿,留下了一些牛奶和婴幼儿用品就告辞了。对于现在的福利院来说,我和正月一年五千块的捐助实在是微乎其微的,几乎不值得一提,但我俩决定一直坚持下去。那里从来都不是我们的家。我们才是彼此的家,正月说。

同和园里有两只野猫,一只浑身雪白,只有额头和尾巴上各有一块黑斑,另外一只身上是大块的黑白色块如光影般流动。

"它们可真不会选地方,"我说,"同和园里哪有什么油水呢。"

"不,它们就像我们俩!"正月给它们起了名字,一只叫"女王",那是她的化身,另一只叫"精灵"。她的名字起得其实很形象,"女王"总是身姿优雅,它蹲在地上的时候直着身子,有一种高傲冷峻的姿态,它走路的时候脚掌落地有力,目光岿然不动,自带王者风范。那只"精灵"似乎有点儿胆小,总是轻手轻脚的显得格外的谨慎,更多的时候它依偎在"女王"身边,安心地蜷着身子,睡觉,或者晒着太阳。正月说它们是一对姐妹,因为被施了魔法所以变成了猫,但是魔法不能改变她们高贵的气质,每当它们立起纤细的身体用琥珀色的眼睛望向我们的时候,都像是在检阅她们的臣民。"它们就像是我们俩吧!"正月说,"大家都以为它们是被遗弃了,可是它们彼此为伴,倒成了亲密的姐妹。"我觉得正月说得没错,我和正月是相依为伴的姐妹,没有人比我们俩更紧密了,尤其是上学之后,他们都叫我俩"连体婴",可我俩一点儿也不生气。他们大多数人压根儿就没有兄弟姐妹,更别说像我俩这样朝夕相处在一起了。其实小孩子的痛苦意识并不是那么强烈的,不信你去看生活在贫民区或者条件很简陋的地方的孩子,他们并不像我们想象的那样整天愁眉苦脸的,相反,只要有玩伴,他们大多是很快活的,我觉得我就是那样的小孩儿,只要跟着正月,我就是开心的。我俩经常在周末的一大早就溜出去,跑到附近的荔枝林里去玩,每年荔枝树挂上青果和果子变红的时候,我俩都是最早就发现的,我们和那些鸟儿一样,最早品尝到那些果子。有的时候我们会带上剪刀,正月爬到树枝上,把成串的红果子剪下来,我负责望风,我俩剪下来的果子不多,够我俩和"女王""精灵"吃一次的就好,第二天可以再来,还不容易引起注意。果农知道我俩经常来玩,那是一对四十来岁的夫妇,长得黑黑瘦瘦的,精干得很。他们为这些荔枝不停地劳作,我看到他们给荔枝树喷防虫的药、浇水、除草、修剪枝叶、人工授粉,果子成熟的时候还会严防"左大少"和那帮坏小子,但他们却对我和正月很和善,我猜其实他们是明知道我俩会偷偷地摘些果子吃的。荔枝成熟的时候是我和正月的好日子,也是"女王"和"精灵"的好日子,我们把它们抱在怀里,剥了晶莹的果肉喂给它们,抚摸它们优雅的身体。渐渐地,它俩就长大了,筋骨强壮,身形矫健,不再像原来那么瘦弱了,"女王"更加气度凛然,"精灵"也变得从容恬静了。

他们都说我是个厉害的主儿,其实我只是在保护我自己,老天首先对我不公平,我就只能靠自己,把亏欠我的从别人手里抢回来!

有的时候我觉得正月有点儿奇怪,我记得那是我们十二岁的时候,来了一对台湾夫妇,他们想要领养小孩儿。台湾人在我们这里往往被高看一眼,他们来这儿开工厂,很多人到他们的厂子里工作。那天园长把我和正月叫了过去,在他狭小局促的办公室里,"这两个女孩儿是我们同和园里最漂亮最聪明的,今年十二岁,上小学六年级。"园长说。"哦。"女人的目光在我和正月的身上上下打量着,看得我有点儿手足无措。我看了一眼正月,她的眼神直直地望向那个男人,男人也痴痴地望着她,紧接着露出了满脸的笑,连连点着头。"太大了,"女人用严厉而敏锐的眼神瞅了一眼正月,"这个小一点的叫什么名字?"她冲着我问。"我们俩是一起的,不能分开,"正月不屑地看着女人说,"要么一起走,要么都不走!"我和正月逃到院子里,嘻嘻哈哈地狂笑了一阵。除了有一点奇怪,我还是很佩服正月的勇敢和胆量,我也不喜欢这两个人,更不会要跟他们在一起而离开正月。可能我们真的太大了,有了自己的想法,也可能我们因为有了彼此而不渴望父母了,谁知道呢。

还有一些时候我又觉得正月有点儿可怕,我不知道她心里面真正想要的是什么。我清楚地记得那一天的课间……"我的帽子怎么不见了,快帮我找找!"胡人姬在教室里里外外地跑了好几趟,好几个同学也帮着她到处翻,"你是不是没戴啊?""不可能,我戴了,早上我和梅子一起上的学,梅子你看到我戴着它的吧?""没错,我还说这顶帽子真是越看越好看呢!""我就把它挂在桌子边上了,一定是谁偷了我的帽子!"我偷偷地瞟了正月一眼,"那个胡人姬,成天的显摆她那顶湖蓝色的帽子,等着瞧,我非要她好看!"前两天放学的路上正月撇着嘴说过这样一句话。"正月,你有没有拿我的帽子?不对是——偷——我的帽子?""我警告你嘴巴放干净点,抓贼抓赃,有证据的话你让警察来抓我好了,没有的话就别瞎嚷嚷!"正月腾地站了起来,胡人姬也吓了一跳。"上课了上课了!"班长大声喊,老师走进教室,所有人都在座位上坐了下来。"你真的没有拿胡人姬的帽子吗?"放学的路上走出学校好远我才悄悄地问正月。"谁稀罕她的破帽子!"几天之后,我看到小二月在破旧的秋千上玩,怀里抱着的娃娃穿了条湖蓝色的裙子,颜色看起来有点儿眼熟。"小二月,你的娃娃有新裙子了?""正月姐姐给了陈阿姨一些漂亮的布,让陈阿姨给我的娃娃做了这条裙子,小满姐姐,你看我的娃娃现在多好看啊!""好看!真好看!"我其实最想不明白的是正月抢东西来的目的并不是据为己有而是像那顶帽子一样毁掉它,所以当她说到关沐阳的时候说"喜欢不喜欢又怎么样"我真的好担心她要对关沐阳做出什么样的事情来。

5

巴桑叫醒我的时候,天还是黑的,我摸索着坐起身穿好鞋子,拎起背包,跟在他身后钻出营地,一头撞见暗黑色的天幕挂着碎钻一般的星斗,山的身影黑黝黝像是手绘出的巨大轮廓,"天很快就要亮了!"巴桑对我说。我从背包里摸出头灯戴上,巴桑回头笑着看了我一眼,他黝黑的脸庞在头灯昏黄的光晕中泛着橘黄色,我突然想起了下井的矿工,料想自己现在的样子更有几分像是矿工才对。我紧跟住他的脚步,眼睛尽快地适应着看清脚下的路。

渐渐地，天空的颜色开始变亮变浅，透出了蓝色，就像一大滴蓝黑墨水落在纸上，最先呈现的是浓稠的黑但慢慢地晕散开来露出了浅而亮的蓝，远山、近石、树木都清晰地现出了身影，脚下的路也看得真切了，山的轮廓在遥远的四围变得温和，连绵地画着弧度。我忽然觉得它们像是合围成了一只巨大的碗，我此刻就行走在这只大碗里，像一颗豆子，一颗行走的豆子。如果这时候我突然变成了传说中身高 6 米的巨人，我一定会拥有不同的视角，迈开大步行走，那样的情形该是何等的壮观啊，一个巨人，在天色微明的天宇间行走，那大约是白银时代的事了吧。"人是某种应当被超越的东西"，我脑子里冒出了这样一句话，并在脑海中回想起"自己从青年时代开始的许多孤独漫游，以及已经登上过的许多山脊和山峰……所以你必须往上登，越过你自己，——上去，上升，直到你的星辰也落在你之下！"

山的线条镶上了一道红边，先是细细的一条，渐渐地把附近的天空映得微微发红发亮。可能是我肚子开始饿了的缘故，我觉得那好像是一个红心的煎蛋挂在依然黑黢黢的大碗的边沿上，只是它没有滑进碗里，而是慢慢地向上升起来，并且最终散开了。

当山石和树木都清晰可辨的时候，一座木屋出现在我们眼前。巴桑迈步过去，推开木屋的门，屋子里面升了炉火，让屋内变得红亮和温暖，一个满脸皱纹的藏民正坐在炉火边，他和巴桑愉快地用藏语交谈了几句，我们就坐下来，和他一起喝酥油茶，吃糌(zan)粑，他俩时不时地交谈几句，他就只朝着我憨厚地微笑、点头。

走出木屋的时候天光已经大亮，天空泛出晴朗的蔚蓝，云沿着山那只巨大的碗边升起来，雾霭般蒸腾着，就像一碗热汤升腾起的雾气。巴桑加快了脚步，我也快步跟了上去，酥油茶和糌粑让我有了能量，我们埋头赶路，再抬头看时，垭口的经幡远远地在山口迎风招展着。

风在我耳旁呼啦啦地响起来，它先是灌满我的耳朵，紧接着拉扯着我的头发、衣服、背包翩翩欲飞，甚至我的步伐都产生了些许的漂移，我又听到了更大的声音，那是风鼓动经幡的声音，呼啦呼啦的，间歇地还会发出轰轰的空鸣声。巴桑在挂经幡的时候我只是静静地站着，看着他的一举一动，没有刻意去找一处能够躲一躲风口的地方，翻过垭口那边的风可能就会小了。经幡要挂在有风的地方，风越大越好，巴桑和我说过，"所以每次上山我都会在垭口挂经幡。"他说，"经幡上的经文被风吹动就是诵经千千万万，护佑消业功德无量，一众生灵就算看到或者被经幡环绕皆得护佑。"至此，我终于明白了经幡、玛尼片对于悬挂和堆放者来说意味着与自然相生的绵延功德，绝不可遭人亵渎。

翻过垭口的另一侧,风果然是住了,但下垭口的路却是分外陡的,好在有巴桑带路,即使学几分他的淡定以及从容不迫的横切步伐也能大大提升自己的行进水平。终于降至了平缓的山谷,山依然像胸脯般起伏着,山谷却是平坦而稍显开阔的,铺满了不同层次的色彩,抬头远望远峰白云缭绕,顿觉胸中惬意,步伐也不由得加快了几分。"我们今天翻两个垭口。"巴桑说。我们停下来稍作休息,补充食物、水和能量,和巴桑一起,我的速度提升了不少,路线和住宿营地甚至中途的补给站都衔接得顺畅,因此得以轻装不用背沉重的露营设备,在承担海拔压力的同时负重,这个负担还是不可小觑的。

翻越了第二个垭口之后的陡降更为厉害,横切下来之后又走了好一段的沙石路,山石像裸露的脊骨一般,这时候体力也开始减弱了,步伐不由得就慢了下来。巴桑让我吃了点预防高原反应的粉末,又补充了点巧克力、牛肉干,好在渐渐地我们又走近了生机起伏的山谷,今晚的露营地也在不远处遥遥可见了,那是一片宁静的湖水,在西斜的阳光下闪动着清澈的明眸。走到湖边的时候我已经精疲力竭了,一屁股坐了下去,扔掉背包,大大地摊开手脚,喘气,然后闭上眼睛。巴桑看了看我,呵呵笑了几声,就走去木屋里喝酥油茶去了。走路的时候我只专注脚下的路,心无旁骛,那种专注和力量的消耗让我感觉到愉快,又或者是这里空气稀薄,头脑由于轻微缺氧而不得已地就被放空了。我躺下来,脑子里开始出现了些明亮的画面。

那天中午的阳光明晃晃地跟着我,甩也甩不掉,我希望它们突然间像鳞片一样剥落,就像保罗突然能够看到时一样,但是它们没有。我不知不觉地就走到了这条路上,停在一家花店的门前,那真是一个明艳动人的花店,各样的玫瑰娇艳欲滴,"楼兰""蝴蝶""魅惑""佳人",店员把不同玫瑰的名字说给我听,"这是团圆菊,重阳节特供!"店员又说。那些粉的、紫的、黄的、白的团圆菊硕大而饱满。我选了一束玫瑰,一束粉色的"海洋之歌",我把它们抱在臂弯,抬起头来的时候就看见了你。你穿了一条条纹款的裙子,肩头挎着一只背带很长的软布包,脚上是一双白色布鞋,短发微微卷曲发出柔和的光,眼睛像一泓亮亮的泉,你站在明晃晃的阳光里冲着我微笑,好像一幅无印良品的广告画。你把花插进花瓶,把它们摆在阳光直射进来的餐桌上,我们的目光黏在了一起,像是一种语言。灵魂是处于量子状态的能量,那些能量彼此吸引,让我们遇见相互渴望的人。可是,我们的量子被什么纠缠住了,错过了本该相遇的时间。BWV156 康塔塔[①]从大提琴

[①] 此处指巴赫康塔塔咏叹调(推荐大提琴)BWV156 I. Sinfonia。

上响起,从我的心底浮起,宁静的心湖一片水光缱绻,我们的心在彼此凝望,静静倾诉,我们渴望深情的舞蹈,但那舞蹈却带着凄美,舞出了晶莹的泪光,我们的心湖下起了雨,拨动心弦的美却又是转转回回的痛。

6

  我始终追寻着那一潭水,但它却总是忽隐忽现,就像一个遥不可及的梦,那种感觉让我有点儿惶恐,但我别无选择,只能不停地走,穿行于一个又一个的沙丘,期望离它近一点儿再近一点儿。太阳的温度已经积聚在了我的身上,让我不再觉得它是虚幻而不真实的了,我的衣服被汗水打湿了,空气炙热地包裹着我。我从背包里取出毛巾,将湿衣服脱掉,擦了汗,换上一件轻薄透气的上衣。太阳正斜挂在西南角的天空上,大约是下午两三点钟的样子,这样算来,我已经在这片沙山上走了将近四个小时了,然而那片遥不可及的潭水依旧像一颗时明时暗的纽扣,恐怕再走四个小时也难以走到。太阳的能量看似全部注入了这片沙山,我的屁股底下,我手所能触摸到的都是滚烫的沙粒,以及周遭炙热难耐的空气。但是一旦太阳落山,所有的热量都会像被一只巨大的吹风筒吸走,转眼之间,我清楚地记得曾经在地理杂志上看到过讲述沙漠的文章,所以我不敢再迟疑,站起身继续蹒跚地向前走起来。

  我就是在那一刻听到了驼铃的声音,从空气中若有若无地飘过来,像断断续续的缥缈的乐音。我侧耳倾听,轻细的,游丝一般,我顺着声音找过去,绕过一座沙山,果真看见那两只骆驼,一只站着一只卧着,单峰的骆驼,驼峰上覆了彩色的毯子,毯子下面架着座椅,骆驼的脖子上戴着驼铃。我蹒跚着走过去的时候,它们只是平静地眨动眼睛翻动眼皮,不知是否看到了我。我伸出手抚摸那只卧着的骆驼,我想它们应该和马一样,抚摸可以建立与它们的信任和熟悉。骆驼只是小幅度地伸了伸脖子,眼睛依旧平静地眨动。我不知道它们来自哪里,但我知道骆驼是沙漠中能够辨认方向的动物,也是我眼下的依靠。我拍了拍骆驼的脖子,"拜托了,老兄!"我把驼包在座椅上放稳系好,自己也爬上了座椅,那骆驼打了一个鼻响紧接着开始了晃动,我的身体向前俯冲,我连忙抓紧座椅的抓手。骆驼立起了两条后腿,紧接着在巨大的晃动中将我高高抬起,站起了两条前腿,这是我第一次骑在骆驼的背上,这样的感受让我大为新奇。骆驼迈开脚步摇摇晃晃地走起来,我回身看看身后那只骆驼也摇摇晃晃地跟了上来,它们从容不迫,不慌不忙。我于是举目四望,沙山蔓延起伏,像流动着的麦色海浪,坐在骆驼背上,竟像在这麦色的海浪中飘摇的小船,只是形单影只罢了。

我们最终选定了那套阳台朝南能够看到凤凰山的三室两厅,燕紫于是开始了一项新的工程,家装设计研究。她从网上买来好多的家装指南类书籍,还别说,那些书翻翻看看都让人心生向往。

"我想要客厅有地中海风情,嗯,卧室北欧简约,书房吗,要有艺术气息——"

"太多风格会不会显得杂乱?"

"那倒也是,所以再看看,反正到交房还有一段时间!"

我从冰箱里拿出两瓶啤酒,递给她一瓶,自己开了一瓶喝了两口。看到她只把啤酒放在一边就又正经八百地研究起家装指南来,就笑着说:"研究得好开心啊?"

"当然了!"她这次终于放下手上的铅笔和家装指南,跳到沙发上,接着就一把抱住我的腰。

"啤酒啤酒!"我赶忙伸长了胳膊把啤酒放到沙发桌上,燕紫这时就把头紧紧地靠在我的怀里,"我们终于拥有属于自己的家了!"她抬起头来笑吟吟地仰视着我,"从懂事开始,我就渴望拥有一个完整的家,一个真正属于我自己的家。现在它终于在那里了,真实的,有着具体的位置和样式,它是属于我们两个人的。"

我揽住她,我现在能清清楚楚地明白她的感受,也欣喜于我们的花房长出了真实的模样。

"你知道吗,当我在脑海中一遍又一遍地勾勒我们的家的时候,就好像是在画一幅特别美好的画,先是轮廓,然后是地板、天花、墙壁,再给它们涂上颜色,画上所有的细节,一点一滴的,满怀着期待,满怀着喜悦。这样的一幅画,在我的一生之中都不会褪色,我想给它起个名字。"

"哦?"

"嗯,就叫——Espoir d'amour!"

"什么意思?"

"法语——爱的希望!"

我摸着她的头,"我心里也有一个名字!"

"叫什么?"

"燕紫和忆水的花房!"

"我喜欢!"她把头埋在我的肩头沉醉其中。

"忆水。"她唤了我一声。

"嗯?"

"我们以后要两个小孩好不好,一个儿子一个女儿,他们既有爸爸和妈妈完整的爱,又有兄妹俩的哪怕是吵吵闹闹但却形影相伴的爱。我从年少时内心就常常感叹,自己缺少了诸多的完整,实在冷清而无趣。你说好不好?"

坐在骆驼的背上算是惬意的,虽然太阳的温度依旧积聚在我的身上,空气依然炙热地包裹着我,但没有了跋涉于沙子里的体力消耗,也就不再汗流浃背了。我又看到了奇怪的景象,在目之所及的不远处,由沙子堆砌而成的椭圆铜镜形状,较之前几次看到的要大得多,仿佛是一件精雕细琢的沙雕作品,上面盘绕着蠕动的细蛇,它们好似金色的蛇,又好似与沙子融为一体。骆驼缓慢地行进着,我的眼睛追随着那件沙雕,一直到终于看不见。天色在悠悠荡荡的驼铃声中暗了下来,我看到了城市的影子,楼宇、街道,灯光一点一点闪烁着亮了起来。

我们终于在街道前停了下来,我正盯着街道两旁打量,身体冷不防地就向后剧烈地仰下去,原来是骆驼卧下了两条后腿,它紧接着卧下前腿,我又剧烈地俯冲了一次,就接近了地面。我从骆驼身上爬下来,又把驼包取下来,在骆驼的脖子上拍了拍,感谢它们的护送。街角有一个圆弧的玻璃门,我站在玻璃门前,从门上的反光看到了自己的模样,灰头土脸,狼狈不堪,但我的神情是喜出望外的,我抬头看了一眼,门楣上面写着——正月的咖啡馆。其实不管是什么地方,现在对于我来说最为重要的,就是我能走进这扇门,走进我所熟悉的城市。我迫不及待地推门走了进去,找了一个靠窗的位置坐下来。窗外,车水马龙,我站起身来,伸着脖子四下张望,骆驼、沙山,已经悄然失去了踪影。

7

我们才是彼此的家,正月说。我和正月,我们从打记事开始就在一起,我们是形影不离的连体婴,但我俩不一样,她是女王我是精灵。我们原本可能会很糟,她说,我会成为别人的小三儿,然后生下一个像我自己一样充满仇恨的孽障女儿,你呢,可能成为一个售货员,每天站在超市结账的出口处。

其实关沐阳并不是我的菜,他太完美了,完美得不真实。但是,如果是我,把他撕开来,那一定很有趣,让他摘掉伪善的面具,面对真实的自己,让那些喜欢他的人,比如胡人姬,被一地的碎玻璃把心扎破,流出血来……

"我们今天就住在青青阿姨家吧,我和园长申请过了!""真的吗,太好了!"在我的心里面,每一次去到青青家里都感觉很温暖。青青会做好吃的菜,尤其是椰子鸡和煲仔饭,我和正月和他们一家三口围着圆桌一起吃饭的时候,我就觉得这里就像是我的家,沐阳是哥哥,没有比他更好的哥哥了。正月总是很机灵,她会帮青青做菜,青青也总是说她有灵气。每次走的时候我总会想,如果能在这个

"家"里住一晚,哪怕只有一晚,我该多幸福啊!

"来,帮我换床单!"青青把沐阳的床单和被褥铺好在客厅的沙发上,唤我和正月去楼上,"你们就住在沐阳的房间吧,原本这也是沐阳和哥哥两个人的房间,哥哥上大学之后他那张床一直留在那里,偶尔回来了还可以睡,正好你们两个一人一张床!"我们之前来过这个房间,是正月说要听沐阳哥哥弹吉他,但是现在沐阳哥哥不在这个房间里,反倒可以更自在地在房间里四处看看。我看到几张沐阳和哥哥沐辰小时候的照片,沐阳趴在草地上鼓着腮帮子对着面前一株圆圆的蒲公英,沐辰跪坐在一旁探下头来看着弟弟,阳光把草地照得亮亮的,蒲公英像一颗发光的球,孩子们的脸优美生动得像画里的天使。"好了,你们收拾一下就早点休息吧,晚安!"青青说着张开了手臂。"晚安!"我扑在青青怀里,没来由地眼泪就晃出来了。"好孩子,早点睡吧!"青青微笑着用两只手捧起我的脸,又摸了摸我的头。

"我觉得睡在'家'里面就是这样的感觉吧?"我兴奋地和正月说话。"这又不是真正的家,同和园才是我们的家!""可我想要这样的家,有爸爸、妈妈、哥哥、姐姐,一家人住在一个房子里面,早上各自去上班上学,晚上,一起吃饭,一起睡觉!""嗤——"我听到正月鼻子里面发出冷冷的声音,"你可真幼稚!""我幼稚?不是你提出来要住在青青家里面的吗?""好了好了,快睡吧!我困了。"正月不再吭声,我想她是困了,可我怎么就不困呢,我觉得整个晚上我可能都无法睡得着,如果只能在这个"家"里面睡一个晚上,那睡着了不是很可惜吗?我现在睡着的是沐辰哥哥的床,今晚的月光很亮,我猜是十五左右的日子吧,月光透过麻质的窗帘把墙壁照得恍恍惚惚的。我不想打扰正月,就躺在那里一动不动地辨认墙壁上光影斑驳的影像,那是一张大大的照片,打斜了贴在墙上,白色的背景,照片中的人穿着一件有一片红色装饰的衣服,好像还有帽子,他应该是在做某种运动,脚底下好像有什么东西,也有点红色,我发现我的眼睛开始适应黑暗的环境了,我慢慢可以把照片看得很清楚了。那个人一定是沐辰哥哥,他在滑雪,他穿着一件红白相间的滑雪服,头上戴一顶红色的滑雪帽,那是一个坡度很大的雪山,他的两条腿弯曲着压在两块平行的红色滑雪板上身体俯冲向下,虽然还是看不清他的面部表情,但那样子真的好帅,粗略看起来沐辰比沐阳更加高大魁梧一点。我又看到了立在墙角的两块细长的滑雪板。对,因为刚才辨认过照片,我现在一眼就能辨别出立在那里的是一对红色的滑雪板,还有两根细细的手杖。看来,我们的沐辰哥哥热爱运动,就像沐阳哥哥热爱音乐一样。我轻轻翻了个身,冲着另外一边的墙壁。我离那边要远一点,但我根据轮廓和记忆就能知道,那里挂着的是沐阳哥哥的吉他,一把云杉木的吉他,那把吉他的声音很好听,沐阳哥哥唱歌的声音也很好听。我正这样想着的时候,听见正月轻轻地叫了一声,"小满?"我觉得她的声音特别的轻,好像并不是想要我回答,而只是在试探我是否睡着了,我赶紧闭上眼睛,身体一动不动。只听见正月坐了起来,又轻唤了我一声,听到我没有动静,她开始窸窸窣窣地翻找什么东西。我悄悄把眼睛睁开一半,刚好可以看见她的轮廓。她从背包里面摸出一个东西,白色的,看不清是什么,她拉开被子把两条腿搭在床边,我看见她开始脱掉身上的衣服。我屏住呼吸。天啊,正月已经发育得那么好了。我敢肯定同和园的园长一定是搞错了她的年龄,我想她一定不止大我几个月,从她的身体看怎么也应该大我接近两岁,我想她应该十五岁了才对,我的身体到现在还是瘦瘦小小而且平平的,可是正月却已经修长而丰满了。正月赤着脚一丝不挂地站在那里,像是自我欣赏似的慢慢地转了一个圈,月光像一双迷醉的手将她浑圆而紧致的乳房托住,又握住她纤细的腰肢和丰满浑圆的臀部,我那时候的眼睛是全睁开了的,即使一起洗澡的时候,我也未曾如此清晰而完整地端详过正月这样迷人的身躯,但我急忙又半闭起眼睛,我怕万一被她撞上。正月伸展手臂在身上套上一条白色的连身薄纱裙,那是一条薄如蝉翼的纱裙,我从来没见她穿过,对,就是她刚刚从包里掏出来的。裙子没有把她的乳房、腰肢遮住,反倒是影影绰绰的分外诱人了。我甚至清晰地看到了两颗黑豆一样跳动的乳头和那一簇黑黝黝的地方,她转过身去拉好被子的时候,屁股正对着我高高地翘起来。我突然觉得下身一阵阵的发紧,赶紧闭上双眼,用双手的手指紧拉住被角。我不知道自己这是怎么了,只能暗地里不动声色地使劲儿好让自己平静下来,而当我终于平静下来缓缓睁开眼睛的时候,我发现正月已经不在房间里了。这一阵子悸动之后,我反倒很快睡着了,再睁开眼睛时阳光已经透过窗帘把屋子照亮了,我看见墙上的沐辰哥哥脸上绽放着阳光照在雪峰上一样明朗的微笑。那一个睡在"家"里的夜晚,唯一的珍贵的一晚,就这样在阳光和微笑中宣告了它的终结。

8

青青又来找正月了。正月总是躲着青青不见,上一次她在厕所里躲了一个钟头,这一次她躲在了露台上。青青说她先走了,但她其实没有走,不知道她那段时间去了哪里,反正她把正月逮住了。青青说带她出去吃东西,正月说不去,青青拖着她,她们还是出去了。

干吗来找我?就当我从来没有去过你那里,就当什么事情都没有发生过,我也不会再去了,不会再做什么了,你只管放心好了!

正月你心里面有一个扎的很深的毒根,你要把它挖出来!挖出来!我们和树一样,树的根坏掉了树就活不好了,把它挖出来!挖出来!

关你什么事啊?我不需要你管我!同和园那么多的孩子你干吗偏偏来管我啊?你走啊!你快走啊!

我不走,我要让你明白过来!

我不要明白!我什么都明白!是你不明白!你根本不明白在我身上发生了什么!你没有体会过那种痛苦!我那么孤孤单单地来到这个世界上,我一来到这个世界就被遗弃了!没有人,根本没有人在乎过我,一切都要靠我自己!我不能善良,太多人都会欺负我们!这个世界上恶人总能如愿,善良总受欺负!要么就是虚伪,虚伪的良善!虚伪的关怀!我就要撕下那些伪善的面具!反正我要报复!

他们确实造了孽,他们没有承担应该的责任,可他们必定已经承受了痛苦。可能他们已经不在这个世界上了,或者他们仍然活着他们内心所受的煎熬就是代价!那些都是他们该受的,那不是你生命本身的错!你不能一直把他们的过错长在自己身体里,那会成为你的毒根!你的生命比他们高贵!你要跳出他们留下的捆绑!毒根只能杀死你!让你结出来的都是带着毒汁的果子!你总是以为你可以通过伤害别人来获取快乐,但其实带着毒汁的果子毒到别人还只是一点点,毒到你自己的才是全部!你不应该活得满身流淌着带毒的血液!中毒的结果是你享受不到生命应该有的美好和快乐!我不是和你讲道理让你对别人好一点放别人一马,我只是想对你说把毒根拔掉让真正地自己活过来!成为你自己!获得你真正想要的!你才能真的快乐,是真的快乐!抢别人的、伤害别人都不可能带给你真正的快乐!你跳出那个危险思想的捆绑,它就像监狱的狱卒,两只手铐在手上乱晃,但是他不能追出监狱,他再也束缚不了你了!

我记得小的时候正月总是用两只眼睛死死地瞪着人看,那眼神就像在说,可别以为我好欺负。那段时间我们经常和关沐阳在一起的时候她的眼神变了,变得非常的乖巧,但这只是和大家在一起的时候,单独和我在一起的时候她却显得心烦意乱,经常莫名其妙地和我乱发脾气。她以前可不这样,她对别人凶的时候对我反倒是最好的。我胡思乱想着正月是不是进入了青春期。青春期要多久呢,几年吗?我不知道该和她说点什么,也害怕她冲着我大发脾气。那时候我就想,如果我们有父母在他们一定会知道这到底是怎么一回事儿,他们会告诉我们应该怎么做。不过也说不准,好多人都会在青春期犯错,他们的父母要么就对他们的想法和行为一无所知,要么就给出糟糕的建议。直到后来,她和青青大吵了几次之后,她好像慢慢地平静下来了,我感觉到有一只小野兽从她的身上跑掉了,她变回了她自己,既不像以前那样握紧了拳头,也不像前段日子那样乖巧得不真实。她变得柔软了,真实了,我想我是最能感受到她的变化的人了。我们又成了最好的姐妹,但我们已经不是原来那对患难的姐妹了。首先是正月变了,然后我也变了。不过她又给自己包上了另一层外壳,对,就是你说的这个,桀骜不驯,女王的气质(你笑),她看你的眼神经常是飘忽的,好像无视你的存在,但外壳里面的她是柔软的真实的,外壳只是一种保护,其实每个人都有吧?你也有吧?你的温文尔雅?你的不动声色?

"好了,就是这些了!"正月端着一杯咖啡,眼神从窗外飘回来,冲着我露出一个桀骜的微笑。

9

我终于坐下来,虽然我现在蓬头垢面,衣服鞋子和背包都布满沙尘,但我的神情却颇为气定神闲。从拱形玻璃窗望出去,我看到了马路对面的高楼,那些玻璃幕墙的写字楼在夜幕中变身成为流光溢彩的大型屏幕,交替着时尚的光影。身姿飒爽的模特在T台上大秀潮品,Maria Grazia Chiuri为Dior带来了一场复古盛宴,热歌劲舞的男团燃爆全场,新的演艺生态抢夺着人们的眼球,《平行宇宙》的"蜘蛛侠"脚蹬白红OG的Air Jordan,Nike的联名之道一路飞檐走壁。我仔细地打量那些高楼大厦,一时间觉得难以置信,我又探着头不断地确认,没有错,此刻我正坐在每天出入的CBD中心区对面马路转角上的一家咖啡厅里,目测这里到我的办公楼大约800米的直线距离。不过说来有趣的是,我从未走到这条马路上来过。我的目光从窗外收回来落在对面的墙壁上,那是一面镶着马赛克的墙壁,红色与绛红色的马赛克,宝石一样的好看,挂着两幅黑色边框的画,我的眉头不由得蹙了起来。

"那两幅画是在这里寄售的吗?"我盯着那两幅画又看了一会儿,然后跑去吧台问那个忙碌着的红头发女孩儿。"哦,是的,"她头也没抬地回答着我,那是一个相当漂亮的女孩儿,一头卷曲的长发染成棕红色,"你喜欢它们?"她突然停下手上的工作,抬起头直直地盯着我的脸,也许是我这样灰头土脸的模样让她感到奇怪。"是的,我很喜欢!"我尽量自然地笑,"我能见到它们的创作者吗?""小满,她叫小满!"她的眼神儿活泛起来,漾起了笑,"她经常来这里,不过,"她四下看了看,"哦,她在那儿!"

有没有一些情景你看见了然后在心里面说"嘿,我见过这个!"据说每个人这一生中都会经历至少那么一星半点的似曾相识。平行世界,忘记了谁跟我说过,意思是说我们同时生活在另外一个平行的世界里，但由于两个世界存在着时间的差距，所以当你看到在另外一个空间里已经发生过的事情时，你会产生似曾相识的感觉。据说那个世界里的人是按照他们的本性生活的，所以我们和那个世界里的自己有可能很像，也有可能很早就不像了，所以这种似曾相识的感觉很多时候都发生在我们尚且年幼的时候。我看见了你，发丝微微卷曲的蓬松短发，专注地看着一本中开本的书，面前的桌子上摆着一杯喝了一半的咖啡。我走到你对面，盯着你看，露珠映射着阳光的色彩。"你是小满吗？"你抬起头用清澈的目光看着我，你笑了，笑意从嘴角漾到了眼睛，就像看到一个久别重逢的老朋友。"嘿，就是这样，我见过这个！"那一刻我终于在心里面这样说了一次。大提琴从G弦上响起来①，光照了下来，鸽子振着翅膀飞起来。震颤着，心房里的叩响，不断的，深沉的，坚定不移的。遗世独立的舞蹈，悠长，深邃，飞扬，凄丽，旋转中跳跃。光之翼飞起来，盘旋着，上升，上升，在空中回旋。终于留下深情而长久的仰望。

10

阳光微眯着眼睛把金色薄雾般的目光笼罩在大街小巷的时候，我开着燕紫那辆粉红色的小mini驶进了老街的巷子口。老街保留着二十世纪八十年代建成之初时的样子，街道两边商铺林立，一家紧挨着一家，尽是些小小的铺面，卖服装的，卖A货包包的，卖港货的，还有小饭馆和杂货铺，大周末的早上这里已经熙熙攘攘了。老街很长，跨了好几个路口，来这里买东西办事的车子都就近停在路边，这么长的一条街竟然在当初规划的时候没有预留停车场，车子都像长龙一样排在道路的两边，幸好路还不算太窄，勉强还留有车子双向通行的两个车道，只是路面已经不甚平整了，无论如何与旁边宽阔整齐的街市以及规范的停车场比起来，这里显得老旧而落破了，也许用不了多久就会被重新改造。

"明天早上去老街上那家李师傅油饼包烧卖店吧，还是你带我去吃的那家，好想吃啊！"昨晚临睡前燕紫突然说。"好，那明天就不能起得太晚啰！""嗯！"燕紫愉快地回答。这是我们俩的小确幸，平常，普通，但是美好的。

这个城市几乎会聚了来自全国各个省份的人，自然也聚全了全国各地口味的饭馆和小摊，追寻美食的脚步既是人们寻觅乡音一解乡愁的方式，又带给人们求新尝鲜的快乐和满足。开心也好烦闷也罢，吃上一口正宗好味的食物对于漂泊压抑的人抑或意气风发的人来说是一件相对平等的容易达成的满足。开店做

---

① 此处指巴赫G大调第一大提琴组曲前奏曲 BWV1007 I. Prelude。

生意这事儿有的时候也真是奇怪,两家相邻的肠粉店,从产品来讲不过是面粉、酱料外加鸡蛋和肉末,用的相同的简陋设备,但就是其中一家天天排着长队,即使在酷暑炎炎的夏日,而紧邻的那一家则是老板伙计相互干瞪着眼,我始终也搞不懂其中的奥秘。李师傅油饼包烧卖店是一家武汉特色小吃店,这家烧卖店也是如此,原本就是四处的人们或喜欢或慕名而来,现在又被冠上了网红店的名头,所以排队的人总是蛇形蜿蜒出几十米远,成了这条老街每天早上的一景,更别说周末的早上大把像我们这样的上班族也偶尔来凑个热闹。果不其然,我们的车子开到近前的时候发现队伍看起来大概有百十来人了。不过原本就是来凑热闹的,排队就是热闹的一部分,好在这样的小吃有大部分人是拿了就走即使在店里吃流转得也快,所以倒无需太过紧张。我现在的首要任务是要先找个车位把车子停下来。路边的车位被一辆挨着一辆全都停满了,我不禁感叹我们这个勤劳的民族大周末的大家也不肯放松一下脚步。我不得不继续往前开,直到过了前面一个小的十字路口,"哎,那个路口可以临时停一下!"燕紫这时伸着手指给我看。那是一个路口转弯的拐角,"原则上这里不好停车,有可能遮挡两边车辆的视线。""这个路口不大,我们的车又比较小,应该不会有什么大的问题吧。"燕紫歪着头看着我们开过路口,"这样,你先在这里下去排队吧,我稍微往前开开看还有没有车位。""好!"我停下车燕紫推开车门下了车。我又往前开了几分钟还是没有找到合适的位置,于是掉头回来,在刚才燕紫指给我看的拐角处又看了看,把车停了进去。

我下车朝李师傅油饼包烧卖店方向走,瞄到燕紫正站在路边的一家小门面跟前,我走上前去,"我给手机换一个膜,之前那个刮花了,想了好久要换总是没空,刚好碰上了,怕一会儿又忘记了所以就先换了。"燕紫看我走过来就伸出双手揽住我的胳膊。我好奇地发现在那个巴掌大的柜台后面,一个七八岁的孩子正在全神贯注地完成手机贴膜的最后工序,"欸,怎么是个孩子?"我问。那男孩儿抬起一张圆脸看了我一眼,"我刚才和姐说了,保证贴好,贴不好不收钱!"不大的孩子却是一副沙哑的嗓音。孩子一边说一边麻利地把蓝光膜的四角刮平并擦拭干净,"你看看满意不?"燕紫笑着接过手机晃动着查看,"还真不错!小家伙,真能干!"男孩儿翘起小下巴,他那张被太阳过度灼晒而显得黝黑的小脸上挂着一丝坚定的神情。"对了,把那个手机壳拿给我看看,黄色的那个!"燕紫指着玻璃柜里的一只手机壳,男孩儿一副卖货老手的架势低头轻轻一抽就把手机壳递给了燕紫,燕紫拿在手上摆弄着。"姐姐,我帮你换上看看!"男孩儿麻利地取下原来的手机壳把新的一只套上去,"还真不错!"燕紫和我对视一笑,"一共多少钱?""四十五!""不要找了,买块糖吃吧!"我递给他一张五十块钱。我们走出小店加入了李师傅油饼包烧卖店门前排队的人群。

浓稠鲜香的芝麻酱烫在热干面的身上,油饼在大大的油锅里不堪忍受煎熬胀圆了跳起来发出嗞嗞的叫声。"哎呀,就是这个,吃了一次就忘不掉!"燕紫夸张地闭上眼睛用鼻子用力吸着,有几只摇着尾巴的白色小狗正在人群中晃来晃去,不知道它们是被香味儿吸引而来还是为了来凑排队的热闹。

我咬着脆脆的油饼听着耳鼓里细碎而清脆的响声,然后一口咬到像欲说还羞的女人身体一样软糯的烧卖,浓烈的胡椒香气顿时溢满全口。"我还想再吃一个油饼,我知道有点多,可是大老远跑过来还排了那么长的队……""我去加!"我笑着说,燕紫的脸上像用马克笔画上一个咧着嘴的笑容。新加的油饼来了,燕紫开心地吃起来,我向外张望着,外面排队的人有增无减。"你慢慢吃,我去把车开过来。"燕紫点着头像个舍不得把嘴巴离开棒棒糖的小姑娘。

我出了店门,穿出排队的人群,有两只小白狗摇着尾巴跟着我走,"你们跟着我干什么?"我低下头看它们,它们也仰起头来看着我,然后它们就停住了,站了一会儿,转身回人群那边去了。

那只金色的小鸟是怎么回事,它怎么不怕生?它拍着翅膀飞过来站在不远处的栏杆上,羽毛泛着光,它歪着脑袋像是在打量着什么。

"喂,你到底从哪里来?你为什么现在才出现?之前你究竟去了哪里?"

鸟儿的脑袋几乎转了个圈,现在变成打量我的样子了,它拍了拍翅膀,向着蓝莹莹的天空飞走了。

11

"那两幅画有名字吗?"我问。

"有,雪域!"你毫不犹豫地回答,眼光透彻清亮。

"雪域有一个系列,去我的画室看吗?"第二次在咖啡馆相遇的时候你问。我跟着你,穿过盘绕着曼陀罗花的小径,曼陀罗的花蕊长长地伸展着,花瓣妩媚地蜷曲着,有一种舞蹈的姿势。"就在前面了!"你指给我看。那里原本是废弃的厂房,现在被改造利用了,做各式的用途,有一间规模不小的货运公司,门前停着几台风尘仆仆的车辆,有铁门和栅栏单独隔着,旁边有几家不算太大的饭馆,这个时间冷冷清清的没有什么顾客,也不知道会不会有生意兴隆的时候。

"到了,就是这里!"我首先看到白色的斑驳的外墙,上面有两个金属材质的大字——幕室。你看到我不解的样子就解释说:"这里是基督徒祷告的地方,我们的画室就从这旁边的楼梯走上去。"幕室有一扇檀香木色的门,比一般的房门要大一些,周边的墙壁也贴成檀香木色,连成一体,只能看到门的缝隙。我有一点好奇里面是什么样子的。"我们走这边!"你带着我绕过白色的墙壁,踩上盘旋的楼梯,你的脚步很轻好像怕打扰了下面的人,楼梯到了二楼高的时候我突然透过玻璃隔板看到了楼下的样子。原来这是个蛮有现代风格的设计,刚才那扇檀香木门走进去首先是一个四五平方米大小的门厅,酷似一个简洁的摄影棚,白色的墙壁,一组落地书柜和一张简易长条沙发,两只金属灯杆的落地灯像弓着身子的管家,黑色灯罩洒下柔和的光,将墙壁上用悬挂投影投射出的两行字迹照得更加清晰——你们祈求就得到;寻找就找到;敲门就给你们开门。——马太福音7:7。穿过这个小厅是一间祷告室,里面并列有十几排檀香木色的长椅,正前方的墙壁上是一个大大的十字架,两侧各有一扇落地玻璃墙壁让自然的光线射进去,也让屋子里的人看得到室外的树木。洁白的墙壁,山脊式的屋顶,有柔和的灯光从屋顶上均匀地落下来。整个祷告室里现在有七八个人,他们三三两两地坐着,也有单独一个人的,都闭着眼睛全神贯注的。"这里的设计别具一格!"我的目光落在祷告室旁边的一个小房间,那里堆放着电音鼓、吉他、贝斯等一应乐器。"那个房间是做什么用的?"我问。"乐队排练,唱赞美诗的,很好听,你以后会听到的!"我们的楼梯转了个方向,看不见楼下的样子了。

"这是画室!"你说。我正抬头看画室门楣上的名字"小虫工作室",一个年轻人走了出来,背上挎着个小包,"你带了广告客户来这里?""哦,我不是广告主!"我忙解释说。"不用解释,"你笑着说,"他是我的 partner,早先我们俩在同一家 4A 广告公司工作,他说不想再伺候那些没有 sense 又咄咄逼人的广告主就跑来和我一起做工作室。不过你看我们两个也能知道,我俩都不擅长经营,但个人创作的收入往往不很稳定,这个幕室的设计师是我的朋友,这里租金低些又很安静,适合搞创作。""你画什么类型的画?""插画,就是你看到的这些墙上的画的风格,喜欢吗?""喜欢,很现代的风格又充满创意!""我就是生活在这个世界里面,有几个比较固定的朋友定期过来选画,周末的时候我们有十来个学生来这儿上课。""咖啡馆的画也是他们来选的?""不是。正月,那个红头发的女孩儿是我最好的朋友,我们一起长大的。"你从窗边的咖啡机接了两杯咖啡,端过来递了一杯给我,然后接着说,"说是把画在她那里寄卖不如说是做装饰,"你轻笑,"没想到过有人会在意。"你抬起头来看着我,"那只是这个系列中的两幅,你要看其他的几幅吗?"

12

每个人的改变都需要契机,在正月,那个契机是青青,在我,那个人是钰涵,我遇到了钰涵，那年我十四岁，钰涵三十四岁。

"喜欢画画？"钰涵问我。

钰涵是一个画家，我一直都认为他是一个画家，虽然直到若干年之后我才清楚他的身份准确地说是一名设计师，设计师是具有更多实用价值的画家。那时候我们一起去青鸟书屋参加聚会，人没到齐的时候他就会拿出画本来，他每次画画我就坐在他旁边看，他于是问我，我腼腆地笑笑。

又一次聚会的时候，他送给我一小套画具和一个画本，那天青青教了大家一首优美的歌，我不记得歌的名字了，只记得我一直都在画，我画下了支起上半身竖着耳朵听歌的"雪球"。"雪球"是青青养的一只芭比熊犬，那天刚刚从宠物店修理了毛发回来，雪白的头被修剪得圆滚滚的，煞是可爱。"雪球刚来的时候好凶的，喜欢乱叫乱咬，又特别的调皮，把卫生纸撕得满屋子都是，"青青说起"雪球"来就像在说一个孩子，据说"雪球"在听音乐的过程中逐渐就安静下来了，每次人们聚会的时候，它就会静静地趴在地板上，如果有音乐响起它就会支起上半身竖起耳朵来听。"画得不错啊！"钰涵看到画本上的"雪球"。

钰涵喜欢画风景，他的画本上是他去过的所有的地方，钰涵去过的地方可真多，上海、苏州、杭州、北京、洛阳、泰山、武汉、南昌……总之，我在上大学之前对那些地方的印象全部都来自钰涵的画，他也总是把他的画讲给我听，他说他看到的东西还要更多，但是他只画能留在他心里面的风景。

我和钰涵不一样，我喜欢画会动的，比如说"雪球"，比如说同和园里的"女王"和"精灵"。当正月看到我画本上的两只小猫的时候，她惊讶地睁大了那双迷人的丹凤眼，"哇，小满，你竟然能画出'女王'的气度和'精灵'眼里的敏锐，这太神奇了！"那是我第一次从那双眼睛里面看到了得意的自己，原来我也有一些东西能够让正月赞叹。我觉得有些人是更偏精神性的，无论他们喜欢画画、音乐还是电脑编程，反正他们喜欢思考，而且这种人胃口大都不是很好，有点儿咀嚼精神为食的倾向，还有一个特征就是这种人的生存能力和生活能力似乎要弱一点，我认为我大概就属于这种类型的人。

"虽然还不能画得很像，但你却能捕捉到它们的神采，这是最为难能可贵的，简直太奇妙了！我能够教你把轮廓和形象画得更像，而你却比我有更高的绘画天分！"

我发现我悄悄地爱上了钰涵，我开始盼望每一次的聚会，盼望钰涵用他审慎的眼光翻看我的画，他会在我的画上做些调整和修改，并给我讲述改进的要领，他说我可以尝试画画人物了，其实我已经画了好多幅，好多幅的钰涵，只是它们都没有出现在画本上。

13

"是你啊!"一个小孩儿从我身后跑过来撞在了我的后腰上,我双手一抓顺势一转身,看到了那张黝黑的小脸儿,我认出来他是刚才给燕紫贴手机膜的那个小孩儿,"这里来来回回的车挺多的,你当心点儿!"我的话还没说完,孩子已经跑走了,我看着他一闪就隐没在穿梭的车辆和人群里了。

快走到我停车的十字路口时,我看见一群人突然围拢过去,"被车撞了!"我模模糊糊听到了几个字,"孩子!"我的心突地提到了嗓子眼儿,刚才那个孩子,他好像是朝着那边跑去的,我紧走了几步,有一个女人从我身边挤了进去,"啊——"我听到她的叫声,"快上医院!"一个男人正在高声说着,开车门的声音,有人上车,车子发动,开走了,人群发出些零零散散语焉不详的唏嘘和议论,渐渐四散开来,地上有一摊血迹。

我钻进车子,发动,小心翼翼地绕开那个现场。开到李师傅油饼包烧卖店门口的时候,燕紫正心满意足地从小店里面走出来。

我心里面还翻腾着刚才的人群和地上的血迹。"刚才那个小孩儿,"燕紫突然说,我的心立时咯噔了一下,有种说不出的难过,"怎么想起他来?""喏!"燕紫用手一指,在我们的斜前方,孩子,对,就是那个孩子,他正扛着一个快有他自己那么大的包,弓着背,像是被那个大包压弯了,又或者是习得的负重前行的经验,他身后跟着一个男人,中等个子,男人背上扛着一个同样大的包,手上还拎着一个。"这孩子也真是负重前行呢,还是贪玩的年纪!""哦——"我长出了口气,原来是虚惊一场,不过这样挺好,我整个人一下子都轻松了。

"生命的秘密就是时间。"你这样说我完全赞同,在时间里,我曾经悸动着晨光的色彩,在时间里,我汇入灰白色的茫茫洪流,在时间里,我无数次地与你比邻而过却茫然不知,在时间里,我们都将走向消亡,生命就是时间,我们在时间里迷失,我们在时间里选择。幸好孩子的时间还在。

"难得今天这么早,咱们去宏远寺吧!"燕紫显得很开心,"今天又是一个大热天无疑,往山里走走还阴凉些!"

半个钟头后,车子行驶在一片山林之间,接近十一点钟了,户外的温度和湿度都攀升上来,好在山里林木成荫倒可略略化解几分暑热,偶尔打开车窗还能闻

243

到树木的香气。"把车子一直开到宏远寺门口吧,我们在寺里和山上转一转。""好!"我们走进寺里的时候正赶上一月两次的法事,今天是初一还是十五呢?僧侣们在殿内站立,低声口诵经文,寺庙里香烟缭绕,有专程赶来参加法事的善男信女或站立或跪坐在殿外。燕紫站在那些人身后,双掌合十,触在鼻尖和嘴唇上,闭着眼睛默立,我看了她一会儿,转身走到旁边的一个树荫底下,坐在石头上。刚才走进来的地方现在排起队来,那是售票处的队伍,或许因为今天有法事所以来的人要更多一些吧。

"我们去罗汉殿,数罗汉去!"燕紫不知道什么时候走了过来。

"刚才那么认真,祈求什么呢?"

"祈求平安,祈求健康,祈求幸福啊!为你,为我们俩!"

"真的能祈求得来吗?"

"能吧!我们只能珍惜我们所有的,那些我们不能掌控的,就只能祈求神灵了!那是一种美好的愿望吧!"

我和燕紫跨进了罗汉殿的大门,罗汉分列在左右的高台之上,黄金加身,他们姿态与神情各异,有的凝眉领首,有的怡然自得,有的似笑似嗔。我想起上一次同来时的朋友老卢,他信佛,常向他人讲解佛法。他当时向我们讲解罗汉的由来,"依照佛法所说,罗汉就是通过修炼达到六根清净,不受现世烦恼的牵绊,而且不进入生死轮回的一种境界。我们普通人死后将转世投胎,投胎好的可入三善道,人道、天道和阿修罗道,悲惨的会投到三途,地狱、恶鬼和畜生道。"我有时想这种轮回的解说也确是有一些道理的,要不然为什么有的人就能含着金钥匙,生在富贵显赫人家,而有的人生来流落在卑微之地,真正能够草根逆袭写就传奇人生的又能有几人?所谓传奇不就是因为少之又少才称得上是传奇嘛。燕紫指着一尊怡然自若的罗汉说:"我从这一尊开始数了!你也去数你的罗汉吧!"

我奶奶说我是她在归元寺求来的,所以小的时候她会带着我转上好几路公交车去归元寺还愿,那里也有罗汉还有一只很大的神龟。"当时的签上都说了是有惊无险,我就说菩萨灵验了!"我奶奶个子不高走路很快,我记得每次和她出门都要跟着她一路小跑的。"奶奶小的时候,"我喜欢听她说这个开头,她在家里这么说的时候我就说"奶奶你等一下",然后跑去厨房把她择菜用的小板凳搬了来,奶奶这个时候就喜笑颜开地把满脸的皱纹都给笑皱了,"我这个大孙子啊!"奶奶讲的事儿其实翻来覆去也就是那些,但是我从小到大去奶奶家的次数还凑不够一手,所以奶奶的故事我听来不厌。我奶奶小时候生活在汉口一带,"我们家是做过早的,热干面、豆皮、糍粑、蛋酒,比现在户部巷那些个不知道要地道几多!"有一次从归元寺回来她特地带我到一个街口,指给我看:"喏,那个时候我们家就在这个街口操持过早!"我奶奶宠孙子是出了名的,只要我回去就抬出她的全部萧氏绝活(她说那原本是陈氏的绝活,但她因为跟了我爷爷自然就改叫萧氏了),我呢,对豆皮、黄金大饼又情有独钟,所以奶奶家就是豆皮和黄金大饼的味道,也正因如此我带着燕紫去吃李师傅油饼包烧卖,虽然和奶奶的绝活不尽相同,但总能勾起我对于奶奶的一点回忆。

  这一尊面目慈善的罗汉已经看了我很久了,罗汉既已修得正果想必早已世事洞明见怪不怪了,既然有缘,那就从阁下开始数起吧,按照我的年龄,一直数到……第三十三尊,有了——我面前的这尊罗汉双手相托,抱置胸前,掌心托一树叶,神态含笑自若,有诗云——宁静思事能致远,安详处事免违规。竹密岂妨流水过,山高哪碍白云飞。我去解签,解签词说——对待事情时要平静地处理,你正面临困难的考验,但只要用心都能巧妙化解。我拿着解签语反复摆弄着。燕紫不知道为什么好像还没有数完,解签那里围了一群的人,所以我从旁边的门口迈步出去,那里有一只巨大的石头乌龟,龟背上驮着一块刻满字的石碑,乌龟的口里有水流汩汩而出,流到下面一个石头砌成的池子里面,很多人凑到石龟跟前用手接住龟口中吐出的水流,还有人往石头池子里面扔硬币,据说这都是祈福的方式,我想我奶奶当年也一定在归元寺的神龟那里为还没出生的我祈福来着。

  燕紫出来了,她跑过来抽掉我手上的解签语轻声读了起来,"你正面临困难的考验,但只要用心都能巧妙化解。这是什么样的考验呢?"她抬起头来看着我,脸上挂着嗔笑和疑问。"不知道!对了,你怎么这么久才出来?""哦,"燕紫皱了皱眉头,"我数了两遍觉得数到的罗汉我都不喜欢,一个有点愁眉苦脸的,另一个好像神情很凝重,所以我就又数了一遍。这一遍啊终于数到一个喜笑颜开的,喏,这个——叫'优婆毱多'尊者!解签语是这么说的:'得此偈者,身逢顺境,切不可得意忘形,自以为是。须知花无百日红,人无千日好,人得遇顺境时,恰如朝阳普照,鸟语花香。不过世事常变幻莫测,安逸生活背后有激流暗涌,不可沉溺其中,以致看不清楚潜藏的危机。'唉,其实也还是喜忧参半!"我笑了笑,"咱们现在去山上走走吧,我记得那边有一条小溪,树也多,会凉快一点!"

  "听,水流的声音!"燕紫在林间快步穿梭,竹林很密,阳光最酷热的部分几乎都被竹林遮挡住了。我拣了一条石板长凳坐下来,"忆水,你看,两只大青蛙!"燕紫指着立在溪水中的两只石头青蛙,一只是半蹲着的,好像正准备跳起来,另一只是挺着大大的肚皮悠闲地纳着凉的,"像我们两个吧,一个懒懒地歇着,一个快活地蹦蹦跳跳。"

14

画人物让我觉得快乐，我喜欢捕捉人物的肌肉线条和光影打在皮肤上的明暗变化，人们的每一个动作和表情都是肌肉运动的结果，所以微笑不仅仅是挂在嘴角上和眼睛里的，口轮匝肌、眼轮匝肌、笑肌、颧肌，这些肌肉的运动令我分外着迷。大多数时候，与其说我是来参加聚会不如说我是在寻找模特完成我的一幅幅人物肖像，我喜欢在这里画是因为这里的气氛让我觉得放心也放松，同时也是因为钰涵，他和我一样熟悉我笔下的人物，能够更好地评判并指出肖像的问题。

"青鸟有约"是一个形式轻松的聚会，有咖啡茶点还有推荐书目，每一次会有一个主题，讨论一本书，分享一个话题，学唱一首歌，但真正让人们如约而至的是什么，我一直觉得那是一个谜。

"我呀就像一只看守羊群的牧羊犬，四处都能闻出狼味儿来，青鸟这地儿能让我放松下来，关照一下自己。"我好奇地打量着坐在我身边和我说话的人，他的西装、领带、袖扣、手表、公文包样样都讲究，好在他的神情放松，脸上挂着轻松的笑，"我叫关平成，青青的爱人，我是一名律师。"他注意到了我的拘谨，"你是第一次来吧，我之前没有见过你。那我给你讲个故事听，一个我刚刚结的案子。"

关律师是一个会讲故事的人，他的故事扣人心弦让我听得手心直冒冷汗。

"你看，很多时候，人们的出发点也就是那么一点小小的贪婪，小小的纷争。"

关律师成了我的第一个模特，我努力刻画他衣着打扮的细节，努力捕捉他眼神中的那种轻松安心，这两厢有一种出人意料的对比效果。

"不错，越来越接近了！"钰涵评价说。

后来，我听说了挺多关于他的事儿，他是个有名气也有能量的律师，我甚至知道了当初青青之所以能让"左大少"乖乖听话也是借助了他的威慑力。

"我听说有两个女孩儿因为你堕胎了，关律师不让我管。"青青盯着那家伙的眼睛，看到那双眼睛闪躲了一下。

"关律师是你什么人？"

"他是我先生。"

"看来他比你要聪明。""左大少"冷笑了一声。

"我这个人确实比较死心眼。听着，以前的事情我没有介入，但今天被我撞见了，这两个女孩儿我就管定了，你别想着她们孤苦无依就可以任人欺负，我知道你专挑这样的弱小下手。不过如果你想找麻烦的话,我也一定会奉陪到底!"

"左大少"的脸色有点儿阴晴不定,眼前的这个女人不算什么,关平成这个人还是有些名号的,他听他爹提起过。"你小子给我听好了,"他爹也不止一次地教训过他,"惹麻烦的事儿少给我干!"

青青是一个能张罗的女人,关律师本来想让她做点儿能来钱的生意,但青青喜欢这个,关律师也就支持了她。书屋这种地方想赚钱也能赚一些,青鸟书屋开在几所学校集中的地段,教辅材料学生和家长都是会买的,她也直接给一些学校订购,还有校服,校服摆在书屋不起眼的地方,但走货量却从来不小。青青把最好的铺面留给了文学、艺术、科技、旅行类图书以及音像制品,架上的书目都是青青亲自从书商的清单里挑选出来的,说全读过太过夸张,但至少都研究过书评并翻看过大致的内容,特别感兴趣又打动她的书就摆在堆头。她在进门的地方挂一块黑板,上面定期推荐新的书目。青青还把二楼变成了一个读书和交流的空间,她有时能请到有点儿影响力的图书作者,那块小黑板上就会提前发布消息,人们从四面八方赶过来,二楼的活动现场就一时间热闹起来。与市中心的新华书店相比,青鸟书屋更像是一个比卖书更独特更有吸引力的地方。

"我们每一个人的身上都具备不同的天分,表现在不同的方面,强弱多少也不尽相同。生命原本就是一种渴望,渴望成为它应该成为的样子。"青青鼓励我发展画画的天赋,送给了我很多的画本、画笔和颜料。

"那你的天赋是什么?"

"我的吗? 我有激励和帮助别人的天赋呀!"青青亲昵地一笑,"我和你说一个秘密啊,"她有意压低了声音,"我有一个信仰,从书里看来的——生命的意义在于促使自己和他人的生命更加美好和高贵,我深信不疑,也正在努力付诸行动!"

青青瘦小的身体里藏着一种能量。

"抓住眼神和笑容!"钰涵告诉我。

终于,我将她明亮的眼神和光洁的笑容生动地呈现在了画纸上。

晓春的妈妈找到我,她告诉我晓春和我年纪相仿,一直都是她的骄傲。不过最近一段时间,她和女儿的矛盾不断,原先性格乖巧的女儿变得爱发脾气,不听管教,处处顶撞妈妈。

"小满,你帮阿姨想一想,我和晓春之间到底出了什么问题,阿姨实在是搞不明白了!"她拉着我的手向我求助的时候,我心里面特别地惊讶,我和正月做梦都想要一个这样的妈妈。

我不解地摇着头，心想自己哪有这方面的经验呢。

"孩子，这样吧，我就跟你说说今天早上我和晓春闹的别扭你听听。今天不是降温吗，降了快 10℃ 呢，你看你这衣服都穿挺厚的。我一早就爬起来把她那件厚外套从箱子里给翻出来，那上面挺多褶子的，我还费劲巴拉地又是烫又是晾地折腾了一大早上，她临要出门我就喊住她从阳台上拎了外套给她，可没想到她劈头盖脸就一阵抱怨，说什么我净瞎耽误她工夫，上学要迟到了，又说那件外套多丑多丑我怎么那么老土。我的火也上来了，忙活一早上不说也没耽误她一分钟啊，那件外套去年她喜欢得不得了今年怎么就老土了呢？我们俩就乒乒乓乓地吵了起来，最后她也没穿那件外套，使了老大的劲一摔门就走了。你说这么冷的天她还穿那么薄一条裙子……"

我好像有点儿听懂了，原来父母的关心是另外的一种烦恼。

后来晓春妈妈总喜欢找我聊天，问我这事儿该不该问，那事儿我怎么想，说心里话，她真是个好妈妈。我画了一张晓春妈妈的素描让她替我送给晓春，在画的背面写了一行字，"晓春，我想和你换妈妈，你同意吗？"

"为什么这些人一直会来'青鸟有约'，我觉得这里面藏着一个秘密。"我对钰涵说。

"说说看是什么？"

"要我说的话，是两个人的'青鸟心迹'吧？其实人与人是很难袒露心迹的，除非让心感觉安全了，还要碰得上对的人，很多人也都是来了好几次观察了很久才慢慢地开始尝试的，青青竟然神奇地促成了这一切。"

"你说得对，人与人的隔膜看似透明的纸，可实际上却又很难逾越。"

你和钰涵，你们后来怎样了？

我爱上钰涵看起来不可思议，因为从年龄上来看他快可以做我的父亲了，但你知道我是一个缺爱的孩子，钰涵对我的关心和爱怜又远胜于对其他的人，如果发现了我的一幅不错的画他会轻轻挑挑眉毛或者暗自点点头，还有的时候他的眼中闪过一丝光芒，这些都让我的心怦怦乱跳。

钰涵属于比较安静讲话不多的那种人，但他很喜欢和我组成两人小组，就像我说的，你真正能敞开心扉的人很少，就像你和我这样对不对？

"我小的时候父母离异，我跟着妈妈出了国，"钰涵告诉我，"父母离婚以后我就变成了一个孤僻的孩子，现在想想他们之所以那样并没有什么不好理解的，可是小时候就是理解不了，好在我喜欢上了画画，和你一样。我最初喜欢油画，尤其是文艺复兴时期的画,提香、达·芬奇、米开朗琪罗,令我着迷的是在他们的画里,圣母、圣子、耶稣都散发着人的特性,丰满的体态、充满爱意的面容,我就想人也应该是这样的荣美。再大一点的时候我知道了那是一种人文主义情怀所散发出来的魅力,人是独立且有尊严地站在上帝面前的,内在的美赋予生命以力量。"

"小满,我知道你和正月的经历,但我想说你可以选择改变,用你的天赋活出生命的力量和荣美!"

人的改变需要契机,钰涵说那是因为我们选择了改变我们自己。

钰涵还说如果我比那时大上十岁,他也许就会问我要不要做他的女朋友。

真的?
是啊!

我选择了改变自己,有一种力量从内心生长出来,我终于鼓起勇气问了他那个埋在心里的问题,"你喜欢我吗?"那一年我十六岁了。钰涵听到这个问题时既没有露出惊讶的表情也没有回避,"如果你比现在大上十岁,我也许就会问你要不要做我的女朋友!"他半开玩笑地说,"我想我们更像是忘年的知音,或者等你长大吧!"

可是他没有等到我长大,钰涵的风景里面出现了依然姐姐的身影。

我也喜欢依然姐姐,我画了好多幅她的肖像画,画她的背影,画她的侧面。她有着光亮乌黑的一头长发,她的脖颈像天鹅的颈项一样纤细而优美,她送给我一根闪闪发亮的项链,"十字架是生命的联结!'我是葡萄树,你们是枝子,常在我里面的,我也常在他里面。'"她一边把项链戴在我的脖子上一边说,"好看!"她把手放在我的肩膀上微笑地看着我。她教我唱《挚友耶稣》的歌,"从现在起你拥有了一个无人能及的知己挚友,你可以把所有的烦恼和痛苦在祷告中向他倾诉。"

"相信我,上帝一定会为你预备适合你的那一位的,不过要等到你长大了才能遇到他呢!"

钰涵和依然姐姐的婚礼简单却圣洁,我本来以为我会非常的伤心,但事实上我只是难过了那么一小会儿。其实我在心里面早就接受了,他们是那么合适的一对儿,我把他们手挽着手走出教堂的样子画了下来,作为新婚礼物送给他们。我相信依然姐姐的话,上帝一定会为我预备适合我的那一位的,但不是那时,可能是现在。

"是你吗,你是上帝为我预备的那一位吗?"

"如果我不是呢？你会伤心和失望吗？"

你轻轻地摇头——

"我会继续祷告,一直等到那个人出现。"

"你会一直相信吗?"

"相信！我当然相信！

不相信上帝的人也会相信未来吧？

普希金说——

我们的心永远憧憬着未来

即使活在阴沉的现在

一切都是暂时的　转瞬即逝

而那逝去的终将变为可爱"

后来,你又说,"但我的心会忍不住疼痛。"

15

"您喜欢戴手表,要我说这还真是有范儿！我们的摄影师也喜欢戴手表！"我笑笑没有答话,"您这是欧米茄的经典款吗？现在买名表的人已经不多了！"我并不希望继续这个话题,"我喜欢看时间在指针上行走,至少看得到时间的痕迹。"说完我扭过头去看着眼前的草地,摄影助理终于闭上了嘴巴。

"我们还是出去走走吧！"你说,那已经是不记得第几次我去你的画室了。我去了你从来不问我来做什么,只是用清澈的目光看着我说,"你来了！"我会自己走到窗边用彩色的搪瓷马克杯接一杯咖啡,一般情况下你都会继续画你的画,我就坐在旁边的椅子上看着你画画。连我自己都奇怪怎么能有那么多零散的时间,我一直清醒地知道我的工作是忙不完的,我想起来走出办公室的时候那里和下午四点钟的光景没有太大的区别,小史和欧文在座位上讨论方案,王洋团队在会议室里面争论不休,他们都没有注意到我,丹丹抱着影印好的文件经过我身边的时候叫了声"萧总",我想她一定以为我是去楼下喝杯咖啡或者吃个快餐什么的等下就会又坐在我的办公室里处理工作了。

那天我们走下楼梯,这一次我的目光只落在祷告室里那些专注的祷告者,有人交叉着双手抵在额头上,有人交握着双手放在腿上,他们都闭着眼睛,有的人口中念念有词。"我有的时候也会到那里祷告,困惑的时候,迷茫的时候,软弱的时候。"你说。我想这么说我也应该来祷告了,可是我要向谁祷告呢,我能看到的只有天空,小的时候我偶尔会对着星星许个愿,但现在谁还会幼稚到去看星星。

"忆水!"我扭过头之前,摄影助理先发出了啧啧赞叹之声,"简直太美了!"每天把同样的话反复说上很多遍会不会觉得很烦,但我却不得不说,"好美!"我想婚纱影楼的专业就在于他们营造出唯美的景象,让人们在那么一刻体验到进入了一种虚幻的永恒。我们现在置身之处好似老派电影里面的公馆,我刚才坐下来的地方是白色的回廊,面前是绿茵茵的草地,当我转回头来,我透过敞开的玻璃门看到燕紫从铺着红毯的旋转楼梯上走下来,我不自觉地站了起来,她的模样美丽而神圣,像是就要从这里挽着我的手走进教堂。摄影助理说"我们现在先拍花园里面的镜头"。我看一眼手表,指针指在十点十分,一个带着美感的V字。

楼下小饭馆的红灯笼亮了起来,稀稀落落的有几个出来进去的人,一辆电单车从我们面前飞快地驶过,戴着头盔穿着黄色衣服的外卖小哥把车停在了一家小饭馆的门前,动作麻利地跳下车、拉门进去。我正看着那家小饭馆的玻璃门还在微微晃动的时候,又一辆电单车从我们面前开了过去,停在了另外一家小饭馆的门前,他们的出现似乎让这个偏僻的城市角落一下子变得热闹起来。

我们顺着马路走,时不时有行人、车辆从身边经过,街道转角处有一个年轻人摆了麦克风和音箱在唱歌,他在唱当红选秀节目中一个入围歌手的歌,他的嗓音不错唱功也可以,所以有几个人驻足在听,我们也听了一小会儿直到他唱完了一首歌,有个女孩儿掏了五块钱放在了歌手面前地上的盒子里,"可惜没带现金!"我小声嘀咕了一声,年轻人头都没抬地指了指面前的牌子,那上面有两个二维码,对了,这年头什么都可以扫码支付了。

我和燕紫面对面站着,她一身洁白的落地婚纱在阳光下发出光来,我黑色燕尾服上的金属纽扣也在闪闪发亮,摄影助理拿来手捧花,"太太握着花,先生握着太太的手。对,就这样优雅地握着,把脸凑过去,两个人都微闭双眼,做要接吻的样子。先生要满怀爱意,太太要柔情似水!"

你好像知道密码,你说,你拨动锁盘,然后"咔嗒"一声,我的过去,我所经历的,我内心所走过的路,全都像一本书一样一页一页地翻开来,铺展在你的面前。

你也拥有这个密码,我们打开的是一把双密码的锁,我有一半的密码,你也有一半的密码,我说,我们刚好完全地打开了彼此,自然而然地,像小溪水潺潺地流向彼此。我就是想告诉你我是谁,我眼中能够看到的不同,我在城市的漫游以及北纬221度那些奇妙的地方,我告诉你我少年的时候如何无拘无束,我又如何在胸膛里养了成群结队的黑蝴蝶,它们总是在夜里飞出来。可是我又有什么理由失落呢?我说,我纯属无病呻吟!我比你们都更加幸运,我心里想到了凌蓝蓝,想到了燕紫,还有你。而你说,我其实渴望成为另一个不同的自己,作为个体的自己。G弦是不是我心上最柔软也最疼痛的那根弦,G弦上的萨拉班德①这时开始了深沉的对话,倾诉而出的却又是内心深处对自己的质问,不断地强烈地质问。

摄影助理说先生把手搭在太太的肩头,把头凑过来,像是和她在说甜蜜的情话。燕紫坐在秋千长椅上,戴着白纱手套,提着开满鲜花的花篮。摄影师说现在的阳光最适合照户外,他说得没错,阳光像伸出一双柔和的手,把燕紫原本就粉嫩的脸蛋儿擦拭得像珍珠似的发亮,"美极了!像王子和公主的童话!"摄影师的赞美让我想起每个童话故事惯用的那个结尾,"They two live happily ever after!"

如果让你选择改变,你最想改变的是什么呢?你问。
我想让自己变得勇敢,敢于突破环境,敢于去追求内心深处真正的渴望。

我们换上了古装的衣服,一身唐装。为了盘这个头,燕紫花了一个钟头的时间,只见她云鬓高耸,钗镶玉佩,眉如柳叶,丹唇含笑,宛然画中佳人。摄影助理教她手握兰花指,做欲用丝帕娇羞掩面状,又教我手持摇扇,做唐伯虎风流倜傥状,好一副才子佳人!今人其实都是古人又投胎吧,古人也是今人的若干前世尘缘,那些说不清道不明的百转千回,很可能就是前缘在追寻着你。

我们的嘴唇碰在一起,先是轻柔的,紧接着就是激烈的,异常激烈的,有什么东西从我的身体里被释放了出来,在那个阳光早已埋伏好了的房间里,在那个我站在明晃晃的阳光下捧着一束"海洋之歌"的粉色玫瑰,抬头望见你的明媚午后。我贴着你的每一寸肌肤,用我身体的每一寸肌肤,我带着全部的渴望进入你的身

---

① 此处指巴赫G大调第一大提琴组曲萨拉班德舞曲 BWV1007 IV. Sarabande。

体,我和你合为一体,现在我们终于合一了。有一种神秘的东西在我们两个人的身体里面流淌着,不单单是肉体,而是我们内在的什么,也许就是我叫它灵魂的东西,那种量子的能量,它们战栗着相逢,终究合为了一体,就像雪山和湖水,它们本就是一体的,只要一经触碰我们就都已确信了,有如G弦上的吉格舞曲①,热烈而确定,欢畅地舞蹈,盘旋着向着高处飞去。

摄影助理说我们接下来拍室内的五组照片,男士比较简单一共就只需要换两次衣服,女士就复杂了,每拍一组都需要换一身衣服同时造型也要变,不过这都是值得的,因为这些照片的价值都是一生一世的。我想起这家影楼的名字叫作"今生今世",缘定今生到底是谁定的缘,如果有缘今生一定会相遇,佛陀说这就是"造化",有缘要修有分要修,有缘无分就是造化还不够。

造化到底是怎么一回事,大家都说"造化弄人",这"造化"到底是想要捉弄小满还是要捉弄燕紫,抑或它最要捉弄的是我,我又到底要如何选择呢?造成这一切的都是时间,可恶的时间,它设下一个阴险的圈套,让我跳进去,然后拉紧绳扣,我被卡在里面。然而造化和时间这样狼狈为奸究竟又是为了什么呢,我仿佛能看见它们在时间之井的上方窃窃私笑,为它们的计谋得逞而得意扬扬。又或者我其实只是一个工具,一个用绳子牵住手脚的牵线木偶,我是两个女孩儿命运之神手中的筹码,他们俩在玩一个赌注,我不过是他们俩争夺的筹码。

我俩并排坐在祷告室最后一排靠窗边的椅子上,你的左手和我的右手十指相扣,你的右手握着从领口处扯出的一条银色的细链,你微笑着张开手掌,手心里是一只金银两色镂空的十字架,有一种时尚的设计感。我想起来小的时候奶奶往我脖子上套过一条细细的红绳,挂着一个玉坠儿,她说了一个菩萨的名字,说他能够保佑我,可是我压根儿就没记住或者根本就没听懂那个名字,想来还是一神论更加的简单明了。一回到家我妈给我洗澡的时候就给扯了下来,"你奶奶这是迷信,不许戴了!""哦!"我其实真是无所谓的,不戴更好,有一次大勇因为和我玩猫抓老鼠的把戏扯住了我脖子上的红绳勒得我差点儿没背过气去,我奶奶因为这拿着个扫帚满院子追着大勇打得他抱头鼠窜。

"我给信仰下了这样一个定义,"你在我耳边轻声说,"只有能改变你让你的生命变得坚强有力量的才能叫作信仰。"

我低下头,闭起眼睛。我该不该祷告呢,我又要向谁祷告呢,那些以我一个

---

① 此处指巴赫G大调第一大提琴组曲吉格舞曲 BWV1007 VI. Gigue。

成熟了的男人尚且不理解的事情,那些让我觉得无法掌控的事情,那些毫无道理可言的荒诞的事情,那些我试图隐藏和忽略的事情,让我把它们都一一倾诉出来,一遍一遍地寻求答案。上帝对我来说太过遥远了,这是我自己的难题,我只能寻求来自内心的答案。

第十四章　雪域　决战

1

　　雪厚厚地铺在地面上，库·丘林就那样庞然大物一般静静地伫立着，没有一点动静，听不到一丝呼吸。我踏上树干，那树干是如此的宽阔粗犷以至于攀登树干就如同走在稍有扭转和曲度的平面之上，我选了一个高度和视野俱佳的所在，用手拂开上面的积雪，坐了下来，即便没有枝叶繁茂，库·丘林依然从不同的角度呈现出矫健的身姿。我掏出哨笛，为她，为自己，为神木林吹奏起关于他的曲子——《库·丘林》。明丽高亢的音乐飘飘荡荡，环绕着库·丘林，又在神木林的上空久久回响，我心下每每都有感动，这只哨笛就是为了这支曲子而生，为了库·丘林而生，所以这只哨笛极有可能就来自库·丘林的枝条。只可惜，库·丘林的树耳早已石化，纵然我如此每日不停地吹奏，她却无法听见更无法回应。"当石化至神木之眼，"罗得说，"神木林就将终归熄灭。"每念至此，念至神木林即将荒芜殆尽，如同曾经的田野只剩下白茫茫的一片，我不禁黯然失神。"最后一个守林人！"乐园的人们都在这样说，我对自己的毁灭毫无惧怕，与神木林一起毁灭是我至上的荣光，但我绝对不想企及这份荣光，辜负守林人的使命是一种彻骨的悲哀。我说到底无足轻重，但神木林却是生命的联结，那片在夜空中投射出耀眼光芒，在春天里绽放出生机勃勃的神木林如果毁灭了，一切的联结就将被彻底地切断，城堡，乐园，将成为这个世界的主宰。

　　罗得来了，他带来了一瓶好酒和乐园里的美味佳肴。我拨旺炉火，又把屋里和院子的灯都点亮，小屋又透着点点红光像圣诞节的装饰了。我还是仔细做了松茸野菜汤、木耳和蕨菜，还有酸酸甜甜的红果果酱，罗得总是喜欢得要命。"这夜是越发的暗沉了，"他这样说着眼睛里面也黯淡下来，"兽们已经有所行动了。"

我点点头,西南端的警报近来响个不停,我每次前去察看都看到越来越多的兽集结在那里,它们是在等待,等待最后的大举进犯。

"城堡那边……"罗得看着我。

"我知道。"

城堡的猛禽已经不断地在夜晚时分环绕神木林上空探看,就在我和罗得说话的当口,我俩都透过窗子透过院子里的灯光依稀看到一些黑影不时地从空中掠过。

"神木之影!"罗得注视着我的眼睛。

"嗯!"我用力点了点头,"每一任守林人都会向他的继任者谨慎细致地交代,只是,"我将杯里的酒一饮而尽,"没有人希望用得到它!"

2

昨晚的亮光已经淡如烟尘了,我跃上神木林顶端的瞭望塔,在几个不同方位上察看,情形相同,只有一个白天的时间了,我心下已全然明了。神木发出的亮光不单能照亮夜空,同时也在神木之间相互联结形成一只巨大的穹顶保护罩,在这层神奇的保护之下,神木和神木林里的生灵得以安心地生长、繁衍和栖息,猛禽和兽们即使虎视眈眈却没有攻破保护罩的能力,即使是伊凡和法力广大的魔法师也没有这个能力。所以一旦亮光熄灭,神木林神奇的保护也将不复存在,城堡和兽们绝对会争分夺秒地实施蓄谋已久的毁灭计划,一场惨烈的攻击无可避免。

最后一个白天,阳光绵软无力地笼罩着神木林,我来到库·丘林的脚下,和往常一样登上她的树干,却没有坐下来。我站直身体,掏出哨笛,平静地为她,为神木林最后一次吹奏《库·丘林》。今天的笛声好似分外的高亢,又分外的凄丽,但神木林一片静默,没有一丝的声音与回响,最后,只有我的脸庞上,默默地淌下两行泪水。

我又跃上空中密道,在神木林间缓缓穿行,默念着每一棵神木的名字,抚摸它们。最后我跃上瞭望塔,从这里俯视默然不语的神木林,注视散发着惨淡光芒的太阳,远眺荒凉的雪野,巍峨壮观的城堡,还有如梦幻般遥远的乐园。

我再一次来到库·丘林的脚下的时候,就只久久地仰望着她,然后走近她,将身体贴在覆满积雪的树干上,把耳朵凑上去,久久地贴在那上面,一动不动,像是化成了她身体的一部分。

"是时候了!"我终于对自己说。

我走上库·丘林的树干，沿着指定的路线行进，每过一段时间我都要在这条路线上走上一遭，这是守林人必须遵守的严格律令。我在一处隐秘的树洞前停下脚步，伸出双手拨开积雪，露出了有着古老图案的红色洞门。那是一面巨大的铜镜，上面盘绕着上百条的细蛇，它们蠕动身体，相互缠绕。我念动咒语，这是一种古老的蛇语，也被称为"精灵的密码"，蛇们纷纷昂起细小的头，这些诱惑人心的生灵，它们努力地向着四围扭动身体，终于将铜镜的镜面一点一点地，显露出来。我凑近到铜镜面前，在那里看到一个模糊的影子，镜面像湖水一样荡漾波纹，渐渐地，水波平静下来，我的形象清晰地呈现在了镜子里。但那个形象却并不仅仅是我自认为的守林人朴素的样子，他焕发出光芒——来自库·丘林的神木之光，鸽血红的宝石一般的光芒。镜子随之向内凹陷，露出一条红光闪耀的通道。我终于走进了自己的神木。

天快要黑了，我趴在库·丘林的脚下，直立起上身，警觉地竖起耳朵，朝向天空的一千只眼睛留意着头顶的任何一点蛛丝马迹，一千只手臂四散起伏着，预备着接受来自四面八方的攻击，匍匐在地上朝向不同方向的四只巨大龙头也充满戒备地抬离地面。

红色的光芒一直指引着我的脚步，原本，我走进的神木该和现在所见大相径庭，但我已经无法想象那样的情景，我的使命只有成为现在的我。我的面前是巨大的洞穴墙壁，上面刻画着巨幅的图案，上千只眼睛朝向四面八方，上千只粗壮的手臂昂扬地伸展着，巨大的龙头张着洞穴般的大口，眼睛里喷射出愤怒的火焰。

对，这就是"神木之影"封存着的力量，它来自伟大的库·丘林，是库·丘林体内愤怒和狂力的分身。库·丘林是伟大而神圣的神木之心，她的力量遍及神木林，笼罩整个广袤的世界，她是这个世界安宁的中心。但神木林有可能面临危难，更有可能遭受灭顶之灾，在世界形成之初，库·丘林将体内的狂力汇集于此，并将启动狂力的能力交予神木林的守林人。平日看起来仅仅担负巡察和引路的守林人，在面临神木林受到毁灭威胁的时候，要吞下封存于洞穴之中的毒液"神木之影"，他将变身为怪兽库·丘林。

红色的光芒落在隐隐发光的墙壁上，我把手伸向墙壁，尚未触及，那穴壁就在瞬间崩裂，一只发着红光的水晶球在迸溅的泥土中落于我的双掌之中。我没有再多想，举起一只拳头击破水晶球，拿出其中那颗如血般殷红的毒液，送入口中。

我走出洞穴，在库·丘林的脚下等待了四个时辰。终于，我变成了巨大而勇猛的怪兽库·丘林。今夜，就是我这个担负使命的守林人与怪兽库·丘林合体之夜，我们将与城堡的猛禽和集结的兽展开一场生死对决。

3

数以百计的猛禽呼啸而来，它们在神木林上空投下一颗颗火石。我明白了，它们是想用火石烧毁神木林，将这里燃烧殆尽，变成一片焦土。我的一千只眼睛向着四面八方转动，每一只眼睛指挥一只手臂在空中翻飞，将抛掷而下的火石全部牢牢接住。猛禽们厉声嘶鸣着，在我的头顶盘旋，向着城堡飞去了。这只是它们的第一轮攻击，我心里清楚，下一轮，会更加的凶猛。

见到猛禽们嘶鸣着输掉第一轮的攻击，兽们发起了第二轮攻击。它们向着神木林喷吐出如注的洪水。兽们曾经被神木林的保护罩袭击毙命，因此它们也更加地小心，用洪水的方式试探神木林的保护罩是否还能发挥阻隔的作用。洪水长驱直入，瞬间涌入神木林，先将遭遇的积雪融化，继而冲击神木，我的四只巨大的龙头朝着洪水的方向聚拢，大张开嘴巴将滚滚洪水吸入腹内，又将龙身直立高高挺起，朝着兽们集结的方向将洪水猛力喷吐回去，一时间，兽们排列整齐的战队被洪水冲得四分五裂，无数的兽被洪水卷走。

城堡的方向灯火通明，数以千计的猛禽从城堡的高处俯冲而来，黑压压地布满了天空。这一次它们投下了无数的箭矢，密如雨下，疾似闪电，我的千只手眼齐用，左突右挡，上下翻飞。箭矢实在太过凶猛快疾，以至于我的身上、手臂上乃至眼睛上都多处中箭，我正挥动手臂将各处的箭矢拔出，那些猛禽竟收拢翅膀状如箭矢般向我俯身冲下来，它们用尖利的巨喙和如钩的利爪在我的身体各处撕咬、扯掉一块块皮肉、抓出一道道血痕，即使我身躯庞大皮厚甲硬也被厮打得遍体鳞伤，疼痛难忍。我疯狂地发出如雷的怒吼，一边用手臂招架一边扭动身躯挣脱猛禽们的攻击。

与此同时，兽们已经重新集结队伍，卷土重来。这一回，它们队列整齐地向着神木林迈进，同时向着神木口吐冰霜，我知道它们意欲将神木林的土地冰封冻结。我的四只巨大的龙头再一次抬起来，大张嘴巴将冰霜吸入腹内。正在这时，俯冲而下的猛禽们转变了焦点，它们开始集中攻击龙头，我挥舞手臂奋力抵挡，大块大块的皮肉被撕扯下来，鲜血淋漓。尽管如此，我的一只龙头还是遭受了致命的袭击，瘫软在地，动弹不得。

尽管遭受巨创，伤痕累累，但我绝对不能停止战斗。来吧，猛禽，来吧，兽们，即使耗尽最后一口气力,流光最后一滴鲜血,我也会和你们战斗到底。担负使命的守林人与怪兽库·丘林的合体将为了保卫神木林战斗,直到生命的最后一息。

遥远的灯光璀璨的乐园里,罗得和女孩儿,他们是否在静静地眺望和聆听着这一场黑暗之中的决战呢？从明天开始,可能再也不会有这样的生存与抗争,生死与存亡的决斗了,而在此之前,就让我将毕生的勇气和决心全部凝聚于此,战斗,战斗,直到生命的最后一息。

第十五章 选 择

1

雪峰终于从云雾环绕中显露出来,在无瑕的纯净蓝天和蒸腾烟云的背景之下,像一位含羞的少女笼罩着洁白的面纱,圣洁刚毅又楚楚动人。我拿出手机照下雪峰的样子,又让巴桑帮忙照了一张以雪峰为远景的照片,这张是发给燕紫和我父母看的。巴桑对着雪峰闭目诵经,我坐在一块大石头上,抬头仰望,雪峰是巴桑的神。

嘹亮的歌声飘了过来,一队藏民迎面而来。唱歌的是一个年轻的姑娘,走在最前面,浓密的黑发盘在头顶,绑了红色彩带,黝黑的脸庞透着健硕与喜悦,甚至透出一种光亮,五彩的格子下摆随着姑娘的脚步有规律地摆动着。巴桑也一脸喜悦地瞧着姑娘和那一队藏民。"认得她吗?"我问巴桑。"不认得,他们是远道来的,大概是从青海那边。""哦。"我被姑娘的歌声和表情打动了,心情也分外开朗起来。

我们这一天爬升了1500米又下降了1500米,半路上还下起了小雨,很多道路都变得泥泞,搞得我们的裤子鞋子都肮脏不堪,下午太阳偏西的时候,我们到达了村子。巴桑带我来到一家藏民客栈,这间客栈从外观来看可谓相当漂亮和气派,屋檐、门楣、柱子、窗子和大门上都装饰着繁复鲜艳的藏族图案,院子里拉着彩色的经幡。客栈有两层楼,我跟着巴桑走进去,一名藏民见到巴桑和他拥抱了一下,两人用藏语聊了几句,之后就带着我和巴桑走上了二楼,用钥匙打开一个房间的门。"这是我叔叔!"他对我说。他俩又说了几句,那人就走了出去。我从背上卸下背包,直挺挺地倒在一张床上,巴桑也把背包放下来,"你先休息一会儿,等下吃晚饭我来叫你,我现在先去看看我的奶奶。"他说。"你奶奶住在这里?"我睁开眼睛看了他一眼。"她平常不在这里,明天早上有一场法事,所以她前两天就过来了。"

开晚饭的时候,巴桑来喊我,我才发现自己就保持着刚才倒在床上的姿势一动没动地眯了一觉。吃饭的地方在二楼走道的尽头,是一个好大的房间,我想可能就是他们的会客厅、起居室也兼做餐厅。我和巴桑走进去的时候屋子里面已经坐满了人,绝大多数都是住在这间客栈的客人。屋里摆了六七张长条木桌,每张桌边都坐了六七个人,巴桑和我在靠窗的一张桌子面对面坐下。屋子正中的一张方桌旁,坐着穿着藏服的人,我认识巴桑的叔叔,还看到一个上了年纪的老妇人,我想那必定是巴桑的奶奶了。菜已经摆在了桌子上,很大的盘子,有肉片炒木耳,牛肉胡萝卜,青椒土豆丝,素炒青菜。一个穿藏服的女人又给各桌端来满满的一大盆白米饭,这些饭菜的品相用往日在饭馆里哪怕是家里的标准看来都是粗糙的,但在当时却几乎令我双眼放光。我端起碗装上米饭就开始埋头吃了起来,直到肚子里终于垫了几分底儿才抬头看了巴桑一眼,他冲着我露出一个憨厚的笑容。我这时发现除了藏民那一桌,满屋子的人都和我刚才一样,埋头大吃。想来大家和我的情形多少有几分相似,即使不是连续几天从山下徒步至此,有很多人不似我这般自虐,他们会选择包车来这儿,由此上山穿越森林往返神湖、瀑布和冰川。可以确定的是,大家看来都累坏了,胃口也都格外的好。

吃过晚饭,我们回房间休息了一会儿,我说要洗个热水澡,巴桑说你最好是用热水擦擦身,毕竟海拔比较高,先不要洗澡的好,之后他就去读经了。我想了想他说的有道理,就接了一盆温水浸湿了毛巾把脸上、身上都好好擦了,身体感觉到舒缓,也觉得擦洗掉了几天来的尘土。我换上一身干净暖和的衣服,巴桑的叔叔给我准备了电褥子,我坐在温热的被子里面,拿出手机打开音乐。

我这一路上有机会的时候就听理查·施特劳斯的《查拉图斯特拉如是说》,这是一部交响诗,我听的是卡拉扬指挥柏林爱乐乐团1983年的录音版。我有一套"金装卡拉扬",《查拉图斯特拉如是说》是这个系列中的一张,《企鹅唱片指南》三星评级。手机里的音乐音质和效果都会折损,但在这样的环境里能听到音乐怎么说也是一种福利了。我喜欢这首交响乐起自于尼采的《查拉图斯特拉如是说》,不过这都是最近的事情,是在小满和我谈论之后的事儿。一提起尼采,我的脑子里就冒出那句"尼采就自诩过他是太阳,发热无穷,只是给予,不想取得。然而尼采究竟不是太阳,他发了疯",记得这好像还是当初在学校里要求背诵的段落,所以尼采就直接在我(我想可能是很多人)的心目中坐实了疯子和天下第一狂人的名声,并且带着十足的嘲讽的味道。但当我真正翻开尼采的时候,我才开始质疑我可能误读了鲁迅,其实鲁迅爱尼采。交响诗《查拉图斯特拉如是说》的序曲即为《日出》,这对无比熟悉"尼采就自诩过他是太阳"的我们来说好似非常容易理解,不过尼采到底是如何自诩为太阳的呢?

  查拉图斯特拉三十岁时,离开了他的故乡和故乡的湖,遁入山林隐居起来。
  他在那里享受他自己的精神和孤独,历经十年之久而乐此不疲。但终于,他的心灵发生了变化——有一天早晨,他随着曙光一道起床,朝着太阳走去,他对太阳说道:"你,伟大的星球呵!倘若没有你所照耀的人们,你的幸福又会是什么啊!
  十年里,你在这里升起,照临我的洞穴:要是没有我,没有我的鹰和我的蛇,你就会厌倦于你的光明,厌倦于这样一条老路了。
  而我们每个早晨都期待着你,领受你的丰盈光辉,而且,因此为你祝福。
  看啊!我就像采集了太多花蜜的蜜蜂,厌烦了我自己的智慧,我需要伸展的双手。
  我想要馈赠和分发,直到人间的智者又一次欢欣于自己的愚拙,人间的贫者又一次欢欣于自己的财富。
  为此我必须下降到深渊:就像你在傍晚时分沉入海面,还给阴界带去光明,你这无比丰盈的星球啊!
  我必须与你一样下山,就像我想要去的人间所讲的那样。
  那么,祝福我吧,你这宁静的眼睛,甚至能毫无妒忌地看出一种过大的幸福!
  祝福这只将要溢出的酒杯吧,使其中的酒水金子一般流溢,把你的幸福的余晖洒向四方!
  看哪!这只杯子又想要成为空的了,查拉图斯特拉又想要成为人了。"
  ——于是查拉图斯特拉开始下山了。①

  如果要读尼采的《查拉图斯特拉如是说》,译本的选择请特别留意,因为尼采是一位超群的语言学家、文学家,这部仿照《圣经》新约福音书体的奇书首先是一部才华横溢的文学杰作。我选的是孙周兴教授的译本,当然有人说最好的是读原著,只可惜我不懂德文。这本书现在正躺在我的背包里,我想巴桑一定会惊奇于我竟然会背着这么一本书,但或者他并不会对此感到惊奇。
  管风琴低沉的动机像是宽广宏大的黎明的预备,小号奏出和谐而坚定的主题,大小调戏剧性的交替,定音鼓铿锵威严地宣告,太阳于自然的恢宏映衬之下

---

① 引自弗里德里希·尼采的《查拉图斯特拉》序言(一)。

冉冉升起,喷薄四射,转瞬间光耀寰宇。这一段音乐被用在1968年的电影《2001太空漫游》当中,你很可能曾经听到过,言语的描摹实难表现音乐真正的雄浑与力量,那种对于太阳这颗伟大星体的激赞溢于言表。

  阅读尼采让我发现了一个十分有趣的现象,我竟然发现自己对于尼采有着诸多的认同,我进而深切地感受到——原来,我和他,竟然是同一棵树上的灵魂!对,"同一棵树上的灵魂",这句话是我发明的。很多时候,你会发现自己的很多想法都不能为你身边的家人和朋友所理解,然而如果你通过比如说阅读、聆听音乐、欣赏画作、观看电影等方式,你很可能发现或许是曾经的曾经,或许是远方的远方,有一些人的想法以及他们的思考和你竟然有着高度的相似和默契,你会顿觉豁然开朗,确信你终于在彼此的孤独中遇到了知己。对于这样的人,无论他们和你所处的时间、空间有多么遥远的距离,他们和你都是"同一棵树上的灵魂",而那棵树生长在古老的生命的森林。

  我打开微信,燕紫的留言又有几十条了,有语音留言,有照片,还有一条文字信息,照片是那只鸽血红的戒指,以不同的姿势出现在图片中,一张是小心翼翼地放在桌子上的,下面垫着一块浅灰色的绒布,另一张是戴在中指上的,衬着燕紫纤细玉白的手指,还有一张是放在盒子里的,盒盖半开着。

  文字留言是——"谢天谢地,终于找到它了!"

  "你说我怎么那么糊涂呢!"我点开语音,燕紫的声音传了出来,"幸好我终于想起来了,那天我们部门不是搞义工活动嘛,我们要栽树苗,我怕把戒指刮坏了,就摘下来放在了皮包拉链里,那个拉链我一般也不怎么用,就是装一点金贵的东西。"

  "你都不知道,我这几天为了找到它真的快要把房子都拆了,大扫除搞了好几次,就连床垫底下我都给抬起来找了好几遍!"

  "找到就好!找不到也没事儿,我都打算回去的时候先去商场买了直接带回家给你呢!"

  她立马回了几个嘴唇和拥抱的表情。

  "对了,等着啊,给你展示一下我的成果!"

  她呼叫了视频通话,可是我这边刚看到那呼叫就挂断了,如此几次,我也试了一下,看来这里的网络信号还不足以支持视频通话。

  "算了,还是拍照片给你吧!"

  我看到了那个完成了三分之二的拼图的照片。那是我准备出发之前买给燕紫的,是一幅叫作《蓝森林》的拼图。不知道为什么那幅画面让我感觉很熟悉,森林里弥漫着悠悠的蓝,深深浅浅的,闪闪发光,蓝色的树干,蓝色的树叶,蓝色的花朵,蓝色的蝴蝶,就连流水也是闪闪烁烁的亮晶晶蓝莹莹的。拼图一共有1008块,够拼上好一阵子的,不过我知道燕紫精于此道,没准儿在我从雪山回来的时候,这幅拼图就已经挂在我们客厅的墙壁上了。

"太好了!"燕紫收到拼图就开始摩拳擦掌地摆开了战场,先是支起木架和木板,然后照着图样寻找线索。这拼图的配置很是齐全,有木架、木板还有收纳的托盘与盒子、装裱的画框。"拼图是有方法的,有线索可循!"她搬了椅子坐在木架前面,按照不知什么规律在细碎的图片中间挑出一些来放在托盘里。

"不用这么着急,等我出发了你再拼,看看我回来之前你能不能拼好!"

她抬起头来朝着我笑,"没问题!"然后又低下头开始尝试着拼起来。

"幸福也是这样拼起来的吧?"拼了一会儿她又抬起头来说,"一块一块的,无数美好的记忆!"燕紫这时候并没有看着我,因此这话就像既是对着我说的,也是对着自己说的。过去这一段时间我在她的身上看到了很大的变化,那些悲观的胆怯的情绪仿佛轻飘飘地飞走了,我心里清楚,我,是让这一切飘然而逝的关键。是啊,爱人不正是令我们感觉不再孤单不再无助的那个人吗?

我发了两个大拇指给她点赞,又发去雪峰的照片以及巴桑照下的我以雪峰为远景的照片。

"后天中午就回到丽江了,下午的飞机,晚上到家。"我敲了一条文字信息按下"发送"的指令。

巴桑回来的时候我已经有点儿半梦半醒了。

"读经要读那么久吗?"我躺在被子里问。

"我这不算久的,我奶奶整天除了吃饭和睡觉就是读经了。"

"那难道不会觉得无聊?"

"无聊?不会吧!"巴桑想了想回答说,"你们从来都不读经,那你们都干点儿啥?"

"干啥?"我从被子里面钻出来一点,靠坐在床头上,"每天都忙得不得了,成天加班。"

"加班?"他看着我,想了想又问,"除了加班呢?"

"除了加班,"我看着他,"你问我还是问我们那里的人?"

"你们那里的人。"

"闲下来的时候,大多数年轻人会打游戏或者看视频,你知道游戏和视频吧?"我问。

"哦,知道。"巴桑点了点头,但还是显出疑惑的样子。

"可是,"他说,皱了下眉头,我想他是在搜寻合适的词语,"你们不要为自己做点什么吗?"

"为自己?"我也显出不解的神情。

"哦,"他解释说,"你们工作是为了赚钱养家,生活过得好,你们玩游戏和视频是为了娱乐,但是你们不为自己的内心做点什么?像我们读经,就是让心里面更加安稳,让灵魂能够找到方向,我们觉得这是最重要的,比工作更加重要,所以必须每天都花很多的时间在上面。"

我看着他,一时不知道该怎么回答他。我想说按照我们的理解,活得安稳顺利就是多挣钱生活得更舒适更开心,至于灵魂吗,我们大多不相信有那种独立于物质之外的东西。可又觉得好似这样既没有回答他的问题又多少有点儿冒犯的嫌疑。

我那晚睡得极好,客栈的床比营地的通铺还是舒服了不知道多少倍,所以巴桑起身的时候我也醒来了,并且觉得已经睡足,神清气爽了,我于是也翻身起了床。

"你不需要起这么早的。"巴桑说。

"我想看看你们的法事,我在外面看看,可以吗?"我坐在床边问。

巴桑点了点头。

我们又走去了二楼走道尽头的那个大房间,我听到了低沉而有力的诵经的声音。巴桑示意我坐在最里面的桌子旁边,也就是昨天晚饭时那一桌藏民坐着的地方,他则从开着的漆花木门走进正对着的房间去了。我这才发现那里有一个房间,里面有几个身穿红袍袈裟的喇嘛在打坐诵经,巴桑的奶奶、叔叔和其他几个人分别在他们身边盘腿坐着。现在巴桑也坐到了他们身边,他们身后墙壁的柜子里,摆放着佛龛,点着一排长明灯。喇嘛转动经筒,房间里有烟香弥漫。我坐着看了一会儿,心想大概就是一直这样子了吧,但又觉得不好走动,就静静地坐着,打量我现在置身的这个屋子。屋子里面清一色的木质家具,包括地板、柜子、桌子和椅子,颜色是清亮的黄色,我辨不出是什么木材,柜子的门和抽屉都是原木雕花,虽算不上工艺精湛但也颇为讲究。我现在坐的桌子旁边有一个连到天花板的铁皮炉子,地上有一只浑身焦黑的铁壶,桌子上摆放着铜色的茶壶、茶碗,盘子里是青稞炒面和酥油渣。我正打量着,一个三十岁上下的男人走了进来,虽然没有穿着藏服我仍能断定他是一名藏民。他的身材高大健壮,面色微黑中泛着点红晕。他走过来在我的身旁坐下,冲着我点了下头,接着端起桌上的茶壶和茶碗,他先倒了一碗酥油茶递给我,我一边点头致谢一边接了过来,他又给自己倒了一碗,然后拿起一片酥油渣慢慢地嚼了起来,我也端起茶碗小口小口地喝着酥油茶,至于酥油渣和青稞炒面,就实在有点儿吃不惯了。男人吃好了就站起身来走了出去，我也站起身，轻轻地走出了房间。

我从楼梯上走下来，再推开客栈的大门走到院子里，今天早晨有些雾气，此刻正弥漫在院子里，环绕着头顶上彩色的经幡。我又继续往外走，走到了路上，这才长长地出了一口气。路上已经有人准备上山了，穿着鲜艳的冲锋衣，背着背包，拎着手杖，还有人骑了骡子，由藏民牵着。我并不打算去神瀑或者冰湖，只打算等太阳出来之后去观景台再看看雪山，我今天要搭巴桑哥哥的车去香格里拉，明天一早再从香格里拉赶回丽江。我于是四下里转了转，看到两家朴素别致的客栈，又走进一家卖纪念品的小商店，买了两串藏天珠手链。

我登上观景台大概是上午九点多的光景，阳光这时候刚好照在两山相夹下的村庄，把村子照得金黄发亮。一面山体的投影刚好被拖出村庄的边缘落在山与村庄相交的那一片峡谷地带，雾气淡得透明而缥缈，那样子让我不禁联想到有一只巨手揭开了云的盖子，露出了一锅热气腾腾色泽诱人的玉米馒头。为什么经常会联想到锅啊、碗啊、豆子还有馒头呢，我低头看了看自己邋遢的徒步鞋，哑然失笑。观景台上的白塔也被阳光照得发亮，塔身越发的洁白，金边熠熠生辉，可能是太阳的高度和角度的原因，远方的雪山并未被阳光照得金光发亮也就是人们常说的日照金山，它们巍峨地耸立着，洁白，庄严，圣洁，云的影子飘飘荡荡，黑色的身影在近处的山峦上游弋。

早早吃过午饭，我就跟着巴桑和他的奶奶一起，坐上了他的哥哥央吉的车，原来早上坐在我身边喝酥油茶的男人就是巴桑的哥哥。巴桑坐在副驾驶，我坐在他哥哥的身后，巴桑的奶奶和我一起坐在后座。一路上，他们几人时不时地用藏语聊着，有的时候慢悠悠的，有的时候又看似着急地说上半天，我想他们是在聊些家常。不过他们之间是融洽的，既看不出孙子特别地尊敬畏惧长辈，也看不出哥哥对弟弟有什么样的权威发号施令。不说话的时候，巴桑的奶奶就转动经筒发出诵经的声音，那声音从她干瘪的嘴唇发出来，低低的连绵不绝。

我们在一个加油站停下来，巴桑先是扶奶奶下车坐在一张椅子上，她坐好之后继续转动经筒念经。央吉把车开到油枪旁边加油，一言不发地一会儿看看油枪指示屏一会儿眺望远方，我想他平日里应该是一个沉稳的不大爱说话的人，和巴桑的性格有几分相像。

我坐在靠近加油站出口的半圆形土坛边，双腿双脚耷拉在半空中，这种让腿和脚彻底放松的姿势让人感到轻松。我抬头望着瓦蓝瓦蓝的天空，这里的天空清澈高远，随时随地抬起头来都令人豁然开朗。巴桑走过来，在我的身边坐下。

"谢谢你，巴桑！"我说。

"不用客气！"他憨厚地笑笑，"你今晚就跟着央吉住在香格里拉，明天中午之前就能到丽江了。"

巴桑告诉我说,央吉在旅游管理局上班,一家人也都住在丽江。

"你也上过学吧?"我问,"不然汉语不会说得这么好!"

"我说得不好,"他说,"很多话不能很好地表达,我哥是个学习的好材料,所以就出去上了大学,又留在政府工作。"

我点点头,又问:"你哥忙吗?"

"忙,就是因为忙,刚才奶奶就说他整天也不诵经,连喇嘛到家里来的仪式赶上了都不参加。他说因为工作忙新近刚又做了科长。奶奶说他媳妇也不诵经,他就辩解说他媳妇更加地忙,白天上班,回家又要做饭做家务,还要辅导两个孩子做功课,没得时间。奶奶因此就训斥他说,不诵经就不能积功德,为了自己,为了孩子,为了轮回,没有功德只忙来忙去的又有什么用!人都得积自己的功德,她说她最后天葬了也就功德圆满再去轮回了,我们的路还长。"

关于天葬,有人说那是对于信徒的一场检验,一场上天派来对这个人是否一生功德圆满的验证,也有人说那是一种尊贵的布施,灵魂脱离后陈旧的躯壳重又回归自然。总之那是灵魂轮回的起点,不是一个终结。我也突然有点儿怀疑,是不是这地球上的海拔决定了一些什么,有一些事情,只有在一定的海拔之上才会发生,就像我这一路上也看到很多和我相似的人,带着不同的心情登上这片高原,然而他们来到这里的时候,却表现出了未曾有过的虔诚。我在雪山观景台的寺庙里看到好多的游客在大殿外跪拜,在绵延不绝的诵经声中,在喇嘛们缓缓转动经筒的肃穆中,在寺庙薄雾般的香烟缭绕中,在高远的蓝天白云下,在稀薄的令头脑时时一片空白的空气里,神情庄重,态度虔诚。我正这样想着的时候,巴桑的哥哥叫我们上车了。

巴桑和奶奶在中途下了车,巴桑说他们从那个岔口走不多久就到家了,我握着他的手和他告了别,"扎西德勒!"我只会说这样一句。我坐到了前排副驾驶的位置,从车窗里探出身再次朝着巴桑挥了挥手,我们的汽车就开动了。

天快要黑透的时候,我们赶到了香格里拉,有人招待我们吃过饭又带我们到客栈休息,那人说不知道是两个人只留了一个房间,"这不是标准间两张床嘛,"央吉说,"刚好我们两个住。"他说着看了我一眼,我连忙点头。

晚上睡觉的时候央吉说:"你先睡,我念一会儿经不打扰你吧?"

"不打扰,我睡得好着呢,打雷都叫不醒的。"我忙回答。

之后我就脱了外衣钻进被子里,在他低沉的诵经声中进入了梦乡。说实在话,这种声音对入睡很有帮助。

我再醒来的时候,天已经放亮了,我蒙蒙眬眬睁开眼睛就听见背后传来低沉的诵经声。他竟然一夜没睡地诵经？这是我的第一个念头。不是这样的,我的大脑慢慢清醒过来,一定是他在我入睡之前诵经,然后睡了,现在呢,又在我之前醒来,诵经,对,就是这么一回事。我一边揉着眼睛一边坐起身来。

2

我在远处站了一会儿,看见那个穿了一件绿色皮衣的女人一直站在咖啡馆的拐角处,透过落地窗向里面张望。我走到她身边,"阿姨！"我叫了一声,她回过头来的一瞬间我差点儿叫出声来,"天呢,这也太像了！"

"您是不是很喜欢这个咖啡馆,设计得很漂亮是不是？"

"是！是！"女人有点儿怯生生地回答。

"这是我朋友的咖啡馆,我请您进去喝杯咖啡吧！"

"哦,"女人的神色有点儿举棋不定,但最后还是说,"那,那谢谢你了,姑娘！"

"不客气,这边！"我一边说着一边走到玻璃门前,拉开门,把她让了进去。

"这边吧,靠窗。"我说着带着她走到窗边的一张桌子,我选了背朝吧台的方向,让她面对吧台坐着。

"这是你朋友的咖啡馆啊,可真不错！"她一边说一边四处打量,看看拱形的落地玻璃窗,又看看天花板上的吊灯,再看那些红色渐变马赛克装饰的墙壁,以及墙壁上的画。"真好！"她有点儿自言自语似的说着。

"您喝什么？拿铁还是卡布奇诺？"我问。

"拿什么？"她支支吾吾地说。

"哦,"我打开饮品名录,指着上面的咖啡的名字给她看。

"38？42？"她似乎并不关心饮品的种类和名字,只是看着对应的价格,"一杯咖啡要 40 多块钱？比一顿饭还贵呢！"

"哦,阿姨,我请你的,你不必看这些。"

"哦,那就要一杯拿铁吧。"我想她一定是不知道要怎么点,就要了我刚才指给她看的拿铁。

"正月呢？"小艾来帮我点单的时候我问。

"哦,老板娘在厨房里做蛋糕呢,她说今天尝试一个新品！"

"老板娘？你的朋友是这儿的老板娘？那老板是谁啊？"小艾一走,女人忙问。

"哦,我的朋友可是一个有故事的人,偏偏我又是一个爱讲故事的人,阿姨,你愿意听的话我就讲给你听！"

"愿意！愿意！"女人忙不迭地说。

我笑了笑,就给她讲了起来。

"我叫小满,我的朋友叫正月,我们俩从小到大都在一块儿。说起来我们俩都是不幸的,我们都不知道父母是谁……"我讲这些的时候只是望向窗外,并没有看女人一眼。

"你们,你们小时候一定受了很多的苦!"女人啜泣起来。

"但正月总是和我说,咱们和别人不一样,你有我照顾你,我有你形影不离,咱俩才是,真正的亲姐妹!"女人不停地抹眼泪。

"正月专科学校毕业后,先后在两家公司里给老板做秘书,结果都是被老板骚扰,她一气之下辞职不干的。她讽刺地说自己真的是做小三儿的好材料,处处都是烂桃花。"女人听了这话叹息了一声。

"正月租下这个铺面的时候只有现在的三分之一这么大,也就几张小桌,更多的是提供咖啡外带。她说这对面就是CBD写字楼,旁边一排都是小饭馆,中午的时候有很多小白领来这里吃饭,把咖啡店搞得文艺一点儿,保准儿他们能喜欢这种调调,吃了饭买一杯咖啡带回办公室,只要用心做兴许能做得好！'你不也喜欢喝咖啡,喜欢去咖啡馆,只可惜总觉得咖啡太贵喝不起嘛！'我俩那个时候刚刚有一点积蓄,像我们这样的身世,没有任何可以依靠的,所以每个月发了工资都不怎么敢花,正月先毕业先工作,她立了那个规矩,把工资的一半存起来,她说,'没准儿以后能用得上！'我俩也不像其他年轻人那么能消费,正月说,'咱们和别人不一样,他们的好日子就是任性地花钱,咱们可比他们更懂什么是美好,咱们把他们任性的钱攒起来,过咱们自己的好日子！'

正月真是一个做生意的好材料,我觉得这也是一种天赋,她的咖啡做得精细,包装、服务啊也都做得很到位,每天的销量还是不错,我也只是偶尔给她打个下手。后来马响来了,如果说正月是老板娘,马响就是老板了,不过这里其实都是正月一手操持。马响在海上钻井平台工作,一次出海可能要一个月,但是回来之后也有一个月的时间休假,不用去上班。"

"还有这样的工作?"女人听得很专注,这时候插嘴问。

"是啊!"我笑着回答,"马响很有趣,他来的时候拎着一把电吉他,是一个下午客流不多的时候。他站在柜台前,正月看到他走过来没有马上点单,估计是没有想好点什么,也没有催,只是忙着手上的活儿。但是过了好半天他还是只站在那里,于是正月问他要点儿什么。他那天穿了一件 Boy London 的 T 恤,胸前印着一只展开翅膀的老鹰,脖子上挂着一条大大的金属装饰项链,头发蓬蓬地垂下来,手上拎着一把红色漆面的电吉他,他没有答话,只是站着看着正月。我注意到在这之前他已经这样看着正月好一会儿了,正月也看着他。好像过了好久,'你点什么?'正月终于想了起来,'哦,我不点什么。'他不好意思地笑了笑,转身走出了几步,又走回来,'还是给我一杯白咖啡吧!'他说。'好的。'正月回答着就开始手脚麻利地做咖啡,他也就一直看着正月,正月自己都说她这个从来不把男人看在眼里的人那天竟然有一点儿手忙脚乱的。第二天,马响又来了,还是一样的,站很久,然后点一杯咖啡,第三天,第四天,一直到第五天,他终于说,'你的咖啡真好喝!我有一个小乐队,我们想找一个经常演出的地方,我们可以在你的咖啡馆演奏吗?''那太好了,'正月说,'可是我的咖啡馆地方太小了,在哪里演奏才好呢?'马响一见正月愿意就连忙说,'这个好说,我把旁边的店铺租下来,和你的连通在一起,这样咖啡馆也大了,我们也有地方演奏了。''可是……''哦,租金你不用担心,你只按照原来的面积支付租金就好了。'那天正月请马响喝了一杯咖啡,因为她想搞明白这到底是怎么一回事情。另外她莫名其妙地对这个年轻人有一种好感,她说马响身上有一种气息,一种让她感觉到好日子的气息。马响是个简单的人,一杯咖啡之后正月也就都搞明白了。他是出租这两个店铺那个老板娘的独生子,酷爱音乐,流行音乐,他在海上平台工作,休息的时间里就找了几个人组了一支乐队,渐渐地他们想找个场所演出,刚好咖啡馆旁边的店铺空了出来。'我妈说让我找个人来开酒吧,然后我们就可以在那里演出。不过当我看到了你,不知道为什么我就特别想和你说,我想在你的咖啡馆唱歌。''咖啡馆场地大了不一定能赚钱,你妈妈大概也不会同意你这样做。''我和她说好了,两年之内随我怎么用,她反正还有好几栋农民房可以收租的。'正月当时还有些将信将疑,但是不久她就相信了。马响妈妈不但没有任何反对,反而前前后后地张罗着扩大店面和装修的一应事宜,她对于孩子搞乐队、用铺面甚至娶媳妇都无条件地支持。后来马响就娶了正月,她也就成了正月的婆婆,她真的是一个非常好的婆婆!"

"真的吗?"女人喜出望外。

"嗯!"我笑着点头,"我觉得没有比她更好的婆婆了,她喜欢正月,说自己没有女儿却有这么好的儿媳妇真是知足了,她还逢人就夸正月,说正月是做生意的一把好手!的确,正月的咖啡馆场地扩大了生意也相应地更好了,马响的乐队给咖啡馆带来了不少的客流,很多人都知道这是一家有现场乐队的文艺范儿咖啡馆,这里也提供西餐简餐、工作餐和酒水,定期更换菜品和饮品清单,所以收入一直都不错。正月的婆婆不但一直不收租金,反而说这店铺原本就是留给儿子的,现在经营得好,所有的收入也就你们小俩口自己用度就好,她说自己一个包租婆自是不愁钱的,能遇到这么个会操持的儿媳妇是她的福气。你是没见过她,她说话的嗓门可大呢,可能是因为总要挨门挨户收房租的需要,她的空闲时间也多,主要就是喝早茶、搓麻将,人嘛就是一个爽快。正月说,能够遇到马响,能够遇到她,是上天给她最好的安排了。"

女人听到这里的时候眉头终于舒展开了,连连地点着头。

"连我都跟着我的朋友沾光呢!一来我算是她咖啡馆的原始股东,正月每个月都给我发工资,年底还有分红拿,我知道她这就是照顾着我。二者她的这个婆婆在离这里不远的高档社区有两套房子,一套四居室的正月和马响住着,另一套两居室的就给我住着,对于我这种搞创作的人来说,哦阿姨,我是个画画的,能得到这样的资助,真的只能感谢上天了!您不知道我们一开始租住的农民房,是这里的早期村民们就像马响的婆婆自己建的,也叫握手楼,楼和楼之间的距离就是你从这个楼的窗子伸出手去,对面楼的也从窗子伸出手来,两人的手就可以轻松地握在一处。我还清楚地记得我和正月第一天搬进那个房子,对面楼就有两个年轻人站在窗口看着我们,他们操着湖南口音问'两个妹子是哪里人呢'?我和正月交换了一个眼神就转身出去了,买了窗帘挂在窗子上再也没有拉开过。还有那些声音,每天都有搓麻将的声音稀里哗啦的、打电话的声音操着南腔北调一直到后半夜。"

"正月的好日子成为现实了。"我眯起眼睛,看着窗外的阳光在对面写字楼的玻璃幕墙上闪烁,女人充满期待地看着我,她一定想知道什么是正月的好日子。"遇到一个真心相爱的人,两个人相互珍惜恩恩爱爱,生两个可爱的小孩儿,两个女儿,就像她和我,好好地爱她们,让她们从一出生就被爱着,有妈妈的爱,有爸爸的爱,还有彼此的爱。哦,我给你找她们的照片!"我打断女人眼中露出的忧伤神情,翻开手机的相册调出了五月和小雪的照片,那是前不久我们一起去红树林公园时拍的,她们穿着缀满白色波普斑点的小红裙,那是我特地选给她俩的,两岁的五月睁着黑亮亮的大眼睛,嘴角微微上扬,挂着一个粉红色的微笑,她已经显出了楚楚动人的端倪了,小雪只有八个月大,还不懂得在镜头前微笑,她叉着两条腿坐在草地上,伸手去抓坐在她裙子上的白色猫咪。

"哎呀,真好!真好!真是太好了!"女人的眼泪流了下来。

"哦,对了,这两只猫,你看。"

"哦,猫也漂亮!"

"它们也是正月好日子的一部分,这只脊背正中间有一道黑斑的叫'女王',这只有好几处黑色斑块的叫'精灵'。"

"哦,好!好!真好!"女人喜极而泣了。

马响这时候来了,下午这阵子并不是乐队演奏的时间,一定是正月让他来的。他从窗前走过的时候看到我们但没有任何的表情,我没有特意回过身去只仍然对着女人,和她看两个女孩儿的照片。过了一会儿,音乐响了起来,马响的声音响了起来。

"生命对每个人都不公平也没道理……我要让他们都知道/我生命再怎么粗糙/我都要活得很骄傲……"

"哦,"我回身看着马响,"这就是马响!"我对女人说。

"啊!"女人差点儿从沙发靠椅上站起来,她稍微控制了一下自己的情绪,欠了欠身,又把身体在椅子上往前挪了挪,好像要把马响看得更真切些。她的注意力显得格外集中,看起来就像是被马响的歌声一下子吸住了,我想真正吸住她的是马响这个人。

"尝尝我新开发出的'闺密猫'系列蛋糕和饮品,我要再做一款网红新品!"正月端着一个托盘走了过来,我连忙往里面窜了个位置,让她坐在了女人的对面。女人几乎就要浑身颤抖了。

马响这时候也走了过来,他搬了把椅子在桌子边坐下,"尝尝吧,她总是有新点子!"他对女人说。女人答应着,努力地让自己平静下来,眼睛却一眨不眨地盯着正月看,又不时地看看马响。

正月神情自若地和我们几个人聊着她的新品,一直到女人的情绪平复了下来。最后她对女人说,"你担心的都可以放下了,你亏欠的在我这里早都勾销了,回去好好过你的生活吧!"

正月和马响离开了咖啡馆,女人满眼的不舍得但终究没有再说什么,只是目光一直追随着他们推门走出去。

"阿姨,我也有事要去办了。"我说。

"哦,"女人像突然想起了什么,低头从包里翻出一个红色的小首饰包,"姑娘,麻烦你把这个交给正月,只当是个念想吧,实在是太谢谢你啦!我对不住她!不过她现在这样真的是太好了!"她说着站起身来,朝着我鞠了一躬,然后把首饰包往桌子上一放,转身就急匆匆地走了出去。

"哎——你!"我站起身想去追她,又想起我的包,我从座位上拎起背包,又抓起桌子上的首饰包,推门出去就看见她已经急匆匆地跑过了马路,公交站台上有一辆公交车正要启动,女人一边挥动手臂一边跑了过去,公交司机打开车门让她上了车,车子紧跟着就启动了。女人从车窗里向我这边看着,渐渐地那车子就汇入车流看不见了。我打开首饰包看了看,里面是款式古老的一只戒指和一条项链,颜色有些发污但想来应该是纯金的。

"我把它们熔了给五月和小雪各打一对脚链吧!"正月说着把首饰包放在我

们面前的沙发桌上,转头看着五月和小雪,她们正坐在旁边那张彩色图案的垫子上,五月把一些大小和颜色不一的圆木片用一根绳子一片一片地穿起来,小雪正用小手蘸了颜料(都是些可食用的颜料),在一沓吸水极好的大纸上拍下深深浅浅的小手印。"女王"这时候直立起身子扭着头,眯着眼睛一副若有所思的样子,"精灵"则蹲在小雪的旁边,目光随着孩子舞动的小手移动着,好像要搞清楚孩子究竟想要干什么。

我靠在沙发里发呆,脑子里回想着整个事情的经过。

几个月前,正月和我说,一个寻亲节目找到了她。

"如果早有这样的节目,没准儿咱俩的命运就又不同了!"她吐一口烟圈儿淡淡地说,"不过没准儿现在这样更好!"

"哼,还真给我猜着了!"她的脸上挂上一个自嘲的微笑,"当年的打工妹,和工厂老板生下一个女儿,打工妹不知如何是好,工厂老板就做了决定把孩子送给了一个过路人,让他给孩子找个人家。后来打工妹回了四川老家,再后来嫁了人,但她自始至终没有和家里人也没有和丈夫提起过当年的那个孩子。"

"那现在怎么想起来找了呢?"

"说是虽然没和任何人提起过,但她一直被这件事折磨着,说是心里记挂着孩子,所以得了个怪病——幻听,犯病的时候总是觉得有个婴儿在她耳边哭。说不好,也许是自己憋闷的吧,一个人把这么大一个秘密藏在心里几十年,哼——"她笑着摇摇头。

"节目组是怎么找到你的呢?"

"嗯,说是按照她的描述,把当时送孩子的时间、地点以及一些有关没关的细节都放到网上了,征询知情的人。没想到当年那个过路的人,好像说是通过他孙子还是什么人在网上得知了这件事儿,于是就联系了节目组。那人说带着孩子走了没多久就发现实在带不了,更别说带回老家那么远的路了。但收了那个老板的钱,想着要是把孩子送回去这钱可能也就没了,就和附近的人打听,然后就把我送到同和园来了。所以节目组就联系到了我。"

"你怎么想,想认她吗?"

正月大口地吐着烟圈儿,"不认!"

"你还恨她?"

她摇了摇头,默默地抽了一阵烟。

"我问了节目组的人,她和丈夫生了两个儿子,儿子儿媳都在外面打工,她就在老家给他们照看孩子。去年她丈夫得病过世了,两个儿子现在正闹着要分家呢。

"节目组说她想上节目认我,说不想管儿子们怎么看她了,她当年欠下的孽债现在也该还了。"

"我后来告诉节目组说我不认她。"她又抽了一阵烟,"如果是你的话,你会认吗?"

我摇了摇头,"不知道,没想过。"

她也摇了摇头,"她这个秘密已经保守了这么多年,现在说出来,只能让家人、孩子还有乡里乡亲对她指指点点的,想想她丈夫家里的人,她的儿子儿媳,他们能说出什么好话来呢,老了老了,一辈子的名声都给毁了。"

"嗯。"我点了点头。

"再者说了,她那两个儿子现在还因为分家产相互反目呢,这个时候突然知道还有一个同母异父的姐姐,估计他们不会用这么尊重的说法,他们会说'那个野种',也是,那个把我送了人的工厂老板他算是个什么东西!"正月终于释放出了愤怒,但转而神情又变得黯然,"但我就是那个不是东西的家伙的孩子!"有一行泪顺着她的眼角、鼻翼淌了下来。

我和正月都无数次地猜测过自己的身世,我们都是被遗弃的,想来都不会有什么好的身世。正月就曾经说,没准儿她就是一个未婚女子和一个有妇之夫生下的,她还猜说我可能是因为家里面想要男孩儿所以就把我给抛弃了。

她把烟在烟灰缸里拧灭了,用双手的手掌把脸上的泪抹了去,她又点了一支烟,点烟的时候她的手有点儿微微的颤抖。她点上烟吸了一口,再吐出去,让自己平静下来,抽动嘴巴,她用鼻子哼着笑了一声,破涕为笑的样子,"我们早已经从这样的枷锁中挣脱出来了。"

我小心翼翼地点头。

过了好久,她又说,"我不恨她,但是我也绝不会管她叫妈,更不想搅进她现在的家庭!我也不想让她毁了自己的名声!这一切都已经一笔勾销了,我们有自己的好日子,我有家庭有我爱的人和爱我的人,我还有你!"

她这样说的时候就看着我,我想只有我们俩才明白这句话对于我们彼此的意义。

"我还要感谢很多,让我解除了自己的枷锁,抛弃了仇恨重拾起爱的,让我不跟随阴暗跳下深渊的,让我最终能够遇到马响的,我现在挺好的,真的!"

大约两周前,正月跟我说:"她和节目组说想要悄悄地来看看我,到时候你帮我会会她吧。"

"和她说些什么呢?"

"所有的,从小到大所有的事情都告诉她,告诉她我现在过得挺好的,告诉她我们的好日子。我希望她不要继续被自己折磨了,回去好好救赎自己的生活。"

记得那天我俩沿着楼梯往下走,走到玻璃隔板的时候看到了几个年轻人正在楼下祷告室旁边的小房间里,"他们在排练。"我们就站住脚。那是几个年轻的外国小伙子,其中的两人挎着电吉他,一人挎了一把四弦贝斯,一名键盘手站在一架两层的电钢琴后面,鼓手坐在电音鼓面前。电钢琴首先奏响了空灵的旋律,三和弦渐强,分解和弦附唱,纯净而富有磁性的嗓音像一颗水滴从空中落下激起静静的涟漪,那个声音来自其中的一名吉他手,他微闭双眼,脸上的表情宁静而深情。那是一首英文歌,一起头我几乎没有听出歌词,但却在一瞬间被这旋律被这音乐被这嗓音所打动,那感觉就好像有人轻轻推开一扇小窗让阳光静静地洒进来,洒在心房里,又像有一只手轻柔地抚摸着你内心里最柔软的地方,"my comforter, my all-in-all, here in the love of Christ I stand",这时有两句歌词清晰地落进了我的耳朵。我闭起眼睛,内心仿佛跟着那束光亮轻盈地飘了起来。是否,我们每个人的内心都需要 comforter 呢?

3

虽然几乎每年的春节都回家,但一来天寒地冻,只觉得车窗外楼房外蒙蒙的一片,二来路途遥远时间仓促,总是晚回早走,那么几天工夫也就待在家里不大出门,因此既没有心情也没有机会真正看看我们那个小城的变化。这一次刚好赶上树叶新绿,春意萌动,坐在出租车上,我竟然有一种十多年后重返小城的油然之情。天空高远,开阔的马路边是一片片漂亮的住宅,"那是哪儿呀?"我爸非要去车站接我们,所以他这阵儿就和我们一起坐在出租车上,"哦,这是天湖城,可大一片呢,有一到四期,这旁边就是一个人工湖,叫天湖,面积有一个多平方公里呢,围着这湖建了好多的房子,都是那些全国知名的大地产商兴建的,房地产这些年不都在争取三四线城市吗,咱们这也算个四线城市吧。对了,这旁边的配套,什么大的商场啊、超市啊都有,都是向你们一线城市看齐的嘛!"

晚上的时候,我和燕紫去天湖散步,发现环境果真宜人,有宽敞的广场,一群一簇的人跳着舞唱着歌,我想起来我们那个一线城市刚刚颁布了对广场舞的限制令,小区周边严令禁止,原因也很正当,整天加班的人需要安静的环境休息。我给燕紫买了马迭尔冰棍,卖冰棍的老头揭开推车上小冰柜的门拿出冰棍递给我俩,这可是我小时候关于快乐的记忆。穿过广场就到了湖边,有长长的栈桥一直通往湖心的小岛,那里是气派的木质亭阁回廊,栈桥是精心设计的,起伏错落,弯曲环绕,这时已经亮起了灯,沿着栈桥亮晶晶的连成了串。天边的晚霞正舒展开来,这里幅员辽阔,楼宇显得分散稀疏,天空就好像无遮无拦的,成了360度的环幕大电影,晚霞也就尽情释放着想象与姿态,凤凰一样大大的张着满天的彩翼。"这里太美了,这天空,这水面,这廊桥,照几张照片发到朋友圈里,同事一定以为我去了东南亚的海岛!"燕紫被眼前的景象吸引了,我其实和她差不多的意外。我们沿着栈桥往湖心的方向走,风也在湖面上大摇大摆地走,鼓动着湖水,像抖动一大块密织着网纹的绸缎。"忆水,快看,蜘蛛网,好多!"果真,栈桥的扶手栏杆上,间隔均匀地分布着造型精致的八卦形蜘蛛网,那均匀细致的程度竟像是人为装饰上去的,不过那确是这些小生灵们自我努力搭建的,很多蛛网上正有蜘蛛缓慢地移动着,有的蛛网上粘着蚊虫。"谁说你这里没什么好玩的,你看,这多有趣!"我挠着头皮说,"可是我小的时候确实没有看到过这些,我小的时候有一个儿童公园,里面主要就是旋转木马和能飞起来绕几圈的小飞机,我妈那时候每周休息一天,答应了我好多次要带我去玩,可周末却总是下雨,后来还是我爸出差回来带我去的,对了,就是今天我们回来的路上我爸指给我看说是早就关门了的那个地方。"栈桥上的人流络绎不绝,燕紫说,"看来这里的人不用加那么多的班,这可真好!要是每天都能在这种地方走走还真的不错,咱们那个小区绿化也挺不错的,可咱俩却很少在小区里散过步的。""等我们老了退休了就有时间散步了。""那岂不是还要好多年?"

我爸将我要结婚的消息四处散播了,主要是他和我妈已经连续多年参加别人家的婚礼,好不容易盼到了把份子钱收回来的时候了,这竟让我有机会见到了快二十年没见过几乎快要想不起来的初中同学。关鹏打了我的电话,说是从他妈那儿听说我回来办婚礼,又从我爸那儿要了我的电话,幸好我看到是本地号码,虽然是陌生号码但犹豫了一下还是接了。"萧忆水!"关鹏在电话里大声喊,我感觉不是很像诈骗电话就先听着没说话,"我是关鹏!初一(3)班!我坐你前面一桌隔一排!""关鹏?关小胖!""哎,啊,对!"关鹏张罗了第二天的同学聚会,其实真正留在这里的初中同学没有几个,说是有四个,但第二天只去了三个,不过,去的人都是带着老婆孩子的,关鹏还把我们的班主任杨老师给接来了。这一下就很是热闹了,一共十二个人,幸好关鹏早就算好了人数,定了一间能坐得下十五个人的大包间。

关鹏比小时候更胖了,但比那时有派头,我们刚好在饭店门口遇上了,他们一车人正从一辆黑色的奥迪越野车里依次地钻出来。"萧忆水!"关鹏先看到了我,他喊了一声,我走过去,他哈哈大笑地握我的手,一双手掌肉嘟嘟的很有力量。"你这气质可真好啊,这身材也好,哎呀这大城市里的精英就是不一样!呦,新娘子吧?真漂亮!关鹏!"他热情地伸出手和跟上来的燕紫握手。"行啊,这么多年没见还能认出我来,这要是走在马路上我可还真不敢认你呢!""爸爸!"一个三岁左右的小姑娘凑到他身边怯生生地扬起头。"哎呀,你好啊!"燕紫蹲下身去和声细语地和小女孩儿说话。"你女儿?"我问。"老二!"他说着,看了一眼走到他身边的一个男孩儿,"这是老大,11了!""快,看看这是谁?"他一闪身。"杨老师!"我连忙迎了上去握住她伸出的手。初中的时候,我属于学习中等稍偏上在班级里也不十分活跃的学生,我其实都怀疑班主任是否还记得我这么一个人。她的样子我自然是记得的,个子不高,微微偏胖,说起话来有点儿没完没了的,我那时总是绕着她走,生怕被她叫住了说这说那。她的变化其实不大,除了老了,头发有点儿花白了,脸上也有了不少的皱纹,但还是很爱说话的样子,"哎哟,萧忆水,你好啊!听说你在那个S市,在银行工作,发展得很好,老师为你骄傲啊!"她一直握着我的手,就好像见到了一个当年她眼里的优秀学生终于功成名就了一样的自豪,这倒让我觉得惭愧了。一个苗条的女人跟在杨老师身后,看样子是关鹏的太太,她一面抱起小女孩儿一面催促着11岁的男孩儿走路的时候不要再看手机了。

　　走进二楼的包间,关鹏让杨老师坐在主位,杨老师就拉着我们俩一边一个坐在她身边。其实关鹏初中的时候学习不大好,差不多快要倒数的样子,而且特别的调皮捣蛋,杨老师对他一定是印象深刻的,因为几乎天天挂在嘴边上批评着。"关鹏啊现在是地税局的副局长了!"杨老师满眼自豪地看着关鹏又转过头对我说。"哎哟,关局长啊,失敬失敬!"我连忙说。"哪里哪里,主要是像你们这些优秀的人都去大城市打拼了,我这样的人才有了机会!""哎,你小子啊,小时候我就看出来了,是个个儿,主意可多了,不是都说'坏小子出好的嘛',说的就是你!""呵呵,那时候尽想着怎么调皮捣蛋来着,杨老师您可没少费心!"关鹏说着就嘿嘿地笑了起来。我们说起他拿着解剖的青蛙吓得女生哇哇乱叫,他把杨树的刺球粘在年轻的英语老师的裙子上,他考试打小抄被抓住在全班面前做检讨。正说的热闹的时候,他的电话响起来,"218大团圆!"他的电话刚撂下,一个身材瘦长的年轻人就走了进来,手里拎了一个婴儿摇篮。"哎哟,萧忆水!"他进来之后放下摇篮先是和我打招呼,"杨老师好!"他把手拍在我的肩头伸出手和杨老师握手,我心里想着坏了,这是哪一位呀,关鹏也没和我说来的人都是谁,时隔二十来年这些同学别说让我一下子叫出来,就是让我面对面细细打量我也不见得都能认得出来,更别说有的压根儿就没印象了。还好杨老师解了我的围,"侯天宇,听说你也有老二了,又是个儿子,带来了没?""来了!来了!"正说着,一个面目白净的女子怀里抱着个还包在襁褓之中的婴儿,身后跟着个七八岁的男孩儿,燕紫连忙站起来,"哎呀真可爱,我可以抱一下吗?""哦,他有点儿沉!"女人说着把婴儿递到燕紫怀里,燕紫小心翼翼地接过来,坐回到椅子上,刚才坐在她身边的关鹏的小女儿连忙凑上来,"小弟弟!"燕紫一边逗着婴儿一边对着小女孩儿说。"哎,你媳妇儿好像很喜欢小孩儿,也很招小孩儿喜欢,这结了婚就抓紧生,咱们都是独生子小时候太孤单,怎么也得生两个吧!"侯天宇冲着我说,燕紫听了这话脸就红了。"我说你们两人的媳妇儿,"杨老师这时候笑眯眯地看着燕紫和侯天宇的媳妇儿,"长得有几分像呢,你们看像不像?"杨老师这么一说,所有人的目光就都望向她们二人,"是有一点,"关鹏的媳妇儿说,"而且都那么白净!"燕紫的脸这时就越发地涨红了。我们聊了一会儿天,杨老师说侯天宇那个时候总是独来独往的,性格比较内向,"主要是你父母离异对你的影响挺大的!""是啊,杨老师我真的挺感激您的,您那时候很关心我,还特意安排了徐茹洁和我坐同桌,让她在学习上帮助我。其实学习上帮助还是次要的,她很开朗,喜欢聊天,我也就把好多事儿讲给她听,这对我那个时候来说挺重要的!""看你现在这样子可是一点儿阴影都没有了!""所以我得感谢您啊,也得感谢徐茹洁!""她一会儿就到。哎,我说,你和徐茹洁,你们俩是不是早恋来着?""哎哎哎,别瞎说啊,我媳妇儿还坐那儿呢!""那么久的事儿了,早恋就早恋呗,关我什么事儿啊!"侯天宇媳妇儿大方地说。徐茹洁我有印象,一双大眼睛黑黑亮亮的,她那时经常和林夕在一起,不过侯天宇我就真的印象不大深,杨老师这么说我就通过徐茹洁的形象隐隐约约地回忆起一星半点儿。杨老师记性可真好,我心里想,不过关鹏一定事先和她讲了今天都有谁会来,侯天宇也一定事先知道我来,要不然他们怎么会一下子就能认得我,他们还能记得关于我的什么事儿吗?

  侯天宇现在的性格可真是和初中的时候有着天壤之别,他活络健谈,没过一会儿就给我们扫了他网店的二维码。他说中学的时候心思涣散没怎么好好读书,高中毕业考了个专科学校学计算机,毕业后他妈就让他回到小城进了设计院的计算机中心。不过他不愿意干,说那些工作没什么意思,后来就做起了大米销售。我们这附近有全国知名的品牌大米,他去当地考察和几个农户谈了帮他们做网络销售,没想到一下子就做起来了,他现在在当地有包装厂,收购的大米按照不同的包装在网店销售,同时还给几个大的农产品集团供货。"多亏了网络时代,世界是平的了!不过这些网络的建设者还都是你们这些在大城市奋斗的精英!"他喜欢在说话的时候把手拍在我的肩膀上。"哎,张震岗又不来啊,他就那么混着了?""张震岗可真是可惜了!"杨老师感慨地说,"上初中那阵儿啊,他学习很不错的,在全年级能排在前10%,高中他也上的重点,我记得你那时还是你爸

278

外派回来后狠抓了一段儿才跑步考进重点的!"我连连点头,看来杨老师还真的对我有印象。"他大学考的哪一所?好像还不错!"高中的同学我印象深一点儿,张震岗属于脑子好使的那一类,学习一直都不费劲儿,但他在高中的成绩并不突出,按说如果努力的话他该能考上比我更好的学校和专业。"好像是理工大学!""我觉得他是被他父母给耽误了,也是被自己给耽误了。他父母就一直还是那种工人老大哥的论调,其实好多像他们那样的家庭也都培养出了优秀的孩子,他们家太不重视了,白瞎了那么聪明的一个孩子,也怪他自己不上进,你说是不是?老师这么多年算是看明白了,这人呢还是要自己上进,你就总有机会。你看关鹏,你看侯天宇,你再看你萧忆水,这做老师的谁不稀罕好学生。说实在话老师那时候对你们几个,侯天宇老师还真挺上心的,我主要吧是怕这孩子太封闭自己造成心理问题,关鹏吧是不得不整天数落。""老师您数落得对,我是太让人操心了!""你也知道!"关鹏媳妇儿不失时机地补了一句,他们的儿子倒是一直都特别安静,低着头只管玩着手机上的吃鸡游戏。"但你现在很不错啊,老师的意思是说你还是自己有那个动力,你说是不是萧忆水?""老师,瞎混,我们这都是瞎混!"关鹏笑嘻嘻地说,"张震岗还是智商高,据说在好几款游戏里都是高段位,那些游戏我都搞不懂了,我儿子好像都知道!"他看了眼男孩儿,那孩子却压根儿没听见我们的谈话。"他也真行,大学毕业就甘心回来做个工人,也不结婚,每天就打游戏,我那时候还找过他想拉他和我一起干,可是他不乐意!"侯天宇的语气略带惋惜。

徐茹洁的出现让现场来了一个小高潮,我看见她多少有一点儿吃惊。怎么说呢,她的模样其实变化不是很大,五官都还是中学时候的样子,只是脸没有那时那么圆了,但她却好像变了一个人似的,我说不上到底是哪里的变化。她带了一个五六岁的小姑娘,那女孩儿很是活泼可爱,一进门就用甜甜的声音和大家打招呼:"杨奶奶好!叔叔好!阿姨好!"就连关鹏的儿子都从手机屏幕上抬起眼睛来看她,关鹏的女儿更是一溜烟儿地爬下了椅子,过来扯着小姑娘的手。小姑娘特别的大方,从妈妈的背包里拿出给孩子们准备的礼物,是一些小小块儿的乐高积木,每个人一小盒,大有如今大城市培养小孩儿所注重的那种自信和友善。不过孩子们大体没什么差别,现在的网络信息化让三四线城市的家长也具备和一二线城市家长相同的价值观和儿童培养理念,大城市里像关鹏儿子那样对人不理不睬只抓着手机打游戏的孩子也随处可见。我还发现关鹏儿子的穿着也和大城市孩子没什么差别,一身运动潮牌,尤其是鞋子,关鹏媳妇儿后来说儿子的衣服都是自己挑的,还说孩子自己说这是他们这代人的品牌意识,鞋子也都要广告里的明星同款。侯天宇的媳妇儿说他们儿子,大的那个,滑雪滑得很好,春节他们总是去日本北海道滑雪，七八岁的孩子就已经能上最高难度的高级道了，大城市里对孩子兴趣爱好的培养也不过如此。徐茹洁和大家都打了招呼就说，"侯天宇，我和你换个位置，我要坐在萧忆水旁边！"大家开始起哄，徐茹洁却大方地对燕紫说，"萧太太，我们只是叙叙旧，没有别的意思。"我心里想，我和徐茹洁，我们真的有什么旧可叙吗？"你的气质还是那么好，哦，比那时候更好了！"徐茹洁说。"我那时候气质好吗？"我不由得睁大了眼睛。"怎么不好，当然好了！就是那种斯文优雅的，诗人气质！""哇！"大家又是一阵沸腾。"快说快说！"关鹏和侯天宇这时候就急切地要拍起桌子来，服务员刚好来上菜，菜不是一盘一盘上的，竟是一下子就摆满了一桌子。"哎，你们不知道吗，萧忆水那时候写了好多的诗，快有新华字典那么厚了！"我笑着轻轻摇头，竟然还有人知道这件事。在于我，那好像都已经过去了半个世纪那么久，我也是前不久和燕紫去斯德哥尔摩玩的时候在那个小树林里看到了松鼠的眼睛，然后想起了我和"兔子"养的那只兔子，再又想起了阿年，想起了我曾经写过的诗。"最一开始你给林夕写的那首诗——

见到你的时候
百合花开满了山谷
阳光撒着欢儿的笑
她拉一张金色的网
把我罩在这甘美的山谷

她动情地朗诵起来，眼神里带着向往，脸上闪着透明的光亮，这神情由于过于专注而带着强烈的感染力，关鹏、侯天宇都凝神听着：

想你的时候
只有走进夜色
遥望
月华如水是你
群星闪烁是你
他们在空中挂一条亮亮的河
笼着柠檬色的思念

想和你在一起的时候
风车茉莉和藤就是你和我

成双成对的鸟儿就是你和我
就连时针和分针
都是我拉着你的手旋转　舞蹈

我于是因着你
得了可爱的
幻视
幻觉
所有美的,好的,在我眼里全都是你的模样
所有甜的,酸的,在我心里全都是你的味道

我惊奇地看着徐茹洁,这个世界上居然真的有人还记得我的诗?
"那首诗太美了,我也是从看到那首诗开始才总是和林夕在一起的!""你是说你和林夕在一起是因为萧忆水?"关鹏反应很快。"是啊,当然我和林夕关系很好。林夕是个令男生向往的女孩儿,要不然萧忆水也不会写诗给她了!""你有没有暗恋萧忆水?快点儿如实招来!""有!我喜欢了萧忆水整整三年,高中他上了重点,我心里其实还一直都忘不了他!"我吃惊地张着嘴巴,一直都没能合上。"不过萧忆水应该是一点儿都不知道,他那时候眼睛都在林夕身上。"我靠在椅子上笑了,不知道能说点儿什么。"不过我还是要特别的感谢萧忆水!"我不由得把身子向前探直了,我今天不单单是穿越回了二十年前,而且还完全刷新了自己的记忆和感受,班主任还记得我,有女生暗恋自己那么久,这真的是当年的那个自己吗?"我想我是最认真读过萧忆水诗集的人了。真的,萧忆水你可能根本都不知道吧,你把诗集拿给林夕,林夕其实并不喜欢琢磨那些文字,我就欢欢喜喜地要过来,捧回家关上房门一个人读啊读啊,完全沉浸其中。你可能不相信,我还抄下了你写的好几首诗呢,现在都还保存着!我最喜欢那首《光》,生命的光落在/时光的流水上/变作一个洁白的姑娘/她拨动闪闪的琴弦/面对着蓝莹莹的流水　歌唱。是这样写的吧?""噢——"关鹏和侯天宇大声地吆喝起来,燕紫这时就把眼睛睁得大大的看着我,意思是说你怎么从来都没有告诉过我你会写诗呢?我只好冲着她笑着摇头。"不过我说的感谢你并不是指我暗恋你这件事,而是你帮助我成了现在的我!""噢?""我上师专的时候就潜心地学习文学。""对了,茹洁现在是电台一档儿童节目的主持人,还是一名儿童文学作家!""真的?"徐茹洁脸上的微笑明亮干净,就像春天的阳光照在擦拭一新的玻璃窗上。"国外有很多作家专门给孩子们写书,美国的E.B. White,就是写了《夏洛特的网》的那个,英国的

J.K. Rowling,《哈利·波特》这个大家都知道,还有很多专门写给青少年的小说,像《安德的游戏》《饥饿游戏》这些。""咱们的中学生学习压力太大,哪有时间看小说啊?"关鹏说。"其实如果有好的作品孩子们还是会传着看的,只可惜现在写这些东西的人太少了。""你写哪一种?"我问。"噢,我写的是儿童文学,小学生看的那种。以前像金波、张秋生、郑渊洁、曹文轩他们的作品都很经典,我现在还经常读给女儿听。我也带了我的书,喏,送给几位小朋友。"徐茹洁把书递给关鹏和侯天宇的媳妇儿,又毕恭毕敬地递给杨老师一本。"也请你给指导指导!"她递了一本给我。"不敢不敢,你是专业作家,我现在基本不懂文学了!"我接过那本书,封皮上蓝色的星空里挂着一弯明亮的黄月牙,书的名字叫《月亮的神秘漂流》,我打开来翻了翻,看到一些闪闪发亮的句子。"哎,你还真别说,"杨老师这时候开腔了,"我现在这么一回忆,徐茹洁你的作文还真是写得越来越好越优美了,原来是这么回事儿,也就是说萧忆水的诗还是给了你很大的启发和帮助的!"徐茹洁笑着点头表示同意。"你初三的时候语文成绩真的还不错,只可惜数理化学得不太好!""杨老师,您太客气了,我那哪是学得不好啊,那就是一塌糊涂!所以我说我要特别感谢萧忆水呢,如果没有他的那些诗,我不可能对文学有兴趣,又如果不是他们这些有才华的人都跑到大城市去打拼了,哪有我现在的文学人生啊!对了萧忆水,你现在还写诗吗?"我不住地摇头,后来就举起酒杯,"杨老师,我敬您!谢谢您培养了我们!徐茹洁,我敬你,敬你的文学人生!关鹏,侯天宇,敬你们的成功!""敬你敬你!敬你在大城市混得功成名就!""我离功成名就可远着呢!"

  那天我们喝了不少的酒,恍恍惚惚的,记不清过去,也对现实模模糊糊的。只记得杨老师后来说,"萧忆水,我觉得你有机会还是应该写作,你的文字功底和敏感度都很好,这真的是一种天赋!"我端着酒杯,耳边响起了我爸当年的声音,"杨老师和我说他在写诗,写诗能当饭吃吗……"杨老师不单是班主任还是我们那时的语文老师,所以她该对我的这份天赋有所察觉。可是真的是这样吗?她真的这么想吗?当年她也是这么想的吗?我看到杨老师的嘴巴在动,却好像根本听不到她又说了些什么。后来我听到徐茹洁说,"杨老师,虽然我没在大城市里打拼过,但我琢磨过这个问题。我打一个比方,萧忆水你看是不是形象?我们的人生呢就好比在水流之中,我们生活的小城市就好比是一条小河,水也是随时随地流动着的,但水流不很湍急,所以像我这样子的就能伴着这样的水流安静地思考和打磨,也才写得出我的那些文字,我觉得很快活就好像驾着自己的小船在小河上随着心意去漂流。我爱人这样的(她爱人是一名医生今天刚好值夜班没来,据说在这里医生的工作和一二线城市差别不大)就是在小河里游泳的,累是累一点儿但还不至于精疲力竭。关鹏和侯天宇这样的是在小河里边漂流边冲浪的,玩得也挺欢的,张震岗呢就在小河里沉到河底下去了。萧忆水他们生活的大城市呢就是一条水流湍急的大河,那里有更好的风景,更多的新鲜和挑战,但大家的全部精力几乎都用在了顺着水流去游泳,在湍急的河水中能游得好游得漂亮还不被各种石头树干绊住受伤就已经是厉害的了。从这个意义上来说,从小河里去到大河里的人是更有勇气也更加自信的一群人。但在大河里真正能够逆流而上乘风破浪,抑或是按照自己的心意去漂流的,难度太大了,一般的人都没有那个精力和心力,能做到的人就是超人了。而心如果顺流漂走了,人也就顺流而去了,所以我又觉得我终究是幸运的,因为反倒是在小河里我成了我自己。""茹洁你这段话说得很精彩,也很准确,不愧是作家!我敬你,祝你写出越来越好的作品!"

那天晚上,我抱住燕紫做爱,但可能是喝了太多的酒,反倒好像勇武不起来了。燕紫也不像往常那么投入,她躺在我胸口若有所思,"我觉得你好像也藏了一个不一样的你,为什么我都不知道呢?""太久了,那个我早都被弄丢了,我自己也快想不起来了。""那,你的那些诗集,可以给我看看吗?""看不了了,"我摊了摊手,"烧了,全都烧了!""烧了?"她惊奇地直起上身,不相信似的看着我。

对了,那天吃饭到后来的时候我们唱起了周华健的歌。周华健其实不算是我们那一代人信奉的歌手,是因为徐茹洁说起我的一首诗里面写到"周华健唱着D大调卡农的欢喜",那是《雨人》的前奏和间奏的乐曲,我们于是就唱了起来,"全世界的颜色全留在你那里"。然后还是徐茹洁起头又唱起了那首《有没有一首歌会让你想起我》,"远处传来那首熟悉的歌,那些心声为何那样微弱……"唱着唱着,我想起了小满,不是因为爱情,而是因为自己……

4

当代艺术中心是一幢银灰色颇具现代感的建筑,远远地,我就看见了由二楼的平台悬挂下来的几幅巨型海报,在艺术中心正面一字排开。醒目的色彩、迥异的风格,走近了就看清楚了上面的图案和文字,"思之殇——五位年轻艺术家的联合插画展",然后是画家各自的名字。时值正午,艺术中心里非常的安静,几乎没有什么人,我沿着指示走进了展厅。对于参观美术馆我多少有点儿羞愧,主要是对于欣赏绘画和雕塑这些艺术缺乏相关的知识,我既不了解那些国画的流派和风格,也不懂得油画的作者年代和背景,当然更不知道后现代以及超现实如何界定,我能够凭借的仅仅是自己感性上的触动和作品对我内心的吸引,所以大多数时候我也只能够感受一下画的意蕴和美感,更多的情况往往是云里雾里,懵懵懂懂,更别说看出来个高低有别了。

就像遇到小满之前,我对插画的理解就等同于插图,像是以前的连环画,时下流行的儿童绘本,前几年备受喜爱的治愈风格吉米漫画,还有就是日本动漫了。小满的插画和这些有着很大的不同,她的画绝不是一种简单的叙事而应该说是一幅思想,就像那个《雪域》的系列,她的笔触奇幻而神秘,绝非单纯地叙事,所以我一眼就能看出画作里面分散着的思想碎片,用她自己的话说就是,"插画是非常自由的,不受任何一种绘画形式的束缚,但又可以灵活地运用任何一种绘画和设计的技巧和元素,它是一种思维,一种自由超越的思维!"。我在画室看到小满的一些画作,给我的感觉大体是她用一种非写实的手法和风格表现自己头脑里面的奇思怪想。

我面前的这幅画整体色调是土黄色的,好似大地原初的色彩,又像是人体皮肤的颜色,地面上有几个巨大的深渊,红褐色的岩壁笔直地垂直向下,深渊的形状看起来又分明像是人体的心脏、肺和肝脏,每一个深渊之上都有一根细细的钢丝,有人手持平衡杆小心翼翼地在钢丝上行走,走钢丝的人性别、年龄、肤色和头发的颜色各有不同,他们的动作和神情也各不相同。我边走边看。那幅鲜红的背景正中是一支翩翩坠落的洁白羽毛,一只猫和一个西装礼帽擎着红雨伞的人正沿着羽毛的中轴线往前走,踩着羽毛飘落的节奏。那组色彩之作吸引了我,流动着的色彩迷幻瑰丽,在飞鸟振翅而飞之中,从黑洞洞的人脑中流淌而出,在朝阳浸染的海面上映衬着黑黝黝的洞穴和人的剪影。我觉得这些画都很有意思,虽然一时琢磨不透。

"人生而自由,却无往不在枷锁中。"小满说,"这不是我说的,是卢梭说的。记得我和你说过我越狱了吗,我快乐地奔跑了很久,自以为自由了,直到发现身处另一个枷锁之中,我们总是被太多的东西困住。"

"比如说?"

"比如说社会认同。当我沉浸于创作的时候,我是陶然忘我的,但是沉浸其中的时间毕竟有限,更多的时候,我会觉得自己与这个社会脱节了。我在生活中享受着商业和物质的繁荣,使用着网络和各种先进的科技产品,但就我个人的创造而言,我好似并没有参与到这个社会的宏伟进程之中去,这甚至是一种让人近似于羞耻的感觉。"她去冲咖啡,端来递给我一杯,"人类个体看似各怀己心,但从整体上共同趋近于一个共同的目的,每一个时代都在这种看似杂乱无序当中实现着这个时代的共同目标,十八世纪是启蒙思想,十九世纪是大发现,二十世纪是工业革命,二十一世纪就是网络、机器人与基因发展,从这个角度讲我是一个没有和时代同台大话繁荣的人,也就是没有价值的,用流行的词儿就是没有存在感的。"

"人类说到底最强大的是社会化属性,"她说的我最近也在思考,就是那个是否有勇气追寻内心真正渴望的问题,"如今的社会更是充满了活力,到处都是蒸蒸日上的机会,但也遍布了它的秩序和规则,每个置身其中的人都需要遵守它的规则,进入预设好的空间,跟随它一起高速运转。我们更加地像是一台巨大的机器当中的零件,一旦脱落了就会有新的零件补充上去,毫不迟疑的。个体必须按照机器的要求思考,追求个性独立的零件对于机器而言就像不合格的配件,只会降低整体的效能。"

"没错!"她在我旁边的高脚椅上坐下,把咖啡放在面前的长条桌上,"刚毕业那阵儿,我在广告公司里干了几年,我现在的 partner 文森就是我那时的同事。怎么说呢,在公司做事肯定是与时代同步的,无论处于这部庞大机器的什么位置之上。我们给网上商城做宣传和包装,给同质严重的产品挖掘卖点,为获取消费者的时间和金钱想出各种稀奇古怪的吸引眼球的活动,提升网络关注,吸引流量。然后一天天的,我发现那些可能是社会所需要的,但一定不是我自己想要的。我于是到上帝面前祷告,我倾诉我的苦恼,请他为我指明道路。"

"上帝回应你了吗?"

"嗯!"她点点头,"我觉得是,当然不是一天两天,是祷告了很久之后,那个声音就变得越来越清楚了。"

我点了点头,从心理学意义上解释,祷告的时候,你实际上是在做一个与自我的对话和交流,你的痛苦是什么,你的焦虑是什么,你的渴望是什么,久而久之你会更加清楚明白是什么在困扰着你,什么才是你真正的目标,相应的行动也就慢慢地在你内心清晰地显现了。

"说来也巧,"她继续说下去,"正月那时候正准备租下现在的咖啡馆,我们俩就一拍即合,咖啡馆以她为主,我在需要的时候去帮忙,其余的时间可以搞搞创作。在我来说,这就是我的好日子……最重要的支点。"

"但一开始的时候我却不能集中精力去创作,就是刚才所说的那样一种羞耻感总是来袭击我,前同事不断地在朋友圈秀出同客户们的合作项目,充满自豪的既像取得了骄人的战绩又像是彰显着自己的价值。那个时候就觉得信念又受到动摇,并且开始怀疑自己,这个社会处处提倡女性经济独立和获取社会成功,我这么做竟好似背道而驰,主动放弃获取生存独立。"

"不过你的画其实也投射着对于时代的思考,融合着时代的元素,只是你更像是置身其外的观察者和思考者。"

"我要是想说得好听一点可以是,任何一个时代都需要特立独行的灵魂。"她笑了,"但你需要不断地坚定自己的信念,其实这一点真的不容易,我的天赋我的努力好像与这个时代脱节了。我有的时候想,每个人的脑子里都像装了一套APP程序,中国古代的科举考试基本都是文科的内容,所以那时候人头脑中的APP就是文科的程式,现如今就要换成数据分析、数理统计、商业运作的,升级了这些程序的人就很容易在科技时代这个大的系统之中连接启动并且高效运转,从而取得在社会上的成功和认可,而我脑子里却还保留着适合在上一个世纪运转的APP程序,我是没有被升级或者没有选择升级的那一类人,我想是少数人,我们的脑子和系统于是和现代社会这个高速运转的体系难以接轨了。

但是我心里的那个声音一直很强烈,而且越来越强烈,我必须选择跟随它。所以,我一边越狱,一边尚且摆脱不掉枷锁,好在这样的拉拉扯扯好歹也让我更加接近了内心里的自己。"

"会感到孤独吗?"

"会……"她轻轻地点头,"我的那班同学不是在广告公司就是以独立设计师的方式做商业和广告设计,后来终于遇到几个志同道合的朋友,不过交流也不是特别多,你越是想要表达你自己,你和别人也就越是不同,孤独是一种必然的状态,这和商业行为截然相反,所以说到底是一种非社会化的工作。"

"用你的创作唤醒更多人的精神世界,除了社会性的一面,我们本该具有精神世界的生机勃勃,这样才不至与机器无异啊!"

她的脸上露出了动人的微笑,让我不禁想起了天边的晨光与彩霞,"生命的终极意义是美,那是让生命绽放光彩的力量,我想做的就是唤醒它,这正是我心里的那个声音。尼采说,从生存获得更大成果和最大享受的秘密是——生活在险境中!在维苏威火山旁建筑城市,把船只驶向未知的海洋!我就带着这样的酒神精神支配我自己,用这样的力量去创作,我想让自己变得更坚强更有意志力,我想用我的方式唤起更多人内心的热情!"

"我觉得你也应该被称为超人了!"

我正在展厅里四处转悠的时候,小满出现在我的身后。

"谢谢你来参观我们的展览!"她的笑容灿烂如花,那种微笑真美,像是生命本身在绽放。"哦,恭喜你,终于办画展了!"

"是联合画展,而且他们其中的好几位已经具有相当的知名度了。"

"这么说你也就相差不远了嘛!"

她开心地笑,"我倒是也这么希望呢,奔跑吧,向着标杆直跑!"她这话听起来更像是对着自己说的。

我们俩面对面站着,我一时间忘记了要说什么。

"哦,对了,这段时间你去了哪里?"

"是,去了丽江,还有梅里雪山。哦,对了。"我这才想起从口袋里摸出了那串藏天珠递给她。

"哦,天珠,谢谢!"她接过去戴在手腕上,抬起手来转动着看了一会儿,"那里好吗?"

"好!"我回答,"在世界的高处,海拔3000米之上的高原,生活着藏民和他们的神。"

"平原上的生活是复杂的。"她笑着说。

"嗯,我们必须做自己的神。"

她现出一副若有所思的模样,像是在思索着我说的话。

我终于还是清醒过来,我有一些话必须告诉她,可是我的嘴巴有点儿发干,我的大脑也有点儿蒙蒙的,几乎要变成一片空白。

我就以这个怪怪的样子看了她很久,她用目光琢磨着我,又露出了微笑,她的心情好像很不错,我想可能是因为画展,或者因为见到我。在我终于准备好说出些什么的时候,她抢先说,"我完成了那个《雪域》的系列,我把它们也放在这里参展了,走,我带你去看看!"说完,她微笑着转身。

我迟疑了一下,跟着她走了过去。

尾　声

当库·丘林睁开那只巨大的红色眼睛，万丈光芒从那只眼中射向四面八方。库·丘林的身躯一点一点地发生着变化，殷红的树叶从枝头如蝴蝶的翅膀一般，战栗着，弥漫着绽放，如湖水由湖心蔓延而出。那是心的复活，那是山的苏醒，库·丘林震颤着，庞然大物般的巍峨身躯散发着深幽的红石榴般的光。

谟涅摩叙涅最先带领高大的古木林苏醒过来，每一棵古树都散发出各不相同的奇异光芒，那光芒与其说是在跃动，不如说是在呼吸，从交错盘结的庞大树根，到渐渐湿润的粗壮躯干上纹理清晰的皮肤，再到微微摆动的挺拔伸展着的枝丫。枝丫之上，光芒所到之处，树叶就冒出头来，如稚嫩的翅膀诞生于光中，翕动于枝头。

俄刻阿诺斯变幻着交响诗般的光影，好似汇聚了这世间所有的色彩，那光影交错着回旋着舞动着，在扭曲环绕着的树干上，在枝蔓纵横的辽阔树冠上。树冠又终于成了树冠，树叶在光影中如燎原之火一般生长堆叠，茂茂然砌满枝头遮天蔽日，又如火焰一般舞动着汹涌的炫目光彩。

年轻的神木们也醒了过来，它们精神抖擞地伸展着身躯和枝干，树干上的枝条如遇春风暖阳一般转瞬间抽枝发芽，嫩绿的芽儿破壁而出，从蜷曲到伸展，树叶便绿意盎然地恣意招展，光彩照人了。它们向着天空投射出一片茁壮的新绿，虽不似谟涅摩叙涅与俄刻阿诺斯那般耀眼夺目，却充满了生命的激情、向往与力量。

神木林的光芒在空中交互联结，形成一张全息图景般璀璨的光之网，那张网联结着每一棵神木，将每一棵神木的力量，每一棵神木的精神都联结在一起。那张网如同一个穹顶将整个神木林笼罩其中。穹顶之上，是汇聚的光芒，光芒摇曳着，变幻着，如极光般壮阔如虹，如招展的巨大羽翼般光彩流溢。

穹顶的光芒有如巨大的冲击波，将天空之中的魔法师和他们所带领的猛禽队列瞬间弹开,推向远天。死者的遗体散落在雪野之上,坠入城堡的护城河里,挂在城堡高耸入云的尖塔之上,溃败的队伍绕着城堡纷纷而下,城堡上空一时有如阴云笼罩。神木壮阔的光芒照亮了天空,城堡曾经的辉煌淹没在一片暗淡之中。

兽们在光之网中倒下,弥漫的身体跌落如一朵朵巨大而洁白的浪花。它们潮水海浪一样的倒下,尚未进入光之网的兽的队列仓皇地向着雪野四散而逃。光之网的光束落在雪野之上,雪野开始剧烈地震动,地面上现出纵横交错的断裂,雪野变成了一部巨大的移动罗盘,以某种神秘的方式变幻着,旋转着,运动着,雪在断痕间抖落。兽们惊恐地抬起头,细小的蓝眼睛望向巨大的光之网,眼睛渐渐变得血红,嘴里发出婴儿般"嘤嘤"的叫声,身体一点点变得漆黑诡异,它们在雪野移动着的罗盘之上颤抖着,战栗着,带着恐惧和绝望。

罗盘的移动旋转中,出现了女孩儿瘦小的身影,她在雪野上低空飞行,展着蓝色的翅膀,躲避着从空中掉落的飞禽猛兽,从惊恐万状的兽的头顶划过,她在神木光之网的光束照耀下飞上神木林的空中密道。

女孩儿在神木林的空中密道之上飞奔,疾如风火,直奔到库·丘林的空中,她张开翅膀落了下来。库·丘林的脚下,那只庞然大物身形犹在面目却难以辨认了,上千支箭矢横七竖八地插满了它的身体,曾经望向空中的上千只眼睛都已经血肉模糊,纷沓的手臂纵横交错,巨大的龙头也被利箭穿透,瘫软在地,一动不动。女孩儿小心翼翼地俯身向前,用尽力气拨开瘫落在龙头上的手臂,龙头纹丝不动,没有现出一点的气息。女孩儿叹了口气,伸出手抚摸着龙头,龙头粗糙的眼皮紧闭着,呼风唤雨一般的血盆大口向下耷拉着,坚硬的盔甲冰冷冰冷的。她用力拔出一支支利箭,箭矢射中时流下的血痕几乎已经凝结了。女孩儿身体一软,也不由得瘫坐在了地上,她呆呆地坐着,身体靠着一只巨大的龙头。

过了一会儿,女孩儿好像想起了什么,她伸手在领口处摸索着,摸到了一条红绳,拉出来,是一只浑身火红的凤鸟。她用手指抚摸凤鸟火红的身体,火红的羽毛,凤鸟的身体上有一个圆圆的小孔,"这只凤鸟是唯一能吹出《库·丘林》的木雕挂件。"守林人曾经对她说。她把凤鸟送到唇边,《库·丘林》的曲子响了起来,在光之网笼罩着的神木林中飘荡。女孩儿只顾吹得入神,带着悲伤,并未发现她的身边,那只巨大的龙头上,粗糙的眼皮现出了微微地颤动,那双仿佛业已死亡了的眼睛,竟然挣扎着睁开了其中的一只。那只眼睛半睁着,环绕四里,试图将眼前模糊的景物辨认清楚,也将耳边飘荡的声音辨别清晰。

所有这一切,不全在小满的画里,又全在小满的画里,她的画里没有如此完整的叙事,但那些散落的思维碎片在我的脑海中编织缠绕,让我清晰地看见了发生的一切。只是,我还有些费解的地方。

"这幅画叫什么名字?"我问。

小满指向画旁边那个并不醒目的标题,上面写着"他们"。

"可是'他们'在哪儿呢?"

"嗯,这里!"她指着画面上那些汇聚的光束,它们正从半空中飞向神木林,"总有一些人,终归要跟随内心的渴望。起初他们只是被洪流裹挟!"

"难道他们真的有勇气逆流而动?"

"如果能够重估生命的价值呢?"

我盯着那些耀眼的光束陷入了沉思,直到小满探过头来俏皮地问:"如何,喜欢这样的结局吗?"

2019 年 6 月

于杭州　江干　钱江新城

附　录

徒步线路

→ 丹麦 Dragør 小镇　　　　　　　　　　　　　　　【第三章】
→ 新西兰库克山峡谷、普卡基湖　　　　　　　　　　【第五章】
→ 日本千叶县 Kameiwa 山洞　　　　　　　　　　　【第五章】
→ 挪威哈当厄尔峡湾　　　　　　　　　　　　　　　【第七章】
→ 敦煌鸣沙山　　　　　　　　　　　　　　　　　　【第十三章】
→ 梅里雪山　　　　　　　　　　　　　　　　　　　【第十三章】

音乐听单

↗ 爵士

艾灵顿公爵 Duke Ellington《Moonglow》月光　　　【第三章】
Acker Bilk《Stranger On the Shore》，收录于同名专辑《Stranger On the Shore》
　　　　　　　　　　　　　　　　　　　　　　　　【第七章】
小野丽莎《玫瑰人生》　　　　　　　　　　　　　　【第十一章】

↗ 古典

德沃夏克第九交响曲《自新大陆》指挥卡拉扬　　　　【第三章】
音乐剧《艾薇塔》第一支曲目《Don't Cry For Me Argentina》　【第五章】
帕格尼尼小提琴吉他二重奏，小提琴：沙哈姆，吉他：索尔泽尔　【第七章】
帕格尼尼 24 首随想曲 A 小调第 24 首，大卫·葛瑞特演奏　【第九章】
巴赫康塔塔咏叹调（推荐大提琴）BWV156 I. Sinfonia　【第十三章】
巴赫 G 大调第一大提琴组曲前奏曲 BWV1007 I. Prelude　【第十三章】
巴赫 G 大调第一大提琴组曲萨拉班德舞曲 BWV1007 IV. Sarabande
　　　　　　　　　　　　　　　　　　　　　　　　【第十三章】
巴赫 G 大调第一大提琴组曲吉格舞曲 BWV1007 VI. Gigue　【第十三章】
理查·施特劳斯交响诗《查拉图斯特拉如是说》序曲《日出》，卡拉扬指挥
　　　　　　　　　　　　　　　　　　　　　　　　【第十五章】

D 大调卡农，有很多精彩的演奏版本，Voice of Music 乐队的古典演绎，瑞典大师 Per-Olov Kindgren 的吉他演绎，台湾 Jerry C 的摇滚演绎都值得欣赏，周华健《雨人》的前奏和间奏节选了其中的一段旋律　　　　【第十五章】

图书在版编目(CIP)数据

恋恋神木林 / 歌蓝著. —上海：文汇出版社，2020.8
 ISBN 978-7-5496-3253-4

Ⅰ. ①恋… Ⅱ. ①歌… Ⅲ. ①幻想小说-中国-当代 Ⅳ. ①I247.5

中国版本图书馆 CIP 数据核字(2020)第 113256 号

恋恋神木林

作　　者 / 歌　蓝
责任编辑 / 吴　华
封面装帧 / 王　峥

出版发行 / 文匯出版社
　　　　　 上海市威海路 755 号
　　　　　 (邮政编码 200041)
经　　销 / 全国新华书店
排　　版 / 南京展望文化发展有限公司
印刷装订 / 启东市人民印刷有限公司
版　　次 / 2020 年 8 月第 1 版
印　　次 / 2020 年 8 月第 1 次印刷
开　　本 / 720×1000　1/16
字　　数 / 330 千字
印　　张 / 18.75

ISBN 978-7-5496-3253-4
定　　价 / 68.00 元